CARTAS PARA O INVISÍVEL

CB024920

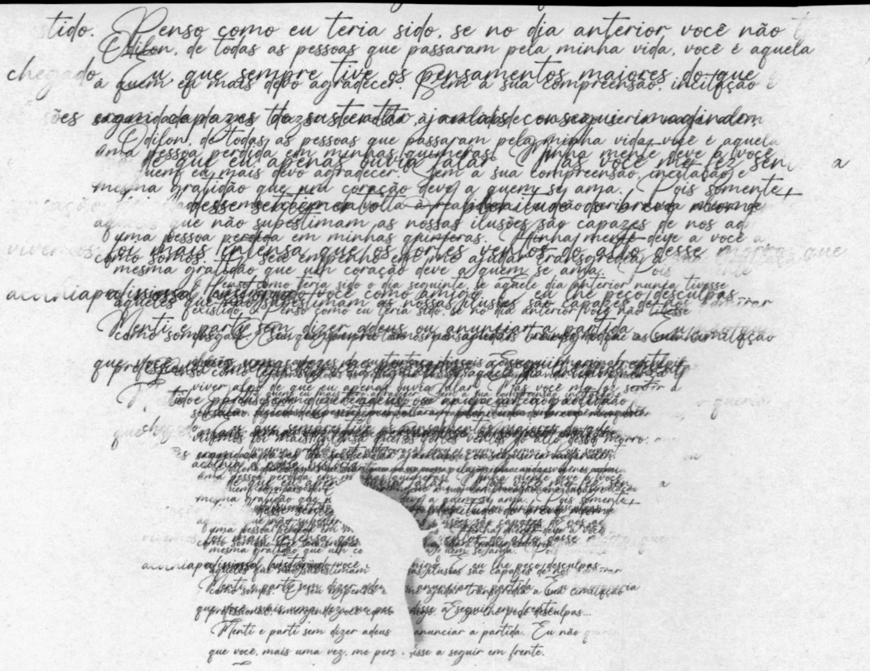
Penso como eu teria sido, se no dia anterior você não
Odilon, de todas as pessoas que passaram pela minha vida, você é aquela
Eu que sempre tive os pensamentos maiores do que

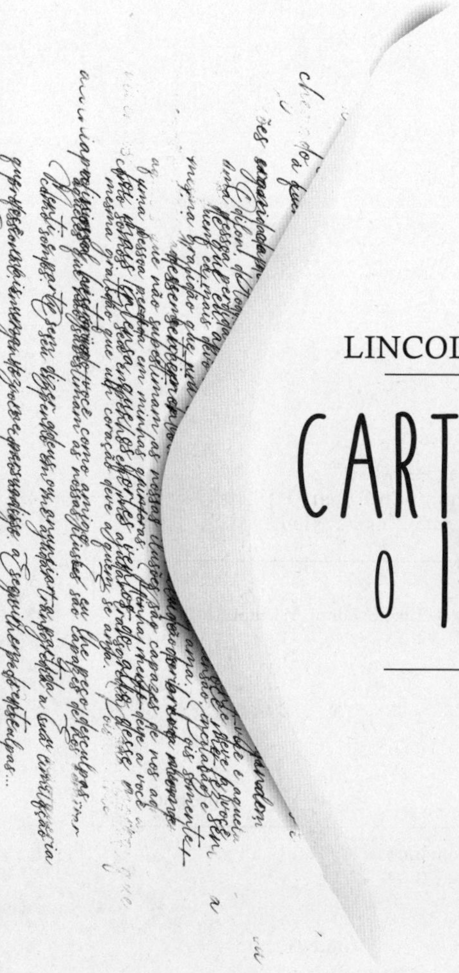

LINCOLN ARAMAIKO

CARTAS PARA O INVISÍVEL

valentina
Rio de Janeiro, 2022
1ª Edição

Copyright © 2022 *by* Lincoln Aramaiko

CAPA
Paulo Caetano

DIAGRAMAÇÃO
Kátia Regina Silva

Impresso no Brasil
Printed in Brazil
2022

CIP-BRASIL. CATALOGAÇÃO NA PUBLICAÇÃO
SINDICATO NACIONAL DOS EDITORES DE LIVROS, RJ
ALINE GRAZIELE BENITEZ – BIBLIOTECÁRIA – CRB-1/3129

Aramaiko, Lincoln
Cartas para o invisível/Lincoln Aramaiko. – 1. ed. – Rio de Janeiro: Editora Valentina, 2022.
344 p.

ISBN 978-65-88490-46-4

1. Cartas. 2. Ficção brasileira. 3. LGBTQIAP+ – Siglas. I. Título.

22-115068 CDD: B869.3

Índices para catálogo sistemático:
1. Ficção: Literatura brasileira B869.3

Todos os livros da Editora Valentina estão em conformidade com
o novo Acordo Ortográfico da Língua Portuguesa.

Todos os direitos desta edição reservados à

EDITORA VALENTINA
Rua Santa Clara 50/1107 – Copacabana
Rio de Janeiro – 22041-012
Tel/Fax: (21) 3208-8777
www.editoravalentina.com.br

Dedico este livro às pessoas que resistem a ser invisíveis mesmo diante dos olhares dispostos a invisibilizar.

CARTA AO LEITOR

Olá, pessoa querida!

Espero que esta carta te encontre bem.

Eu me chamo Murilo, e como nós provavelmente não nos conhecemos, gostaria de me apresentar brevemente: sou um homem gay, negro, ativista da causa antirracista e LGBTQIAP+, nascido e criado no interior da Bahia e trabalhando atualmente como criador de conteúdo. Acho que devo mencionar que também sou um sobrinho orgulhoso do autor da história que você vai ler aqui nestas páginas… mas não é bem disso que vim falar. O que quero é pedir licença para dividir com você um pedacinho da minha vida e uma pequena reflexão sobre os temas delicados e sensíveis que você poderá encontrar neste livro.

Alguns anos atrás, em uma sexta-feira qualquer de agosto de 2019, eu trocava mensagens com uma amiga muito querida, que também era uma tatuadora talentosíssima. Estávamos combinando uma segunda sessão para terminar a tatuagem que ela havia começado a fazer, meses antes, na minha perna esquerda. As agendas conturbadas, entretanto, não permitiram que a gente se encontrasse naqueles dias. Até que, semanas depois, recebi a notícia inesperada de que ela havia partido: uma morte por suicídio.

Me despedir da Rafa, naquelas circunstâncias, talvez tenha sido a coisa mais difícil e dura que eu já tive que fazer na vida. Ela não me deixou cartas, como você vai encontrar nesta história, mas deixou essa marca física que eu ainda carrego na minha pele, além de uma marca ainda mais profunda de saudade no meu coração.

Foi muito por essa razão que eu gelei um pouco quando meu tio me convidou para escrever para você esta carta. Lidar com a realidade do suicídio é um desafio difícil de traduzir em palavras e que não tem comparação com qualquer outra coisa na vida, especialmente quando se vive em alguma condição de marginalização e vulnerabilização social — como foi o caso da minha amiga e como é o meu caso, sendo nós duas pessoas negras e LGBTQIAP+.

Mas, mesmo diante disso, entendi que eram maiores as razões para aceitar o convite. Primeiro, pela possibilidade de homenagear a Rafa, lembrando dela por sua vida. Segundo, por saber da importância de que mais histórias como essa sejam contadas, para que temas como os que são abordados em *Cartas para o invisível* possam sair cada vez mais do silêncio e do armário.

Este livro não desempenha a função de agente de processos de autocuidado e pode, inclusive, despertar gatilhos emocionais que precisam ser evitados por algumas pessoas. No entanto, a história contada aqui tem o importante papel de provocar reflexões necessárias sobre falas, ações, equívocos e consequências que permeiam a ideação da morte como solução.

Ninguém teria como prever o que aconteceria com a minha amiga, mas, para evitar que vivências como a dela sigam se repetindo de forma tão cotidiana, é fundamental que a gente — todo mundo, a sociedade inteira — encare conversas cada vez mais abertas e honestas sobre suicídio e sofrimento mental, encontrando formas cuidadosas e seguras de lidar com tais questões, justamente para que ninguém precise deixar de olhar para elas.

Se você está passando por um momento difícil como esse... antes de qualquer coisa, quero lhe deixar um abraço apertado e longo, e a certeza de que você não está sozinho. Não tenha medo ou vergonha de pedir ajuda e de se cercar de uma rede de suporte que pode incluir sua família, seus amigos, coletivos de apoio e ajuda profissional. Fiquemos bem, e vivos, caminhando juntos em direção a um mundo onde ninguém se sinta, nem mesmo queira se sentir, invisível.

Com carinho,

Murilo Araújo
Criador do @muropequeno

Conversar abertamente com uma pessoa sobre os pensamentos suicidas que ela tem não irá influenciá-la a completá-los. Pelo contrário, é também pelo silenciamento social que muitos desses pensamentos encontram a sua própria razão.

O que fazer diante de uma pessoa sob risco de suicídio:

Coloque-se à disposição para ouvi-la com a mente aberta e ofereça apoio.
Incentive-a a procurar ajuda profissional e ofereça-se para acompanhá-la.
Em caso de perigo imediato, não a deixe sozinha e busque serviços de saúde.
Assegure-se de que ela não tenha acesso a meios para provocar a própria morte.
Fique em contato para acompanhar como ela se sente e o que está fazendo.
Não julgue, banalize, opine, dê sermão, ou fale frases de incentivo vazias.

Sinais de alerta de uma pessoa que precisa de ajuda:

Isolamento ou distanciamento dos grupos sociais.
Ausência nas redes sociais, ou publicações negativistas.
Expressão de ideias e intenções suicidas.
Falta de autoestima e visão negativa da vida e do futuro.
Comentários sobre sumir, desaparecer ou morrer.
Despedir-se ou desfazer-se de bens pessoais.
Presença de doenças psiquiátricas não tratadas.
Fatores de vulnerabilização, como discriminação por orientação sexual e identidade de gênero; agressões psicológicas e/ou físicas.

Onde buscar ajuda:

CVV — Centro de Valorização da Vida **(atendimento gratuito)**:
ligue **188** ou acesse **www.cvv.org.br** para conversar por chat ou e-mail.
Serviços de saúde: **CAPS** e Unidades Básicas de Saúde.
Emergências: SAMU **192**, UPA, pronto-socorro e hospitais.

Aviso de Gatilho:
Este livro contém passagens que abordam violência física, sexual, psicológica e suicídio;

spotify → buscar → câmera → aponte

Destinatário Desconhecido

Começa pelos olhos: nada além de uma escuridão familiar. A consciência, então, arrisca-se a reagir: os pulmões tentam inflar num vazio sem ar, e o peito, insistente, movimenta-se agonizante por algum ruído que possa despertá-lo. Enquanto sente o gosto do cheiro da terra molhada, percebe estar deitado numa madeira aquecida pelo próprio corpo. Instintivamente, tenta levantar as mãos, mas há uma barreira de madeira a menos de um palmo do nariz. A inércia daquelas tábuas, diante da sua força, parece uma sentença: eu fui enterrado vivo, conclui Esdras. Hoje até poderia ser o dia da sua morte, mas ele não gostaria de ser enterrado, tampouco enterrado vivo. E é o desespero da inconsciência que o faz perceber que aconteceu outra vez.

Um rosto familiar, um desconhecido entediante, uma parede vazia ou um teto que resguarda corpo e mente do mundo lá fora: a primeira imagem ao abrir os olhos todas as manhãs tende a ser um clichê para qualquer pessoa. Esdras, porém, tem essa banalidade quebrada com frequência, como nesta manhã em que completa 45 anos. Mais uma vez, ele acorda sob esse "teto" que ainda lhe causa estranheza por nunca saber em que momento do sono vai parar ali embaixo. E mesmo sendo pouco provável que a tal estrutura tenha se alterado desde a sua última estada ali, como sempre, ele refaz a contagem e se certifica: doze tiras de madeira na vertical e quatro na horizontal. Estão todas ali, formando o estrado da cama sob a qual acordou. — *Esdras é assim mesmo, meio diferente, meio estranho.*

Esse antigo hábito de acordar debaixo da cama nunca lhe trouxe maiores problemas, além da sensação de acordar a sete palmos do chão; de qualquer forma, apesar dos planos para hoje, um caixão não está no seu itinerário. Aquele refúgio soa até reconfortante, mas Esdras não tarda a se lembrar da S.T.T.S., e isso o faz sair logo da penumbra acolhedora em que se encontra.

Depois de um banho, e já tomando o seu café amargo num velho copo de alumínio, ele reflete que deveria ter deixado para vender o notebook à tarde, antes de ir para o aeroporto. Assim, poderia se manter entretido no início desta manhã, excluindo coisas antigas; isso lhe parece uma terapia. Afinal, a sua vida virtual, ao contrário da real, é enorme. — *De fato, Esdras, a morte virtual é bem mais pomposa que a morte real. Conectado à rede, ele até que é meio relevante.* — Tantos cadastros, senhas, contas, perfis em redes sociais despovoadas, contatos que nunca fizeram, de fato, um único contato. Ao excluir qualquer conta, não é incomum receber mensagens automáticas do tipo:

"Tem certeza de que você quer fazer isso?"

"Sentiremos saudades de você!"

"Você pode voltar a qualquer momento."

"Podemos ajudá-lo a continuar conosco?"

" :("

"Não faça isso, seus amigos Tiago Maia e Raquel Pelegrine sentirão sua falta."

"Quem são Tiago e Raquel?", perguntou-se à época, não fazendo ideia do porquê daquelas pessoas estarem entre os seus contatos, mas tendo apenas uma certeza: quem quer que fossem, nunca perceberiam a sua ausência antes daqueles simpáticos algoritmos.

Entediado na sala do seu apartamento, localizado num movimentado bairro de classe média, ele observa a bagunça sistematicamente organizada: caixas empilhadas, etiquetadas e numeradas. Qualquer um que entrasse ali não saberia dizer se tinha alguém partindo ou chegando. Por isso mesmo, Esdras acaba tendo um déjà-vu do dia em que se mudou para ali. Não estava muito diferente, talvez houvesse menos caixas, menos problemas, mais esperança e nada da S.T.T.S., constata.

Em cima do sofá, dobrada e cuidadosamente passada, está a roupa que separou para a viagem: uma camisa azul-escuro com botões e mangas curtas, uma calça preta, meias cinza e um par de sapatos pretos. Seria o mais adequado, pensou, nada de roupas elegantes ou de defuntos, como os ternos que nunca teve e nunca usou na vida.

Certa vez, ainda criança, quando achou que iria morrer após engolir uma espinha de sardinha enlatada, ele decidiu que queria ser empacotado numa embalagem compatível com o conteúdo. Esdras, no entanto, tem consciência de que a sua maior dificuldade em aceitar o ritual fúnebre não é a roupa, mas imaginar-se deitado, estático, imóvel, com pessoas à sua volta olhando-o com pensamentos e julgamentos que, num velório, só encontram o caminho da voz quando confeitados por compaixão momentânea e piedade provisória. Ele seria como um jarro de flores de plástico no centro de uma mesa. — *Ou como um quadro de Picasso numa exposição, mas não tão belo e relevante, convenhamos.*

O vazio do apartamento, em volta das últimas caixas, ficou evidente depois que conseguiu vender as suas coisas pela internet; aliás, Esdras nunca interagiu com tanta gente como nos últimos meses. Se não estivesse indo embora, teria, pelo menos, mais umas trinta pessoas que fingiriam ser suas amigas na internet; a maioria até já o havia adicionado em redes sociais.

Via telefone, com longas horas de vida perdidas em ligações, ele resolveu outras questões. Foi tanto tempo em filas de espera que a passagem comprada para hoje poderia ter sido comprada para uma semana atrás. A maioria dos serviços pelos quais pagava, aliás pouco consumia, e a quantidade de dinheiro que deixaria de gastar poderiam ser usados com muita coisa. — *Mas com o quê? Bem, provavelmente nada. Esdras está sempre tão entediado...*

A campainha toca. Bem cedo, observa ele, ao olhar as horas e ver que são quase sete. Não é nada comum Esdras receber visitas, mas há uma exceção na sua vida. Não que seja uma visita, muito menos uma visita convidada, mas ela eventualmente aparece; como agora. Hesita em abrir, mas a insistência na campainha o convence. É dona Constância. — *Ninguém seria capaz de contestar o quanto esse nome cai bem nessa senhora; não pela sua onipresença na vida alheia, mas pela excentricidade mesmo.* — E, contrariando todas as expectativas, desta vez ela não vem pedir nenhum favor ou cobrar algum que já tenha feito. Nesta manhã, assim que a porta é aberta, a senhora logo se pronuncia sem dar chance de ser interrompida:

— Erdas, bom dia. — *Sim, havia anos ele se conformara com esse "segundo nome" dito só por ela.* — Eu vim trazer esse doce de leite pra você. Minha prima Clemência caiu da escada, coitada... Um horror. Eu estou indo passar uns dias com ela no interior. Isso aqui iria estragar na geladeira, então fique pra você — *diz ela, empurrando a tigela do doce, sem qualquer possibilidade de recusa.* — Olha só, você fez a barba. Está bonito, mais jovem. Vai acabar casando. Já está mesmo na hora, não acha, minha criança?

Ela logo solta um sorrisinho sagaz que incomodaria qualquer um que a conhecesse havia mais de meia hora.

— A propósito, Erdas, chegaram essas contas aqui pra você... quero dizer, essas correspondências. Devem ser contas. A maioria delas o carteiro me entregou ontem. Esse envelope maior aqui um homem me entregou agorinha há pouco.

Na mão dela está uma pilha de envelopes de diferentes tamanhos; boa parte são pequenos e de cor branca, mas há um maior, pardo e mais volumoso que os demais. Esdras recebe as correspondências com a mão que não segura a tigela do doce.

— Enfim, minha criança, eu sei que o papo está bom, mas preciso ir pra rodoviária. Não sei quando volto, mas espero que seja logo, se Deus quiser. E feliz aniversário! Não pense que esqueci. Desejo muita felicidade a você, eu sei que você merece — finaliza, sorrindo.

Os diálogos com dona Constância geralmente são assim mesmo, dispensam qualquer participação oral do interlocutor. Esdras não a considera uma vizinha ruim, apenas incômoda, espaçosa, superprotetora além do aceitável. Mas ele entende que, diante dos quase 80 anos, talvez ela só queira atenção. Por isso, desde que não precise falar muito, ele se permite ouvir, em média, uns quinze minutos de queixumes diários. E isso já dura anos. O fato de essa senhora ter se mudado para o prédio apenas três dias antes dele lhe dá a sensação de penitência. Para dona Constância, porém, isso significa que são dois grandes e melhores amigos.

Esdras se recorda de ter ido morar ali quando havia acabado de passar na seleção da empresa na qual trabalhou até pedir demissão, seis meses atrás. E sempre teve pouquíssimo contato com os vizinhos. A aproximação da senhora começou após a chegada de um cartão de felicitações de uma loja qualquer, cujo envelope ela alegou ter aberto, mais uma vez, por engano. — *Claro!*

A viagem repentina da vizinha, hoje, modifica um pouco os planos da viagem dele, mas nada que seja o bastante para cancelar tudo. Encostado no marco da porta do seu apartamento, Esdras acompanha os passos de dona Constância até o fim do corredor, onde tem mais duas portas, uma do apartamento dela e outra de um vizinho qualquer que jamais fez questão de saber quem é. — *Dona Constância já vale por um condomínio inteiro.*

Ao ver a senhora apertando o botão do elevador com o cabo da bengala na qual se apoia, Esdras faz algo que não é do seu feitio: presta atenção nela, percebendo o quanto dona Constância envelheceu nos últimos anos. Ele sequer se lembra de quando a viu de bengala pela primeira vez ou quando ela parou de pintar os cabelos brancos. Uma maquiagem discreta tenta, inutilmente, esconder as rugas em volta dos olhos benevolentes.

É neste momento que Esdras se dá conta de que aquela senhora é o mais próximo que ele teve de uma família nesta cidade. Será que ela notou que ele está doente?, questiona-se, já que a S.T.T.S. tem sintomas bem evidentes. E, tomado por uma estranha sensação de saudade, dá um passo para fora de casa.

— Dona Constância — chama, com o seu tom de voz costumeiramente baixo e pouco perceptível aos desatentos.

A senhora se vira calmamente.

— Obrigado pelo doce, e boa viagem — "para nós", ele completa a frase apenas em pensamento; afinal de contas, não havia contado para ela que estava indo embora dali.

Dona Constância sorri docemente, dá um passo para entrar no elevador, que não está no andar, provocando sua queda no poço vazio. Bem, pelo menos é isso que se passa na mente de Esdras por alguns segundos. Não que ele deseje a morte da pobrezinha, mas seus pensamentos andam ligeiramente mórbidos nos últimos tempos. No fundo, Esdras gostaria que dona Constância ficasse bem na sua ausência.

Por mais que o doce de leite da vizinha pareça delicioso, Esdras não costuma sentir fome pela manhã, então deixa a tigela sobre a bancada da cozinha, ao lado dos envelopes recebidos, até que uma horda de formigas se aposse convenientemente da iguaria.

Esdras dá início às últimas etapas do cronograma, passando boa parte do dia entregando caixas em diferentes ONGs, desde roupas até mantimentos e eletrônicos. E, antes de sair de casa, ele já havia decorado o que achou que repetiria ao longo do dia: "Eu arranjei um emprego em outro país e estou me desfazendo das coisas do apartamento." No entanto, ninguém lhe perguntou nada sobre ele ou suas motivações.

Não chegou a doar todas as suas coisas; optou por vender algumas e arrecadar o máximo de dinheiro para doar também. — *Faz algum tempo que entrou na vibe da benevolência.* — Por volta do meio-dia, vai ao banco depositar o dinheiro que tem em mãos. As contas beneficiadas são de três instituições, uma cuida de crianças abandonadas, a outra cuida de animais abandonados e a última cuida de idosos provavelmente abandonados.

Em seguida, Esdras, enfim, parte para o aeroporto, e lá se dirige ao portão de embarque com destino à Argentina. Ele depende de um pouco de sorte, algo que não costuma ter; porém, a falta de sorte dele conta com a ajuda da falta de atenção de uma funcionária, que valida o seu embarque, mas não nota que Esdras, ao gentilmente ceder passagem a uma família, permanece na área de espera.

Por volta das duas da tarde, Esdras retorna ao apartamento, que está alugado até a data de hoje; apesar de não ser seu na escritura, é o seu lar, constata. Após tomar um banho e se vestir, deita-se na cama enquanto olha a parede cinza do quarto, repleta de reflexos dos seus pensamentos. O único claro que vem à sua mente é: "Eu sei por que estou fazendo isso", algo que repete em voz alta. A sensação, afinal, é de dever cumprido.

A ideia inicial de Esdras era contar para dona Constância sobre a viagem à Argentina e deixar sob os seus cuidados um envelope para ser entregue a um inexistente amigo dele, que viria buscar em breve. Mas como ele sabe do pitoresco hábito que ela tem de abrir correspondências com a ajuda do bico de uma chaleira, certamente o conteúdo do envelope seria revelado.

Dentro do invólucro há um bilhete de poucas palavras, apenas contando sobre a viagem, que será longa, e por isso mesmo ele não sabe quando retornará. Além disso, o envelope pardo também guarda recibos de contas pagas, contratos cancelados, comprovantes de pagamento de luz, telefone etc. Essa é uma forma que Esdras encontrou para se precaver da possibilidade de ser procurado por empresas de cobrança; caso ocorresse, encontrariam uma dona Constância sempre muito disposta a esclarecer dúvidas, com comprovantes em mãos. Além do quê, é menos danoso deixar dona Constância cheia de respostas do que consumida por perguntas que envolvam sua viagem.

Esdras pega o tal envelope pardo em cima da bancada da cozinha e o leva para o apartamento 302, empurrando-o por baixo da porta, juntamente com um novo bilhete.

Pronto para partir, ele volta ao seu apartamento, apenas para pegar a mochila cinza e grande que comprou para o que chama de Operação Missa de Corpo Ausente, e vê as correspondências que dona Constância lhe entregou pela manhã: vários envelopes, provavelmente contas, como disse ela. "Faturas já pagas", pensa, mas, sem tempo para abrir e se certificar disso, ele acha por bem levá-los consigo na mochila, na qual se encontram uma lanterna grande e um revólver. Ao se voltar para o seu lar uma última vez, despede-se com um olhar de saudade e um sorriso de alívio.

Passa das seis da tarde quando Esdras, já no táxi, observa a cidade pelo vidro do carro; não chove mais como choveu pela manhã, apesar de o dia ter continuado nublado e frio. Sua sensação é de estar passando por uma cidade que não conhece: prédios onde jamais entrou, calçadas que jamais pisou e pessoas com as quais jamais cruzou. O olhar de uma despedida, compreende ele, é mais atencioso e deslumbrado que o olhar da rotina.

Já na Marina, Esdras observa o céu escurecer por completo enquanto caminha até o píer onde está o barco comprado: pequeno, feito de madeira envernizada e sem qualquer nome pintado na lateral, como seria de costume. Ao retirar a capa de lona preta que cobre a embarcação, ele vê os quatro empilhamentos com cinco anilhas de academia cada.

Com o tempo instável, poucas pessoas transitam pela Marina; o mar está agitado. Ao entrar no barco, que por conta do balanço da água se choca levemente contra o píer, ele solta a corda que o mantinha atracado e, em seguida, liga o motor.

A pequena embarcação começa a se mover rumo à escuridão do oceano, e o coração de Esdras acelera de ansiedade. Já sentado, pega a lanterna e deixa a cidade para trás.

Depois de trinta minutos em movimento, Esdras desliga o motor do barco, que para no meio do breu. O silêncio da hélice e o silêncio da tevê, sua única companhia em casa, são igualmente barulhentos e incômodos, constata; o que difere ali é a ausência do lar, que já nem é mais seu.

Esdras abre a mochila e tateia o fundo com a mão esquerda para pegar a arma; enquanto isso, a direita, que segura a lanterna, acaba jogando o foco de luz para a popa do barco, onde estão as anilhas pretas. Fecha os olhos por um instante e retira a mão de dentro, vazia. Ao olhar para cima, reflexivo, fica inebriado pela quantidade infinita de estrelas; o mar está um pouco menos agitado do que na Marina.

De repente, sem conseguir entender o que está sentindo, Esdras percebe lágrimas caindo. Põe-se a chorar copiosamente; um choro desesperado e sufocante, cortado por berros de angústia que ecoam pela solidão do oceano; uma solidão tão grande quanto a que sentia na cidade iluminada, vista ao longe. Esdras não sabe qual vazio é maior, se dentro dele ou nas profundezas imensuráveis do oceano.

A certeza do que precisa ser feito já assumiu o controle das suas decisões de tal forma, que Esdras não diz mais para si a razão de tudo. Ele apenas verbaliza que "sabe por que está fazendo isso". Mas, de repente, surge a grande pergunta: Por que eu estou me suicidando? Esdras, por um tempo, não tinha intenção de morrer; ele queria apenas deixar de existir, o que seria indolor, incolor. Era isso, Esdras queria ser invisível. Mas a S.T.T.S. parecia tornar inevitável a sua partida; a doença já havia se espalhado pelo seu corpo, pela sua mente.

O sussurro dos ventos, o cochicho das águas, o reflexo longínquo das estrelas urbanas e das estrelas do céu... tudo isso lhe recorda o inesquecível, o motivo que o levou ali. O seu algoz, a sua doença, aquilo que parece ser incurável. Ela chegou, um dia, dentro de uma palavra solitária, que não dizia nada sobre o que ele sentia. Foram vários dias e noites pensando nela, até que encontrou a sua própria definição daquilo que lhe disseram ser depressão. No fim, Esdras compreendeu que era portador da S.T.T.S., a **S**olidão de **T**udo, de **T**odos e de **S**i.

Os sintomas entraram tão pacatamente na sua vida, que Esdras os confundia com uma preguiça de fim de semana ou um sono fora de hora. Mas, sorrateiramente, a S.T.T.S. foi deixando-o cada dia mais indisposto para a vida e para as pessoas. Primeiro, ele se afastou dos desconhecidos, depois dos conhecidos, dos amigos e, por fim, da família. Uma cratera foi aberta entre ele e o mundo, e não havia motivação suficiente para sair dela.

Os prazeres de outrora transformaram-se em atividades difíceis de concretizar. O que era instigante para os outros era indiferente para ele. Levantar-se da cama tornara-se um tormento, os dias e as noites se repetiam num looping monótono, silencioso e infinito, transformando a sua casa num refúgio de conforto; ficar lá evitava perguntas que não queria responder, amigos que não conseguia entender, planos que não iria concluir. Às vezes, era inevitável sair de casa, mas uma máscara teatral invisível e os olhos voltados para o chão serviam de camuflagem para interagir com as pessoas em suas próprias máscaras. Esse era o pedágio exigido a todos, e por um tempo não era tão caro. Eventualmente até surgia uma vontade repentina de recomeçar, de sair de casa. Mil planos eram criados, mas a excitação acabava antes mesmo do café da manhã. Esdras percebeu que tentar ser feliz era inútil, pois nada o deixava feliz e sequer sabia o que isso queria dizer. Foi ali, há exatos seis meses, que ele percebeu, finalmente, que não poderia continuar daquela forma. Queria pedir ajuda, mas não sabia a quem. Uma outra opção surgiu. A resolução lhe parecia sutil, inadiável, desconfortável, porém urgente: a Operação Missa de Corpo Ausente. Parecia uma ironia que ter o fim como um intento o animasse, mas foi assim que Esdras chegou ali.

Embalado por uma maré confusa de pensamentos, converte o choro em risos injustificáveis, mas volta a chorar logo em seguida, até que, por fim, gargalha histericamente. Aos poucos, ele se recompõe e, após um longo suspiro, afirma para o vento:

— Eu sei por que estou fazendo isso.

Para onde se foge quando quem te persegue são os seus pensamentos? É até possível desenvolver o avião mais rápido do mundo para fugir de alguém, mas nada é tão rápido quanto um pensamento ruim. Fugir de si mesmo é impossível, imagina Esdras.

E, como um último gesto de rebeldia, decide ignorar o cronograma, estirando o corpo no barco para admirar o céu e as estrelas. O barulho sem rimas do mar cria uma trilha sonora para os seus pensamentos, as suas lembranças de uma vida pouco vivida.

Os segundos pretendidos para essas reflexões tornam-se minutos; os minutos tornam-se horas; e, como uma fita VHS sendo rebobinada, a mente de Esdras revisita os rostos dos ex-colegas de trabalho, dos amigos que já teve, das viagens que já fez, dos elogios que já recebeu, das vitórias que já conquistou, de uma rotina familiar feliz, dos relacionamentos bem-sucedidos, da ex-esposa... Todas essas coisas boas, aos poucos, foram se esvaindo da sua vida como torrões de açúcar afundando num café amargo.

Sem relógio ou qualquer meio para medir as horas, Esdras não tem noção do tempo que durou aquela sua contemplação, mas tem a certeza de que nenhuma memória foi suficiente para convencê-lo a ficar. Ao contrário, recordar a falta de abraços ou de despedidas afetuosas no último dia de trabalho reafirmou as suas motivações para abreviar o fim. Não parecia que ele faria falta, e o mais triste foi perceber a reciprocidade no seu coração.

Sentando-se no barco novamente, Esdras abre a mochila para pegar a arma e, ao iluminar o interior, vê algo que já havia esquecido: o montante de correspondências que dona Constância lhe entregara pela manhã. A ideia era jogá-las fora em alguma lixeira da Marina, mas a ansiedade o fez esquecer-se desse detalhe. Agora, ele sabe que terá de rasgar tudo e jogar no mar para se livrar de qualquer coisa que possa ser associada a ele. De certa forma, ainda que vivo, ele já não existe mais como antes: todos os seus rastros acessíveis foram rasgados, apagados, deletados, finalizados ou destruídos.

Quando retira os envelopes da mochila, Esdras presta atenção especialmente em um deles, grande e pardo, tal qual o envelope deixado por baixo da porta de dona Constância. Mesmo tamanho, mesma cor, mesmo volume, sem selos de postagem... Neste momento, o coração dispara com a possibilidade de ter feito confusão e deixado o envelope errado na casa da vizinha. Isso certamente causaria um revés nos seus planos.

Mas, antes de pensar em qualquer atitude que teria de tomar, Esdras abre o envelope, desejando profundamente não ter trocado os invólucros quando estavam na bancada da cozinha. Ao olhar dentro da correspondência, vem o alívio:

— Não é o meu envelope — comemora, suspirando.

Apesar da tranquilidade por ter feito tudo correto, esse susto momentâneo desperta nele a curiosidade de saber do que se trata a correspondência. Esdras nota que o conteúdo é composto de uma certa quantidade de outros envelopes, em tamanho menor.

— Provavelmente contas, como bem disse a dona Constância.

Ao analisar a parte externa do envelope grande, ele não encontra nenhum nome de remetente; entretanto, no verso consta como destinatário o seu nome, além do endereço completo: Avenida 5 de Novembro, 1701, Ed. Lápis-Lazúli, apto. 301.

Esdras despeja o conteúdo do envelope pardo no piso do barco, e dele caem vários outros envelopes com não mais de 23x12 cm; todos brancos e idênticos, exceto pelos versos. Numa rápida olhada, Esdras nota que em cada invólucro há algo diferente escrito. "Ao Estranho do Lago", diz um deles; já em outro tem "À Vendedora de Nuvens". O endereço de correspondência está logo abaixo do que parece ser o destinatário em cada envelope. Inclusive, ele nota que não há nenhum nome propriamente dito, apenas codinomes, como pseudônimos jocosos.

— O que é tudo isso? — pergunta-se, intrigado. Quem teria lhe enviado é outra curiosidade que surge de imediato.

Curioso e ao mesmo tempo hesitante, Esdras percebe que todos os envelopes estão lacrados, mas, numa nova olhada dentro do envelope maior, ele encontra uma folha de papel dobrada. Ao abri-la, constata que se trata de uma carta escrita à mão, com caneta de tinta azul. O título suprime qualquer dúvida sobre a identidade do destinatário da carta:

"Ao Meu Melhor Amigo, Esdras..."

Ao Meu Melhor Amigo, Esdras

Caro amigo, quanta saudade! Há tanto tempo não nos falamos, mas jamais te esqueci. Você é a memória mais viva dos momentos felizes que tive na infância, quando brincávamos na casa da sua avó. Escrevo esta carta principalmente para lhe agradecer, pois a sua presença sempre significou tudo do que eu ou qualquer criança precisa: um amigo.

Infelizmente, a vida nos levou a destinos diferentes. A solidão consumiu não apenas os meus dias, mas também a minha vontade de viver. Tantas vezes eu quis procurá-lo para conversar, saber de você, da sua mãe, se casou, se tem filhos... Eu tinha o seu endereço, mas não tive coragem. Pareceria meio bobo, na minha idade, buscar um amigo de infância. E, sendo um homem gay, senti vergonha de que me entendesse errado. Você foi o irmão que eu não tive, Esdras.

Desejo muito que esteja e seja feliz! Prefiro partir com a esperança de que você seja bem-sucedido e agraciado pela felicidade. Se ainda não o é, saiba que você é digno disso. Falei em partida, pois a minha carta de "olá" também é uma carta de "adeus". Bem verdade que estou indo por vontade própria... Quem sabe, a palavra certa seja "necessidade" própria.

A minha vida não foi fácil, ainda mais sendo o que eu sou, como eu sou, e tendo nascido e crescido num mundo que parecia não me caber. Um mundo que eu nunca consegui enxergar com a mesma lógica que se encaixa tão perfeitamente em outras pessoas.

Cheguei, meu amigo, aos limites do desencanto da vida, de mim mesmo... Preciso colocar um ponto final nesse vazio que me corrói de dentro para fora. Partirei, infelizmente, sem a coragem necessária *para procurar você e outras pessoas inesquecíveis, de quem tantas vezes planejei me reaproximar. Entre nós dois, você era a coragem e eu, o covarde. Quantas vezes você me empurrou para frente? Por isso mesmo, eu gostaria de fazer um último pedido a você.*

Estou deixando aos seus cuidados doze cartas que eu gostaria que você entregasse a doze pessoas que passaram pela minha vida. Tenho algo importante a dizer a cada uma delas, e também não gostaria de morrer e não ser mais lembrado por elas. Eu não quero ser invisível nas memórias de suas vidas. Um homem que não deixa lembranças não existiu de verdade.

Quando você ler esta carta, certamente eu não estarei mais aqui, mas deixo a minha confiança e os meus anseios nas suas mãos. Por favor, Esdras, te peço que entregue as cartas em mãos, por mim e para mim. Receba os olhares e os sorrisos que eu tanto quis ver, mas que a infelicidade me impediu de buscar. Lamento pelo nosso afastamento e pela inconveniência do pedido. Mas, assim, partirei em paz, meu amigo. Me perdoe, e muito obrigado.

Aproveite a vida!
Lélio

— Lélio? — pergunta Esdras à carta, como se ela fosse capaz de responder.

Ao tentar compreender o que acabou de ler, Esdras entra numa espiral de sentimentos que não consegue mensurar, tampouco sabe como lidar com uma carta dessas nesse exato momento da sua vida… ou da sua morte.

— Como assim… O que você fez, Lélio? — pergunta, enquanto observa todos os envelopes à sua volta.

Confuso, Esdras faz renascer memórias da infância na casa da avó. Recorda-se de Lélio, o vizinho dela que tinha a mesma idade que ele, talvez um ano mais novo. O garoto era filho de um policial e de uma senhora simpática que costumava fazer bolos para eles.

— Aquele menino… Mas eu não o vejo há anos! — Ainda sem constatar a consonância entre as palavras da carta e o seu momento atual, sente que os olhos marejam.

É muito forte a lembrança da sua avó convencendo-o a chamar o vizinho franzino e tímido para brincar, até que ele começou a fazer isso espontaneamente.

— E como assim, melhor amigo? — indaga ele, encarando a carta. — Eu raramente ia naquela cidade, como pode me considerar o seu "melhor amigo"?

Esdras relembra o fato de que, entre os seus 9 e 11 anos, costumava ir, pelo menos, duas vezes por ano àquela cidade para passar as férias. E, a cada novo ano que a visitava, via Lélio um pouco menos. O menino cada vez queria sair menos, brincar menos, conversar menos…

— Fomos amigos, mas não… — Esdras até se esforça, mas não consegue contestar o fato de que Lélio foi seu amigo na infância, por mais que o tempo tenha se encarregado de afastá-los.

— Ele parou de falar comigo, de sair… Eu lembro. Mas faz tanto tempo… que sentido tem isso? — Com a voz embargada, tenta pensar na carta de maneira racional, mas não consegue. De alguma forma, ela já havia mexido com ele profundamente.

— Sair entregando cartas para doze pessoas que eu nunca vi? Quem ele pensa que eu sou, o Hércules? — *Ou o Hermes, talvez*.

Esdras se esforça para entender a razão de a sua presença ter sido tão relevante para Lélio. Não se vê como alguém especial ou marcante; por isso mesmo, não faz sentido Lélio confiar a ele, quase um desconhecido, a tarefa de cumprir a sua última vontade em vida.

Nos anos em que mantiveram contato, Esdras viu pouco o amigo, recorda-se. Na época, a avó vivia doente, e por isso ela ia passar longos períodos na casa onde ele morava com os pais, noutra cidade, motivo pelo qual ele deixou de ir para a casa dela. Quando voltou a frequentar o lugar, soube que Lélio havia se mudado, e jamais tornou a vê-lo.

— "Entre nós dois, você era a coragem e eu, o covarde"; "Quantas vezes você me empurrou para frente?" — Esdras relê essas frases e recorda o quanto Lélio era medroso, nunca queria correr demais, nunca queria subir alto demais, nunca queria sair da garagem de casa, nunca queria fazer nada que contrariasse as ordens do pai.

A reconstrução mental da personalidade do amigo faz emergir a memória da última vez em que se encontraram. Era o seu último dia na cidade, antes do fim das férias, e os dois estavam na garagem da sua avó, conversando:

— Você completou o seu álbum? — perguntou Lélio, com o olhar pacato de sempre.

— Qual deles? — indagou Esdras, entretido com as bugigangas da garagem.

— O da Copa do Mundo. Aquele que...

— Nossa, eu nem me lembrava mais daquele álbum. Eu acho que completei... — interrompeu Esdras, um tanto quanto disperso na conversa, enquanto desmontava um dos vários carrinhos feitos de caixas de sapatos, que ele havia montado naquele verão. — Por quê, você ainda procura figurinhas para o seu?

— Não, na verdade eu perdi o meu álbum — afirmou o pequeno Lélio. — Se você achar o seu álbum e não quiser mais, você me dá? — Lélio tinha um jeito de falar que lembrava alguém que fizera algo errado e estava arrependido, com um olhar constante de culpa.

— Pode ser, Lélio. Pra que você quer aquele álbum besta? A Copa já acabou faz tempo. Ninguém nem liga mais.

— Eu sei, é que eu sempre guardo os meus álbuns. E aquele já estava quase completo, só faltava uma figurinha, uma que eu perdi. Você lembra qual era o jogador? — Os olhos do pequeno Lélio brilhavam ao falar da figurinha.

— Ei, esquece isso, compra outro. Compra um do Brasileirão. — Esdras se levantou abruptamente, cortando o assunto. — Eu preciso ir, os meus pais já devem estar me esperando. Meu pai tem audiência amanhã no Fórum e a minha mãe tem alguns pacientes marcados. A gente precisa chegar cedo em casa, e a viagem é meio longa.

— Você volta? — perguntou Lélio, cabisbaixo.

— Sim, volto nas férias do meio do ano.

Esdras se recorda de ter olhado para trás e acenado para se despedir do amigo, não sabendo que seria a última vez que o veria. Mas a razão de ter se lembrado daquela conversa em especial foi o sentimento de remorso que nasceu quando ele saiu daquela garagem.

— Eu roubei aquele álbum dele. Eu roubei o álbum dele. Eu peguei pra mim aquele maldito álbum de figurinhas. — Esdras sente os olhos ainda mais molhados ao recordar que, um verão antes dessa última lembrança, ele havia pegado o álbum de figurinhas de Lélio e levado consigo. Enquanto no álbum de Lélio faltava apenas uma figurinha, o dele ainda precisava de umas vinte para ficar completo, por isso havia roubado o álbum do amigo.

— Me desculpa — pede Esdras, encarando a carta como se ela fosse aquele menino do seu passado. — Que idiota que eu fui, roubei seu álbum.

Esdras tem consciência de que, na época, não sentiu o mínimo arrependimento do que fez, mas agora está consumido pelo sentimento de culpa. Insanamente, é como se o roubo tivesse provocado o suicídio do seu amigo mais de 30 anos depois.

— E você ainda me chama de amigo, "melhor amigo"? Que idiota, cara. Você que foi idiota. — Esdras relê a carta diversas vezes, inteira ou frases soltas, pensando na morte de Lélio e também na sua, que está por vir. O barco se agita com o movimento gradual da maré.

— "Eu não quero ser invisível nas memórias de suas vidas." — Ao reler as palavras de Lélio, Esdras finalmente compara o seu momento ao do velho amigo. É inevitável perceber a triste ironia do destino. Como não se dar conta de que está vivenciando o mesmo momento que o amigo passou alguns dias antes; quem sabe, apenas algumas horas antes? Tudo é tão confuso que ele mal consegue encontrar uma reação condizente com o que sente.

— Por que você não me procurou, Lélio? Eu estava tão lascado quanto você, talvez até pior. Olha para mim, olha onde eu estou! — Esdras tenta conter as emoções. — Eu poderia ter ajudado você. Sei lá, poderia ter te convencido a não... — Ri de si mesmo com sarcasmo: — Ah, claro, eu ia ajudar, trazendo ele comigo para cometermos um suicídio coletivo.

Esdras começa a gargalhar desconsertadamente, mas sem parar de chorar, até que o riso cessa e o choro permanece. Talvez para qualquer outra pessoa pareça idiotice associar uma bobagem de criança ou mesmo um álbum velho a um suicídio, mas na cabeça de Esdras aquele gesto ínfimo tem o peso do abandono de um amigo e da possibilidade de salvá-lo. Esdras guarda o sentimento de abandono das pessoas à sua volta, e agora percebe que fez igual com um amigo, ainda que não tenha tido noção disso.

— Eu não fui um bom amigo. — Esdras chora. — Você era meu amigo, eu sei disso. Talvez tenha sido o único verdadeiro que eu tive em toda a minha vida.

Uma súbita culpa pelo trágico fim de Lélio cresce dentro dele. Esdras se deita no barco, apaga a lanterna e se esconde na penumbra que o oceano lhe oferece. Ali ele fica: imóvel, pensativo, triste, arrependido, culpado e, mais uma vez, perdido.

No seu coração, Esdras tem a sensação de perder a única coisa que sequer sabia que tinha: um amigo. Seu melhor amigo acabou de morrer naquela carta. E a ironia é que uma das razões para estar prestes a tirar a própria vida é justamente essa: ele não tem ninguém.

Esdras começa a não se conformar com a infinidade dos "Ses": Se ele não tivesse roubado o álbum... Se ele tivesse cumprido a promessa de voltar... Se ele tivesse procurado o amigo... Se eles não tivessem se afastado... Se ele e Lélio tivessem tido a oportunidade de serem amigos, de apoiar e encorajar um ao outro... Se "tudo isso", talvez nenhum dos dois tivesse que partir, fugindo da solidão. Quem sabe, se fossem amigos nesse momento, quem estivesse morrendo fosse a solidão, e não a sua vontade de viver.

"Bastava um telefonema", pensa ele, uma batida à sua porta, um e-mail ou somente uma carta; bastava que fosse mesmo uma carta de "olá", e não de "adeus". Era o suficiente para que tivesse a oportunidade de dizer ao amigo: "Não faça isso, eu estou aqui com você." A culpa, a angústia e a sensação de "agora é tarde" exaustam a consciência de Esdras, que acaba encontrando algum alento no sono que chega. Adormece, acalantado pelo balanço das ondas.

O ar saía da sua boca em forma de bolhas e em direção à superfície, desenhando algum tipo de poesia que dispensava a respiração. O oceano profundo à sua volta, limpo, azul, embalava o flutuar dos peixes, enquanto ele ia descendo, descendo, descendo lentamente. Esdras viu passar uma linda sereia de cabelos pretos, sorrindo para ele, que sorriu de volta. A paz ali era tão serena... não existia a escuridão que esperava encontrar no fundo do mar. Não fazia frio, não era solitário, ele estava cercado de baleias que também iam descendo, descendo, descendo lentamente. Suas companheiras fizeram-no recordar-se de uma aula de biologia na qual a professora ensinara que os cetáceos transformavam óleo líquido em gordura sólida para emergir e submergir. A sua "gordura de baleia" eram as anilhas negras, que choviam à sua volta criando uma correnteza que o levava vagarosamente para baixo, para onde ele olhava e não via nada: o infinito escuro estava sob os seus pés. Mas, de repente, sentiu a correnteza mais intensa, fazendo-o descer, descontrolado. A chuva de anilhas aumentou, e ele parecia estar cada vez mais próximo do fundo. Esdras tentava subir, subir, subir rapidamente, mas não conseguia. O ar começou a faltar, então ele se lembrou de que era preciso respirar para estar vivo. Livrou-se da pesada mochila que carregava nas costas, mas o corpo não ficou mais leve. Um confuso grito de horror deixou a água pastosa. Ao olhar para baixo, Esdras percebeu que, ao invés da mochila cinza, quem o estava afundando era um homem: Lélio! Esdras, que já estava praticamente sem ar, começou a se debater em busca de algum fôlego, porém, afoito, espantava todos os peixes à sua volta, além das baleias e da sereia; estava ficando só outra vez. Sufocado, tentava incessantemente voltar à superfície, mas o homem o puxava para baixo, no intuito de se salvar. A superfície azul ia ficando cada vez mais distante, inatingível, e a água se tornou turva, congelante, solitária. Faltava ar, faltava vida. Aparentava ser o fim, até que uma pequena mão pareceu puxá-lo; ao olhar para cima, não viu ninguém, mas o instinto de sobrevivência inesperado fez Esdras reagir e se libertar, deixando o peso — ou Lélio — afundar sozinho, enquanto nadava, obstinado, de volta à superfície; até que...

Esdras acorda buscando ar desesperadamente. O mar está bastante agitado e o vento, forte; o sol ainda não raiou, mas mostra-se próximo. No pesadelo que ele acaba de ter, mais uma vez deixou o amigo Lélio para trás, o que o faz sentir-se ainda mais culpado.

O céu acinzentado que clareia o barco e o vento incessante fazem com que Esdras se atente em procurar a carta de Lélio e os outros envelopes. De imediato, percebe que estava deitado sobre eles. Preocupado com a integridade das cartas, começa a contar os envelopes para se certificar de que todas estão ali e intactas. Mas logo percebe que falta algo ainda mais relevante: a carta que Lélio escreveu para ele.

Em meio à bagunça do barco com envelopes, arma, mochila, lanterna, anilhas, tudo espalhado, Esdras não encontra o papel. A carta não está ali. Um desespero então começa a acelerar seu coração: mais uma vez havia "perdido" Lélio, mais uma vez falhara com o amigo.

— Não, não, não, não, não... — Esdras não se conforma com a perda da carta. — Eu não posso ser tão estúpido!

Sentindo-se um inútil, ele olha para a proa do pequeno barco e vê a arma que trouxe consigo. Atormentado, avança sobre o revólver e destrava o gatilho. Sem pensar muito, aponta a arma para a lateral da cabeça, chorando.

— Como eu posso ser tão estúpido?! Eu não consigo. Não consigo fazer nada direito. Eu não posso, não sou capaz. Não vou conseguir entregar essas cartas, Lélio, me desculpe — diz, pressionando o cano da arma contra si.

A ventania parece que vai virar barco e traz consigo o barulho assustador de um trovão. Um relâmpago fortíssimo clareia o céu por alguns segundos e ilumina as cartas deixadas por Lélio. Esdras reage:

— Eu não vou abandonar os meus planos. Eu sei por que estou fazendo isso! Eu sei por que estou fazendo isso! Eu sei por que estou fazendo isso! — exclama.

Esdras começa a repetir a frase como se fosse um mantra, enquanto enfia as vinte anilhas dentro da mochila cinza, na qual já estavam todas as cartas deixadas por Lélio.

Seguindo o protocolo final da Operação Missa de Corpo Ausente, ele coloca a pesada mochila nas costas, prendendo as duas fivelas que a travam no seu tórax. O peso é surreal, mas necessário para afundar seu corpo na água. Em seguida, senta-se na borda do barco, de costas para o mar, como um mergulhador prestes a entrar em ação.

Com a arma engatilhada entre as mãos, Esdras respira fundo para dar o primeiro passo, sem volta, dos seus planos: os quatro tiros no casco do barco. Sem dar chances para a hesitação, ele divide os disparos, dois tiros a bombordo e dois a estibordo. O primeiro joga seu corpo para trás, mas ele consegue se equilibrar. Quando a quarta bala atinge o casco, Esdras observa a água entrando no barco. Agora... já era, reconhece.

A respiração de Esdras começa a ficar ofegante, ele encara a arma sem precisar mexer a cabeça e enxerga o primeiro fluxo de água encontrar seus sapatos. Fecha os olhos e deixa que a mão leve a arma na direção certa.

Os batimentos disparam... mas o revólver, não. A mão treme, sem conseguir puxar o gatilho. Esdras repete mais uma vez para si ou para todos:

— Eu sei por que estou fazendo isso! — afirma, antes de soltar berros que traduzem os seus pensamentos bem melhor que qualquer palavra.

Esdras é interrompido por um clarão que antecede um longo e estrondoso trovão. A claridade faz com que abra os olhos, que não tardam a avistar, próximo ao barco, um papel boiando. Rapidamente ele se estica, com dificuldade por conta da mochila, e consegue alcançar a folha. É a carta que Lélio lhe escreveu, ou o que resta dela: borrões azuis da tinta da caneta espalhados num papel encharcado.

Ver as frases da carta transformadas em meras manchas azuis faz Esdras se lembrar de algo que Lélio havia escrito ali: ele não queria ser invisível. Era a única coisa que havia pedido. Mas isso também o faz pensar em algo que não tinha cogitado: e se ainda houvesse tempo de salvar o amigo? E se Lélio ainda estivesse vivo, esperando para ser salvo por ele? E se fosse um pedido de socorro prévio? Então, pensa que, a partir de agora, talvez esse seja o maior propósito da sua vida: salvar o amigo.

Esdras olha para o interior do barco, mais precisamente para a água que invade o assoalho; em seguida, olha para a cidade. Ela está longe, muito longe. Mas, tomado pelo sentimento de lealdade, decide adiar seu fim para tentar prolongar a vida ou, pelo menos, a memória do amigo.

Ciente de que não lhe resta muito tempo, começa a agir: tira a mochila das costas e a repousa numa parte mais alta do barco para se livrar do peso. O mesmo peso que salvaria a sua morte agora precisa salvar a sua vida, deixando o barco mais leve. Uma a uma, as vinte anilhas negras são jogadas ao mar. — *Uma chuva de anilhas no oceano, como no sonho.*

Com a mochila cinza de volta às costas, contendo apenas as cartas de Lélio, Esdras liga o motor do barco, que passa a se mover em direção às luzes da cidade, sobretudo de um farol. Uma típica névoa matutina, no entanto, o impede de ter a dimensão do que vem à frente. A água não para de entrar, e nenhuma outra embarcação parece estar por perto para socorrê-lo.

Pela primeira vez, em muitos anos, sem entender bem o porquê, Esdras teme o risco que corre. Afinal, não sabe nadar, não levou um colete salva-vidas e a sorte nunca o acompanha, lembra-se. Não por acaso, um golpe de azar não tarda a chegar: sem prévio aviso, o motor do barco para de funcionar. — *Bendito Murphy!*

— Não pode ser! Não, não, não… — Esdras parece não acreditar.

Com o barco parado, longe da terra firme, escondido por um nevoeiro e sendo tomado pela água, Esdras não sabe o que fazer. Tenta religar o motor várias vezes, mas é inútil. Então, pergunta-se se o seu destino é morrer afogado como no sonho.

— Amigo!

Esdras entra numa espécie de transe e fica sentado, inerte, na proa do barco, agarrando-se à mochila e ao medo de perdê-la ou molhá-la. Daria a vida para poder salvar as cartas. Nada é mais importante para ele neste momento. Enquanto isso, a água passa a entrar numa velocidade desenfreada, sobretudo na popa. O barco está afundando lentamente.

— Amigo!

Esdras não tira da cabeça como deve ser terrível morrer por afogamento. Fita a arma na outra ponta do barco, mas o corpo está congelado, imóvel. A luz da lanterna é a única coisa que parece estar viva no barco; a única coisa que corta o nevoeiro ao redor.

— Amigo!

Esdras está tão atordoado observando a embarcação submergir, que não percebe que a voz que grita por um amigo não é a sua nem a de Lélio:

— Amigo!

Em pânico, ele sai do estado em que se encontra e nota que alguém fala com ele. Escondido pelo nevoeiro, um homem se aproxima numa outra embarcação.

— Amigo! Venha! Venha aqui pro meu barco! — chama o desconhecido.

— Me ajuda, me ajuda, eu não posso morrer! — exclama Esdras, tremendo de frio e em pânico.

O homem estica o braço para que Esdras se apoie nele e suba na embarcação, por sinal bem maior que a dele. Ao entrar no pesqueiro, senta-se numa espécie de banco, ainda agarrado à mochila cinza, que não molhou. Na verdade, apenas os sapatos e parte da calça estão molhados.

— Amigo, você está bem? O que houve com o seu barco? Você também é pescador? — indaga o seu salvador, aflito.

— Não. — Esdras, ainda assustado, olha firme para o barco que comprara dias antes e que, nesse momento, submerge completamente.

— Eu vou pegar um pouco de café pra você. — O velho pescador dá dois ou três passos e encontra sua garrafa térmica. Enquanto derrama a bebida fumegante numa caneca plástica, observa, incrédulo, aquele pobre coitado à sua frente: apavorado e agarrado a uma mochila, como a última criança à espera dos pais na porta da escola em dia de temporal.

— Obrigado. Obrigado. — Batendo os dentes, Esdras agradece a caneca de café, que libera um aroma bem forte. Um gole o ajuda a ficar mais calmo e consciente.

— Você deu sorte — afirma o senhor —, eu não vinha pescar hoje; choveu tanto ontem que imaginei que estaria um tempo bem pior.

— Choveu? — pergunta Esdras, observando que as suas roupas não estão molhadas, exceto pela água que entrou no barco.

— E muito! Pelo menos em terra firme. Mas, pelo visto, você estava com sorte, nem se molhou — estranha o pescador, sendo simpático.

— Acho que não choveu por aqui. Eu só ouvi um trovão, e ventava demais.

— Sim, eu também ouvi aquele último trovão. Até estranhei, pois aquela tempestade está bem longe — diz ele, apontando para uma quantidade de nuvens cinzentas ao sul. — O céu está limpo aqui.

Esdras fita o horizonte e tenta olhar para o sol, que já nasceu, enquanto o nevoeiro, resistente, perdura.

— O que houve com o seu barco? — insiste o velho barqueiro.

— O motor parou. Não sei o que aconteceu, começou a afundar… — Esdras torna a olhar o mar, querendo apontar para o barco, mas ele não está mais à vista.

— Já passei por isso. Meu nome é Sebastião, qual o seu? — pergunta o pescador, ainda desconfiado do jeito assustado de Esdras, que fica momentaneamente pensativo, mas responde:

— Esdras. Meu nome é Esdras — diz hesitante por revelar a identidade que tanto buscou extinguir.

— Tudo bem, amigo, fique tranquilo. Vou te levar para o píer. — O homem, que aparenta ter mais de 60 anos, liga o motor do barco, rumo à cidade.

— Eu vim da Marina — informa Esdras, tentando evitar mais perguntas.

— Onde você mora?

— Boa pergunta — responde Esdras, dando-se conta de que não tinha mais um lar.

— Como assim? Aquele barco... não podia ser a sua casa — ironiza Sebastião. — Você estava sozinho lá no barco, certo?

Esdras olha em volta e vê caixas de isopor cheias de peixes. "Todos mortos", pensa, e constata: "A morte parece que me cerca." Ou cerca a todos, sem que alguém se dê conta ou se importe com a morte de algo que não desperta empatia: um caixote cheio de peixes mortos é muito mais aceitável do que um caixote de cachorros mortos. Talvez Lélio achasse que a morte dele seria irrelevante para as pessoas, tanto quanto a morte desses peixes. Ele não merece ser apenas mais um peixe dentro de um isopor, conclui Esdras.

Ao tentar responder a pergunta de Sebastião sobre quem mais estava no barco, Esdras encontra uma única resposta:

— Um amigo.

— Você estava com um amigo? — indaga, espantado, o pescador.

— Não. Eu estava sozinho. Um amigo... está me esperando na Marina. Eu saí para pescar lagostas. Eu gosto de pescar lagosta, e tem que vir muito cedo, você sabe... — responde, tentando ser convincente.

— Sim. É verdade. — Sebastião parece tentar mostrar credulidade no que afirma, mas não deixa de notar a roupa de Esdras: — Essa não é uma roupa muito boa pra pescar...

— Claro. Eu sei. — Esdras percebe que precisa se concentrar mais no que mente. — Eu estava com frio e vesti essa; a outra molhou.

— Eu gritei várias vezes, mas você parecia estar apavorado, não ouvia. Essas coisas deixam qualquer um em pânico. Por sorte, vi a luz da sua lanterna, perdida no nevoeiro.

— Posso lhe fazer uma pergunta? — indaga Esdras, que aparenta não estar prestando muita atenção, afinal.

— Diga, companheiro!

— Um amigo meu, outro amigo — Esdras trata de explicar —, faleceu recentemente...

— Sinto muito pelo seu amigo — lamenta o velho pescador.

— Obrigado. Então, esse amigo, antes de morrer, me pediu que fizesse uma coisa por ele. Mas é algo que eu não tenho tanta certeza se quero fazer. Eu tinha... Tenho outros planos para mim, agora.

— Pois faça. Se ele era seu amigo e é algo que você pode fazer por ele, então faça.

— Mas eu não sei se posso — afirma Esdras.

— Companheiro, nem todo mundo tem a chance de viver tantos dias quanto gostaria. Mas os que têm devem fazer por merecer aquele dia a mais. Se esse seu amigo lhe pediu algo é porque não conseguiria fazer, não haveria mais tempo, então ele precisava contar com alguém pra fazer por ele. Alguém em quem confiasse.

— Ele era o meu melhor amigo — *declara Esdras, tentando convencer o mundo inteiro disso que acaba de dizer.*

— Ele vai ser sempre o seu melhor amigo. Agora que ele partiu, não tem como ser menos amigo do que era antes. Estou certo?

— Sim… — assente Esdras, que não sabe se considera Lélio morto ou alguém prestes a morrer e precisando ser salvo.

— E agora que nós somos quase amigos também, você vai me dizer a verdade? — Sebastião fita Esdras com um olhar mais sério.

— Como assim? — pergunta Esdras, suspeitoso.

— Amigo, você não tinha vara de pescar, não tinha isca, não tinha nenhuma lagosta ou peixe pescado, você não tinha colete salva-vidas, não tinha nada além de um barco afundando, e ainda quer me convencer de que o que você estava fazendo ali era mesmo uma pescaria?

Esdras tenta dizer algo, mas Sebastião o interrompe:

— Em compensação, você tinha uma arma. A arma que deixou no barco que afundou. Eu vi. Conheço bem um revólver.

Esdras, que já havia pensado em todas as respostas para as perguntas que pudessem ser feitas em consequência da Operação Missa de Corpo Ausente, responde rápido:

— Eu já fui assaltado várias vezes, por isso comprei uma arma. Quando o motor do barco parou, fiquei assustado e peguei ela.

— Faria sentido… se você estivesse na rua. Mas, na verdade, o que ainda não entendi é por…

— Meu amigo — interrompe Esdras bruscamente.

— Sim, seu amigo… ele estava lá?

— Sim…

O velho barqueiro olha para Esdras e, encarando-o receoso, diz:

— Olha, companheiro, eu vou parar de te interrogar. Vou te deixar no píer, e não precisa me contar nada que eu não deva saber, ok?

— Eu fui espalhar as cinzas do meu amigo — inventa Esdras, tentando encontrar alguma explicação entre a verdade e a mentira que precisa contar.

— Esse era o desejo dele. Ele era policial e queria ter as cinzas jogadas no mar, junto com a arma. Mas eu tenho medo de mar… eu não queria vir. Acabei vindo, mas quando o barco falhou e começou a afundar, eu entrei em pânico. Não queria morrer afogado, então peguei a arma dele. Eu não pretendia mesmo morrer afogado… você entende o que quero dizer? — *Finaliza com uma mentira que talvez poucos tenham talento pra arranjar tão rapidamente.*

— Tem que ser muito macho pra tirar a própria vida — reflete o pescador, depois de um longo silêncio. — Mas tem que ser ainda mais pra não levar essa decisão até o fim.

— Muitos acham que desistir é covardia — rebate Esdras.

— Bom, eu vi de longe, mas não parecia que você iria usar aquela arma. Ela estava longe de você, mesmo quando o barco já afundava. Você parecia mais alguém que rezava por uma salvação do que por um fim.

— Eu não sabia o que fazer! — exaspera-se Esdras, sendo bem honesto. — E não sou desses que reza.

— Mas morrer parecia ser a sua última opção. Você disse isso antes de subir no meu barco.

— Eu? O que eu disse? — pergunta Esdras, franzindo o cenho.

— Você disse: "Me ajuda, me ajuda, eu não posso morrer!"

Essa frase é uma nova realidade que Esdras tem de aceitar: nesse momento, ele não pode morrer, e talvez nem queira.

— E essa mochila? O seu amigo ainda está aí? — pergunta o pescador, apontando para a mochila cinza, que continua comprimida entre os braços de Esdras.

— Sim. — A resposta veio com enorme convicção; afinal, ali não estão as cinzas de Lélio, mas podem estar as suas últimas palavras.

— Você não quer realizar o último desejo do seu amigo agora? — Sebastião continua a guiar o barco, que já se aproxima do píer.

— Descansar em paz era o último desejo dele, mas havia um penúltimo pedido que eu não tive tempo para realizar. Talvez essa seja uma oportunidade de fazer o que ele me pediu. Eu devo isso a ele.

— E os seus planos? Aqueles aos quais você se referiu há pouco. Você não disse que eram uma prioridade? — pergunta Sebastião.

— Talvez eu deva abdicar deles por um momento. Posso adiá-los — conclui Esdras.

— Eu acho bonito que você queira realizar o último pedido do seu amigo, mas não coloque ele acima de você. Faça o que tiver de fazer, desde que dentro do seu limite e das suas possibilidades.

— Eu tenho uma dívida com ele — afirma Esdras.

— Então pague. Mas nunca ultrapasse o seu limite. Às vezes, você pode estar fazendo o bem a alguém, mas, sem intenção, fazendo mal a você mesmo. Não ultrapasse os seus limites.

— Eu sei.

— Não vá fazer nada de que venha a se arrepender, principalmente se for perigoso, errado. Seu amigo já partiu, a pressa não faz mais parte dele. Faça as suas coisas, siga o seu caminho e, quando puder cumprir a sua promessa, cumpra. Não acha melhor?

— Eu não conseguiria fazer isso por ele, caso eu faça o que preciso fazer por mim antes. — *Afinal, mortos não entregam cartas.*

— Por mais que seja nobre honrar a morte de alguém, honrar a própria vida é ainda mais importante — afirma o velho pescador.

— Talvez você tenha razão — constata Esdras.

— Talvez. Mas, veja só: você veio cumprir uma promessa e quase foi parar no fundo do mar. Tenha mais cuidado da próxima vez, pra você não acabar indo fazer companhia ao seu amigo mais cedo do que gostaria — diz Sebastião, sorrindo.

— É, talvez essa não seja uma má ideia — responde Esdras, fazendo o sorriso de Sebastião esmaecer. — Mas terei cuidado da próxima vez. Tentarei não falhar.

Sebastião atraca o barco no píer. O nevoeiro já se dissipou totalmente e o sol começa a brilhar. Esdras salta do barco, não sem antes fazer um agradecimento ao pescador que o salvou:

— Eu quero te agradecer, Sebastião. Eu juro que não tenho como pagar por isso, mas eu lhe devo minha vida.

— Companheiro, a sua dívida não é comigo. Certamente eu só fui uma carona do destino, que precisava te tirar dali pra você continuar os propósitos dele. Vou lhe dizer uma coisa: às vezes, parte-se cedo demais da vida, mas nunca se parte tarde o bastante. Então, se você ainda está aqui é porque há alguma missão no seu caminho. Não era a sua hora, por isso, aproveite bem a vida — finaliza o velho pescador, com as mesmas palavras que Lélio havia deixado na carta: "Aproveite a vida!"

— Obrigado, Sebastião — agradece Esdras, de coração.

— Até logo, amigo. — Sebastião retira o barco do píer e dá continuidade à sua viagem, assim como Esdras tem que iniciar a sua.

"Viver" é algo com tantos significados agora, que Esdras mal sabe por onde começar. Mas ele não se ilude, não foi tomado por uma vontade súbita de viver a vida; como se, de repente, Mary Poppins tivesse vindo cuidar dele e resolver os seus problemas com patinhos cantores e um toque de mágica, permitindo que tudo fosse como deveria ter sido algum dia.

Não! Para Esdras, agora, viver resumia-se a cumprir a promessa que fizera a Lélio: entregar as suas doze cartas. O último propósito da sua vida, ou o último propósito da morte do seu melhor amigo. Apesar do ânimo inicial de encontrar o amigo vivo, Esdras tem medo de acreditar nisso. "Ninguém escreveria uma carta daquelas sem ter certeza de que chegaria ao fim em seus planos", reflete.

A entrega das cartas será mesmo a sua meta; antes disso, porém, precisa encontrar um jeito de voltar a viver, já que ressuscitar não estava nos seus planos.

Sentado numa pracinha na entrada da Marina, Esdras constata que não lhe resta mais nada e que está mais invisível que o necessário: sem ninguém, sem dinheiro, sem teto, sem nada.

Ele não queria ser invisível, afinal? Esdras é meio tolo, meio patético, desses que desperta preguiça, e não a compaixão dos outros. Digo "outros" porque esse drama não me comove. Esse chilique de vivacidade é passageiro, eu sei. É apenas a proximidade da morte tornando a vida mais instigante. São os fracos, à procura de uma desculpa pra viver, se agarrando à primeira mão que lhes estendem. E o pior é que nem sempre a mão mais próxima é a mais amiga. Aliás, essa é a primeira lição que uma mãe ensina ao filho: "Não converse com estranhos", mas aí o filho cresce e perde o medo do desconhecido assim que se depara com qualquer sorriso dissimulado. Por isso que a maior preocupação de Esdras não deveria mesmo ser o que já passou, mas sim o que o aguarda. Ou melhor, quem o aguarda. Eu não tenho nenhuma dúvida de que, quando ele vier entregar a carta endereçada a mim, eu lhe darei um sorriso e lhe estenderei a mão… uma mãozinha pra que ele encontre aquilo que buscava até ontem: um silencioso fim. E não é que eu almeje tanto o seu mal; afinal de contas, eu só estou desejando aquilo que ele, até ontem, tanto queria.

Esdras está perdido outra vez, mas de um jeito inusitado, imprevisível. Tudo que lhe resta na vida se resume à roupa do corpo e às doze cartas. Não há mais casa nem emprego; não há documentos, dinheiro ou contas bancárias; não há celular, tampouco o seu antigo carro; não há amigos ou colegas, muito menos pessoas que possam ajudá-lo. Não há nem mesmo dona Constância, que viajou sem data de retorno. Não há mais tantas coisas, que Esdras é surpreendido pela sensação de que era bem menos sozinho antes.

Chega então à conclusão de que a "solidão de pessoas", que sempre sentiu, era involuntariamente acarinhada pela ausência da "solidão de coisas". Não ter ninguém é ainda pior quando não se tem nada. Ter um lar, uma escova de dentes ou um abridor de latas não era uma companhia para a alma, mas a mantinha distraída da solidão completa: de pessoas e de coisas. Esdras percebe que esse é o estágio terminal da Solidão de Tudo, de Todos e de Si.

A poucos metros de onde está, sob o sol ainda tímido da manhã, uma cena se mostra um exemplo vivo do que se desenha na consciência de Esdras: uma velha senhora empurra algo que, algum dia, deve ter sido um carrinho de compras de supermercado. Dentro dele há algumas garrafas de vidro, um rádio bem velho, um cobertor e uma lona plástica, com a qual a pobre senhora, provavelmente, se protegeu da chuva do dia anterior. Pendurada no ombro, uma bolsa grande e rosa, que não parece muito cheia.

Olhando aquela cena tão corriqueira e cotidiana, Esdras pensa: "Aquelas são as coisas dela, aquela é a solidão dela. Será que ela se sente só?" Nesse momento, a solidão dele se conecta à solidão daquela mulher, que olha diretamente para ele, como se tivesse farejado o seu cheiro solitário; como um vira-lata de rua que reconhece outros vira-latas de rua pelo faro.

— Será que os invisíveis se reconhecem pelo silêncio que carregam nas costas? — pergunta-se Esdras.

A troca de olhares não chega a acontecer. Esdras fica constrangido e desvia o rosto para as coisas dele, ou seja, a mochila que carrega. Encarar olhares não é algo que pratica, o chão é menos assustador.

— Por onde eu começo isso? — questiona-se, enquanto encara o interior da mochila com as cartas de Lélio.

Ao examinar cuidadosamente os envelopes, Esdras percebe que apenas duas cartas são destinadas à cidade em que está; todas as demais estão endereçadas a outra, Santana dos Três Passos, cidadezinha que não fica muito distante, duas horas de viagem, no máximo. O lugar é pequeno, e ele recorda até já ter visitado.

— Como vou chegar lá sem dinheiro? — indaga-se.

Resoluto de que irá fazer as entregas, Esdras pega uma carta para iniciar a jornada. A escolha não é ao acaso, principalmente pela surpresa que causou nele: o envelope está endereçado à avenida em que Esdras morava; mais que isso, o destinatário reside no apartamento 201 do Edifício Lápis-Lazúli, apenas um andar abaixo do seu. Mesmo morando há tanto tempo lá, pouco se recorda dos vizinhos, exceto de dona Constância — *que jamais se deixaria ser esquecida por alguém.*

O fato de Lélio conhecer outra pessoa que vive no seu endereço deixa Esdras inquieto. Seu amigo talvez até já tenha visitado aquele prédio. Talvez, se saísse mais vezes de casa, tivesse encontrado Lélio no elevador, Esdras lamenta. A carta elegida está destinada "Ao Sussurrador de Pensamentos"; assim consta no verso do envelope.

— Ele não facilitou nem com os nomes — observa Esdras, em voz baixa, estranhando os pseudônimos como destinatários.

E tendo ciência da distância para a sua antiga casa, ele parte em caminhada. Sem um centavo sequer no bolso, sabe que não há forma de chegar lá sem ser a pé. Soa estranho dar-se conta de que, numa cidade tão grande, com tantos carros transitando, quem não tem dinheiro também não tem o mesmo direito de ir e vir. Um direito civil que, na prática, tem um asterisco cuja nota de rodapé diz: Se vira!

A possibilidade de fazer uma ligação para alguém e pedir ajuda ou dinheiro emprestado até passa pela sua cabeça, mas para quem ligaria? Como? Esdras não tem a menor ideia de onde moram as pessoas que ele conhece. O pouco que já soube delas mal constava no seu celular: números de contato, e-mails, histórico de mensagens, fotos... tudo isso foi deletado bem antes da Operação Missa de Corpo Ausente.

Esdras não registrava mais os contatos das pessoas com os seus respectivos nomes. Para ele, aquela era uma forma de não enganar mais a sua solidão, pois uma agenda cheia significava uma solidão maior. A certa altura da vida, passou a salvar apenas os números relevantes no celular, mas eram tão poucos que não precisavam mais ter um nome, apenas iniciais: "J" era seu chefe, Jonas; "DC" era dona Constância; "P" era a pizza da esquina; e "Sushi", o número para pedir sushi; esse era o contato com mais caracteres na sua lista, talvez pela relevância.

De qualquer forma, ainda que tivesse alguém para ligar, como ele faria essa ligação? Em contrapartida, sequer precisa virar o pescoço para se ver cercado de pessoas com celulares, todas conectadas. Encará-las é até mais fácil hoje em dia, já que estão sempre olhando para uma tela, e não para ele. Fugindo dos olhos, ele se esconde dos olhares.

Após andar por mais de uma hora, Esdras chega à avenida 5 de Novembro, seu destino. Extensa, movimentada e encorpada por prédios comerciais, essa via pouco se conecta com ele, mas lhe dava uma razão para morar ali: as pessoas que passam na calçada ou nos carros não o notam ou apenas o ignoram; um hábito urbano comum e bem útil para quem quer ser invisível. Essa, aliás, é uma ambivalência que, por mais que se questione, ele próprio não compreende: querer ser acolhido e querer ser invisível.

A chegada ao Lápis-Lazúli traz uma mistura de sentimentos para Esdras. Dentre eles, a angústia por voltar ao refúgio que não pretendia rever jamais. O prédio, que nada mais é que um velho sobrado de três andares, contrasta com as edificações modernas da avenida.

Após digitar a senha de acesso do portão de entrada, Esdras sobe pela escada e se aproxima do apartamento 201. Um leve vento que passa pelo corredor provoca um rangido de madeira, fazendo-o perceber que a porta está apenas encostada. Evitando ser indiscreto, bate três vezes, mas, sem notar qualquer movimentação e motivado pelo envelope que tem nas mãos, empurra a porta, colocando apenas a cabeça dentro do imóvel.

— Olá. Alguém em casa? — pergunta, escabreado.

Esdras se depara com algo que não esperava: o lugar está vazio. Não há gente, não há móveis, não há nada além de dúzias de papéis amarelados espalhados pelo chão. Quem quer que tenha morado ali já deve ter se mudado há muito tempo, conclui ele. Tomado pela poeira, o lugar não tem qualquer sinal de ter sido habitado recentemente.

— Era só o que faltava — diz, ouvindo o eco repetir a sua voz. — Um belo jeito de começar a cumprir uma promessa: falhando.

Esdras se sente frustrado por não encontrar o primeiro destinatário indicado por Lélio, e não entende por que o amigo de infância enviaria uma carta para alguém que mora ali se o apartamento parece estar completamente abandonado há tempos. Talvez dona Constância soubesse quem morou aqui, cogita. Lembrar-se da vizinha o faz pensar que o "seu" lar está no andar de cima, e isso o faz sentir uma súbita vontade de subir correndo a escada e voltar para casa.

"Eu já falhei na primeira carta, isso é um sinal de que jamais vou conseguir cumprir a promessa até o fim", pensa Esdras, que caminha de volta à entrada do apartamento, no ímpeto de retornar ao seu. Um vento mais forte, porém, entra pela porta e faz com que o tapete de papéis velhos, espalhados pelo chão, voe ao seu redor. Ele fecha os olhos protegendo-se da poeira, enquanto a ventania faz com que uma das janelas de madeira se abra.

Sem ter qualquer outra solução para o impasse em que se encontra, decide fazer algo que qualquer outra pessoa faria: abrir a carta que Lélio escreveu. Ele rasga a lateral do invólucro lacrado e retira um papel praticamente em branco. Ao desdobrar a folha, encara-a com uma estranheza que o faz erguer uma das sobrancelhas.

Ao Sussurrador de Pensamentos

Espero que você tenha encontrado a sua paz e esteja feliz.

Lélio

— Uma carta praticamente em branco? — espanta-se Esdras.

O papel em suas mãos não tem nada além do destinatário e uma singela frase no rodapé.

— É isso que ele chama de carta? — *questiona Esdras, em tom de decepção com a carta que está mais pra um bilhete de geladeira.* — É por isso aqui que eu estou abrindo mão da minha… — *"vida" era o que ele queria dizer, mas "morte" era o que ele queria ter conseguido.*

Um vento ainda mais forte escancara a porta do apartamento, fazendo toda a papelada e a poeira do chão voarem sobre a sua cabeça. Por pouco não solta a carta que tem nas mãos; então, passa a segurá-la com firmeza. Em seguida, Esdras acaba guardando-a de volta na mochila, com certo descontentamento. Chega a procurar algo relevante nos outros cômodos, na esperança de encontrar uma informação sobre o antigo morador, mas não acha nada além de mais papéis velhos em branco.

Ele sai do apartamento e caminha pelo corredor, tentando se convencer de subir a escada e voltar para a sua casa. O painel acima da porta do elevador marca o número 2. Esdras fica estático, encarando o led do botão com a seta de subida ativada. Seria esse um sinal de que deveria esquecer toda essa história de cartas e voltar para casa? O elevador, daqueles bem antigos, apenas aguarda uma decisão. Esdras chega a abrir a porta externa dele, porém, mesmo indeciso, fecha os olhos e diz em voz alta:

— Eu não posso desistir! Eu devo isso a ele. — Contrariando seus instintos e convicto de que irá prosseguir a entrega das cartas de Lélio, solta a porta do elevador e segue em direção às escadas, sem notar que o elevador, na verdade, não o aguardava nesse andar. Em seu lugar, só o poço vazio e fundo. — *A morte o cerca!*

Esdras desce rapidamente a escada do prédio, fugindo da vontade de desistir da sua própria promessa. E decide que irá entregar a outra carta destinada à cidade em que está, mas, caso aconteça algo que o motive a desistir, ele irá despachar todas as demais pelos Correios, falhando parcialmente com o pedido de Lélio para receber daqueles destinatários "os olhares e os sorrisos que eu tanto quis ver".

Caminhando a passos largos, Esdras segue em busca do próximo destinatário, o "Estranho do Lago", como consta no envelope cujo endereço tem algo peculiar; ao contrário dos outros, que indicam prédios ou casas, esse indica apenas uma praça: "Praça Antônio Camilo Bali, fonte principal". Esdras sabe que o lugar é bem distante, ainda mais indo a pé. E, já no início do trajeto, sente algo que seu corpo parecia ter esquecido: fome.

Permeia os seus pensamentos a ideia de pedir dinheiro — *esmola* — ou, pelo menos, algo para comer; mas quem lhe daria qualquer coisa, estando bem vestido e de barba feita? Por outro lado, talvez até lhe dessem algum dinheiro; as pessoas tendem a ser muito mais solidárias àqueles que são socialmente "semelhantes" do que com os que são visivelmente necessitados. "É mais fácil sentirem pena de um rico que perdeu tudo, do que de um pobre que nunca teve nada", reflete. Ele próprio tinha regras para dar esmola: apenas aos idosos. "Estúpido", percebe agora, ao se dar conta da regra preguiçosa e arrogante que ignora a história e as dificuldades de cada um.

Depois de andar por quase três horas, Esdras finalmente chega ao seu destino e, assim que começa a caminhar no calçamento de pedras portuguesas da praça, aborda uma senhora que passeia com um poodle branco; ele se informa das horas, tão constrangido, como se pedir as horas fosse o mesmo que pedir dinheiro. Faltam dez para o meio-dia.

A tal praça é enorme: além de áreas reservadas ao gramado, possui bancos de granito, alguns coretos e incontáveis árvores. Diversas pessoas praticam corrida, enquanto outras conversam à sombra de alguns jacarandás e crianças brincam num escorregador.

Esdras vai até um carrinho de pipoca, de onde vem um aroma tentador. Chegar perto de alguma comida faz seu estômago roncar de fome; ele até cogita a possibilidade de pedir um pouco de pipoca, mas a timidez não lhe permitiria. Prefere ser objetivo e pergunta sobre a tal fonte.

Orientado pelo pipoqueiro, ele chega ao lago. Não é tão grande quanto esperava, porém bonito. Na água verde-musgo nadam dúzias de patos brancos. Algumas pessoas, encostadas na grade que cerca o lago, jogam pedaços de pão para as aves e, assim, atraem a atenção dos bichos para que se tornem plano de fundo em suas fotos. Na mente do faminto Esdras, tudo que ele queria agora era ser um daqueles patos.

Enfim, avista a provável fonte. Como tantas outras pela cidade, ela está seca. Grande e circular, o centro tem uma estátua de uns seis metros de altura: a figura de um militar esculpida em bronze. Ele se aproxima para ler a placa, que diz: "Ao nosso herói, tenente José Pedro Padilha de Miranda. Soldado da Borracha que morreu lutando para honrar o país na Segunda Guerra Mundial."

Diante do monumento, Esdras se dirige à escultura:

— Muito solitário aí em cima, companheiro?

Uma pancada inesperada na nuca interrompe a tentativa de diálogo. Esdras perde o equilíbrio e quase despenca sobre a fonte. Ao se recobrar de um cisco de inconsciência, olha para trás, tentando entender o que houve, e vê a cena que parece explicar: um menino de seus 9, 10 anos vem na sua direção, correndo de encontro a ele e a uma bola de futebol que rola não muito longe dos seus pés; Esdras conclui que foi a bola que acertou-lhe a cabeça.

Um pouco mais adiante, um homem, provavelmente o pai da criança, observa a cena com a cara enfezada, como se Esdras tivesse acertado a cabeça do menino, e não o contrário. Ignorando a antipatia, Esdras se senta na borda da fonte e abre a mochila cinza, retirando a carta que pretende entregar. Essa sensação parece bem incomum para ele: sentar-se numa praça e contemplar o mundo nunca foi um hábito seu; isso sempre lhe pareceu tão monótono e chato, que o tédio de casa soava menos trabalhoso.

Pensativo, reflete sobre os contratempos das suas primeiras entregas, já admitindo a ideia de que, talvez, tenha de ficar ali por um bom tempo. No entanto, é subitamente abordado por uma voz masculina atrás dele:

— Você é o Estranho?!

Esdras se vira abruptamente em busca da voz. — *Sim, o cidadão está dentro da fonte seca, logo atrás.*

— Como disse? — pergunta Esdras, tentando ver o rosto do seu interlocutor.

— Você é o Estranho? Você é ele? — indaga o inquieto homem.

Esdras ainda não consegue ver com clareza o indivíduo que está de costas e agachado dentro da fonte. Maltrapilho, ele usa chinelos velhos, roupas rasgadas e um casaco com capuz, que acaba cobrindo boa parte do rosto. A única coisa que Esdras consegue ver nele é uma barba espessa com fios brancos.

— Se eu sou o Estranho? Não sei se... — Esdras não sabe bem o que responder ao agitado homem, que salta da fonte e fica de pé, mas ainda de costas para ele.

— Você não é o Estranho?! — insiste o homem, que apresenta alguns tiques, mexendo repentinamente as mãos e os braços, como se apertasse algo que não existe, além de mastigar e ranger os dentes.

— Que Estranho? — Esdras tenta ver o rosto do homem, que se esquiva de encará-lo.

— Ele! — O homem, ainda de costas, aponta para cima, mantendo a cabeça baixa.

— Deus? — *Esdras sabe que é uma pergunta idiota.*

— Não, seu burro... Ele! — exclama e pula de volta na fonte, olhando e apontando fixamente para a estátua de bronze logo acima.

— Ah, o soldado — constata Esdras finalmente.

— Isso! Você é o Estranho? — pergunta pela quarta vez o maltrapilho.

— Não. Mas... — Esdras tenta responder, porém é interrompido.

— Então se afasta da fonte! A fonte é do Estranho! — O homem corre para a parte de trás do monumento.

— Espera. Você está falando do Estranho do Lago, não é? Claro. Eu conheço ele. — Esdras não tem planos de contrariar a lógica do homem, então segue apressado atrás dele.

— Tudo aqui é do Estranho... Estou esperando por ele! — diz o homem de capuz, caminhando em círculos sobre a fonte.

— Eu também vim procurá-lo.

— O Estranho virá! — afirma o homem, mastigando o vento.

— Eu sei. Olha, eu tenho algo que talvez... seja para você. Uma carta. — Esdras tenta alcançar o campo de visão do homem, esticando o braço com a carta na mão.

— É do Estranho?! — indaga o barbudo ao finalmente parar, mas permanecendo de costas para Esdras.

— Não. É de outra pessoa — responde Esdras, hesitante.

— Então eu não quero! — exclama, pulando novamente para fora da fonte.

— Espera. Veja, se você não parar de dar voltas, eu vou embora — anuncia Esdras, um pouco impaciente.

— Vá embora! Vá embora! Você é burro mesmo! — O homem para de dar voltas na fonte e fica na parte de trás dela, escondido.

Quem é esse maluco e por que Lélio teria algo a dizer para ele? Essas são duas das muitas perguntas que surgem na cabeça de Esdras, que se senta na borda da fonte seca, no lado oposto ao que está o "estranho". E, quando se dá conta de que ainda não conseguiu ver o rosto do homem, ele volta a pensar numa ideia fixa que martela a sua mente; desta vez, no entanto, acha que ela pode ser mesmo real. Intrigado e sem sair de onde está, Esdras pergunta, objetivamente, num tom de voz que o homem pode ouvir de lá:

— Lélio, é você?

O silêncio vem como resposta da parte de trás da fonte. Embora temeroso, Esdras se levanta e caminha até onde se encontra o homem, de pé, parado. Finalmente consegue ver o rosto dele, que lhe chama a atenção pelos olhos selvagens, o olhar arisco de uma mente perturbada. Mas, ainda cogitando a ideia que acaba de supor, ele tenta buscar traços de Lélio no maltrapilho cujo rosto ressalta marcas expressivas, talvez pelas dificuldades da vida.

Esdras não se recorda tão bem de Lélio; ainda assim, esse homem poderia muito bem ser ele. Crianças crescem e viram adultos completamente diferentes; o rosto daquela pessoa, contudo, não se parece com o rosto que se desenhou no Lélio daquele pesadelo da noite anterior.

O agitado homem de capuz se acalma e, atônito, fica encarando Esdras por um tempo, até que se aproxima.

— Lélio? — diz, repetindo o nome que Esdras havia dito.

— É você? — Apesar da possibilidade de ter sido enganado, Esdras não consegue sentir raiva; ao contrário, gostaria de aliviar o peso da culpa que sentiu mais cedo. A ideia do amigo vivo o libertaria da responsabilidade do que aconteceu e o deixaria livre para seguir com seus planos de invisibilidade.

— Lélio? — repete o desconhecido, enquanto olha para o envelope. Isso faz Esdras tentar uma outra abordagem para conseguir a atenção dele:

— Por favor, converse comigo. Aqui, ó, veja o destinatário da carta. — Esdras mostra o envelope.

Enquanto o homem encara o invólucro, Esdras observa várias bugigangas amontoadas na parte de trás do monumento: caixotes de madeira, armações de ferro, restos sem valor de equipamentos eletrônicos... uma bagunça organizada; apesar da quantidade de coisas espalhadas, há uma certa sistematização, não aparentam estar jogadas, e sim dispostas como o homem quer, tal como a sua sala de estar até ontem, relembra.

— Cadê o Lélio?! Ele vem?! — O homem barbudo pergunta com a mesma esperança de uma criança.

— Você... não é ele? — insiste Esdras uma última vez. — Você não é o Lélio?

— O Lélio... ele vem? — repete, ignorando a pergunta feita por Esdras, mas sem a euforia de antes.

— Não, ele... o Lélio não vem. — Esdras mostra-se frustrado.

— O Lélio... ele vem? — insiste o pobre homem, confuso.

Esdras, sem saber muito bem como lidar com a situação e já conformado de que, afinal, esse não é o Lélio, tenta mudar o rumo da conversa e cumprir a promessa:

— Eu trouxe algo do Lélio. Acho que isso é para você — afirma, entregando a carta.

— Pra mim? — pergunta o homem, hipnotizado pelo envelope.

— Aqui, olha… está escrito: "Ao Estranho do Lago" — confirma para o destinatário ainda arredio, porém curioso.

— O Estranho do Lago? Dá aqui! — O barbudo, encantado, puxa subitamente a carta da mão de Esdras e corre para o outro lado da fonte, onde se senta para examiná-la de perto.

— Como é o seu nome? — pergunta Esdras, seguindo-o.

— É Estranho — responde.

— Não importa que seja um nome estranho, qual o seu nome?

— Estranho! — insiste o maltrapilho.

— Tudo bem. Prazer, eu sou…

— Eu sei quem você é! — diz o tal Estranho, interrompendo-o.

— Sabe? E quem sou eu? — Esdras fica intrigado.

— O Estranho! — repete o indigente, mais uma vez.

— Também? Todo mundo é "estranho"? — questiona Esdras.

— Você é burro ou o quê? Não! Você é estranho, mas não é o Estranho daqui — afirma, apontando para a estátua. — É só um estranho de fora!

— É mais ou menos isso mesmo — admite Esdras, certo de que é estranho para muitos.

— Você consegue abrir sem rasgar? — pergunta o Estranho do Lago, mantendo os olhos na correspondência e caminhando novamente para a parte de trás da fonte.

— Tem muito tempo que você viu o Lélio? — indaga Esdras.

— Você consegue abrir sem rasgar? — insiste.

— Não, é preciso rasgar o envelope. — Esdras percebe que a conversa terá que seguir o ritmo desse estranho destinatário desconhecido. — Mas eu posso tentar. — Esdras leva a mão em direção à carta, mas o homem a esconde atrás das costas.

— Tudo bem, você mesmo abre — diz Esdras, sem contrariá-lo.

— Não, abra você. — O homem estica a mão com o envelope.

— Você sabe ler? — pergunta Esdras, enquanto abre o envelope com o maior cuidado, tentando danificá-lo o mínimo possível.

— É claro que eu sei ler! Eu não sou burro. Você é burro! — enfatiza o homem.

Esdras abstrai a rispidez, abre o envelope, retira a carta e a entrega ao Estranho.

— Deixa eu ler! — O Estranho do Lago pega a carta subitamente, encara-a por alguns segundos, mas logo a devolve para Esdras. — Toma! Leia você! Eu não falo mandarim!

— Mandarim? — Esdras encara o papel. — Está em português.

— Se você não quer ler, diz logo — fala o homem barbudo, ligeiramente emburrado.

— A carta está em português — insiste Esdras.

— Se você não sabe mandarim deveria ter dito. Eu não disse que você era burro? — retruca o Estranho.

— Então você também é burro! Pelo visto, você também não sabe mandarim — responde Esdras, tentando competir com a petulância do interlocutor.

— Eu ainda não sou fluente na leitura do mandarim, preciso me aprimorar! Mas eu sei catalão! Você, por acaso, sabe catalão? — desafia o homem, parando para encará-lo.

— Não — admite Esdras.

— Eu disse, você é…

— Ok, eu já sei… Eu sou burro.

Esdras, então, decide embarcar um pouco na viagem do seu novo conhecido:

— Olha, eu já fiz curso de mandarim faz tempo, mas, quem sabe, eu consigo ler, não é? Posso tentar? — pergunta, mais curioso com o conteúdo da carta do que com a sanidade do pobre homem que acaba de conhecer.

— Leia! Mas leia falando em português, sua pronúncia em mandarim deve ser péssima!

— De fato. Faz tempo que não vou à China — pondera Esdras.

— Tudo bem, a minha pronúncia também não é perfeita! — solidariza-se o Estranho.

Esdras sorri ao se dar conta da conversa surreal e prossegue:

— Aqui diz: "Ao Estranho do Lago…"

Ao Estranho do Lago

Querido Estranho, como está? Eu vou bem! Continuo naquela viagem, e tão cedo não retornarei. Por isso, enviei esse Estranho para lhe entregar esta carta. Trate ele bem, é um amigo meu e lhe traz boas-novas. Finalmente, encontrei o Estranho da Estátua, aquele aí de cima, que você tanto procura. Encontrei o moço na Amazônia, onde você aprendeu a falar tupi-guarani. Ele vive feliz, numa aldeia de indígenas, com a esposa, Paraguaçu. São pais de Peri, que é casado com Ceci, e de Iracema, que se mudou para Pernambuco com o esposo.

O Estranho disse que fica muito honrado por você cuidar tão bem da estátua dele e que um dia irá visitá-lo, mas não por agora, pois ele está em guerra com o guerreiro Macunaíma, da tribo Abaeté. Ah, e ele não é mais soldado da borracha, agora virou chefe da tribo. Ele me pediu para lhe transmitir uma mensagem importante: você deve se cuidar, ficar saudável e atento, pois, caso ele seja ferido em batalha, você assumirá o comando dos guerreiros. O Estranho pede que você volte para casa e aguarde o chamado dele.

E outra coisa, é bom que você aprenda o português, pois os indígenas de lá não são bons em nenhum daqueles outros idiomas que você fala. Sabemos bem que nem todos têm a facilidade para aprender línguas como você.

Quanto a mim, finalmente achei o Estranho Esdras que eu tanto procurava. Já agradeci a ele por tudo que fez por mim. E chegou a vez de agradecer a você: obrigado pela generosidade, companhia e resiliência! Temos um mundo do tamanho do seu *coração, sabia? Enorme! Sem você, jamais teria seguido em frente para encontrar o seu estranho e o meu.*

Agora, eu preciso seguir viagem. Vou me aventurar noutra jornada. De lá, não poderei te escrever, é uma missão secreta, como você tanto gosta. Torça por mim. E esteja bem, sempre! Estamos combinados? Fique em paz, querido Estranho do Lago. Abraço de pedra!

P.S. Como você deve ter notado nesta carta, eu aprendi mandarim!

Lélio

— Eu preciso arrumar minhas coisas! — diz o Estranho do Lago ao terminar de ouvir a carta de Lélio. O homem de barba grisalha levanta-se apressadamente e começa a remexer e separar algumas das suas bugigangas.

Esdras o observa e se recorda daquela senhora de bolsa rosa, que viu mais cedo na saída da Marina. Na sua mente, ressuscita aquele mesmo pensamento: "Essas são as coisas dele, essa é a solidão dele. Será que ele se sente só?" E, mais uma vez, a sua solidão se conecta com a solidão de outro, a solidão do Estranho.

Apesar dessa carta não fazer nenhum sentido, Esdras compreende que Lélio escreveu palavras e ilusões compatíveis com a sutileza do homem à sua frente. Talvez, afinal, "ilusão" não seja um sinônimo eufêmico para "mentira", mas sim a abstração de uma mente cansada da própria realidade. Apesar de astuto, a malícia do Estranho do Lago não era maior que a sua inocência, constata Esdras.

— Anda, Estranho Pedras, me ajuda! Ou vai ficar só olhando? Agora que eu sei que você não é burro, você pode me ajudar! — provoca o morador da fonte, sem parar de organizar suas coisas dentro de enormes sacos de pano, como aqueles de transportar açúcar ou farinha.

— Para onde você está indo? — pergunta Esdras, como se tivesse acabado de sair de um transe, após ler a carta que o citava.

— Como assim pra onde? Pra casa! — anuncia o Estranho.

— E onde você mora?

— Num lugar muito estranho! — responde, olhando sério para Esdras. — Mas é legal! Eu gosto de lá!

— E com quem você mora?

— Moro com muita gente estranha!

— Claro. Não poderia ser diferente — constata Esdras. — Mas me diga, onde você conheceu o Lélio?

— Aqui, ora, onde mais? — O morador da fonte continua organizando as bugigangas, sem dar muita bola para Esdras.

— Aqui na praça? Vocês se conheceram por acaso, então?

— Não! Ele estava te procurando! — responde o Estranho. — Tanta coisa pra guardar, e você nem ajuda! — resmunga.

— Eu posso ajudar você, mas, antes, você me responde algumas coisas. — Esdras se levanta para mostrar mais disposição ao homem.

— O que você quer saber, Estranho Pedras?

— É Esdras! — corrige.

— Estranho Pedras! É, o Lélio também errava o seu nome! — desdenha o homem cabeludo. — Ele vivia te chamando desse nome esquisito aí! Acho que ele também não era bom de português! Por isso que eu tentei ensinar mandarim a ele!

— Você se lembra da última vez que ele esteve aqui? — indaga Esdras.

— Faz tempo, muito tempo…

— Semanas? Meses? Quanto tempo? — insiste Esdras.

— Nossa. Muito tempo. Mas o Estranho da Estátua já estava aqui comigo!

Esdras não consegue evitar de olhar para a estátua do Soldado, mas insiste nas perguntas:

— Você sabe por que ele estava me procurando?

— Não! O Lélio não era de falar! Às vezes, eu achava ele meio estranho, sabe?

— Não diga… — Esdras sorri.

— Mas ele vivia falando do tal Estranho Pedras! Você, no caso! — O Estranho para por um momento e olha para Esdras. — Tinha você como um irmão.

— Tem muito tempo que eu o vi — diz Esdras, sentido. — Você se lembra de como ele era? Consegue descrevê-lo para mim? — Esdras tenta extrair do homem perturbado o máximo de informações possível sobre o amigo de infância.

— Ele chegou aqui debaixo de uma tempestade! Eu vi que ele estava todo molhado, sentado ali perto da grade do lago, e fui lá chamar ele! Está vendo esse plástico aqui? — Aponta para uma lona velha. — Quando chove dá pra fazer um teto com ele. Cara, você vai me ajudar ou não? Só fica aí parado! — reclama o Estranho, nitidamente chateado.

— Ajudo, eu seguro os sacos para você.

Esdras pega um dos sacos e segura para o Estranho colocar os seus "trecos", como ele mesmo chama, dentro. Enquanto isso, continua suas indagações:

— Mas, então, foi por isso que o Lélio te agradeceu na carta? Pelo teto que você deu a ele naquela noite?

— Naquela noite? — O Estranho franze o cenho. — Não só naquela noite! O Lélio morou aqui comigo durante várias e várias noites!

— Morou com você? — A informação surpreende Esdras. — Ele era mendigo também?

O homem de cabelo desgrenhado para de jogar suas coisas dentro do saco e lança um olhar enfezado para Esdras, retrucando o que ouviu:

— Cara, sabe de uma coisa? Você é muito estranho!

— Desculpa. — Esdras sente o peso da palavra que acabou de pronunciar.

— Sério! Não é porque um sujeito vive na rua, que ele é mendigo! Não é porque ele junta um monte de coisas que os outros jogaram fora, que ele é mendigo! — Nesse momento, o Estranho fixa o olhar, por longos segundos, nos seus "trecos". — Droga, isso aqui é um monte de porcaria mesmo!

O Estranho do Lago arranca as pontas do saco das mãos de Esdras e caminha alguns passos até um banco de granito que está bem próximo; chegando lá, ele despeja ruidosamente todo o conteúdo do saco no chão, atrás do banco. A zoada chama a atenção de Esdras, mas o Estranho age com naturalidade:

— Viu a quantidade de porcaria estranha que tinha naquele saco? Eu pedi pra você me ajudar, não pra socar aqui dentro qualquer lixo que vê na rua! — resmunga com Esdras, que retruca:

— Desculpa, mas são coisas suas.

— São, eu sei, mas eram muitas — pondera o Estranho do Lago, apalpando o ar com as mãos. — Pra que a gente precisa de tantas coisas, se pra ser feliz basta uma barriga cheia e um abraço apertado? — *Ele abre um enorme sorriso amarelo, revelando alguns dentes "problemáticos". Mas, ao menos, estão todos lá.*

— Você acha mesmo? Se é assim, por que você junta tanta... — Esdras faz uma pausa sutil e completa: — coisa?

— Você já ia chamar de porcaria, né? — interpela o Estranho.

— São suas — enfatiza Esdras.

— Ah, vícios de como eu vivia antes! Hoje, uso o "necessário, somente o necessário..." — cantarola o Estranho do Lago.

— E como era a sua vida, antes das ruas? — Esdras fica curioso com a história do estranho homem.

— Provavelmente, igual à sua: estranha! — pondera. — Eu era só mais um explorado por aquele cara, o Seu Capital! Você conhece esse sujeito?

— Já ouvi falar. — Esdras sorri.

— Pois é! Eu não conseguia seguir as exigências dele! Ele é um cara meio mandão, autoritário, filhinho de papai! Sabe como é… — diz o homem, como se estivesse realmente falando de uma pessoa. — Isso fazia eu me sentir estranho com aquela vida que eu levava, me deixava triste, incompleto, não sei… Daí eu comecei a me isolar na rua, depois em casa, até que eu mandei ele à merda, então retomei a rua pra mim e reivindiquei essa fonte por usucapião!

O Estranho do Lago faz Esdras gargalhar:

— Você é um conquistador, então! Tomou de volta o que já era seu. E ainda hospedou o Lélio aqui. Aliás, por que ele foi embora? Se ele estava morando aqui contigo…

— Você nunca foi embora de um lugar? — pergunta o Estranho, com ar de obviedade. — Você nunca teve vontade de largar tudo e sumir?

Esdras sabe a resposta para essa pergunta, mas se cala.

— Além disso — continua o Estranho —, a maioria das pessoas que estão na rua, na primeira oportunidade que têm, vão embora!

— Mas você não foi embora… — pondera Esdras.

— Eu disse "a maioria" e "na primeira oportunidade". Não sou maioria nem tive a oportunidade! E não sei se faço questão de ter! Apesar de estar no meio de uma. Você entendeu o que eu falei ou foi muito estranho? — indaga, abanando insetos imaginários.

— Não, não foi estranho — reconhece Esdras. — Viver na rua não é fácil.

— E você quer dizer isso pra mim? Pensa que eu não sei como incomodo os outros? Você não viu como o pai daquele menino que estava com a bola olhou pra cá? Ele me viu atrás de você e ficou com aquela cara estranha! — Os tiques do Estranho ficam ainda mais evidentes.

— Deve ser difícil mesmo. Mas nem todo mundo trata mal as pessoas em situação de rua.

— Você tem razão. Pra maioria, somos invisíveis! As pessoas vão, vêm, vão, vêm, vão… e ninguém enxerga a gente! Exceto quando incomodamos! Quando um de nós chega perto, geralmente pensam que vamos meter a pessoa num saco e sair correndo com elas nas costas! Têm medo, nojo, aversão, desprezo… Só sabem nos enxergar como vagabundos que fedem! Fedemos porque não temos onde tomar banho! E, mesmo quando achamos um lugar, tipo essa fonte, somos esculachados, como se nós estivéssemos destruindo o patrimônio público! Não é público? Então é meu também, não é?

— Claro que sim — responde Esdras, atônito com a lucidez momentânea do Estranho.

— O pessoal se incomoda mais com o fato de eu morar aqui nessa fonte do que com o fato de ela estar sem funcionar há anos! Isso sim é de causar estranheza!

— Acho que sei como é isso de ser invisível para as pessoas. — "Sempre essa palavra", pensa Esdras; a mesma invisibilidade que era a sua solução de vida e de morte.

— Será? — questiona o Estranho com olhar bem incrédulo.

— Tenha certeza de que sim — insiste Esdras.

— E você levou todos esses anos pra chegar a essa conclusão? Por quantas pessoas, em situação de rua, você já passou e não notou que estavam lá?

— Eu não quis dizer que tenho a mesma experiência que você. Mas tive razões para sentir algo parecido. Por isso a empatia pelo que você disse.

— Não importa o quanto você se ache estranho, você não é tão estranho pra eles quanto eu sou! Por que você seria invisível pras pessoas?

— Eu vivo numa velocidade diferente. Não que eu seja mais veloz ou mais lento, mas não tenho uma velocidade constante. Quem olha de longe só vê uma pipa que perdeu a linha... um barco à deriva.

— E isso te faz invisível? — pergunta o morador da fonte.

— Nem tudo nessa vida se trata de dinheiro, de um lugar para morar — afirma Esdras. — As pessoas encontram muitas formas de não te enxergar. Elas vivem em bandos, castas; um mundo cercado de senso comum e padrões. Se você não se encaixa, você não se adapta, é preterido.

— Estranho Pedras, me responda uma coisa: Quando foi a primeira vez que você recebeu um bom-dia hoje?

— Hoje? Bom, hoje foi um dia atípico porque eu amanheci num barco, sozinho... Não foi um dia tão comum. Aliás, não está sendo.

— Tá! Tá! Tá! Esqueça hoje! Ontem, você ontem dormiu na sua casa? E na sua caminha com travesseiro de penas de... pato? — ironiza o Estranho, falando a última palavra num tom sussurrante para que os patos do lago não o ouçam.

— Meu travesseiro não é de penas, mas eu dormi em casa, anteontem.

— Então, quanto tempo você levou pra receber um bom-dia de alguém ontem?

— Bom, não sei. — Esdras reflete um pouco. — Recebi um bom-dia da dona Constância, minha vizinha, logo cedo. Por quê?

— Se você demorou tão pouco tempo assim pra receber o seu primeiro bom dia, então você não é tão invisível quanto diz! Não me lembro da última vez que recebi um bom-dia! Você mesmo chegou aqui e não me deu bom dia! E você quer mesmo se comparar a mim?

— Não — responde Esdras objetivamente.

— Nem poderia! Talvez você esteja reclamando de barriga cheia! Talvez nem seja invisível! Você pode estar apenas se escondendo.

— Não estou me escondendo — retruca Esdras.

— Amanhecer sozinho num barco não é estranho, não é? Estava fazendo o quê, lá? Procurando o Nemo? — O Estranho gargalha ao falar isso.

— Você tem os seus problemas, eu tenho os meus. Eu não quis nos comparar, só me identifiquei com o que disse. E não se trata só de ser um problema maior. — Esdras sente-se desconfortável ao ser confrontado pelo outro amigo de Lélio.

— Os problemas nunca têm o tamanho real; eles têm o tamanho da sombra que fazem quando seguramos eles acima da cabeça! Quanto mais alto levantamos ele, maior o peso e maior a sombra! O Estranho da Estátua, por exemplo, faz uma sombra enorme! — Novamente, Esdras volta a olhar para a escultura do soldado acima deles.

— Eu nunca fui bom em resolver problemas — admite Esdras, cabisbaixo.

— Pra resolver o seu problema com a visibilidade, recomendo fazer uma coisa não muito estranha. Você tem duas opções: sair de casa ou convidar as pessoas pra que entrem! Assim, você será visto. Você faz isso? — pergunta o homem de capuz, batendo os dentes repetidamente.

Esdras responde com o silêncio e um olhar de negação, permitindo, assim, que o Estranho continue:

— Porque eu, amigo, sou exibido em praça pública sem cobrar ingresso ou pedágio! A esmola é opcional, mas nem assim sou visto!

— Pra variar, você também quer dizer que tudo que eu sinto é puro drama — insinua o andarilho vestido de azul. — Quer dizer que basta abaixar os braços e colocar os problemas no chão, e tudo se resolve? Você não sabe pelo que eu já passei na vida...

— Não, eu não sei! — confirma o Estranho. — Mas se você passou anos tentando resolver um problema e não conseguiu, talvez ele nem exista mesmo! Talvez seja só a sua sombra, não a sombra do problema!

— Simples assim, não é? — ironiza Esdras.

— Se ele não existe, o problema não é "o problema"! O problema é você enxergar um problema! Pode parecer estranho, mas faz sentido — diz o homem barbudo, coçando o céu.

— As pessoas não gostam de mim, cara — afirma Esdras. — Não importa onde estou ou aonde vou, eu sou um repelente humano. Eu não tenho ninguém. Se isso é fantasiar um problema, então, eu sou mais doido que você.

— Eu não sou doido, eu só sou estranho! — *pondera a pessoa que mora numa fonte.* — E você também é meio estranho! Talvez, se você aceitar isso como uma virtude e não como um defeito, você seja mais feliz!

— Olha, melhor deixar isso de lado. — Esdras sente-se incomodado ao falar do assunto e decide retomar o foco da conversa. — Vamos voltar ao Lélio. Ele não disse mais nada, antes de ir embora?

— Ele só precisava ir, e foi! — resume o Estranho. — Achei que, quando ele te encontrasse, vocês viriam aqui juntos! Ele partiu sem levar nada!

— Ele deixou as coisas dele com você?

— Sim, claro! Eu guardei tudo!

— Eu posso ver? — pergunta Esdras, curioso.

— Claro! — responde o Estranho do Lago, antes de despejar no chão tudo que estava num dos sacos grandes. Então, começa a remexer entre os objetos, até encontrar algo. — Aqui! Achei!

Esdras se surpreende ao receber dele uma fotografia rasgada:

— Sou eu! — exclama ao ver um retrato seu, sentado no jardim da velha casa da sua avó. Da foto, já bem desgastada e manchada, pouco se vê, mas ele se reconhece. — Esse sou eu quando era criança. Eu já conhecia o Lélio nessa época. Mas por que a fotografia está assim?

— Pois é, foto estranha, não é? — observa o morador da fonte.

— Eu quis dizer "rasgada". Por que ela está rasgada?

— Não sei! — responde o Estranho.

— Deve ter rasgado — conclui Esdras.

O maltrapilho volta a jogar as bugigangas no saco, enquanto Esdras fica encarando a foto por algum tempo, imaginando o peso e a importância que teve na vida de Lélio, a ponto de ele guardar uma fotografia sua por tantos anos. Isso é assustador para Esdras, que não fazia ideia de que tinha sido tão significativo na vida de alguém; desconhecia essa capacidade e o poder de despertar saudades.

— Você está com fome! — afirma o Estranho.

— Se estou com fome? — repete Esdras, que estava pensativo, a cabeça...

— Se, não! Você está com fome! E eu também estou! Conheço esse olhar de fome — afirma o homem cabeludo. — Toda hora aparece um cachorro aqui com esse olhar estranho.

— Sim, eu estou faminto, estou há muito tempo sem comer. Você tem alguma coisa para comer?

— Não!

— Tudo bem, então… — lamenta Esdras.

— Mas eu sei onde tem!

— Onde?

Sem responder a pergunta, o morador da fonte olha em volta, como se procurasse algo, e começa a se movimentar, indo, vindo, dando voltas na fonte, subindo e descendo dela, tudo sob o olhar enfadonho e confuso de Esdras, até que para e diz:

— Encontrei! Vem cá! Se abaixa! — O Estranho puxa Esdras para baixo, ficando ambos escondidos atrás do contorno mais baixo da fonte; em seguida, aponta na direção de um grupo de mulheres que tagarelam próximas ao lago, sob um pequeno coreto de madeira. — Está vendo aquele coreto com um monte de mulheres? Lá, ó.

— Sim… — confirma Esdras.

— Não é lá! Mais ao lado tem duas mulheres conversando, vê?

— Sim… — diz Esdras, acompanhando atento o Estranho.

— Não são elas também! Está vendo aquelas meninas brincando ali? — Dessa vez, o homem de barba grisalha aponta para um lugar bem mais próximo, ao lado do mesmo banco de granito onde ele havia despejado as suas coisas. Lá, três meninas de não mais que oito anos fuçam os trecos dele.

— Sim, estou vendo. Não é ali? — pergunta Esdras, achando que está sendo feito de trouxa.

— Claro que é! Por que eu iria te mostrar se não fosse ali?! — reclama o Estranho, sussurrando.

— Me pergunto a mesma coisa, cara.

— Essas meninas são filhas daquelas mães que estão próximas das outras mães, que estão no coreto próximo ao lago. Entendeu? — indaga o homem de capuz.

— Certo… — Esdras tenta fazer uma cara de compreensão.

— Agora, está vendo aquele apito que está ali? — Dessa vez, o Estranho aponta na direção logo atrás deles, onde está a sua bagunça.

— Estou vendo — confirma Esdras ao avistar o apito no chão.

— Não é ele! Mas, do lado dele, tem uma boneca pequena. Vê?

— Não...

— Ali, ao lado! Uma boneca sem os dois braços e com as duas pernas queimadas — orienta o Estranho do Lago.

— Aquilo? Sim... agora vejo "a boneca".

— Vá e pegue a boneca menor, que está embaixo dessa, a que está inteira. Rápido!

Mesmo incrédulo de que está fazendo isso, Esdras busca a boneca para o Estranho, que então caminha sorrateiramente na direção das meninas. Esdras acompanha tudo de longe, meio desconfiado, até que vê o Estranho jogar a boneca para as meninas, que parecem entender o código e jogam dois pães de volta para ele, numa negociação que, claramente, já havia acontecido antes, sobretudo pela inexistência de diálogo.

— Você é louco? — diz Esdras, cochichando e furioso.

— O que eu fiz?! — Estranha o Estranho.

— Se a mãe de uma dessas meninas visse você barganhando boneca com elas, iria pensar o quê?

— Iria pensar que estou trocando pão por boneca! O que mais ela iria pensar? — pergunta o homem barbudo, não mais cochichando. — Cara, a sua mente é muito estranha!

— Não, não sou eu que sou maluco — afirma Esdras, insistindo em cochichar.

— Se não fosse, não estaria sussurrando comigo, agachado atrás de uma fonte seca!

— Vim aqui só fazer um favor, o qual já fiz. E eu não vou comer esse pão sujo e duro! — afirma Esdras, enquanto mira os pães nas mãos sujas do Estranho do Lago.

— Ora, você não disse que estava com fome? Fome pede comida, qualquer comida! Ou, então, vai almoçar na sua casa! É pra isso que as pessoas têm casa! — retruca o Estranho.

Esdras sente que está para desmaiar de fome. Então, ainda que hesitante, pega o pão e, nitidamente enojado, dá a primeira mordida. Mastiga com relutância, mas ávido para matar a fome.

— Toma, fique com os dois! — diz o Estranho, entregando-lhe o segundo pão.

— E você, não vai comer? — indaga Esdras.

— E por acaso eu tenho cara de quem come pão sujo, Estranho Pedras?! — O Estranho solta uma expressão de nojo ao observar Esdras mastigando.

— Você não pegou os pães porque estávamos com fome? — pergunta Esdras, com a boca cheia do pão seco.

— Sim!

— Então?

— Mas não foi pra gente comer! — exclama o homem barbudo.

— E o que você iria fazer com isso?

— Dar pros patos! Os patos gostam tanto de pão, que não ligam se estão duros e sujos. Mas eu ligo! Além disso, tem um abrigo que serve comida aqui perto! É de graça! Fica na direção daquele coreto!

Esdras, que parou de mastigar, mas ainda tem um bolo de pão na boca, contesta, com expressão de nojo:

— Por que você não disse isso antes?

— Eu tentei. Por que você acha que eu apontei pro coreto? Mas você só ficou reparando nas mães das meninas!

Esdras cospe o pedaço de pão duro que mastigava.

— Cara, você é estranho demais! — afirma o Estranho do Lago. — Anda, vamos dar pros patos!

Os dois vão até o gradil que cerca o lago. Lá, enquanto Esdras joga migalhas de pão para os patos, o Estranho, sorrateiramente, se distancia dele. Ao retornar, o morador da fonte surpreende o andarilho:

— Você sabe andar de bicicleta, Estranho Pedras?

— O quê? — Esdras observa que o Estranho está com as mãos no guidão de uma bicicleta. — Onde você…

— Você sabe andar de bicicleta, Estranho Pedras? — insiste, interrompendo.

— Não, não sei pedalar! — responde Esdras, já olhando para os lados e procurando o provável dono da bicicleta.

— Mas eu sei! — O Estranho do Lago senta no selim. — Anda! Sobe na garupa!

— Eu não! — responde Esdras. — De quem é essa bicicleta?

— É do guarda aqui da praça! Vamos! — ordena o Estranho.

— Do guarda? E ele não se importa?

— Claro que não! Ele mesmo já me disse.

— Não sei… Não gosto muito de… — Esdras franze o cenho.

— Ou você sobe ou fica aí com fome, pois eu vou de bicicleta! — afirma o morador da fonte. Um argumento que faz Esdras subir no bagageiro imediatamente.

O Estranho do Lago começa a pedalar, levando um temeroso Esdras consigo. E, depois de percorrerem não mais que dez metros, eles são surpreendidos por enfáticos silvos que vêm de um apito atrás deles. Esdras olha por cima do ombro e se assusta ao ver dois guardas correndo atrás deles.

— Ei! Para aí! — grita o guarda que está menos distante.

— Estranho, para essa bicicleta! — repreende Esdras, que, além de ser ignorado, percebe que a velocidade só aumenta.

— Volta aqui! Volta aqui! — grita um dos guardas.

— Você não disse que ele não se importava de te emprestar a bicicleta? — questiona Esdras, apreensivo e tentando ser ouvido.

— Ele me disse que não se importava! — responde o morador da fonte. — Mas disse também que não poderia me emprestar por ser da prefeitura! Ora, a prefeitura não é do povo? Então a bicicleta também é minha! Somos o povo, Estranho Pedras!

— Vai, Estranho! Vai, Estranho! Vai, Estranho! — encoraja o coro das meninas com as quais ele havia negociado os pães.

— É o Estranho? — pergunta uma mulher distraída para um senhor de mais idade. Esdras, apesar da velocidade da bicicleta, não deixa de ouvi-la, quando passam pelos dois.

— Sabe andar de bicicleta soltando as mãos, Estranho Pedras?

— Não, Estranho. E, por favor, não…

Tarde demais, o Estranho tira as mãos do guidão e abre os braços, para desespero de Esdras:

— Vamos cair, para com isso, Estranho! — implora o andarilho.

— Vai, Estranho! Vai, Estranho! Vai, Estranho! — continua o coro das meninas que já ficaram para trás.

— Eu só coloco as mãos de volta se você levantar as suas, Estranho Pedras! — afirma o Estranho, muito seguro, enquanto pedala em alta velocidade na ciclofaixa da praça.

— O quê? Você está louco? Vamos cair! — grita Esdras, sem perceber que está gritando. — Para essa bicicleta, Estranho!

— Se você não levantar as mãos, eu fecho os olhos! — ameaça o morador da fonte, rindo.

— Não. Tudo bem. Eu levanto, eu levanto… — aceita ele, aflito.

Esdras, então, faz o que o homem de capuz pediu: tira as mãos da cintura dele e levanta os braços, com certa cautela.

— Sente o vento de braços abertos, Estranho Pedras! Sente o vento!

Extasiado, o Estranho dá um urro quando a bicicleta espanta uma revoada de pombos que estavam no caminho deles. Os dois seguem adiante, deixando a fonte, os guardas e o coro das meninas para trás. Esdras nem percebe, talvez por estar de olhos fechados ou por estar desacostumado, mas sorri enquanto voa com os braços.

Após devolver a bicicleta a um terceiro guarda da praça, o Estranho do Lago caminha com Esdras por dois quarteirões até chegar ao restaurante comunitário. O local funciona num prédio antigo, cuja fachada tem o reboco todo exposto. Embaixo da marquise, meia dúzia de pessoas no trecho da fila que sai do prédio. Há, ali, uma quantidade de gente suficiente para causar incômodo a Esdras, que nunca foi apreciador de ambientes cheios; tampouco é fã de fila — *aquele lugar onde você é obrigado a ser o melhor amigo de pessoas que nunca viu nem verá novamente.*

— Estranho Pedras, você está vendo aquela terceira mesa, lá dentro? — pergunta o Estranho, apontando para o interior do restaurante.

— Sim.

— Não é ela! Antes dela tem uma outra, vê? É a última!

— Sim! — responde Esdras, meio impaciente.

— Então, você entra e faz um prato BEM CHEIO! Eu espero você lá naquela mesa — avisa o morador da fonte.

— Como assim? — Esdras franze o cenho. — E você?

— Eu já almocei hoje! — O Estranho aperta o ar com as mãos, enquanto encara o interior do restaurante. — A gente não pode almoçar duas vezes no mesmo dia! Eles acham que as pessoas vão ficar pegando a fila várias vezes! O que é uma mentira! Eu mesmo só tentei fazer isso cinco vezes e só consegui em três! Eles não são burros! Eles não são burros!

— Mas não é um restaurante comunitário? Para pessoas com BASTANTE FOME? — pergunta Esdras.

— Sim! Mas esse pessoal que vem comer aqui quer encher a pança pro almoço e pra janta! Mas eles não deixam! Você pode comer o tanto que quiser, mas uma vez só! Por isso que estou falando pra você: faça um prato BEM CHEIO!

— Até porque eu estou com muita fome — ressalta Esdras.

— Não! Bem cheio pra dividir comigo! — argumenta o homem barbudo.

— Você já não almoçou?

— Qual é, Estranho Pedras? Você nem sabia que tinha esse lugar aqui! Não é justo você dividir comigo? — queixa-se.

— Você já almoçou e ainda está com fome? — indaga Esdras.

— Tenho fome sempre que posso comer! Nunca sei quando vai ter comida de novo!

— Tudo bem. Eu vou encher o prato o máximo que conseguir.

— Faça isso, Estranho Pedras! Eu te espero na mesa! — O Estranho do Lago caminha em direção à entrada do prédio, mas, antes mesmo que Esdras entre na fila, ele retorna para dizer algo importante:

— Peça BASTANTE CARNE!

— Dá para você esperar lá? — pede Esdras, já sem paciência.

— Tudo bem, não precisa ficar estranho! Eu, hein…

Esdras se junta à fila, que continua a crescer atrás dele. Ao entrar de fato no galpão, ele observa que o lugar é bem grande e possui quatro enormes mesas coletivas, que vão de uma ponta à outra do lugar, cedendo espaço apenas para a parte que serve a comida mais ao fundo. Meio constrangido, Esdras não conversa com ninguém, mas isso não impede que conversem com ele:

— Tá calor hoje, né, companheiro? — pergunta um velhinho à sua frente.

— Todo dia é essa fila infernal… — intervém uma senhora que está logo atrás dele.

Filas e elevadores fazem as pessoas desenvolverem sintomas da "solidofobia" (medo da solidão), uma síndrome em que o portador não consegue permanecer calado na presença de outras pessoas. Os sintomas mais evidentes nos acometidos por ela são os dispensáveis comentários sobre a temperatura: "Está quente, não é?", dizem os pacientes ainda no 1º estágio da doença. Em níveis mais avançados, o futebol e a ineficiência dos funcionários públicos são as maiores evidências dessa enfermidade. Apesar de ser portador da S.T.T.S., Esdras não tem solidofobia, síndrome frequente em elevadores e filas. Por isso mesmo, ele prefere trabalhar com respostas mais automáticas. Não que ele não preste atenção no que as pessoas dizem, mas algumas respostas "inconscientes" servem pra todos os assuntos:

— É verdade…

— Com certeza…

— É complicado…

— Você tem razão…

— Um absurdo!

— Está cada dia pior…

— I'm sorry… I don't speak Portuguese.

Observando as pessoas ao redor, Esdras percebe que maioria está em situação de rua ou é gente que, de alguma forma, passa fome. E isso, estranhamente — *como diria o Estranho* —, o deixa se sentindo menos intimidado. A simplicidade dessas pessoas desarma sua insegurança; não por um sentimento de superioridade, e sim pela sensação de não estar sendo julgado. Eles devem ter muitas preocupações, não iriam perder tempo observando-o, constata. E, mesmo quando o fazem, ali, é para elogiar; Esdras nunca se sentiu confortável com elogios, mas esse vem de forma espontânea e inesperada:

— Sapato bonito, hein, bacana? — diz uma jovem que não deve ter mais que vinte anos.

— Obrigado — agradece Esdras.

— Sabe, meu pai é engraxate! Eu vejo um sapato bonito assim, me lembro logo dele. Ele já engraxou pra muito famoso — conta a moça.

— É mesmo? Ele trabalha por aqui?

— Não, meu pai nunca para num mesmo lugar por muito tempo. Já morou em muita cidade. Foi embora daqui há uns cinco anos.

— Mas você mora aqui, certo? — indaga Esdras, já ficando nervoso com a sua inabilidade para sustentar um diálogo.

— Moro. Aqui, ali... Sabe como é — diz ela.

— Sei como é... — afirma ele, sorrindo e tentando encerrar.

— Será que sabe mesmo? — A jovem ri também. — O senhor não tem cara de rua.

— Bom, quem vê cara não vê coração. — *Quando parte pros ditados populares, Esdras já sabe que esgotou todos os assuntos.*

— Não vê coração, mas vê sapato! — constata a moça, caindo na gargalhada e fazendo ele rir junto.

Ao olhar à sua volta e imaginar as adversidades pelas quais essas pessoas passam, Esdras sente-se envergonhado. Desta vez, não pela falta (de pessoas), mas pelo excesso (de coisas) que tinha na sua vida, na sua casa. Apesar de toda a dificuldade emocional, nunca lhe faltou nada, principalmente um teto.

Já próximo de ser servido pela equipe que distribui a comida, Esdras olha para o fundo do salão, observa aquele "Estranho do Lago" e reflete sobre o quão deve ser difícil viver na rua. Ao mesmo tempo, pensa na loucura daquele homem e também na sua lucidez seletiva. Esdras se pergunta se a insanidade foi a única forma que o Estranho encontrou para ser feliz. Seria esse o seu destino também? Será que os que não suicidam o corpo suicidam a mente?

— Senhor? — chama a senhora que serve a comida.

— Sim... Ah, desculpa... — pede Esdras ao se virar e elevar o prato para ser servido.

Feijão, arroz, macarrão, frango cozido, linguiça calabresa, batata cozida, salada vinagrete, farofa... tem de tudo ali, nota Esdras, que sente a boca salivar diante da fartura. A mulher começa a encher o prato dele de forma generosa, como fez com os outros companheiros de fila. Mesmo faminto, Esdras imagina que não conseguiria comer nem metade daquilo, por isso mesmo, olha para o fundo do salão, na esperança de encontrar um sorriso de satisfação no rosto do morador da fonte. Ao invés disso, encontra uma careta de insatisfação. Ao longe, o Estranho faz gestos para Esdras: "MAIS! MAIS! PEDE MAIS!", tenta dizer por meio de mímicas.

— Senhora... a senhora pode colocar um pouco mais de carne? — pede Esdras, constrangido.

A mulher coloca tanta comida no prato de Esdras — e do Estranho —, que é preciso segurá-lo firme com ambas as mãos. Ele retorna para a mesa atravessando o salão lotado; constrangido, mas feliz por ter cumprido essa pequena tarefa. No caminho, desvia rapidamente de dois homens que discutem por uma razão qualquer. Esdras, que nunca gostou de brigas e tumultos, apressa o passo.

— O chato é que são mesas coletivas, não é? — afirma ele, ao chegar à mesa em que o Estranho está. — Tem gente demais.

— E você não é "gente"? — questiona o Estranho do Lago.

— Eu não tive como trazer dois pratos — diz Esdras, sentando-se de frente para o homem de capuz.

— Eu sei! Eles entregam somente um pra cada pessoa!

— Como fazemos então? — indaga Esdras ao Estranho.

— Não se preocupe! Eu estou sempre preparado! — Nesse momento, o maltrapilho tira um garfo de dentro do bolso do casaco, abrindo um sorriso e tanto.

— Um homem precavido vale por dois — constata Esdras, achando graça.

— Vamos ao trabalho! — O Estranho, então, tira pela primeira vez o capuz da cabeça e desata a dar garfadas no prato.

Esdras para e começa a observá-lo melhor: os cabelos grisalhos chegam na altura do ombro, e não passa despercebido que, bem no início do couro cabeludo, na parte de cima da testa, algo se parece com uma gota de sangue que escorreu e ressecou.

— Sua testa está sangrando — afirma Esdras.

— O quê? — O Estranho está concentrado nas garfadas.

— Sua testa está sangrando. O que aconteceu? — insiste.

O Estranho leva a mão à testa e, em seguida, confere o dedo para ver se veio manchado de sangue. Não muito preocupado, vira-se e olha para o enorme espelho da parede, que se encontra atrás dele.

— Você se cortou? — pergunta Esdras, já comendo.

— É! Acho que foi o pente que passei na cabeça! Devia ter um caco de vidro preso nele! — afirma, ainda se olhando no extenso espelho velho, que toma toda a lateral do galpão.

— Tem que ter cuidado — adverte Esdras.

— Você deve me achar malucão, né não, cara? — O Estranho ri, enquanto olha Esdras pelo reflexo do espelho.

— "Sanidade e felicidade são uma combinação impossível" — declama Esdras.

— Olha só! Estranho Pedras... O poeta!

— Não, não fui eu quem escreveu.

— E daí, mas eu gostei! — diz o Estranho do Lago, intercalando com Esdras as garfadas no prato.

— Posso me sentar aqui? — Uma voz feminina interrompe os dois, que olham para a moça. Esdras a reconhece da fila, é a moça "dos sapatos".

— Estamos meio ocupados, não vê? — responde rispidamente o Estranho do Lago, deixando Esdras constrangido e fazendo a moça se sentar alguns centímetros distante deles, porém ao lado de Esdras.

— Olha, desculpa. Você pode se sentar conosco se quiser, meu amigo aqui vira uma fera quando está com fome. — Esdras ficou surpreso, de fato, com a imprevisível grosseria do Estranho, que retruca:

— Ela é meio estranha! — diz o desgrenhado, esticando-se para cochichar próximo ao rosto de Esdras.

A moça olha para o Estranho do Lago, que a encara sem nenhum constrangimento e ameniza:

— Se sobrar comida aí no seu prato, você dá pra gente! — exclama o Estranho, fazendo a moça rir com a sugestão.

— Cara, você já comeu duas vezes — enfatiza Esdras.

— Não seja burro! Eu vou viajar, preciso me alimentar!

— Eu também preciso viajar. Ainda não sei como farei para entregar as coisas do Lélio, sem nenhum centavo — diz Esdras, sem ter ideias para uma solução.

— Que coisas do Lélio? — O Estranho para de comer, intrigado.

— O Lélio deixou doze cartas comigo. Cartas para outras pessoas. — Esdras abre a mochila e mostra alguns dos envelopes deixados pelo amigo.

— Por que ele mesmo não entrega? Onde está o Lélio?

A pergunta do Estranho congela Esdras. Até o momento, ele não tinha pensado que teria de contar a alguém que Lélio está morto. Na verdade, sequer sabe o que dizer. Não conhece o conteúdo das cartas, nem se Lélio diz algo sobre o suicídio. Inclusive, é possível que essa pergunta venha a ser feita por outras pessoas, conclui. No entanto, ao menos para o Estranho, não dirá a verdade:

— O Lélio está viajando. — Foi isso que ele disse na carta, afinal, recorda-se Esdras.

— Eu acabei, já estou satisfeito! Vamos! Preciso pegar os meus trecos. — O Estranho se levanta apressado, já indo em direção à saída.

Esdras se levanta calmamente; antes de ir, despede-se da moça, que ainda almoça ao lado dele e parece estar muito atenta à conversa dos dois.

— Foi um prazer te conhecer. Com licença, tá? — pede ele.

— Ah, prazer também! Qual o seu nome?

— Esdras. E o meu amigo... Bem, ele não é meu amigo. Não sei o nome dele direito. Eu o chamo de "Estranho". Na verdade, ele chama todo mundo de "Estranho" também, então, é um pouco confuso. — Esdras sorri, assim como a moça.

— Faz sentido, ele é meio estranho mesmo — afirma a jovem. — Apareçam! Sempre almoço aqui. Posso tentar te achar na internet?

— Eu não tenho usado internet. Desculpa — lamenta Esdras.

— Eu também não, nem sei por que perguntei. — A moça sorri.

Esdras se despede e parte com o Estranho do Lago.

De volta à praça, enquanto o homem cabeludo termina de arrumar as suas coisas, Esdras fica curioso sobre o monumento sob o qual ele vive. O Estranho, então, explica:

— Eu não sabia o nome desse soldado, por isso eu chamava ele de Estranho! Até que o Lélio me contou o nome dele!

— Engraçado, todo mundo você chama de Estranho, menos o Lélio, não é? Por quê?

— O Lélio não é estranho! E eu sabia o nome dele! Ninguém me diz o nome! Ninguém pergunta o meu nome! Me chamam de todos os nomes possíveis, mas ninguém pergunta o meu nome! — afirma o Estranho do Lago.

— Eu perguntei — contesta Esdras. — Mas você não disse. Qual é o seu nome?

— "Aquele homem estranho", sempre me chamam assim aqui na praça.

Esdras fica comovido e ao mesmo tempo constrangido, pois, apesar de ter conhecido essa pessoa já como "Estranho", de fato o achou estranho.

— Mas eu me acostumei, fazer o quê?! — O Estranho do Lago volta a apertar o ar com as mãos. — Eu gosto de ser o Estranho! Afinal, todo mundo é estranho, né? Uns mais, outros menos. Então eu sou como todo mundo! Alguém me disse, certa vez, que nada do que é humano pode ser estranho.

— É verdade, todo mundo é um pouco estranho. Mas você é um Estranho especial. É o "Estranho do Lago". E não é todo mundo que tem um Lago no nome — afirma Esdras.

— O Mario Lago tinha! — contesta prontamente o Estranho.

— É verdade.

— Mas ele era ainda mais especial! Já viu o nome dele? Mario Lago: *MAR... RIO... LAGO...* Ele tinha os três!

A conclusão do Estranho faz Esdras rir:

— Sensacional! Você é muito inteligente, Estranho do Lago.

— Tão inteligente que sei que isso aqui não é um lago, é uma lagoa!

— Olha aí, sabe tudo. Acho que você deveria seguir o conselho do Lélio e do homem da estátua: aprender português, voltar a estudar.

— Sim! Farei isso. Eu sou fluente em doze idiomas, mas não sou fluente em português! Increíble! — pondera o homem barbudo.

— O Lélio ficaria orgulhoso de você.

— Falando nisso, Estranho Pedras, eu tenho algo pra te dar!

O Estranho dá alguns passos até um gramado. Abaixa-se e começa a cavar um buraco, sempre olhando à volta, como se estivesse desenterrando um baú e não quisesse ser visto. Depois de abrir o tal buraco, o maltrapilho tira de lá uma lata enferrujada, que um dia já deve ter sido de alguma marca de leite em pó.

— É sua! — afirma o Estranho, entregando o recipiente sem rótulo para Esdras.

— O que é isso? — indaga o andarilho de azul, intrigado.

— Abra! É algo que eu acho que o Lélio gostaria que eu te desse!

Esdras abre a pesada lata e se surpreende com o conteúdo:

— Uma lata cheia de moedas?

— E bastante pesada, percebeu? — diz, sorrindo, o Estranho.

— Mas essas são suas… — Antes que Esdras termine a frase, o Estranho retruca:

— Minhas esmolas? — indaga, com certo tom de deboche. — Aproveite, meu caro, não sei se outra pessoa te daria uma dessas! Dia desses passou uma senhorinha por aqui e, enquanto me olhava torto, dizia pra uma amiga: "Eu só dou esmola se for um velhinho capenga e cego." Pobre mulher, mal sabe que é mais cega que um cego.

— Mas por que você quer me dar isso?

— É pra sua viagem! — responde o Estranho.

— Não, eu não posso aceitar. São as suas economias, certo? Não é justo. Pegue de volta o seu cofrinho. — Esdras insiste para que o homem receba a lata.

— Você me disse que não tinha dinheiro pra viajar e entregar as cartas do Lélio! Era verdade? — indaga o Estranho.

— É verdade, sim. Você é mais rico do que eu, pode ter certeza disso — afirma Esdras. — Mas, e você? Vai ficar sem dinheiro?

— Você é burro! Você é burro! — grita o Estranho, dando tapas no ar. — Aí só estão as moedinhas, a lata com dinheiro de papel e cheques está em outro esconderijo!

— Cheques? Olha só… — diverte-se Esdras.

— Mas os cheques não estão assinados, não sou burro! — declara o morador da fonte.

— Claro que não. Você é muito esperto, Estranho. Tão esperto que está tirando de mim a última desculpa que eu tinha para não fazer essa viagem: a falta de dinheiro. A verdade é que eu não sei se consigo fazer isso sozinho — diz Esdras, em tom de lamento.

— Tudo que precisar estará dentro de você! E o que não tem aqui e aqui… — começa ele, tocando primeiro na cabeça e depois no peito de Esdras — terá aqui…

O maltrapilho chacoalha a lata, que faz um ruído alto: chac! chac! chac! Em seguida, conclui:

— E se ainda assim faltar algo… quem sabe você não encontra com esses destinatários aí!

— Topa ir comigo, Estranho? Poderíamos viajar e entregar essas cartas juntos. Seria uma aventura e tanto, não? Afinal, "Se quer ir mais rápido, vá sozinho. Se quer ir mais longe, vá acompanhado." — declara.

— Olha só! Estranho Pedras… O poeta!

— Não, não fui eu quem escreveu.

— Como você poderá estar sozinho, se você já carrega doze estranhos nas costas?! — indaga o Estranho sabiamente.

— Agora são dez. Dois já foram — corrige Esdras.

— Mas essa jornada é sua, Estranho Pedras, a minha é outra. Você leu a carta do Lélio! E eu já estarei aqui com você. — Novamente, o Estranho faz barulho chacoalhando a lata velha com moedas. — Se você recusar esse dinheiro será só um pretexto pra não sair da toca! Do que você tem medo?

— Talvez disso mesmo: sair da toca — declara Esdras. — Meus planos eram outros. Eu tenho algo em mente para a minha vida e pretendo ir até o fim. A carta do Lélio me interrompeu, mas eu sei o que quero para mim. E estar fora da toca não faz parte disso.

— Olha, vai ser estranho? Vai! Mas, quem sabe, você só precisasse mesmo de alguém pra mudar o seu trajeto? O caminho desconhecido é um caminho estranho, mas você já aprendeu muito sobre coisas estranhas hoje, não? — diz o Estranho, em mais uma epifania.

— Tudo bem, Estranho... eu aceito esse dinheiro. — *Esdras, enfim, compra o pacote do seu novo coach motivacional.* — Prometo que usarei para cumprir a promessa que fiz ao Lélio e, agora, a você.

— Ele pensava muito em você! — afirma o morador da fonte.

— É? — Esdras sorri. — Ele falava de mais alguém? Talvez alguém que pode vir a ser um dos destinatários?

— Não sei... — O homem grisalho para um pouco para pensar. — Bom, ele se lembrava muito da mãe dele, chamava ela de Florzinha! E também de um homem estranho, mudo!

— Mudo? — Esdras franze o cenho.

— Pelo que entendi, ele conversava bastante com esse estranho, mas que ele nunca respondia nada, só ouvia! Ouvia, ouvia, ouvia... Coisa estranha, né?

— Estranhíssima. Bom, então eu preciso ir. Tentarei encontrar um ônibus ainda hoje na rodoviária. Foi muito bom conhecer você, Estranho do Lago.

— Foi bom conhecer você, Estranho Pedras! Nos vemos por aí! Algo me diz que isso irá acontecer! Até lá, vê se aprimora o seu mandarim!

O maltrapilho estende a mão direita ao andarilho, enquanto lhe dá um último conselho:

— Faça coisas estranhas, Estranho Pedras! Faça coisas estranhas!

Esdras segue na sua caminhada, aproveitando-se do sol que, nesta tarde, parece estar mais benevolente com os andarilhos. No caminho para a rodoviária, ele faz algumas paradas para beber água ou ir a um banheiro de qualquer lugar que não cobre por isso. Já chegando ao seu destino, compra um saquinho com meia dúzia de maçãs numa barraquinha de rua. As maçãs, vermelhas e convidativas, servirão para matar a fome, que retornará em breve.

Quando Esdras entra na rodoviária, um enorme relógio no alto da estação mostra que já são quase três da tarde. Depois de se informar com um segurança, ele se dirige ao guichê da companhia de viagem que vende passagens para Santana dos Três Passos, a cidade para onde se destinam todas as outras cartas de Lélio. O próximo horário está previsto para as três e meia.

No guichê, ele abre a mochila e, sem tirar a lata de dentro, vai pegando as moedas para pagar. Sob o olhar enfadonho da atendente, tira, pelo menos, dois punhados de moedas da lata e conta uma a uma. A mulher olha para aquele monte de moedas no seu balcão e, em seguida, para a cara de Esdras, claramente insatisfeita.

— Documento de Identificação, por favor — pede ela.

— Documento? — Esdras franze o cenho.

— Sim, senhor. Eu preciso de um documento oficial com foto.

— Precisa? Eu só vou viajar de ônibus — argumenta ele.

— Sem documento não tem como vender a passagem, senhor.

— Eu fui roubado! Levaram meus documentos.

— Sinto muito, não posso fazer nada. O senhor pode deixar o próximo passar? — determina a mulher do guichê, diante de uma fila que crescia cada vez mais rápido.

— Mas não tem co… — Esdras tenta mais uma vez.

— Próximo! — grita a mulher, cortando qualquer possibilidade de réplica dele.

Esdras se afasta do balcão de passagens, preocupado. De repente, um homem que está no final da fila e ouvia a conversa, sugere:

— Se você for à delegacia fazer o boletim de ocorrência do roubo, você traz o papel aqui e ela tem que lhe vender. — Esdras sabe que terá de fazer isso o quanto antes; ele precisa de documentos novos, sem os quais seria invisível legalmente também.

Uma mulher que está na fila tem uma ideia mais prática:

— Olha, tá vendo aquele outro guichê ali de trás — ela aponta por cima do ombro —, eles vendem passagens pra Santana. É a Viação Ferro Forte, o ônibus é bem ruinzinho, mas eles só pedem a numeração do documento.

— Nossa, muito obrigado — responde Esdras, esperançoso.

Com o monte de moedas preso entre as mãos em concha, Esdras vai até o outro guichê e consegue comprar a passagem. E faltando apenas três minutos para o horário de saída do ônibus, ele esboça uma corrida para o saguão de embarque, mas o movimento apressado leva a lata, guardada na mochila, a chacoalhar e fazer um barulho estridente. Ao perceber os olhares na sua direção por conta do ruído gerado, ele cessa o arroubo, voltando a andar com passos silenciosos, porém largos. — *Passar despercebido pelas pessoas é sempre uma prioridade pra ele.*

Ao descer uma escada, Esdras sente alguém, que vinha na direção oposta, segurar seu antebraço e colocar a palma da mão dele virada para cima. Uma voz feminina diz:

— Fique do lado esquerdo e cuidado com os quatro guias.

— O quê? — pergunta Esdras, mesmo tendo ouvido cada uma das palavras ditas pela mulher, que, pela vestimenta e adereços, o faz concluir tratar-se de uma cigana. — Como assim? — insiste, reparando nos olhos oblíquos dela. — *Olhos dissimulados como os da Capitu.*

— Fique do lado esquerdo e cuidado com os quatro guias — repete ela. — Se você falhar com os doze, talvez um dos quatro queira a sua morte.

A mulher solta a mão dele, sobe três degraus apressadamente e vira à esquerda, desaparecendo entre os transeuntes do terminal. Esdras leva imprecisos segundos para processar o que acabou de ouvir, mas, ao procurar a mulher, não a encontra mais.

Sem tempo para superstições, apressa-se e consegue alcançar o ônibus. Já dentro do veículo, reflete sobre as palavras da cigana: "Fique do lado esquerdo." Mas, cético acerca de crendices e adivinhações, Esdras prefere não associar o que ela disse ao "lado" do ônibus em que viajará; por isso mesmo, senta-se na poltrona 27, do lado direito.

Esdras nota que o ônibus está bem vazio, como ele prefere, tendo no máximo oito passageiros. Um garoto tagarela, sentado com a mãe na fileira oposta, observa-o com alguma curiosidade. A poltrona livre ao seu lado, porém, lhe dá perspectivas de que será uma viagem tranquila e silenciosa. O ônibus sai da estação, como previsto, às três e meia.

No decorrer da viagem, Esdras constata que, agora que se tornou "carteiro", terá que organizar alguma logística para entregar as correspondências; por isso, tira todos os envelopes de dentro da mochila e os espalha sobre a poltrona ao lado. Depois de ler todos os destinatários, um deles se destaca, o "Sábio que Nada Dizia". Recorda-se de o Estranho do Lago mencionar uma pessoa muda, então, decide começar a entrega em Santana dos Três Passos por esse destinatário.

A previsão é de que chegue ao destino por volta das cinco e quinze, o que faz Esdras aproveitar a oportunidade para descansar após o longo dia de caminhadas e a turbulenta noite anterior. E, apesar de não estar com sono, admirar a bela paisagem verde do caminho, recebendo os raios de sol que transpassam as árvores, o induz a fechar os olhos.

A viagem parecia perfeita para um cochilo, a dança de luzes e sombras embalava o sono de Esdras num silêncio que foi abruptamente interrompido.

— Vamos bater! — gritou o menino para ele, os olhos arregalados.

A boca de Esdras ensaiou abrir para dizer algo que não encontrou tempo suficiente para sair. Uma sinfonia de buzinas foi substituída por uma canção de metal e vidro sendo destruídos. Esdras fechou os olhos novamente, mas a gravidade agia no seu corpo e o forçava a abri-los para testemunhar o caos.

Como se os olhos estivessem funcionando em câmera lenta, ele via o ônibus rodopiar e, em seguida, deixá-lo de cabeça para baixo. A mãe do menino estava sendo lançada pela janela com o mesmo peso de um grão de arroz. A criança usava o cinto de segurança folgado, o que permitiu que ela deslizasse pela poltrona, como uma gota d'água escorrendo por um copo; o filho seguiu o mesmo caminho da mãe.

Gritos de horror emergiam tentando alcançar notas mais altas que o ruído provocado pelo ferro arranhando o asfalto. Com o ônibus tombado, Esdras foi atingido na testa pela rodinha de uma mala. Naquele momento, finalmente, o silêncio voltou a imperar. O ônibus havia parado, e Esdras tentava recobrar a consciência, perdida no caos.

— Me ajuda! Me ajuda! — Em meio à penumbra de vozes, alguém pedia socorro.

Esdras finalmente entendeu que sofrera um terrível acidente. O veículo estava capotado na pista. Preso pelo cinto de segurança e virado de cabeça para baixo, ele conseguiu se soltar, caindo sobre o teto. Com os braços cortados e a cabeça ferida, buscou aquela voz que gritava por ajuda:

— Socorro! Alguém me tira daqui! — A voz não estava no ônibus.

Esdras se arrastou até uma das janelas quebradas, de onde a voz parecia vir. Seu coração gelou com o que os olhos enxergaram: metade do ônibus estava na rodovia e a outra metade, suspensa no alto de um penhasco, na iminência de despencar. Olhando mais para o lado esquerdo, ele viu o menino dependurado, segurando-se como podia numa das janelas.

— Calma, garoto! Eu vou aí te ajudar. Me dê a sua mão — pediu Esdras, tentando acalmá-lo.

— Me ajuda. Eu estou com medo! — gritou o menino, encarando a altura do precipício que o aguardava lá embaixo.

— Não olha pra baixo, olha só pra mim! Me dá a mão — ordenava Esdras, enquanto se posicionava melhor para ajudar a criança.

— Me tira daqui! Eu estou com medo. Eu vou cair! — O menino estava aos berros e se recusava a soltar as mãos para alcançá-lo.

Afoito, Esdras chegou o corpo mais para fora do ônibus na tentativa de alcançar a criança. Foi aí que ele viu algo que o deixou ainda mais desesperado: um outro menino, provavelmente da mesma idade que aquele que ele já estava tentando salvar, encontrava-se pendurado mais abaixo e com os braços enrolados numa grossa tira de borracha, que desprendia da janela.

— Me ajuda, moço, por favor! — gritou aquele outro menino, que Esdras não conseguia enxergar direito.

Duas crianças. Esdras se angustiava pela certeza de que não conseguiria salvar as duas.

— Alguém me ajuda! Tem duas crianças aqui. Alguém me ajuda! — gritou, na esperança de alguém vir acudi-los, mas não houve sinal de resposta. O único ruído era o do próprio ônibus, que começa a pender para o lado do precipício.

— Me ajuda! — gritou um menino.

— Me ajuda! — gritou o outro.

— Se acalmem. Eu vou ajudar vocês. Não olhem pra baixo! Prestem atenção em mim! Olhem nos meus olhos!

Esdras tentava se apoiar com mais força e esticou o braço direito para o que estava suspenso apenas pela borracha, que cedia cada vez mais. O menino se desvencilhou da tira emborrachada e, com ambas as mãos, se segurou no antebraço de Esdras.

— Me ajuda! Eu vou cair! — esgoelava-se a outra criança.

Esdras, que estava com o corpo apoiado pela parte do ônibus que separava duas janelas, esticou o braço esquerdo para o outro menino, sem considerar o risco que os três corriam. E, sem dar chance para uma nova solução, a criança se pendurou no braço de Esdras, que, desesperado, esbravejou:

— ALGUÉM ME AJUDA! SOCORRO!

Ele sentia as forças se esvaindo, ninguém vinha ajudá-lo. "Estão todos mortos", concluiu. Naquele momento, o ônibus deu um novo solavanco, indo cada vez mais para a beirada do desfiladeiro.

— Eu não vou aguentar, eu não vou aguentar — avisou Esdras, gemendo e com os olhos cerrados. — Tentem subir! Subam logo!

Exausto e estranhando o silêncio das duas crianças, Esdras olhou para baixo, reencontrando ambas, que o encaravam fixamente.

— Por favor, Esdras, não me solte — implorou o menino que se segurava no seu braço esquerdo.

Esdras se assustou com o garoto chamando-o pelo nome, e mais ainda pelo rosto dele. Não era mais aquela criança que estava na poltrona, era o menino daquela foto que estava com o Estranho. "Sou eu", reconheceu Esdras.

— Me segura, Esdras. Eu sou seu amigo, eu não quero morrer! — implorou novamente o menino que se segurava no seu braço direito. O rosto desse garoto o deixou ainda mais apavorado.

— Lélio?! — Esdras não tinha dúvida, era o amigo que ele não via desde a infância.

— Sou eu, o Lelinho! Me salva, Esdras. Me salva! — gritava.

— Eu não estou aguentando segurar os dois. — Esdras estava no limite da dor.

— Não dê ouvidos a ele, Esdras! Salve a mim e a você! — gritava o outro garoto, com o rosto inocente do Esdras daquela foto.

— Não, Esdras. Você não pode me abandonar de novo. Não solte a minha mão, por favor — implorava Lelinho.

— Lelinho, segure-se na cintura dele e eu puxo os dois — comandou Esdras, confuso, mas tentando salvar ambos.

— Não! Eu não confio nele! Ele vai me deixar cair. Me puxa — insistiu Lelinho.

— Eu não consigo. Eu não vou aguentar. — Esdras começava a tremer os braços, já fraquejando com a dor.

— Solta ele, Esdras. Solta ele! Me salva — insistia também o pequeno Esdras.

— Não me solta, Esdras, por favor. Você é meu amigo, não me deixa morrer — implorava o amigo de infância.

— Eu não consigo... mais... segurar... — Esdras cerrou os olhos ao sentir que os dois garotos escorregavam das suas mãos.

— Solta ele, Esdras! — gritava sem parar o pequeno Esdras.

O ônibus se inclinava cada vez mais na direção do penhasco.

— Não me deixa morrer, Esdras. Me salva — suplicava Lelinho.

— Eu não vou aguentar — repetia Esdras.

Um novo solavanco puxou o lado direito do corpo de Esdras mais para fora do ônibus, mas dessa vez não era o ônibus se mexendo, era o peso no seu braço, que havia aumentado abruptamente como se...

— Solta ele, Esdras! Agora! — ordenava o pequeno Esdras.

Esdras olhou para baixo e, em vez do Lelinho, quem segurava o seu braço direito era um homem; aquele mesmo homem que tinha surgido no seu sonho em alto-mar. Era o Lélio. O homem não dizia nada, estava apavorado, os olhos marejados e encarando Esdras.

— Solta ele, Esdras! Agora! — repetia o pequeno Esdras.

— Eu não vou aguentar!

— SOLTA ELE!

— Ahhhhh. — Esdras não aguentou o peso nos braços e abriu uma das mãos.

— Não foi culpa sua, Esdras. Ele já estava morto — avisou o sobrevivente salvo por Esdras.

— O que eu fiz... foi imperdoável — disse Esdras.

— O que você fez?

— A mãe dele. Eu...

O ronco do motor sendo desligado acorda Esdras, já no Terminal Rodoviário de Santana dos Três Passos. Após um segundo pesadelo no qual falha em salvar a vida de Lélio, uma perturbadora sensação de culpa só aumenta. Tudo o que ele quer é que o amigo de infância ainda esteja vivo, mas sente que não pode se apegar a isso. Ao desembarcar, vê o horário em um monitor de parede: 17:35.

Esdras aproveita a abordagem de um motorista que lhe oferece uma corrida de táxi, para se informar sobre o trajeto até o endereço de entrega de uma das cartas, no Shopping Alto Palmeira. Segue o caminho a pé, com a expectativa de encontrar o estabelecimento ainda aberto, já que conhece o hábito interiorano de fechar o comércio às seis da tarde. A caminhada pelas ruas de Santana logo o faz perceber as diferenças da vida no interior. Ali, tudo parece ter uma velocidade baixa. O lugar não é um povoado minúsculo perdido no tempo, mas está longe de ter a mesma pressa com a qual se acostumou.

Sentadas na entrada de suas casas, as pessoas acompanham os passos de Esdras, que logo se sente acuado. Enquanto a urgência da sua cidade o camuflava dos olhares, ali é diferente. A sensação de estar sendo observado o induz a apressar o passo para fugir deles; no entanto, o movimento acelerado faz com que a lata comece a chacoalhar nas suas costas, atraindo ainda mais atenção. — *Silencia, então, as pisadas. E se contém, como boa presa assustada.*

— Boa tarde, por acaso o senhor sabe onde fica o Shopping Alto Palmeira? — pergunta a um senhor que está parado na entrada de um bar, no que parece ser o endereço da carta.

— Atrás de você — responde o homem, soltando uma baforada de fumaça na sua direção. Esdras, que odeia cigarro, logo tosse.

Já desviando da fumaça, vira-se e encontra o lugar bem à frente: um prédio pequeno de três pavimentos.

— Já são seis horas?

— Em ponto — responde o desconhecido, encurtando a conversa.

Ao entrar no centro comercial, Esdras observa algumas butiques, uma farmácia, uma copiadora e outros pequenos estabelecimentos. A maioria está fechando as portas ou já está fechada. Mais à frente, próximo a uma escada, encontra-se um faxineiro uniformizado, com uma vassoura na mão.

— Boa tarde, o senhor sabe onde fica a loja 1-D? — pergunta Esdras.

— Primeiro andar, à direita — responde o funcionário, apontando a escada.

Esdras sobe apressadamente e vai acompanhando a numeração das lojas até chegar à 1-D, e, antes que consiga encontrar o nome do estabelecimento, a luz interna é apagada. Um homem sai de costas, trancando a fechadura de uma elegante porta de vidro jateado.

— Oi, boa noite — diz Esdras, aliviado por ter conseguido alcançar, ao que tudo indica, o seu próximo destinatário desconhecido.

O senhor se vira, claramente assustado com a abordagem sorrateira. E Esdras logo se apressa em justificar:

— Desculpa, não queria assustá-lo. É que eu vim quase correndo para encontrar o shopping aberto. Perdi o fôlego na escada.

O homem nada diz, fazendo Esdras acreditar na teoria de que Lélio tinha um amigo que não falava, de acordo com o que o Estranho do Lago dissera, e essa pessoa seria o "Sábio que Nada Dizia", seu atual destinatário. Então, continua a abordagem:

— Já está de saída, não é? Olha, eu não vou tomar muito o seu tempo. Eu só vim aqui para lhe entregar uma carta do Lélio.

— Uma carta do Lélio? — devolve o homem, aparentando certo espanto ao ouvi-lo.

— Isso! Sabe de quem se trata? — indaga Esdras.

— Sim… — responde o homem, o olhar intrigado.

— Bem, aqui está. — Esdras estica a mão com o envelope.

O homem, que até agora estava meio apático, ainda segura a chave na fechadura. Então, abre a porta novamente e, sem pegar a carta da mão de Esdras, propõe:

— Olha, por que você não entra e me fala melhor dessa carta?

— Tudo bem — aceita Esdras, compreendendo a desconfiança.

— Por favor… — O homem abre espaço para Esdras passar à sua frente e entrar no estabelecimento ainda no escuro.

— Desculpa, você sabe do Lélio? Sabe se… Sabe que… ele… — Esdras hesita finalizar, na esperança de que o homem lhe traga alguma esperança.

— Morreu? — tenta completar o homem.

— Isso. — Esdras esmaece o semblante. Acaba aqui o sonho que alimentava de salvar uma pessoa, termina aqui a chance de rever o amigo: Lélio já está morto.

— É, eu fui informado disso. — O homem entra na sala e acende a luz, possibilitando que Esdras enxergue o letreiro acima do balcão da recepção: Odilon Jiminy / Psicólogo.

— Você é psicólogo? — pergunta Esdras, retoricamente.

— Sim, sou psicólogo. Odilon. E você…

— Desculpa, nem me apresentei. Me chamo Esdras, prazer. — Esdras estica a mão esquerda e recebe o cumprimento do homem, que sorri educadamente.

— Vamos entrar aqui no consultório. Eu já estava de saída, mas não tem problema.

O homem, então, abre uma porta que se encontra ao lado da recepção. Esdras o segue e, ao entrar no consultório, simpatiza com o ambiente aconchegante: duas poltronas bem acolchoadas no centro da sala e um sofá grande à direita da porta ocupam boa parte do espaço. Uma prateleira cheia de livros, alta, emoldura o sofá. Ao fundo da sala, dois pufes num dos cantos, bem próximos da única janela do recinto. O lugar não é diferente do que Esdras imaginava de um consultório de psicólogo, exceto pelo excesso de branco que predomina nas paredes e no piso, em contraste com o tom de mogno dos móveis e de alguns pequenos objetos de decoração amarelos.

— Quer que eu ligue o ar-condicionado? Melhor, não? — Odilon pega o controle remoto sobre uma mesa de centro que separa as poltronas e liga o aparelho.

— Obrigado. Legal a sua sala, espaçosa — diz Esdras.

— Gosta? — indaga Odilon, sorrindo. — Eu prefiro uma sala mais *clean*, sabe? Sem muitas distrações. Por isso o piso e as paredes brancas. É uma forma de estimular a imaginação dos pacientes.

— Me parece uma boa estratégia. Então, você era psicólogo do Lélio? — pergunta Esdras, sem rodeios.

— Exatamente. Sente-se, por favor — diz o homem, que se acomoda numa das poltronas.

O psicólogo deve estar na faixa dos 60 anos, deduz Esdras. Odilon Jiminy usa óculos, tem os cabelos curtos e inteiramente brancos, além de uma barba espessa, porém muito bem cuidada. O semblante, ao falar, passa para Esdras uma consistente serenidade.

— E essa carta, de onde veio? — indaga o psicólogo.

— O Lélio me enviou. Pediu que a entregasse. Eu sei que é meio estranho, mas...

— O Lélio pediu que você me entregasse uma carta? Há quanto tempo? Desde quando está com ela? — inquire o homem, sem disfarçar a inquietação com a visita.

— Bom, na verdade eu estou com ela há muito pouco tempo. A minha vizinha me entregou ontem pela manhã — conta Esdras.

— Ontem?! Recebeu a carta ontem? Mas...

— Você esperava que ela estivesse comigo há mais tempo? — interrompe Esdras.

— Talvez... — O psicólogo faz uma pausa dramática, e Esdras se sente constrangido. Mesmo hesitante, o homem continua: — Há alguns anos, eu recebi um telefonema do pai do Lélio, dizendo que o filho havia morrido. Por isso o meu espanto.

— Há alguns... anos?! Quanto tempo tem que isso aconteceu? — indaga Esdras, espantado com a informação. Na cabeça dele, se Lélio estivesse mesmo morto, isso teria, no máximo, alguns dias.

— Não sei precisar, uns sete anos. Eu não me recordo com exatidão no momento.

— Sete anos? Mas... eu recebi essas cartas ontem, como é possível? — Esdras fica ressabiado ao saber que o amigo faleceu há tanto tempo.

— Cartas? Existem mais cartas além dessa que está na sua mão? — pergunta Odilon, enquanto fita o envelope à sua frente.

— Sim. Ele deixou doze cartas.

— E pediu que você entregasse? — indaga Odilon, franzindo o cenho.

— Exato! Na verdade, ele deixou uma carta para mim também.

— Eu estou... — Odilon parece ficar sem palavras, mas prossegue no diálogo. — E você já fez isso? Já entregou todas as cartas?

— Bom, já comecei a entregar. Mas faltam muitas, praticamente todas.

— E para quem elas são destinadas? Você se importaria de dizer? — propõe Odilon.

— Então... eu já entreguei uma carta para uma pessoa em situação de rua. A outra, não encontrei o destinatário.

— Entendo. — O psicólogo se mostra reflexivo. — Chegou a ler as cartas?

— A carta desse cara eu li. Mas os envelopes estão lacrados, preferi mantê-los assim até entregá-los.

— Eu posso ver essas cartas? — pede o psicólogo.

— Os envelopes, sim. Esta é a sua. — Esdras lhe entrega o pequeno envelope.

— "O Sábio que Nada Dizia"? — Odilon lê o destinatário da carta e ergue as sobrancelhas, com uma expressão de surpresa.

— É você, suponho — conclui Esdras.

— Certamente sou eu. — Odilon ri discretamente. — Eu sempre ouvia isso nas nossas sessões: "Você sabe demais, mas não diz nada. Eu tenho que encontrar todas as respostas sozinho." O papel de psicólogo é complicado... concorda?

— Cheguei a pensar que você era mudo — *informa Esdras, com sua voz fraca* —, por conta dessa alcunha que está no envelope.

— Não, eu não sou mudo. E precisamos ser bons ouvintes. Apesar de não conter o meu nome, não tenho dúvida de que ela é para mim — diz Odilon encarando Esdras, que rapidamente abaixa a cabeça, como de costume.

— Aqui estão os envelopes que ainda preciso entregar. — Esdras coloca os invólucros nas mãos do psicólogo, que faz questão de ler calmamente o destinatário escrito em cada um deles.

— Doze cartas... doze destinatários... Quem são essas pessoas? — indaga Odilon Jiminy.

— Não faço ideia! E agora fiquei ainda mais intrigado para descobrir quem foi o remetente — declara Esdras, incomodado. — Nem desconfia de quem pode ter me enviado essas cartas só agora? Tanto tempo depois que o Lélio...

— Você não tem nenhuma ideia? — indaga o homem de cabelos brancos.

— Não, eu só soube da morte do Lélio agora. E nós não temos amigos em comum, eu não sei quase nada dele — informa Esdras, angustiado. — Não tinha notícias dele havia muito tempo. Essa história, que já era bem peculiar, agora ficou ainda mais estranha. — "Estranha", pensa Esdras, lembrando-se do Estranho do Lago. — É verdade que ele... morreu de suicídio?

Ao ouvir a pergunta, o psicólogo muda o semblante. Tem uma expressão de pesar. Esdras reconhece essa expressão de culpa, remorso ou vergonha. Odilon, porém, não se abstém de responder:

— Você sabe, mas, como psicólogo, eu não posso falar sobre os casos dos meus pacientes com outras pessoas, senão com o próprio ou com a família — argumenta.

— Sim. Desculpa, eu não quis ser inconveniente — diz Esdras.

— Você não foi inconveniente, não se preocupe. Me diga uma coisa... Tem escrito nas cartas que seria um suicídio?

— Na carta que me escreveu, falou que estava passando por um momento bem ruim, num tom depressivo, muito angustiado. Dava para sentir a dor nas suas palavras.

— Você tem essa carta aí? — pergunta Odilon.

— Eu acabei molhando o papel acidentalmente, hoje pela manhã, mas era uma carta muito forte; eu a reli algumas vezes. É impossível esquecer as coisas que ele disse.

Esdras abre a mochila cinza, pega o papel enrugado e inteiramente borrado pela tinta azul dissolvida pela água do mar. Entrega o papel a Odilon, mas antes pergunta:

— O Lélio estava mesmo tão mal assim?

— Bem... — Após assentir com a cabeça, Odilon começa a narrar: — Muitos anos atrás... Eu estava saindo do meu consultório, já por volta das sete da noite... Como você fez agora. E fui abordado por um jovem que parecia transtornado e que implorava para que eu conversasse com ele. "Antes que eu faça alguma besteira", me disse. Eu o recebi aqui e, por mais de duas horas, conversamos. E acabou virando meu paciente durante muitos anos.

— Os problemas dele eram antigos, então — deduz Esdras.

— Tão antigos e delicados quanto a vontade de deixá-los para trás. Ele teve muitos problemas pessoais, passou por inúmeros traumas, relações que não lhe fizeram tão bem... Eu fiz o melhor que pude como profissional. Eu fiz o melhor que pude!

— Ele escreveu que vivia num mundo em que ele próprio parecia não caber. E disse também que era gay... Fiquei pensando sobre isso. Tem alguma relação com o que você está me contando? — indaga o andarilho.

— Esse era um assunto delicado para ele, tinha coisas que ele não me contava. O Lélio se reprimia tanto que parecia estar sempre fugindo de quem ele era. E também era uma outra época, certo? — pondera o psicólogo. —

A orientação sexual era muito vinculada a estigmas, preconceitos, repressão. Para ele não foi muito diferente.

— Ele não tinha ninguém na vida dele, Odilon?

— Olha, acredito que talvez essas cartas te ajudem a responder isso melhor do que eu. O que posso dizer é que eu gostaria que a vida tivesse sido mais generosa com ele. — Nesse momento, o homem faz uma pausa e respira fundo. Seus olhos falam por ele.

— Como soube que ele havia morrido? — indaga Esdras.

— Bem, certo dia, fui surpreendido com uma ligação do pai do Lélio, informando que o filho havia morrido. Ele me contou que o Lélio...

— Como ele se matou? — pergunta Esdras, incisivo, percebendo a hesitação do psicólogo.

— Ele me disse que o filho havia... Acho que não precisamos entrar nesses detalhes.

— Tudo bem, Odilon.

— Por mais que sejamos profissionais, é sempre um golpe duro saber que perdemos um paciente por suicídio — lamenta Odilon. — A sensação de que não fizemos o bastante é inevitável. E comigo não foi diferente. Aquilo foi um soco na minha vida profissional.

— Imagino que sim — diz Esdras, com pesar.

— Me diga uma coisa, por que coube a você entregar essas cartas? — pergunta o psicólogo.

— Ele disse isso na carta. Falou que me considerava o melhor amigo dele, por mais que... — Esdras hesita falar. — Não sei. A verdade é que eu não sei se fui, de fato, um bom amigo, sobretudo o melhor amigo.

— Você mora aqui? — Odilon ajeita os óculos.

— Não, eu vim de outra cidade. Mas conheço a região.

— Como o Lélio apareceu na sua vida, então? — pergunta Odilon.

— Bom, ele foi vizinho da minha avó, em outra cidade, quando éramos crianças. Nas férias, eu ia para a casa dela, e a gente sempre se via. — Ao dizer isso, Esdras deixa Odilon Jiminy ligeiramente reflexivo:

— Eu creio que me recordo de algo. Lembro do Lélio me falar de um amigo que o via na época das férias escolares. Sim, eu me lembro bem! — reafirma o psicólogo. — O Lélio mencionou muitas vezes esse amigo de infância que o fazia sair de casa, brincar, fazer "coisas normais", como ele dizia. Sempre falava com muito carinho das pessoas que transmitiam algum afeto sincero.

— Não nos falamos mais desde os 11 anos, pelo menos — afirma Esdras.

— O Lélio chegou a lamentar, algumas vezes, ter perdido o contato com você, não o ver mais. Entretanto, sempre conversamos sobre a possibilidade de um reencontro. Cheguei a incentivá-lo a fazer isso, ir atrás de você, já que era algo tão significativo para ele.

— Pois é. Ele me encontrou, mas não foi até mim. Na carta, disse que teve receio, sei lá. Não dá mesmo para entender… — pondera Esdras — ele não me procurou enquanto estava vivo, mas deixou essa "missão" para mim, depois de morto. Falou do quanto queria me procurar, mas não o fez. — Ao dizer isso, Esdras se vê emocionado.

— Isso te deixa triste? — indaga o psicólogo, com nítida compaixão.

— Foi esquisito! Eu mal lembrava dele, sabe? É triste isso, mas é verdade — confessa Esdras. — Depois que li a carta, foi como se um filme passasse pela minha cabeça. De alguma forma, eu me dei conta de que, talvez, ele tenha sido o único amigo de verdade que eu tive também. E acho que acabei me sentindo responsável pelo que ele fez.

Odilon coloca uma caixa de lenços de papel próximo a Esdras, que pega um para enxugar alguma lágrima que, quem sabe, vai escorrer.

— Você está bem? — pergunta Odilon, preocupado.

— Não sei, acho que me sinto culpado. É isso! A minha história não é tão diferente da que teve o Lélio.

— Por que você diz isso?

— Eu nunca fui um cara muito feliz, pelo que me lembro. E, várias vezes, estive perto de fazer o mesmo que o Lélio fez.

— Mas não fez, certo? — pondera o psicólogo. — Você está aqui, então há algo de diferente e positivo que o fez seguir em frente.

— Mas eu estive muito perto. Muito perto mesmo. — Nesse momento, Esdras começa a chorar, sentindo uma forte descarga emocional que o transporta para os conflitos que vivenciou no barco.

— Você quer falar um pouco a respeito? Isso foi quando? — A vontade de Odilon em ajudá-lo é percebida por Esdras.

— Hoje… Ontem, na verdade. Eu estava prestes a fazer. Mas aí…

— O que houve?

— Eu vi a carta do Lélio. E ele me pediu para fazer essas entregas. Eu não podia negar isso a ele, sabe? Então, eu meio que desisti… adiei, não sei. — Esdras tem um bolo na garganta.

— Como você se sente, agora?

— Eu preciso fazer isso! Preciso terminar o que comecei. Preciso fazer isso por ele, você entende? — Esdras ainda chora.

— Você está sendo generoso, Esdras.

— Não sei. Do que adianta isso agora? O Lélio se foi! Eu sinto por ele... Dói imaginar que não pude fazer nada para ajudar, e agora ele se foi.

— Você não sente o Lélio nessas cartas? Não o sente dentro de você ao tornar real esse último pedido? — questiona o psicólogo.

— Sim. Muito!

— Você já parou para pensar que essas cartas, de certa forma, salvaram a sua vida? — Compassivo, Odilon Jiminy tenta encarar Esdras.

— Sim, mas às custas da vida dele?

— É assim que você vê?

Esdras responde positivamente apenas com a cabeça.

— Me responda uma coisa... Você espera o quê, dispondo-se a entregar essas cartas?

— Na carta, o Lélio dizia que queria ser lembrado, que não queria ser esquecido pelas pessoas que foram importantes para ele. Não sei, acho que preciso dar algum significado à vida dele. Ou à morte dele... não sei. Não quero que ela tenha sido em vão. Nos últimos tempos, andei me escondendo, mas, ao contrário de mim, o Lélio dizia que não queria ser... — Esdras hesita em dizer a palavra que significava algo também para ele. No entanto, o psicólogo parece ler seus pensamentos, ao completar:

— Invisível?

— Sim. Exatamente. Ele disse isso para você alguma vez? — Esdras ergue a cabeça, surpreso.

— Está escrito aqui, veja... — Odilon devolve a Esdras a carta borrada que havia caído do barco. O dedo indicador do psicólogo guia os olhos dele para a única palavra vagamente nítida do papel. Perdida entre tantas manchas azuis, ainda sobrevive na carta uma única palavra: invisível.

— Não tinha notado isso, achei que a carta toda estava desbotada — afirma Esdras.

— Você acredita que, fazendo isso pelo Lélio, encontrará um sentido para a sua vida?

— Acho que sim. Não sei, realmente não sei. A única coisa que sei é que preciso fazer isso. Eu sei por que estou fazendo isso!

— E por que você está fazendo isso? — indaga Odilon.

— Porque esse é o único propósito na minha vida hoje — diz com firmeza.

— Então imagino que você irá até o fim e…

— Estou determinado a isso. E você, não vai abrir a sua carta? — pergunta o andarilho.

— Vou, sim — diz Odilon. — Você quer que eu abra agora?

— Não. Claro que não. Fique à vontade. Eu não quero tomar mais o seu tempo, Odilon.

— Bom, se o Lélio lhe confiou a missão de entregar essa carta, creio que posso abrir na sua presença. Conhecemos dois lados diferentes da pessoa que a escreveu. Talvez seja uma oportunidade de encontrarmos um Lélio comum a nós dois.

— Fique à vontade — diz Esdras.

Odilon abre o seu envelope e lê, em silêncio, a carta escrita para ele: "Ao Sábio que Nada Dizia…"

Ao Sábio que Nada Dizia

Odilon, de todas as pessoas que passaram pela minha vida, você é aquela a quem eu mais devo agradecer. Sem a sua compreensão, incitação e sagacidade de me trazer de volta à realidade, eu não seria nada além de uma pessoa perdida em minhas quimeras. Minha mente deve a você a mesma gratidão que um coração deve a quem se ama. Pois somente aqueles que não subestimam as nossas ilusões são capazes de nos admirar como somos. O seu empenho em me ajudar transgredia a sua limitação profissional, tornando você um amigo. E eu lhe peço desculpas...
Menti e parti sem dizer adeus ou anunciar a partida. Eu não queria que você, mais uma vez, me persuadisse a seguir em frente.

Eu sempre te disse que esse momento chegaria e que, quando chegasse, você não deveria se culpar. Nem eu sou culpado.
As circunstâncias da vida fazem de nós aquilo que nem sempre somos capazes de ser... ou, talvez, até sejamos, mas não por tanto tempo.
Ser breve na vida pode não ter sido apenas uma escolha minha.
De repente, nasci para ser um prefácio. E se precisei ir brevemente, graças a você "fui" bravamente. Toda a fraqueza, covardia e medo que senti na vida se foram. Tudo até poderia ter sido melhor, se nada tivesse sido como foi. Mas foi! Sinto-me ingrato por desperdiçar a possibilidade de viver, então, deixo isso para os bem-dispostos, que seguirão em frente sem medo do que vem atrás ou a seguir.

Desejo a você, tão sábio em ouvir quanto em dizer, felicidade, e que o seu trabalho seja sempre uma brisa para os pensamentos subestimados que se aconchegam na sua presença. Você fez o melhor no que era bom, e eu estou fazendo o melhor no que sou bom: ser invisível.

Você deve estar diante do Esdras, o amigo de quem tanto falei. Confirme o quanto ele foi importante para mim e ajude-o, por favor, a concretizar a entrega das minhas cartas. Gostaria de rememorar minha existência para os poucos que a notaram. Por fim, obrigado! Eu jamais esqueci tudo que você fez por mim.

Te vejo em outra vida, quando nós formos gatos!

Lélio

Odilon Jiminy termina de ler a carta, e logo força o polegar e o indicador de uma das mãos contra os olhos, por trás dos óculos que já parecem embaçados. Sem dizer uma única palavra, devolve o papel para Esdras, sugerindo que ele a leia.

Esdras lê tudo que Lélio escreveu e, ao término, tanto ele quanto Odilon se mantêm em silêncio por um momento. Esdras sente como se as palavras de Lélio ecoassem pelas paredes brancas da pequena sala, afetando cada um deles de forma distinta, assim como aconteceu com o Estranho. Além disso, percebe que aquelas palavras poderiam ser suas ou de qualquer pessoa que esteja com uma mente em conflito. São argumentos irrefutáveis, mas, ao mesmo tempo, passíveis de questionamentos por qualquer um que consiga ver o mundo mais colorido, algo de que não se sente capaz.

— A mente do ser humano é mesmo uma selva, não? — diz o psicólogo, tentando se recompor, os olhos marejados.

— A mente ou o coração? — pergunta Esdras, reflexivo.

— Talvez ambos…

— Eu sempre achei os sentimentos do coração mais indomáveis que os pensamentos, Odilon.

— Talvez por isso o Lélio tenha encontrado algum equilíbrio em você — constata o psicólogo.

— Por que diz isso?

— Por essa carta você vê: ele sempre encontrava um meio de racionalizar as convicções. Essa racionalidade, aos poucos, foi deixando ele menos emocional. Os sentimentos se expressavam, sim, mas inconscientemente, talvez de forma até menos danosa.

— Não dizem que usamos apenas dez por cento do nosso cérebro? Há quem conteste que, na verdade, usamos apenas dez por cento do coração — diz Esdras, tentando compreender o amigo.

— É como você se vê? — indaga Odilon.

— Não. É como eu vejo o mundo.

— Sabe, como psicólogo, tento fazer com que os meus pacientes encontrem um caminho de equilíbrio entre o racional, o emocional e o possível. Mas eles são os donos das suas escolhas, das suas decisões. Precisam querer ajuda; assim, podem se ajudar. Por isso, é sempre um fardo enorme e pesado perder um paciente. Eu não conhecia esse sentimento, até receber aquele telefonema.

— Do pai do Lélio? — pergunta Esdras.

— Isso. E, como qualquer ser humano, aquilo me afetou. Até nos preparamos, ao longo da profissão, para encarar esse tipo de desafio, ainda que nunca estejamos, de fato, prontos. Eu confesso a você que, até hoje... até poucos minutos atrás, na verdade, eu acreditava que ele não havia me procurado, à época, por achar que eu não era mais capaz de ajudá-lo. Depois daquele episódio, precisei tirar algumas semanas de licença; foi bem difícil encarar a situação. E acabo de me dar conta de que eu ainda não sei lidar com isso. Não que essa carta sirva de desencargo de consciência, mas... — Odilon Jiminy volta a se emocionar.

— O Lélio estava infeliz. Ele fez a escolha dele — pondera Esdras, tentando tirar do psicólogo a sensação de culpa, tão familiar.

— Sim. Ele fez. E você, fez a sua? — Odilon tenta se recompor.

— Eu apenas sei o que preciso fazer hoje. Fazer essas entregas.

— Se isso está fazendo bem a você, então faça! Era isso que o Lélio pedia na carta, certo? E ele me pede que ajude você.

— Eu sei. Eu agradeço, mas você não precisa se preocupar.

— Não mesmo? — Odilon encara Esdras, como se hesitasse perguntar algo, mas fala: — Você tem tido algum tipo de acompanhamento profissional?

— Nunca tive.

— Nunca pensou em fazer terapia? É algo que faz diferença porque...

— Na verdade, não. Acho que me incomodaria a pessoa me olhando, analisando. Eu não desmereço a terapia, mas acho que não é para mim, sabe? Sempre tentei me virar e me resolver sozinho. Apesar de falhar miseravelmente.

— É importante saber ficar sozinho, porém, mais importante ainda é não se acostumar a ser sozinho. E o contrário de ser sozinho não é sumir nem ser invisível. O contrário de ser sozinho é buscar e cultivar companhias. Você concorda comigo? — argumenta Odilon Jiminy. — Eu acredito que seja interessante para você, em virtude das coisas pelas quais tem passado, ter uma ajuda. Eu posso indicar um profissional na sua cidade. Onde você mora? Você mora com a sua família?

— Eu agradeço, Odilon. Mas acho que preciso fazer isso primeiro — responde Esdras, apontando para as cartas que estão no braço da poltrona do psicólogo. — Depois, posso pensar nisso.

— As cartas... E você acha que é mesmo mais importante concluir a entrega dessas cartas do que lidar com a sua situação agora? Me parece que você está priorizando o Lélio, estou errado?

— É isso mesmo... O Lélio, inconscientemente, me resgatou do fundo do poço — *ou do mar, ele deveria dizer* —, então, nos próximos dias, ele será a prioridade na minha vida. Ainda que não esteja aqui comigo.

— Você acha, então, que é necessário concluir essa jornada, para se reencontrar e retomar o que ficou para trás? Já sabe a quem irá entregar a próxima carta?

— Não. E, com esses pseudônimos como destinatários, não consigo nem pensar numa lógica para entregá-las. Aliás, eu sei que você tem a questão do sigilo profissional, mas... o que mais você poderia me contar sobre o Lélio? Não sei nada da vida dele. Eu tenho a sensação de que não sei... de que não... — Esdras não consegue completar a frase, mas Odilon o ajuda:

— ... de que não conhece ele?

— Isso! — confirma Esdras.

— Entendo... Ele é como um estranho para você, certo? — constata Odilon.

— Exatamente! Ler essas cartas tem me permitido fazer uma ideia de quem ele foi. Mas eu não sei quase nada, e pouco me recordo.

— Compreendo. Bem, vamos ver em que eu posso te ajudar... — Odilon mostra-se pensativo. — O Lélio veio me procurar por conta própria, já sendo um jovem adulto. Ele morava aqui com os pais. E, como você pôde perceber pelas cartas, ele sempre teve dificuldade com relacionamentos, fosse em casa, na escola, profissionalmente... Talvez por isso ele tenha seguido a profissão que escolheu, era uma forma de...

— Qual era a profissão dele? — interrompe Esdras.

— Escultor. Você não sabia? — O psicólogo mostra-se surpreso.

— Não.

— Ele chegou a ter um ateliê. Está vendo aquela escultura ali? — Odilon aponta para uma obra realista de um lobo, feita em mármore carrara. — Ele quem fez e me deu. Um talento incrível.

Esdras se levanta e vai até a prateleira localizada acima do sofá para ver melhor a obra. Fica admirado:

— É muito impressionante! Que riqueza de detalhes extraordinária. Agora... um lobo? — pergunta, franzindo o cenho. — Não deveria ser um gato?

— Um gato? Por que um gato? — pergunta Odilon, curioso e risonho.

— A frase que ele disse no final da sua carta — relembra Esdras.

Odilon olha para a carta que está sobre a mesinha de centro e lê novamente a frase, em voz alta. — "Te vejo em outra vida, quando nós formos gatos!" — O psicólogo sorri, saudoso, antes de explicar o significado: — Ele costumava dizer isso. Com o tempo, percebi que dizia sempre que passava por algum tipo de conflito que não queria dividir comigo. É a frase de algum filme. Cheguei a procurar, mas nunca encontrei.

— "Vanilla Sky"! — declara Esdras, ainda admirando a beleza da escultura.

— Não, acho que o nome era "Abra os olhos" ou "Abra seus olhos". Eu já procurei na internet, mas nunca achei.

— "Vanilla Sky" é uma versão do filme original, que é espanhol e se chama "Abre sus ojos" — explica Esdras. — Mas acho que, na tradução brasileira, recebeu outro nome...

— Por isso então não encontrei — constata o psicólogo.

— O cara, no filme, diz isso antes de fazer algo que ele queria fazer havia muito tempo... — Esdras hesita.

— O quê?

— Ele diz isso antes de pular do alto de um prédio.

— Ele não havia me contado esse detalhe — pondera Odilon. — Gostaria de já ter assistido à época.

— Por que ele fez o lobo para você, então? — pergunta Esdras.

— Por causa de uma frase, só que dessa vez, dita por mim: "O homem é o lobo do homem", de Thomas Hobbes. Mas não me lembro do contexto — conta o homem de cabelos brancos. — Na verdade, ele esculpiu diversas esculturas, monumentos... Aqui na cidade tem, pelo menos, umas três obras dele.

— Ele fez monumentos? — Esdras fica surpreso.

— Sim, ele trabalhou muito com isso. Suas obras são bastante elogiadas.

— Engraçado... — diz Esdras, que, depois de encarar a escultura do lobo por um bom tempo, coloca-a de volta no lugar e se encaminha para a poltrona em que estava. — Hoje, pela manhã... Lembra daquela carta que eu entreguei? O destinatário era o tal morador de rua, que costuma ficar embaixo do monumento de um militar.

— O Soldado da Borracha? — pergunta o psicólogo.

— Esse mesmo! Como sabe?

— O Lélio contou para mim.

— Contou sobre o Estranho?

— O Estranho... — O psicólogo sorri brevemente. — Sim, sobre o Estranho também. O homem que vivia sob a estátua que ele fez!

— Foi ele que esculpiu aquela estátua?! — Esdras se surpreende.

— Sim, pelo que eu sei, aquela estátua foi feita sob encomenda pelo governo para homenagear um soldado da borracha. O problema é que, após a instalação da escultura, uma família alegou que aquele não era o verdadeiro tenente. Não sei bem explicar a história, mas, aparentemente, um homem havia se passado por outro e acabou virando herói nacional. A família entrou na justiça, que proibiu as partes de usarem qualquer nome que identificasse o monumento. Durante anos, a estátua ficou sem identificação. E isso deixou o Lélio bastante chateado.

— Hoje a placa tem um nome — informa Esdras.

— Que bom! E não tem o nome do escultor? O nome do Lélio? — indaga Odilon.

— Não. Apenas do tal tenente.

— Um pouco antes de deixar de vir às sessões, o Lélio me disse que foi visitar o monumento e que havia uma pessoa em situação de rua morando embaixo da estátua. Contou também que os frequentadores da praça, diante daquela estátua sem nome, começaram a chamar o homenageado de "Estranho". Isso o convenceu a colocar uma placa com o nome do tal tenente por conta própria. Mas o nome "Estranho" pegou.

— Ah, entendi. É... isso explica a fixação do cara que mora na fonte por esse "nome". Ele me disse, inclusive, que o Lélio morou um tempo com ele na rua, sob essa estátua.

— Morou na rua? Eu não sabia disso — diz o psicólogo, com certo pesar na voz.

— Sabe, em certo momento, eu cheguei a pensar que aquele homem fosse o Lélio. Parecia loucura, mas, sei lá...

— Por que você achou isso? — indaga Odilon Jiminy.

— Eu ainda guardava esperanças de encontrar o Lélio vivo. E esse foi o primeiro destinatário que encontrei, ele ficava escondendo o rosto, parecia ser meio perturbado da cabeça. Como eu não fazia ideia de como seria o rosto do Lélio, cheguei a cogitar uma brincadeira de mau gosto. Vai saber... — conta o andarilho.

— E como é esse homem? Fisicamente.

— Bom, ele é branco, baixo, deve ter um e sessenta de altura, cabelos e barba enormes e grisalhos, algumas cicatrizes no rosto, e estava bem sujo, usando farrapos. Qual era a altura do Lélio?

— Acredito que mais de um e oitenta e cinco — informa o psicólogo.

— E desses outros destinatários que você está vendo aí, acha que há alguém que eu posso encontrar facilmente? Talvez os pais do Lélio... Aliás, você acha que os pais dele podem ter me enviado as cartas do filho? — pergunta o andarilho.

— Não faço ideia — afirma Odilon Jiminy, olhando os envelopes ao seu lado. — É possível que tenha sido um deles, sim.

— Bom, talvez eu descubra ao entregar as cartas. Mas fico me perguntando por que alguém me enviaria esse envelope, tantos anos depois da morte do Lélio. No mínimo, tem que ser alguém que estava com as coisas dele.

— Não foi você quem recebeu o envelope?

— Não. A minha vizinha disse que um entregador deixou no prédio — explica Esdras. — Mas, voltando aos pais do Lélio, eles estão vivos, então?

— Não sei dizer, eu não tive mais contato com a família dele — informa o psicólogo. — Apesar de Santana dos Três Passos não ser uma cidade grande, não conheço todos. Mas penso que você entregar essas cartas é uma forma de conhecer melhor essa pessoa que deu a você um intento, e no momento que você mais precisava. Torço para que encontre os pais dele.

— Espero ter a oportunidade de reencontrá-los. Não os vejo desde a infância. Recordo-me pouco deles, apenas que o pai era policial e a mãe, dona de casa.

— Isso mesmo — confirma Odilon. — Eu só gostaria de... alertá-lo, digamos assim, sobre uma questão. Não sei o conteúdo dessas cartas, não sei até onde o Lélio contou sobre a vida dele. Por isso, talvez seja interessante você estar preparado para ouvir coisas desagradáveis, desconfortáveis... pesadas.

— Pesadas? A que você se refere? — indaga Esdras, com semblante sério.

— Então, não sei o que ele compartilhou com as pessoas nas cartas... talvez seja melhor aguardarmos — pondera Odilon. — Eu não quis dizer isso para alarmar você. Só esteja preparado, caso seja necessário, para conhecer um lado mais duro da vida dele.

— Você não se sente à vontade em me contar? — Esdras está intrigado.

— Como disse antes, a história de um paciente eu só converso com ele. Estou apenas prevenindo você do que pode estar por vir nessas cartas. E eu estarei disponível para conversarmos, caso você se sinta à vontade para isso — finaliza.

— Compreendo. Fico tenso com isso, mas entendo a sua posição profissional — afirma Esdras. — Bem, não quero tomar mais o seu tempo, Odilon. Você já estava de saída quando cheguei, e acabei te segurando. Além disso, já está ficando tarde.

— Pode ter certeza de que gostei muito da sua visita. — Odilon sorri. — Essa carta e a nossa conversa mexeram com o coração desse profissional aqui. Eu fico feliz em ajudá-lo nessa jornada. E você não me incomodou em nada. Na verdade, eu quero muito que volte aqui. Vai ficar na cidade pelos próximos dias, certo?

— Sim, pretendo ficar aqui até entregar todas essas cartas. Estão endereçadas a Santana dos Três Passos.

— Ótimo! Você tem onde ficar? — indaga Odilon.

— Sim, não se preocupe! — *Esdras, não querendo incomodar ainda mais o psicólogo, mente, fingindo algum pudor.*

— Eu quero que você volte. Por que não passa aqui ainda essa semana, daqui a dois dias? Vou te dar o meu cartão, tem o meu número de telefone. Caso precise, pode entrar em contato a qualquer hora.

O psicólogo pega um cartão na mesinha de centro e o entrega a Esdras.

— Obrigado. — Esdras o guarda na mochila.

— Pelo que me disse, você está num momento difícil. Talvez possamos conversar mais. Não se esqueça de que sou psicólogo.

— Não quero incomodar, esse é o seu trabalho — diz Esdras.

— Não é incômodo algum. Encare como um favor de um amigo do Lélio, ok? A carta foi bem clara em dizer que eu deveria ajudar você. Estou disposto a isso. E, caso não precise de nada, ainda assim, apareça daqui a dois dias, no horário do almoço. Tenho uma viagem inadiável amanhã, mas te aguardo na quinta-feira. Não terei pacientes à tarde, então, você almoça comigo.

— Pode deixar, Odilon, nos vemos em dois dias. Imagino que você queira saber sobre essas cartas do Lélio tanto quanto eu.

— Tenha certeza de que sim.

Esdras deixa o consultório de Odilon Jiminy e percebe, ao chegar à rua, que anoiteceu completamente. Agora, só há um lugar onde poderá pernoitar sem gastar dinheiro: o Terminal Rodoviário de Santana dos Três Passos.

Assim que retorna à pequena rodoviária, Esdras vai à lanchonete e pede uma sopa de legumes com arroz, pagando com parte do dinheiro da lata de moedas dada pelo Estranho do Lago. Lá, reveza a atenção entre as colheradas e as notícias do telejornal que passa numa tevê: um looping de fatalidades: "Homem mata a esposa"; "Policial forja a cena do crime"; "Esquema de fraude é revelado"; "Quadrilha faz reféns em assalto a banco".

Depois de caminhar um pouco pelo lugar, aconchega-se em algumas poltronas conjugadas para tentar dormir. Sua noite de sono transcorre tranquilamente, e a vaga lembrança que lhe resta de um sonho é a de estar plantando flores num jardim, sem nenhum pesadelo, como nas duas últimas vezes em que resolveu tirar um cochilo. Assim que amanhece, põe-se de pé e come duas das maçãs que comprou. Por volta das sete, toma uma chuveirada no banheiro público do Terminal. Apesar da falta de sabonete e de privacidade, o banho o revigora.

Às oito, Esdras dá continuidade à jornada que o levou até Santana. O destinatário escolhido é decidido após um pseudônimo no envelope chamar a sua atenção: "Ao Amor dos Ventos Fortes". Imagina que a carta seja destinada a alguém que Lélio tenha amado, algum ex-namorado, marido ou apenas um amor platônico. Esdras nota que, até o momento, todas as cartas deixadas foram de agradecimento, como se Lélio quisesse tirar dessas pessoas que ficaram para trás o peso da sua partida. Ironicamente, no seu caso, ele sente que o peso só aumentou.

Segundo uma senhora que ele aborda, o endereço fica na parte mais alta da cidade, onde há um bosque e um "condomínio de barão", diz ela. E, já na saída do Terminal, ele enxerga, ao longe, um morro bem alto, para onde caminha por cerca de uma hora, até chegar no começo da enorme ladeira que leva ao seu destino.

Esdras chega ao topo do morro e se depara com a entrada de uma rua longa e reta, com casas enormes e luxuosas. A primeira coisa que rouba a atenção dele, porém, é aquilo que o faz ter certeza de estar no local certo: um vento forte e barulhento, que chega a incomodar os ouvidos. A ventania desmedida balança todas as árvores que se espalham ao longo do morro, principalmente no bosque que circunda o lugar.

Como bem insinuou a mulher que o orientou, não há dúvidas de que ali moram pessoas ricas. A casa de número 42 é a que Esdras busca, e, após caminhar alguns metros, chega a ela: uma residência enorme como as da vizinhança, com dois andares e um grande jardim sem muros. Bem ao centro dele, cujo gramado parece não ser aparado há meses, encontra-se uma enorme escultura de bronze.

Esdras para e observa a obra de arte. Sem reconhecer qualquer forma bem definida, admira as contorções no metal. Chega a achar a peça esquisita, mas, ao mesmo tempo, bela e imponente. Ao se aproximar para admirá-la, surpreende-se com a qualidade do trabalho, que, de imediato, o faz associar a Lélio. Não há placa alguma com indicação do seu nome, mas algo lhe diz que aquilo surgiu das mãos do velho amigo.

Esdras bate à porta da casa por mais de três minutos, até que descobre um interfone quase escondido atrás do mato que cresce alto. Ninguém responde. Ele cogita deixar a carta na caixa de correio, mas hesita ao recordar-se do pedido de Lélio para que as cartas fossem entregues em mãos aos destinatários.

Tentado a descobrir o que o amigo diz nas cartas, pensa em abrir o envelope, como fez com o primeiro que tentou entregar, mas sente que trairá a confiança que o velho amigo depositou nele. Então, convicto de que não falhará com Lélio, resolve ir embora dali e voltar em outra hora. Uma voz masculina, entretanto, o aborda:

— Quer comprar a casa, companheiro?

— Oi, bom dia! — responde Esdras, surpreso pela chegada sorrateira, que quebra o barulho do vento. — Está à venda?

— Alguém disse a você que ela está? — O homem, que possui cabelos grisalhos bem lisos, se aproxima de Esdras e da casa.

— Não. Mas... não mora ninguém aqui? — pergunta Esdras.

— Não, não mora ninguém aí. E a casa não está à venda — declara o desconhecido, que aparenta ter menos de 50 anos e veste uma camisa social de mangas compridas. Esdras logo entende o porquê da roupa mais fechada: o gélido e inquieto vento.

— Entendo. Tem muito tempo que ela está vazia? Eu estou procurando, possivelmente, o antigo morador. Você conhece quem morava aqui?

— Você, quem é? — indaga o homem, bastante sisudo.

— Ah, é que eu vim entregar uma correspondência.

— Pra quem?

— Para a pessoa que morava aqui, talvez você conheça.

— Qual o nome? — pergunta, intrigado com Esdras.

— Bom, eu também não sei. Na verdade, só me deram esse endereço — informa Esdras, sem querer dizer o pseudônimo da carta.

— Você pode deixar comigo — avisa o desconhecido, ajeitando os óculos. — Eu cuido da casa. Imaginei que fosse um interessado em comprar; volta e meia aparece algum por conta da vista que tem lá atrás.

— Não estou interessado em comprar. É que eu preciso entregar essa correspondência em mãos. Você sabe onde posso encontrar a pessoa que morava aqui?

— Sei, sim. Mas você pode deixar a correspondência comigo. Você é daqui da cidade? — O desconhecido franze o cenho, olhando para Esdras por cima dos óculos.

— Não, sou de fora; vim aqui só para fazer essa entrega.

— Como eu disse, eu sou o responsável pela casa — repete.

— Desculpa, mas eu insisto. Eu me comprometi a entregar pessoalmente; preciso entregar em mãos. Onde eu encontro ele? Ou ela…?

— Ele! — exclama o desconhecido, corrigindo Esdras.

— Então, no caso, esse cara morou aqui há muito tempo?

— Desde que terminou de construir a casa.

O homem de camisa de listras verdes não demonstra qualquer simpatia.

— Então… esse envelope é para ele. Onde posso encontrá-lo? — indaga Esdras, ansioso.

O homem demora um pouco, mas responde de forma bem seca:

— Ele morreu!

— Morreu? — O andarilho de azul não esconde a melancolia ao ouvir isso.

— Sim. O dono da casa está morto — reafirma o desconhecido.

— Por essa eu não esperava. Tem muito tempo?

— Tem uns três anos.

— Entendo. — Esdras olha para o envelope na sua mão e pensa no que deve fazer.

— O Roger era meu irmão. Meu nome é Tomás! E quem é você?

— Tomás? Prazer, me chamo Esdras. — Ele estende a mão e é cumprimentado com um aperto de mão firme. — Meus pêsames.

— Pois é, como vê… talvez seja melhor você entregar a correspondência para mim. Se era para o meu irmão…

— Não sei. Na verdade, acho melhor não — diz Esdras, após refletir por um instante, exibindo um semblante constrangido.

— É alguma cobrança ou coisa assim? Qual é a empresa? — pergunta Tomás.

— Não, na verdade, é uma carta pessoal.

— De quem?

— Tem certeza de que não morou mais ninguém aqui? — indaga Esdras, mas a pergunta é respondida com um suspiro de impaciência. Então, conta: — É uma carta do Lélio, não sei se você…

— Lélio?! — Ao ouvir o nome, o homem se mostra surpreso, desconfortável, inquieto.

— Sim, você sabe quem é? — pergunta Esdras.

— Ele não morreu? Há alguns anos, eu soube que ele havia morrido — diz o homem, ainda mais sério e carrancudo.

Para não ter de contar toda a história das cartas novamente, Esdras decide falar uma versão maquiada, que suscite menos perguntas:

— Sim, o Lélio morreu. Mas eu tinha algumas coisas dele comigo. Fui arrumar a minha garagem dia desses e encontrei algumas cartas. Entre elas, tinha essa para alguém que mora... ou morava aqui. Provavelmente, o seu irmão. A não ser que ele não morasse sozinho. Afinal, ele conhecia o Lélio?

— Bastante! Até demais.

Esdras sente um tom irônico na afirmação.

— Olha, Tomás... não sei se devo entregar o envelope a você. Eu acho que a carta trata de um assunto particular. — Esdras não se deixa esquecer da alcunha do destinatário da carta que tem nas mãos.

— Provavelmente. Mas não deve ser nada que eu não saiba. Eu já disse que posso ficar com ela. Você pode me entregar. — Tomás se mostra ávido a receber a carta.

— Veja só, eu não quero ser invasivo, mas... — Esdras mostra-se constrangido em concluir, mas acaba perguntando: — O Lélio e o seu irmão... eles... tinham uma relação?

O homem hesita, mas responde a Esdras enquanto anda pela grama, olhando para a escultura que ocupa o centro do jardim:

— Eles tiveram um envolvimento durante um tempo, podemos dizer assim. Porém, já se vão muitos anos. O Roger seguiu a vida dele... Foi uma história que ficou no passado. Meus pais não gostaram nem um pouco quando souberam dos dois. E, no fim das contas, eles tinham razão, foi uma fase e não durou muito.

— Então, você também conheceu o Lélio? — indaga Esdras.

— Você é bem perguntador, não? — chateia-se o homem, com um sorriso sarcástico. — Lá em casa, ninguém gostava de falar dessa história. O que eu sei é que isso só causou problemas para a nossa família.

— Desculpa, não quis ser indiscreto — lamenta Esdras.

— Ele se casou depois... com uma mulher — enfatiza Tomás.

— E ela não mora aqui? — Esdras aponta para a residência.

— Ficaram casados pouco tempo. Não é difícil imaginar o porquê, não é? — debocha Tomás. — Então, na verdade, ele morou sozinho aí.

— Entendo. Seu irmão morreu de quê? — Esdras sente o rosto ficar vermelho, ao se dar conta do quão invasivo foi. — Perdoe a minha indiscrição, não precisa responder.

— Acidente… o carro dele capotou e… — informa Tomás. — A gente já esperava que fosse morrer assim. Ele teve uns cinco acidentes de carro, antes desse último. Acho que se sentia invencível, não tinha medo de morrer.

— Lamento — diz Esdras, desconfortável. — Olha, então, como essa carta era para o Roger e, aparentemente, a história dele com o Lélio não agradava a você nem à sua família, não faz sentido deixá-la, não é?

O homem fita Esdras em silêncio, mas, depois de alguns segundos, responde:

— A escolha é sua, companheiro. Posso ficar com ela, mas se você não quiser…

— Prefiro guardá-la comigo, se não se importa — diz Esdras, decidido. — Melhor eu ir então, não quero tomar mais o seu tempo. Obrigado, de qualquer forma.

Esdras deixa o gramado e caminha rumo à ladeira, até que ouve a voz de Tomás:

— Companheiro!

Esdras, que já estava se distanciando, se vira. Tomás, então, caminha na sua direção:

— Você vai descer a ladeira do bosque, certo? Eu estou com o meu motorista, vou descer agora de carro. Quer uma carona?

— Ah, eu agradeço. — Esdras sorri. — Essa ladeira é imensa.

— Sim, pouca gente sobe aqui a pé.

Os dois seguem em direção ao carro. Nesse momento, são interpelados por mais um vento forte que passa pelo alto do morro, e isso faz Esdras sentir que precisa fazer algo para cumprir a missão que o levou até ali, nem que seja de forma incompleta. Então, pergunta algo que talvez só Tomás possa ajudá-lo:

— Olha, eu sei que parece inconveniente, e vou entender se você negar, mas… eu queria saber onde fica o túmulo do seu irmão.

— O túmulo do Roger? — Tomás franze o cenho.

— Sim. Pode parecer estranho, mas pensei em levar a carta até o cemitério. Não sei, eu queria fazer isso pelo Lélio. Mas se você não quiser dizer, tudo bem. Pode ser bobagem…

— Eu levo você até lá — afirma Tomás, sem esboçar qualquer relutância.

Apesar das poucas passadas que deu até tomar essa decisão, Esdras já se sente desconfortável com a possibilidade de ela se concretizar; essa será a primeira vez que entrará num cemitério, algo que jamais passou pela sua cabeça. Não por acaso, os planos para a sua morte nunca envolveram velório e enterro.

A ideia de ser enterrado a sete palmos, cercado por mortos, lhe parece solitária e sufocante.

— Na lateral da casa, seguindo pelo jardim, você vai acompanhar um canteiro de bromélias — indica Tomás, apontando com as mãos para o lado direito da residência. — Quando chegar ao fundo da casa, você vai se deparar com uma área verde e, embaixo de um ipê amarelo, vai encontrar a lápide do meu irmão. É lá que ele está enterrado.

A caminho da sepultura, Esdras decide que lerá a carta diante da lápide do homem para quem Lélio escreveu. Seu velho amigo, certamente, não contava que um dos seus destinatários viesse a falecer antes de receber a carta.

Ao contrário da parte frontal da casa, tanto a lateral como os fundos do imóvel estão muito bem cuidados. Os arbustos e o gramado, caprichosamente aparados, roubam a atenção. Tudo repleto de flores, borboletas e pássaros. E, mais uma vez, surge um vento forte e frio que demanda um pisar no chão com firmeza para se manter de pé.

De toda a beleza que há no lugar, uma se destaca: a vista que Esdras tem ao se aproximar de um hipnotizante precipício que se abre alguns metros após a casa. Ao olhar para frente, ele sente como se enxergasse o infinito; ao olhar para baixo, vendo aquele enorme vale, lhe vem a sensação de que a gravidade não exerce apenas uma força física, mas também emocional. Logo se pergunta se outras pessoas também sentiriam a mesma vontade que ele de se atirar dali. "É o abismo olhando de volta", pensa.

Esdras caminha mais um pouco e chega embaixo do ipê amarelo que forra todo o chão com um tapete de flores. Sob a árvore está a lápide de Roger, voltada para o precipício. Numa pedra de mármore preta, cravada no chão, consta o nome do falecido, Roger C. Benavente, além das datas de nascimento e morte. Sem qualquer epitáfio extra, as inscrições são em dourado e têm um acabamento impecável, nota Esdras. Bem ao centro, uma foto em preto e branco de um homem que sorri com doçura.

Esdras reflete que, ao tirar aquela foto, ele não imaginava que nela se eternizaria o seu riso *post-mortem*. E o sorriso de Roger o faz pensar na possibilidade de ter esquecido o próprio sorriso. A imagem também é um lembrete de que não possui mais nenhuma foto sua, pois rasgou ou apagou todas as que tinha. Bem verdade que agora Esdras possui uma fotografia sua de quando era criança, deixada por Lélio sob os cuidados do Estranho.

Para cumprir a promessa, e mesmo com a peculiaridade de pronunciar a sua voz para o vento, Esdras abre a carta escrita por Lélio e começa a ler para o destinatário ausente:

— "Ao Amor dos Ventos Fortes..."

Ao Amor dos Ventos Fortes

Penso como teria sido o dia seguinte, se aquele dia anterior nunca tivesse existido. Penso como eu teria sido, se no dia anterior você não tivesse chegado. Eu, que sempre tive os pensamentos maiores do que as minhas ilusões eram capazes de sustentar, jamais consegui imaginar, esculpir ou viver algo de que eu apenas ouvia falar. Mas você me fez sentir a sensação física desse sentimento. A plenitude do breve momento que vivemos foi mais intensa que os fortes ventos do alto desse morro, que acolhia a nossa história.

Quando descobri recentemente que você comprou uma casa aí, enfim aceitei aquela sua decisão de anos atrás. Percebi que nem todo futuro que escolhemos para nós abandona o passado que gostaríamos de ter. Foi difícil seguir em frente mais uma vez sozinho. Eu já havia perdido um amigo e, então, perdi você. Todos os outros dias seguintes foram vazios, uma paródia da solidão. Não só pela ausência de vocês, mas pela ausência de mim mesmo. Eu estava partindo, ainda que inerte.

Mas, saiba, esse sentimento do qual eu falo, o qual vivemos, tem algo bom que nenhum outro sentimento tem: a necessidade de que aqueles por quem o sentimos sejam tão felizes quanto nós. E, mesmo que tenhamos o infortúnio de sermos felizes separados, o bem do outro nos traz um sorriso de alegria.

É por esse sentimento que eu torço, é por ele que sorrio, pela felicidade que eu espero que você tenha vivido ao longo da sua vida. Escolhi não mais saber de você, parecia doer menos (uma inverdade), mas é assim que espero que você seja hoje: feliz! Quanto a mim, *precisarei fazer algo que não te trará sorrisos, mas extinguirá de mim coisas ruins que me aconteceram e que prefiro te poupar de saber.*

Por fim, um último pedido: me compreenda. Não importa o quanto você precise questionar essa minha decisão, apenas saiba que eu precisei partir. Acredite em mim, eu precisei.

P.S. Eis a verdade: amar é não parar de amar.

Lélio

Esdras se reconhece nos contrastes das palavras de Lélio: amargura, doçura, solidão, felicidade, infelicidade, tristezas, esperanças, frustrações… A carta sobre um amor interrompido pelas circunstâncias da vida o faz tentar entender o caminho que levou o amigo a fazer o que fez. A perda forçada da pessoa amada, a falta de amigos, a depressão, os traumas, a solidão… essas podem ter sido as últimas gotas, antes que um balde cheio das dores da vida começasse a transbordar, deduz, reconhecendo ali irrefutáveis sintomas da S.T.T.S.

Tocado pelo que leu, Esdras observa, por um breve momento, o longo vale verde sombreado pelo penhasco em que se encontra.

— Cuidado, quando se olha muito tempo para um abismo, o abismo olha para você. — A voz vinda de trás interrompe os pensamentos de Esdras, que se vira assustado. — Conhece essa frase? — Tomás sai de trás do ipê amarelo.

— Você estava aí? — pergunta Esdras. — Você me ouviu ler a carta?

— Sim. Cheguei aqui e não quis te interromper — afirma, encarando-o com profunda seriedade, enquanto um vento forte bagunça os seus cabelos grisalhos.

— Espero que você não se importe. Eu apenas…

— Terminou? — Arredio e apressado, ele interrompe Esdras.

— Sim. Terminei — responde o andarilho de azul, constrangido.

Tomás encara Esdras por algum tempo, até que resolve falar:

— Meu pai obrigou Roger a ir estudar em outra cidade quando descobriu o que estava acontecendo entre os dois. Minha família jamais permitiria que o resto da cidade soubesse dessa história. Naquela época, isso não seria uma opção por aqui.

— Pelo menos, o seu irmão seguiu em frente. Se casou… — pondera Esdras.

— E ai dele que não fizesse isso. — O homem sorri com sarcasmo. — Meu pai nunca foi um homem de ter esperanças em ser obedecido. Ele ameaçava para ser obedecido! Ou o meu irmão ia embora ou o "namoradinho" pagaria bem caro.

— Como assim? — estranha Esdras.

— Você não imagina? Aconteceria alguma coisa "estranha" com o Lélio. Aliás, se o meu pai estivesse vivo e soubesse que alguém anda comentando essa história por aí… ele daria um jeito de calar a pessoa rapidinho. Mesmo hoje. Se fosse ele no meu lugar, você não sairia daqui inteiro, tampouco essa carta — diz Tomás, enquanto se aproxima de Esdras, que não está a mais de dois metros da beira do precipício. — Certas histórias são enterradas no passado por alguma razão. Pode ser arriscado desenterrá-las.

Esdras sente um arrepio ao ouvir isso, não sabendo se pelo vento frio ou pelo tom ameaçador que Tomás transparece.

— É melhor eu ir embora — diz, afastando-se do precipício e da sepultura de Roger.

— Então… Eu estava vindo aqui lhe dizer que o pneu do meu carro furou. Meu motorista vai ter que trocar, só que ele foi buscar um estepe lá embaixo, na cidade. Vai esperar? — Tomás, sem sair do lugar, acompanha Esdras se afastar apressado, em direção à casa.

— Não, não se preocupe comigo, Tomás, eu vou andando. Obrigado.

Esdras responde ao homem sem olhar para trás, sendo seguido apenas pelo vento que, furtivo, arranca da lateral da sua mochila a carta que acabara de ler. A ventania faz com que o papel rodopie no ar e siga rumo ao precipício.

Sentado sob a sombra de uma árvore, numa praça qualquer da cidade, Esdras se sente um tanto quanto mexido e assustado com a conversa que teve com o irmão de Roger. E, pela primeira vez, considera o fato de que essas cartas podem lhe trazer problemas, por isso, pensa na possibilidade de alguma delas causar uma reação desproporcional nas pessoas. — E se algum dos destinatários chegar a me prejudicar? — indaga-se.

"Não fale com estranhos", diria alguma mãe zelosa ou o Estranho do Lago.

Já passa das onze da manhã, de acordo com um transeunte, e Esdras decide o próximo destinatário que irá procurar: "A Bela Moça dos Caracóis". Será a primeira mulher, depois de quatro destinatários homens. Talvez um pouco de leveza, após a entrega desconfortável e mórbida no alto daquele morro, lhe faça bem, conclui ele.

— Algodão-doce! — grita uma voz vinda das cercanias.

Já conseguindo abstrair a perturbadora conversa com Tomás, Esdras o vê passar, levado de carro por um motorista. Não faz questão de ser notado pelo irmão de Roger; ao contrário, olha para baixo, evitando ser reconhecido.

— Algodão-doce! Algodão-doce! — A voz feminina está se aproximando.

Esdras decide comprar a guloseima, convencido por aquele chamado cada vez mais próximo. Então, levanta-se e caminha até o carrinho de algodão-doce que vem na sua direção. Pelos cabelos bem grisalhos e pelos traços do rosto, deduz que a senhora deve ter mais de 70 anos. O sol na sua pele negra e enrugada faz brilhar as bochechas generosas da vendedora, que parece caminhar com um sorriso perene.

O carrinho de algodão-doce é todo feito de madeira pintada na cor creme, e possui um toldo de listras azuis e rosa, que bloqueia o sol e protege a senhora, enquanto ela empurra o pesado veículo. Os algodões, espalhados por todo o carrinho, são cada um de uma cor, mas há também aqueles que possuem mais de uma. No balcão que ocupa toda a extensão da armação, os algodões estão dispersos de forma bem simétrica, o que encanta o perfeccionista Esdras.

— Pesadinho esse carro, hein? Bom dia! — diz ele, esforçando-se em ser simpático. Conversar com pessoas de mais idade soa mais tranquilo. "Pessoas sem pressa", pensa ele.

— Pois é, meu filho, o carrinho é pesado, mas a mercadoria é levinha — responde ela, dando um sorriso tão luminoso que faz com que ele se encante com a sua graciosidade.

— Isso é verdade. A senhora não tem ajuda?

— Ajuda de Deus, meu filho. Criei meus filhotes todos com esse carrinho — afirma, orgulhosa.

— É mesmo? Quantos filhos a senhora tem?

— Cinco! Todos formados, graças a Deus!

— Muito tempo, então, vendendo algodão-doce, não é? — Esdras sente que ela está disposta a papear.

— Uma vida toda, meu filho. Quase 60 anos. Comecei com o meu pai, ainda menina. Meus filhos me ajudaram, depois foram estudar e eu… estou aqui. Graças a Deus!

— Uma vida inteira mesmo. Bom, eu quero um algodão-doce. Estou meio velho pra isso, mas faz tanto tempo que não como um... — afirma, realmente desejoso.

— Velho é o passado, meu filho. Precisamos adoçar a vida sempre. Nem que seja com adoçante dietético. — A senhora gargalha, como se não precisasse esperar que alguém achasse graça do que diz. O sorriso dela parece não depender de ninguém para existir, constata Esdras. — Qual cor você quer?

— Pode ser esse verde aqui. — Esdras aponta para o que está mais próximo.

— Verde é esperança — informa a senhora. — Você sabe, né, meu filho? A cor que você escolhe diz muito sobre o seu dia.

— Ah, é? Até as cores do algodão-doce? — Ele ergue as sobrancelhas.

— Principalmente do algodão-doce — diz a vendedora, enquanto entrega o algodão para Esdras, que se senta em um banco da praça, ao lado do carrinho e da senhora.

— Eu já ouvi dizerem isso sobre as roupas que vestimos — conta ele, abrindo o plástico que reveste a guloseima.

— Vai muito além do que se veste — argumenta a mulher. — Quando se escolhe a cor do algodão-doce que se quer comer, na verdade, a pessoa quer absorver a energia que aquela cor traz. Você, por exemplo, escolheu o verde; significa que a coisa de que você mais precisa no momento é esperança. Você precisa ter esperança dentro de você.

Esdras começa a saborear o algodão-doce, ligeiramente acanhado pela sabedoria inesperada da senhora a respeito dele:

— Mas eu escolhi o verde porque estava mais perto de mim — provoca ele, sorrindo.

— Mais uma prova de que você quer que a esperança esteja com você. Será que você parou ali, ao lado do verde, por acaso? — indaga ela, nunca se cansando de sorrir.

— Está bem. E se eu escolhesse o azul? O que a senhora acha que significaria?

— Bom, caso escolhesse o azul, é porque você estaria precisando confiar em alguém. Precisando ter mais confiança em algo.

— Então, se tivesse de escolher com esse critério, talvez eu escolhesse o azul; eu bem preciso de mais confiança — admite Esdras.

— Veja a cor da sua camisa... — A senhora faz Esdras olhar para a camisa azul que ele veste há dois dias, e o faz sorrir. — Você não escolheu essa cor por acaso, você deve ter saído de casa precisando confiar em si mesmo, ou confiante daquilo que precisava fazer.

— E a minha calça preta? — pergunta ele, apontando para a calça que veste e instigado pela teoria das cores da mulher.

— O preto é algo misterioso, talvez algo que você estivesse pensando em fazer na surdina, escondidinho. Acho que você precisava esconder aquilo que precisou de confiança pra fazer! — deduz brilhantemente a senhora de cabelos grisalhos, presos por uma presilha branca.

— A senhora é bem espertinha, não? — surpreende-se ele.

— Que nada, apenas observadora. Passei a vida observando. Eu falo muito, mas observo ainda mais.

— A senhora não fala muito. E o que fala não me incomoda em nada, muito pelo contrário. A senhora é simpaticíssima!

— Obrigada, meu filho. É muito gentil da sua parte dizer isso.

— Agora, fiquei curioso... — diz Esdras. — A senhora falou tanto das cores e, no entanto, está de branco dos pés à cabeça. Por que veio sem nenhuma cor? Superstição?

— Nenhuma cor? — Ela olha com estranheza para o seu vestido embaixo de um avental, ambos brancos. — Olha, além de ser a cor do meu Santo, eu estou com todas as cores. As cores da luz, quando se unem, formam o branco. Você não sabia disso? Por isso eu saio todo dia bem iluminada por Deus pra trabalhar — afirma, gargalhando.

— Gostei da senhora! — Esdras observa melhor o carrinho e vê que na lateral tem escrito: "Nuvens de Algodão-Doce". — E gostei também do nome do seu carro.

— Desde que herdei o primeiro carrinho do meu pai, eu adotei esse nome. Como te disse, sou vendedora com ele tem uma vida.

Enquanto termina seu algodão-doce, Esdras observa o carrinho e a mulher. De repente, sua mente vai atrás de alguma referência, um nome, uma frase, um envelope, um destinatário desconhecido, uma informação do Lélio... Por fim, ele enxerga uma obviedade que está bem à sua frente, pronunciando-a em voz alta:

— A vendedora de nuvens! A senhora é a "vendedora de nuvens"? — pergunta Esdras, transbordando empolgação.

— Sim, o pessoal da cidade me chama assim. É um apelido carinhoso — confirma ela.

Esdras se mostra sorridente e feliz ao se dar conta de que ela é uma das destinatárias das cartas de Lélio.

— Olha que coincidência! Acredita que eu estava procurando a senhora? — diz ele, exalando alegria pela coincidência, algo que não costumava existir na sua vida.

— Ah, é? Estava com tanta vontade de comer algodão-doce assim, meu filho? — pergunta ela, soltando uma gostosa gargalhada e fazendo Esdras rir também.

— Não. Na verdade, eu estava procurando a senhora mesmo! Qual o seu nome?

— Maria Dolores. E o seu, como é?

— Esdras.

— Esdras? Nome bonito, chique. — Ela sorri.

— Nada de chique... Mas olha, eu tenho algo para lhe entregar — afirma Esdras, já abrindo a mochila.

— Do que se trata? — pergunta, curiosa.

— Uma carta. De um amigo...

— Amigo meu? — pergunta, intrigada.

— Amigo nosso, o Lélio — informa Esdras.

— Lélio? Lélio... Eu não me recordo de nenhum Lélio. Ele é daqui de Santana? — indaga dona Maria Dolores.

— Ele morava aqui, sim, mas... — Esdras se distrai, tentando encontrar o envelope na mochila.

— Nélio? Padre Nélio? — confunde-se ela.

— Não. É Lélio. Com L. — Esdras, finalmente, encontra a carta.

— Isto é alguma gravação de televisão? — pergunta a vendedora de algodão-doce, desconfiada e olhando para os lados, fazendo Esdras cair na gargalhada.

— Não, não. Olha, esse meu amigo, o Lélio, faleceu. E eu encontrei um envelope com algumas cartas. — Esdras retira o envelope de dentro da mochila. — Acho que ele pretendia enviá-las para essas pessoas. E tinha uma, veja aqui: "À Vendedora de Nuvens". — Esdras se aproxima dela com o invólucro na mão, enquanto ela comprime os olhos para ver o papel.

— Essa sou eu, sim. Mas eu não conheço esse Lélio, não — diz a senhora.

— Mas acredito que ele a conhecia. Além do mais, com tanto tempo vendendo algodão-doce, muita gente deve ter passado por esse carrinho, não?

— Isso é verdade. Mas... Lélio? — repete ela, parecendo estar buscando, sem sucesso, o nome nas suas lembranças.

— Veja isso aqui… Esse endereço, por acaso, não é o seu? "Rua Marechal Deodoro, 1355. Largo do Caju. Santana dos Três Passos."

— Isso mesmo. É onde eu moro — confirma dona Maria Dolores, intrigada com o envelope.

— Pois, então, a carta é sua. — Esdras efetua a entrega.

— Olha, meu filho, faz até vergonha, e… — diz ela, pegando o envelope — eu fico constrangida de te dizer isso: eu não sei ler. Sei falar, mas não sei ler nem escrever. — O sorriso some.

— Ah, entendo. — Esdras se sente envergonhado de ter causado constrangimento naquela senhora tão simpática.

— Eu sei contar! Não passo troco errado pra ninguém. Precisei aprender a contar pra trabalhar, mas faltou tempo de ir à escola aprender a ler. Daí, fiquei assim, meio burra mesmo — diz, sorrindo acanhada.

— De burra a senhora não tem nada. A senhora é muito inteligente. Tem uma perspicácia singular. E sabe mais sobre as cores do que qualquer estudante de design.

— Aprendi as cores de tanto que os meus meninos me falavam na época da escola; nunca esqueci.

— Ah, é que inteligência vai muito além de saber ler, não é? E a sua é extraordinária. O melhor sinal de inteligência é exatamente aprender.

— Obrigada, meu filho, Deus até que me deu uma cabeça boa pra pensar, apesar da idade.

— Olha, a senhora está é me fazendo voltar a acreditar em coincidências. Ainda ontem, eu conheci um senhor que também não sabia ler. Mas ele tinha uma imaginação bem fértil. Acredita que ele dizia saber doze idiomas, menos o português?

— Bom, se ele não for brasileiro ou português, até que faz sentido — responde a senhora astutamente.

— Está vendo como a senhora é inteligente? Eu nem havia pensado nisso. Pois bem, a carta é sua! Eu posso ler para a senhora, se quiser.

— Lélio, é? — questiona ela, demonstrando desconhecer o nome do amigo de Esdras.

— Isso. O nome dele era Lélio.

— Mas ele já morreu? — Dona Maria Dolores franze o cenho.

— Sim. Infelizmente, já.

— Que triste! Ao menos você está honrando a memória dele, não é? É um bonito gesto de lealdade da sua parte.

— Sim, estou tentando compensar a minha ausência enquanto ele era vivo. É impossível, eu sei, mas…

— Bom, então você pode ler esse papel aí, meu filho. Eu não me recordo de nenhum Lélio. Então, nada muito pecaminoso deve sair daí — afirma ela, divertindo-se.

Assim, Esdras abre o envelope e começa a ler a carta:

— "À Vendedora de Nuvens…"

À Vendedora de Nuvens

A senhora certamente não se lembra de mim, e se eu disser que fui alguém que cresceu comendo o seu algodão-doce, tenho certeza de que muitos rostos virão à sua mente. Pois! Estou entre eles. Hoje, em nada lembro aquela criança, mas ainda morro de saudade dos seus doces e da sua inesquecível gargalhada.

Foram muitas as tardes em que saboreei as suas nuvens doces, na pracinha em frente à minha casa. Sempre fui uma criança de pensamentos famintos, ainda que eu fosse magricelo. E venho, em nome desse menino e por meio desta carta, lhe contar uma história da qual a senhora é a protagonista. Na verdade, "contar" não é o termo correto, eu venho lhe "pedir"; pedir desculpas. Como eu disse, comer algodões-doces era uma regra minha. Quando eu não comprava, ficava espiando pelas frestas do portão de casa. Muitas vezes eu via a senhora sem nenhum cliente, e isso me deixava triste. Comecei a juntar moedinhas em cofrinhos para ajudá-la comprando algodão todos os dias; às vezes, mais de um por dia.

Hoje, soa tão exagerado, mas quando era garoto, de alguma forma, eu achava que a senhora dependia das minhas compras para sobreviver. Só que, numa certa época, comecei a gastar o meu dinheiro comprando figurinhas para os álbuns que eu colecionava; por isso, eu fui comprando menos algodão-doce. Num triste dia, percebi que a senhora e o seu carrinho não retornaram mais para a pracinha. Aquilo fez eu me sentir tão culpado pela sua "falência" que eu até chorei por isso, imagine! E é aqui que o menino dentro de mim lhe *pede desculpas. Ele gostaria de ter comprado muitas outras nuvens doces, de todas as cores.*

Anos e anos depois, descobri que a senhora ainda vendia algodão-doce, sim, mas em outros lugares. Eu fiquei tão feliz e aliviado por isso, sabia? Aquele foi um dia especial! Até porque eu sei que o seu trabalho, além de renda, traz muita cor e luz para o seu dia. Pensando na senhora, paro para refletir sobre os prazeres da vida que estiveram escondidos nas pequenas coisas. E uma das minhas maiores felicidades secretas foi comer as nuvens coloridas de algodão-doce. Eu serei eternamente grato pela companhia do seu doce sorriso.

Lelinho

Esdras termina de ler a carta com um sorriso suave no rosto, sentindo-se orgulhoso pelo amigo que teve e pela generosidade que transcreve despretensiosamente. À sua frente, dona Maria Dolores mostra-se tocada com o texto:

— Que carta mais linda. Estou sem palavras! E olha que me deixar sem palavras é difícil — afirma ela, sem tirar um sorriso discreto. — É uma pena que ele tenha nos deixado. Do que ele morreu?

— Ele adoeceu!

Esdras entende que talvez deva preservar a privacidade do remetente, oferecendo uma versão mais banal, aceitável. No entanto, consegue ser sincero ao falar da doença do amigo, tão familiar a ele:

— O Lélio era portador da S.T.T.S.

— S.T.T.S? Isso é muito grave? — quer saber a senhora, em tom sério.

— Infelizmente, sim. Ela vai consumindo a vitalidade da pessoa aos poucos, silenciosamente. E em alguns casos…

— Mas não tem tratamento?

— Nem sempre se descobre a tempo, os sintomas passam despercebidos. E há quem não leve a sério também. Então, às vezes, a pessoa morre sem que entendam a razão.

— Mas há chance de cura, né?

— Dizem que sim, dona Maria. Eu conheço alguém que quase morreu, mas está vivo. Está sobrevivendo — corrige-se Esdras, que então confessa: — Acho que o Lélio estava num estágio mais avançado, sabia que iria morrer. Por isso, antes de partir, deixou registradas algumas palavras para pessoas que marcaram a vida dele. E escreveu doze cartas para pessoas especiais.

— Eu sou uma dessas doze pessoas? — surpreende-se a senhora.

— Sim. E acho que entendo ele perfeitamente. A senhora é uma pessoa especial demais!

— Meu Deus! Obrigada, meu filho — agradece ela, voltando a se emocionar, mas sem deixar de sorrir.

— Sabe, isso que a senhora faz, trabalhando uma vida inteira dignamente pela sua família, sempre com esse sorriso no rosto... é admirável. A sua família deve ter muito orgulho da senhora.

— Eles têm, sim. Mas brigam comigo pra eu parar de sair vendendo com o carrinho. O que que eu posso fazer se essa é a minha vida? Eu estou cansada, as pernas doem, às vezes, mas Deus me deu força pra trabalhar, e eu farei isso enquanto puder.

— É o que a faz feliz, não é? Mas, olha... Será que eles não têm um pouquinho de razão? Se Deus lhe deu forças para tantas coisas, inclusive para trabalhar, depois de quarenta anos trabalhando, acho que a senhora já quitou a sua "dívida", não? E eu nem acho que a senhora precise deixar de trabalhar, mas, quem sabe, pegar leve?

— Eu tenho uma menina que me ajuda a fazer os algodões — pondera a vendedora.

— E esse carrinho não é pesado demais, não?

— Pior que é, viu? — concorda ela, antes de soltar um riso, como se o que dissesse fosse risível, e não algo que pudesse lamentar. — Mas é que a madeira é boa!

— Pois, então... Olha, na carta, o Lélio contou que a senhora vendia os algodões parada na pracinha em frente à casa dele. A senhora poderia continuar vendendo, paradinha, de preferência na porta da sua casa. Seria um meio-termo. Isso é só uma sugestão, claro — avisa Esdras.

— Não sei não, meu filho, será que vende?

— A senhora só vai saber tentando, não é? E, mesmo que não dê certo... a senhora tem o direito de pegar mais leve.

— Você está certo, os meninos também. É que é difícil aceitar a idade chegando. É difícil ter uma mente mais jovem que o corpo. É por isso que eu sempre digo pros meus netos: aproveitem enquanto vocês são jovens. Depois, tudo fica difícil! Estou mentindo, Esdras? Você sabe que não.

— A senhora tem toda razão — concorda o andarilho de azul.

— Eu acordo toda manhã e, antes de abrir os olhos, a minha mente planeja tantas coisas: ela quer que eu me levante, trabalhe, seja ágil, forte, atenta… Mas quando o sol bate na minha janela, eu abro os olhos e fico observando ele alcançar a minha cama. Enquanto isso, o meu corpo cansado, mesmo depois de uma noite de sono, se lembra da minha idade e me impede de fazer metade dessas coisas, e a outra metade eu faço bem lentamente.

— A senhora faz no seu tempo, no seu ritmo. Isso é importante também — afirma Esdras, sob um sol que começa a sair das nuvens, as nuvens do céu, nesse caso.

— Meu tempo? Eu tenho quase 74 anos, meu filho. Tempo é uma coisa tão longa quando a gente olha pra trás, mas muito breve quando a gente olha pra frente. Eu não posso dizer que não fui feliz, nem posso dizer que não fiz o possível para ser. É isso que temos que fazer na vida, não é, meu filho? Tentar e tentar e tentar… até não conseguir mais, até não ter mais forças.

— Sim. É isso, sim. — Esdras não tinha lembranças do que é ser feliz, mas o fato de sempre ter querido ser o faz ter certeza de que é algo bom.

— O seu olhar é profundo, meu filho. Um olhar esperançoso, mas um pouquinho… desalegre. — A senhora diz isso com um espaço entre as palavras, como quem pede licença para ultrapassar o limite de intimidade entre desconhecidos.

— A vida, às vezes, é um pouco desalegre… triste. A senhora não acha?

— Mas o bom do "às vezes" é que não é "sempre", não é, meu filho?

— Não sei — diz Esdras, com uma incerteza constrangida.

— Pois eu não tenho dúvidas. Eu não conheço você, mas tenho certeza de que teve momentos felizes na vida. Não importa quando, mas teve. Veja o seu amigo… pra ele, até um algodão-doce foi motivo de felicidade.

"Mal sabe ela como ele terminou," reflete Esdras nesse momento, antes de indagá-la:

— A senhora sabe qual foi o último momento feliz que eu tive, desde… muito, muito tempo? — Ela responde negativamente, apenas com a cabeça. — Agora. O seu sorriso é tão contagiante que é impossível não ficar um pouco feliz também. É impressionante. Vai ver que é por isso que o seu algodão-doce faz tanto sucesso: é pelo seu sorriso. Não que eles não sejam bons… são deliciosos!

— Olha aí. Se o meu sorriso, que você acabou de conhecer, o deixou feliz, imagina quantos outros sorrisos não têm por aí, esperando por você.

— Eu espero por eles há tanto tempo… — constata Esdras, com sua familiar melancolia.

— Essas nuvens aqui — ela aponta para os algodões-doces no carro — não teriam ido tão longe se eu tivesse deixado esse carrinho esperando pelos meus clientes. Quem sabe, você só precise colocar o seu carrinho na rua, né? Igual no carnaval.

Esdras sorri, mas não consegue responder aquela pergunta tão metafórica e profunda. A senhora, então, continua a falar:

— Passou tanta gente por esse carrinho, por essas nuvens. Tantas histórias… Vi tanta gente nascer, tanta gente crescer… e partir. Mas, principalmente, partir — pondera ela. — Esse é o lado ruim do tempo.

— Então posso lhe fazer uma pergunta? — indaga Esdras.

— Claro, meu filho. — A essa altura, ela também já está sentada no banco da praça, ao lado de Esdras.

— Como é sobreviver a tantas pessoas? Ver o tempo passar e tantas pessoas partindo…

— Difícil, Esdras! Eu perdi o meu filho mais velho há alguns anos. A gente não supera nunca, apenas aprende a lidar com a ausência. Mas jamais esquece. Quando você me perguntou quantos filhos eu tinha, eu lhe disse cinco. Sempre serão cinco, por mais que agora sejam apenas quatro.

— Eu sinto muito — lamenta Esdras.

— Obrigada! Você tem filhos?

— Não. Não tive filhos.

— Mas é casado?

— Eu fui casado… uma esposa de olhos encantadores. Deve ter sido uma fase boa na minha vida. Queríamos ter filhos, tínhamos planos. Tudo parecia tão perfeito…

— O que aconteceu, meu filho? — pergunta a senhora, sentida.

— Nem eu sei… Acabou. Sabe, numa hora estava tudo perfeito na minha vida, mas de um tempo para cá tudo foi ficando pior. Parece que tudo era um sonho e, de repente, eu acordei num pesadelo.

— Pode ser só uma fase — diz ela, consolando-o.

— Uma fase bem longa.

— Quantos anos você tem, Esdras?

— Eu tenho 45.

— A idade que tinha o meu menino… — A senhora passa a mão suavemente no rosto de Esdras. — Não desperdice a vida, meu filho. Tão jovem… Ele tinha tantos planos, tanta coisa pra fazer neste mundo, e a vida foi roubada dele, de uma hora pra outra. Do nada, tudo acabou. Tanta gente desperdiçando a vida por aí, e meu menino não teve nem mais um dia. Nem um dia a mais pra eu me despedir dele. Às vezes, acordo e fico tentando me lembrar da voz dele, do sorriso, da forma como ele me beijava ao me dar bom dia. Eu tenho medo de esquecer essas pequenas coisas. Sempre que me vêm esses pensamentos, eu me lembro dele de quando tinha uns cinco anos. Aquele sorriso... Éramos tão apegados. E eu sinto tanta falta...

Esdras tenta encarar dona Maria Dolores, mas não tem em mente qualquer argumento para contestá-la. Nesse momento, a única coisa que lhe vem à mente é que o "menino" falecido dela teria muito mais a oferecer ao mundo do que ele. Entretanto, coube a Esdras a dádiva de viver mais e o peso de não querer mais viver.

Ao ouvir essas coisas de uma mãe órfã de filho, acende nele a reflexão de que deveria aceitar a responsabilidade e o fardo de viver a vida. Mas não sabe se teria forças para se conformar em continuar vivo. Pouco provável, deduz, ainda convicto de que precisará afundar um novo barco, em breve. E, para isso, precisa seguir — *ou fugir*.

— A senhora vai me desculpar, mas eu preciso ir embora.

Não é verdade, Esdras não precisa ir embora tão apressadamente, mas confrontar as verdades inquestionáveis que a senhora lhe expõe é mais incômodo do que ele pensou poder suportar. Há meses, desde que decidiu pelo suicídio, Esdras parou de se questionar sobre alternativas para um futuro mais agradável. Desistir de existir não foi só libertador, mas cômodo, fácil. O fim terminaria com o fim, não haveria página seguinte.

— Eu também preciso voltar para o meu carrinho, meu filho — declara ela, recompondo o sorriso que havia brevemente esmaecido.

— Me diz uma coisa, a senhora sabe onde fica a rua das Cerejeiras? — indaga o andarilho.

— Rua das Cerejeiras? Não seria rua "das Pitangueiras"? Acho que tem uma rua das Pitangueiras aqui perto.

— Não, não... É das Cerejeiras mesmo. Mas tudo bem. E a rua Gravatá, sabe onde é? — Esdras já havia decorado o nome das ruas de alguns envelopes. Nem precisava mais olhá-los, do tanto que já lera aqueles endereços.

— Rua Gravatá? Acho que é a rua do Cartório... Eu estou indo nessa direção. Se você quiser me acompanhar, no meio do caminho eu lhe explico como chegar lá — propõe a senhora, que se esforça para se levantar do banco. — Confesso que, quando eu me sento assim, a vontade de ir pra casa descansar cresce muito.

— Eu aceito a sua companhia — afirma ele. — Agora, por que a senhora não tira o dia de folga? Vá aproveitar um pouco a família.

— Eu deveria fazer isso mesmo, né, meu filho? É... acho que vou terminar o trabalho mais cedo hoje. Vou até visitar a minha comadre Germana.

— Faça isso. E pense um pouco mais no descanso, está bem? Seus filhos querem que a senhora descanse para tê-la mais perto em casa. Aposto que tem muito neto saudoso.

— Ah, tenho oito netinhos maravilhosos — confirma a vendedora. — Está decidido, então: vou tirar o resto do dia de folga. E, olha, eu vou guardar essa carta do seu amigo com todo o amor do mundo — diz, apertando a carta contra os seios.

— Tenho certeza de que ela foi escrita com muito carinho.

— Seu amigo se enganou apenas numa coisa — pondera a senhora.

— Se enganou? — Esdras fica intrigado.

— Eu estaria mentindo se dissesse que me lembro de todos os rostos que passaram por esse meu carrinho, apesar de guardar cada um deles no coração. Mas eu me lembro do rostinho dele, sim, me lembro desse menino que morava em frente a essa pracinha e que sempre ficava me olhando do portão. Eu só não sabia o nome... Lélio, não é?

— Sim, o nome dele era Lélio — confirma Esdras.

— Pois é... às vezes, eu dava tchau pra ele, que abaixava a cabeça rapidinho. — Ela abaixa a cabeça tentando imitar o gesto da criança. — Talvez com vergonha de sua vigilância estar sendo descoberta. Ele era um amor, tão doce quanto esses algodões aqui. Que ele descanse em paz... Que esteja com Deus.

— Sim. Acho que tudo que ele precisa é de paz.

— Você sabe que... um tempo atrás, eu achei que tivesse visto esse menino, mas ele já estava grande, adulto. Nesse dia, tinha um homem bem em frente à casa onde ele morava. Fiquei me perguntando se era ele — conta a senhora.

— Isso já tem um bom tempo, não é? — indaga Esdras, cabreiro.

— Não, nem tanto. Uns dois anos. Talvez até menos. Eu não passo muito naquela rua. Depois que destruíram a pracinha pra construir casas, lá ficou sem movimento nenhum.

— Então não foi o Lélio. Ele faleceu há mais de sete anos.

— Nossa! — surpreende-se dona Maria Dolores. — Eu não sabia que tinha tanto tempo assim. Então eu me enganei, devia ser outro morador da casa.

— É... Mas já que a senhora sabe onde ficava a casa do Lélio, poderia me ensinar como chegar lá? Quem sabe eu encontro algum parente dele...

— Eu achei que vocês eram amigos... Você não sabe onde ele morava?

— É que nós nos conhecemos em outra cidade, onde a minha avó residia. Eles eram vizinhos. Eu já estive aqui, em Santana, mas nem sabia que o Lélio já havia morado aqui.

— Ah, sim. Eu trabalhei naquela rua durante muitos anos. Você prefere ir lá agora ou na rua Gravatá, que é pro lado que estou indo?

— Eu a acompanho. A senhora me ensina como chegar na rua da casa dele, e eu irei lá depois.

— É, eu não lembro o nome daquela rua, mas posso ensinar como chegar lá. Você quer anotar?

— Sim, deixa eu pegar o meu celular... Quero dizer... — Esdras se lembra de que não tem mais celular ou mesmo uma caneta.

Mortos não escrevem, pensa ele, sem se dar conta de que um morto lhe enviou doze cartas.

— Vou tentar memorizar, esqueci meu celular. A senhora pode dizer?

— Mas não é difícil, você se informa de como chegar na avenida Quinta dos Abacates. Estando lá, é a segunda rua do lado direito, cheia de árvores. Não sei o número da casa, mas você se informa com algum vizinho.

— Tudo bem, a senhora já me ajudou bastante. Venha, eu a ajudo a empurrar o carrinho. — Esdras se levanta do banco e se coloca em prontidão para auxiliar a vendedora.

— Ah, você é um amor, meu filho. Olha, eu tenho uma coisa pra você também. — A vendedora desencaixa do seu carrinho um algodão-doce azul e o entrega a Esdras.

— Hummm, que delícia! Esse aqui eu vou guardar para a sobremesa do almoço. Muito obrigado. Então, a senhora me deu um algodão azul. Eu estou precisando de mais confiança que a minha camisa azul já me dá?

— A sua camisa azul pode fazer com que as pessoas confiem mais em você — afirma ela —, mas você precisa ter essa confiança também dentro de você, meu filho. Não basta ser confiável, você precisa ser confiante. Você precisa ter mais confiança em você. Então, leve o azul pra dentro. Seja confiante!

Esdras caminha por algumas ruas ao lado de dona Maria Dolores, empurrando o pesado carrinho de algodão-doce. No curto tempo de ajudante, constata que em nenhum momento da vida precisou ter algum tipo de trabalho mais árduo, como o executado diariamente por ela. Além da boa situação financeira e dos estudos, as oportunidades que teve conduziram-no por caminhos menos distantes e menos tortuosos.

Na companhia da vendedora e do paradoxo que traçou entre ambos, Esdras aumenta ainda mais a admiração que sente por ela. Pelo caminho, não deixa de notar a forma como dona Maria Dolores se relaciona com o povo, crianças e adultos. Algo que vai de encontro à habitual dificuldade que ele tem em cativar as pessoas ou de se deixar cativar.

Para ela, um sorriso é sempre um "olá!", nunca um "adeus". Não importa se é um cliente antigo ou novo, todos saem dali amigos da tia Madô, apelido pelo qual a chamam. "O que há em excesso nela que falta em mim?", questiona-se Esdras, buscando encontrar um meio de se conectar às pessoas.

O simples fato de estar na companhia da senhora faz dele um amigo momentâneo ou um conhecido perene para vários desconhecidos. Esdras, sem dúvida alguma, jamais conversou com tantos estranhos em tão pouco tempo. A propósito, é nesse instante que ele percebe que está "fazendo coisas estranhas", como lhe havia pedido o Estranho do Lago. E, por esse breve momento, sente-se acolhido, acompanhado, querido.

Antes de seguir para um rumo diferente do dele, tia Madô o convida para jantar na casa dela. Esdras recusa. A ideia de jantar cercado por uma grande família deixa-o desconfortável e com a receosa sensação de que seria o centro das atenções, para onde todos os olhares se convergiriam. Essa não é uma pretensão social dele. Ele não se acha um manancial de fascínios, mas se vê como uma figura insólita a qual todos iriam querer conhecer, observar, julgar, olhar, olhar... Olhar!

Após seguir as orientações da tia Madô, Esdras chega ao seu destino, a rua Gravatá: uma via estreita com muitas casas. E caminha buscando o número 59. Ao passar por um grupo de meninos que brincam com uma bola de futebol no meio da rua, lhe vem uma lembrança antiga: a sua inabilidade com a bola sempre o afastou do futebol que ele tanto gosta.

Ao perceber que um dos garotos chutou a bola com uma força além da necessária, Esdras torce para que ela não o alcance. A sensação híbrida de premonição com déjà-vu remete-o ao passado, fazendo o coração acelerar. A bola vem como se girasse em câmera lenta, diretamente para os seus pés.

Ele fica imóvel, petrificado por alguns segundos, encarando o monstro branco e redondo. Em seguida, outros monstrinhos magricelos gritam para ele:

— Chuta! — berra um dos meninos, a plenos pulmões.

— Chuta a bola pra cá, tio! — grita outro.

— Chuta a bola aí! — insiste um terceiro.

— A bolaaa! — exclama o mais alto, gesticulando sem paciência.

Nesse momento, Esdras se convence de que Dom Quixote, de fato, jamais encarou somente moinhos de vento; eram monstros.

— Chuta! Chuta! — Outra voz, também infantil, parece mais próxima que as outras.

Esdras tem a atenção desviada para o seu lado. Ali, encontra-se um menino, muito menor que todos os outros que jogam.

— Chuta, vai! Assim, ó...

Esdras observa o menino: descalço, sem camisa e apenas com uma bermuda vermelha passando dos joelhos. O garoto não deve ter sequer quatro anos; tão pequeno, mas disposto a ajudar um velho homem desengonçado. A criança, mal tendo força sobre o próprio corpo, ensina o movimento ao chutar o ar com a perninha, mostrando como Esdras deve fazer:

— Assim, ó... — insiste o garoto, golpeando o vento.

Tomado pelo destemor da criança e superando os medos de menino, ele faz como o pequeno mestre ensinou. Esdras chuta a bola. Diante dos seus olhos, o objeto encardido desenha lentamente a parábola projetada pelo seu pé. A bola quica no chão uma vez, antes de ser recebida pelo pé direito de um dos meninos.

Os garotos continuam a partida de futebol sem qualquer reação anormal ao gesto, corriqueiro para eles, mas vitorioso para um Esdras orgulhoso de si, como se tivesse feito o gol da vitória. O andarilho sorri para o garotinho que lhe ensinou a chutar uma bola e, ao atentar-se para o algodão-doce azul dado pela tia Madô, presenteia o menino, que abre um sorriso ainda mais largo que o seu.

Sentindo-se extraordinariamente confiante, Esdras chega ao número 59 da rua Gravatá. É uma casa grande e branca, com pelo menos cinco janelas na frente e uma porta bem larga de madeira; todas pintadas de verde. Na varanda, sentada numa das muitas cadeiras na entrada, está uma mulher cuja pele preta realça seus belos cachos; ela lê um livro com tal concentração que sequer nota a chegada de Esdras. Observando a mulher, ele tira da mochila um dos envelopes deixados sob os seus cuidados, no qual consta: "À Bela Moça dos Caracóis".

A mulher, ao ter a leitura interrompida, olha para Esdras, que passa a ter plena certeza de que os caracóis formados pelos bem cuidados cachos dos cabelos dela e o lindo rosto são aqueles citados por Lélio no pseudônimo do envelope.

— Tudo bem? Eu tenho uma correspondência comigo, que acredito que seja para a senhora — diz Esdras, indo direto ao ponto.

— Para mim? Deixe-me ver.

A mulher, que Esdras deduz não ter 40 anos, ajeita os óculos para examinar a frente e o verso do envelope, enquanto ele continua parado diante dela.

— À bela moça dos caracóis? — pergunta ela, sorrindo ao ler isso em voz alta. — O endereço é daqui, mas seria para mim mesmo?

— Você conhecia um homem chamado Lélio?

— Lélio? Ele morou aqui? — A mulher tira os óculos e aponta para trás, na direção da porta da casa.

— Não sei, sinceramente. Mas o nome é Lélio. Você já conheceu algum Lélio?

— Bom… O único Lélio que eu conheço é um ex-colega. Eu esqueci o sobrenome dele; é diferente… — diz a mulher, tentando recordar.

— Olha, pela descrição que está no envelope — Esdras aponta para o pseudônimo que consta no invólucro —, me parece que a destinatária é você mesma.

— Você diz isso pelo meu cacheado ou pelo meu rosto? — pergunta ela, sorrindo e deixando Esdras constrangido.

A arte do galanteio era tão distópica da sua personalidade, que ele levou alguns segundos para se dar conta de que indiretamente acabara de fazer um elogio.

— Bom… Naturalmente, você é bonita e possui belos cachos.

— Obrigada. É gentileza sua. Mas eu não sou "moça" faz um tempinho já, as rugas não me deixam mentir — afirma, sorrindo. — Veja só, eu conheci esse Lélio ainda criança.

— Sim, eu também. — Esdras conhece bem essa sensação de não compreender por que uma pessoa que conheceu há tantos anos resolveu lhe escrever repentinamente.

— E do que se trata a carta, você sabe? — pergunta a bela moça.

— Na verdade, não. Quero dizer, imagino do que se trata, mas acho melhor você mesma descobrir — diz Esdras.

— Tudo bem, então. Obrigada! — Sorrindo, ela olha para Esdras, como se aguardasse a sua saída. Porém, ele não se move:

— Se não se importar, posso esperar aqui, até que termine de ler a carta? — pergunta ele.

Apesar de estar atendendo ao desejo de Lélio, que lhe pediu que recebesse "os olhares e os sorrisos" dos destinatários de suas cartas, Esdras sente, na verdade, uma enorme curiosidade de conhecer o conteúdo dos envelopes. Mesmo porque ele quer saber o máximo possível sobre o velho amigo.

— Pode sim, tudo bem — diz ela. — Você precisa levar alguma resposta?

— Não, na ver...

— Venha, sente-se nesta aqui — pede a moça, interrompendo-o e apontando uma cadeira ao seu lado.

— Qual o seu nome? O meu é Esdras.

— Valéria. Sente-se, Esdras... — insiste ela, puxando a cadeira um pouco para frente.

— Olha, Valéria, o Lélio me deixou encarregado de lhe entregar esta carta, porque... Bom, eu não sei se você soube — Esdras hesita, mas fala o que precisa ser dito. — O Lélio já morreu.

— Morreu? Mas... e esta carta? — pergunta ela, confusa, encarando o envelope nas mãos.

— Então... ele deixou comigo algumas cartas que escreveu antes de morrer. Essa não foi a única. — Esdras aperta os lábios, perdido novamente na explicação. Cada vez que precisa falar sobre essa parte da história, ele se sente envergonhado, não sabendo se é pelo que o amigo fez ou pelo que ele esteve prestes a fazer.

— Como assim? Ele sabia que iria morrer?

— Olha, é melhor você ler a carta. Talvez ele tenha explicado aí — diz, embaraçado.

— Está certo, vou ler — afirma ela, desconfiada.

Valéria inicia a leitura da carta deixada pelo remetente morto, em silêncio.

À Bela Moça dos Caracóis

Valéria! Espero que você ainda se lembre de mim. Sou o Lélio, nós estudamos juntos ainda crianças. Eu sei o quanto esta carta deve estar lhe causando estranhamento, mas preciso dizer algo... Parecerá uma coisa boba. Porém, quando coisas bobas moram na nossa mente por tanto tempo, não devemos ignorá-las para sempre. Basicamente: eu fui bem apaixonadinho por você; na verdade, à época, eu tinha certeza de que te amava. E ai do universo se desse qualquer sinal de que isso não era verdade. Sem saber, você marcou a minha vida.

Tudo que eu queria era ser o seu namorado, mas o mais próximo que cheguei disso foi na ocasião de uma festa junina... Você faltou à divisão dos pares para a quadrilha e a professora a obrigou a dançar com o único garoto que sobrou: eu! Mas, para o meu azar, a festinha foi cancelada por causa de um temporal. Esse sou eu: azarado até na sorte.

Apesar de você só me ver como um colega, aquela menina linda despertou em mim a vontade de gostar de outra pessoa, ainda que eu não estivesse consciente disso. Era eu deixando de me importar apenas com o meu mundo para prestar atenção ao meu redor, em você. Anos depois, quando pude viver aquele sentimento brevemente, mas de forma plena, eu o reconheci e o aceitei. A propósito... eu sou gay! No entanto, não tenho dúvidas de que você foi a minha primeira paixão. Eu ainda estava me descobrindo. Bom, para mim, nenhum futuro amor será tão bom se, em algum lugar do passado, não aprendemos a nos apaixonar.

Infelizmente, às vezes, impomos um distanciamento momentaneamente conveniente das pessoas que amamos, numa via de mão única. E, nessa brincadeira de frustrações, de amores não correspondidos, não nos tornamos sequer amigos daqueles de quem tanto gostávamos. A distância e o tempo tendem a confundir ônus com bônus. E deixamos de lado possibilidades óbvias de afeto: quantas grandes amizades ficaram perdidas lá atrás, em fantasmas do passado? Tantos amores, paixões, amantes, amigos, inimigos, conhecidos, desconhecidos...

Por isso, mesmo depois de tantos anos, de tantas pessoas, de tantos sentimentos, e por mais que ambos se esqueçam... a essência do que já sentimos por alguém é eterna; até o fim. O que se sente é maior que qualquer sentimento. Obrigado por ter existido no meu caminho.

Lélio

— Nossa, esta carta... — Valéria mostra-se tocada. — Não sei nem o que dizer.

— O Lélio, pelo visto, tinha o dom de fazer qualquer um se emocionar — constata Esdras, ao ver a reação de Valéria e observar os olhares e os sorrisos, como Lélio lhe pediu.

— Não sei se é um dom, mas ele tem muito talento para isso.

— Tinha... — corrige Esdras, com pesar.

— Sim. Ele tinha muito talento. Você era muito amigo dele? — pergunta a mulher dos caracóis.

— Era — Esdras responde sem pestanejar. — O Lélio foi vizinho da minha família.

— Você é daqui da cidade também, né?

— Não, não. Eu vim aqui só mesmo para entregar essa e outras cartas dele. Mas, no máximo em dois dias, vou embora.

— E por que essas cartas escritas assim? — pergunta ela. — Ele sabia que iria morrer?

— É mais ou menos isso mesmo — responde ligeiramente, esquivando-se de ter que contar o desfecho trágico do amigo. Apesar de compreender o que Lélio fez melhor do que qualquer um, Esdras sente que a pena e a compaixão o calam.

— Que triste isso. Foi o quê, alguma doença, câncer? — pergunta Valéria, compadecida. Esdras responde negativamente apenas com a cabeça. Mas ela nota a hesitação dele e diz: — Tudo bem, se você prefere não falar sobre o que...

— Ele morreu de suicídio — Esdras informa sem olhar nos olhos da mulher, como se estivesse puxando um gatilho.

Ao expor a verdade, ele sente a mesma vergonha que sentiria se dissesse: "Eu tentei suicídio." A mulher o encara consternada, mas não diz nada, apenas volta a observar as palavras escritas na carta.

— Esta é uma carta... — Valéria suprime a palavra que suprimiu a vida de Lélio: "suicida".

— Sim — confirma Esdras.

— Você sabe o que tem escrito aqui? — indaga a ele.

— Não. Eu li as outras que entreguei, e ele deixou uma para mim também.

— Quer ler? — pergunta ela. — Pode pegar, leia.

Valéria lhe entrega a carta, que é lida com certa rapidez. Desta vez, ele não foi citado.

— É tão difícil ler as coisas que ele diz e não concordar — desabafa o andarilho de azul. — É tão difícil não entender a angústia que sentia e o que o levou a tudo isso.

— Eu discordo de você — afirma Valéria, séria. — Não conheço a história dele. Não sei pelo que passou... imagino até que, para chegar a fazer o que fez, ele deve ter sido muito infeliz. Mas tirar a própria vida? Isso não é coisa de Deus.

— Você tem razão... Isso não é coisa de Deus. É coisa de alguém que está doente — pondera Esdras.

— Mas se ele tinha esse talento para tocar as pessoas, como acabou de fazer comigo, é inaceitável que tirasse a própria vida sem, ao menos, sei lá... tentar. Tentar incansavelmente. Ninguém vive sozinho e triste o suficiente para precisar ir tão longe assim — argumenta Valéria.

— Agora sou eu que discordo de você — declara Esdras, sem alterar sua cautelosa voz. — Há tantas incógnitas na vida das pessoas que não conseguimos enxergar. Como, então, questioná-las? E nem sempre é sobre infelicidade. Eu acredito que ele tenha tentado muito, sim. Ninguém escreve doze cartas suicidas sem ter tentado muito viver.

— Talvez até tenha tentado... Mas talvez não tenha tentado o suficiente — reafirma ela.

— E por acaso existe um "tentar o suficiente"? Há um limite? — questiona ele, defendendo um ponto de vista que compartilha com Lélio. — Quem determina esse suficiente? A própria pessoa? Um livro teórico? Um desconhecido? Qual a métrica?

— Deus! Deus é o suficiente. E Ele determina o que é suficiente. Deus deu a vida, só Ele pode tirar.

— E se ele não acreditasse em Deus? — pergunta Esdras.

— Talvez estivesse aí o problema. Você acredita em Deus?

Esdras fica em silêncio por um instante, mas responde:

— Não mais.

— E quando você deixou de acreditar Nele?

— Quando percebi que Ele nunca existiu para mim.

— Você não pode ser tão cético assim. Você nem estaria aqui se não fosse por Ele.

— Eu não estaria aqui se não fosse pelo Lélio — corrige Esdras.

— O Lélio foi uma linha escrita por Deus na tua vida. Ele está nos guiando sempre, o tempo todo.

— Eu não acredito nisso — Esdras tem o tom de voz sério.

— Mas já acreditou, não é?

— Não. Acreditaram por mim.

— Como assim? — pergunta Valéria, confusa.

— Quem disse a você que Deus existe? — pergunta o andarilho.

— Eu sinto Ele diariamente, a todo momento. Eu sinto Ele.

— Eu não duvido disso. Mas quem disse a você que Deus existe? — insiste Esdras.

— Eu disse a você: não precisa ninguém dizer. Ele está aqui.

— Mas alguém disse a você, não é? Alguém um dia disse: "Confie em Deus"; "Deus te abençoe"; "Vá com Deus"; "Se Deus quiser"; "Deus me livre"; "Deus é mais". Se ninguém tivesse dito isso a você, se não existisse nenhuma religião, se você tivesse nascido no meio de uma ilha deserta... você saberia de Deus?

— Ainda assim, eu O sentiria — afirma ela.

— Eu não duvido. Não duvido mesmo — diz Esdras, com veemência. — A fé é uma das coisas mais fortes que o ser humano tem. Eu acredito na fé muito mais do que acredito em Deus. Porque, quando as pessoas acreditam que podem, então elas tentam. Tentando, podem conseguir...

— Isso é Deus, Esdras.

— Ou não. Acontece que as pessoas se veem pequenas demais para orquestrar coisas grandiosas. Elas não se sentem capazes de construir ou de destruir aquilo que é extraordinário. Então, decidem que se estão construindo é Deus; se estão destruindo é o diabo. Se foi um milagre, graças a Deus; se foi um pecado, tá amarrado, é o diabo!

— Você então também não acredita no diabo — afirma Valéria, sarcasticamente.

— O diabo são as pessoas — afirma ele de volta. — Assim como o que você chama de Deus são as pessoas. Tudo "somos nós", o bom e o ruim.

— Eu não concordo com você. Sabe, eu não sou nenhuma fanática religiosa, tenha certeza disso, mas sou cristã e acredito em Deus. Sei que Ele existe, eu O sinto aqui. — Leva a mão ao peito.

— E eu respeito isso. Eu respeito demais a crença em Deus. Eu questiono, mas respeito. Entretanto, eu vejo muitas vezes quem acredita não respeitar aquele que não crê.

— Fanáticos — resume ela, concordando.

— Sim, são. Mas nem sempre o fanatismo ou a intolerância se mostram tão óbvios quanto alguém "atirando a primeira pedra". Você mesma... — Esdras tenta baixar ainda mais o tom da voz para não parecer grosseiro. — Quando falou do Lélio, disse que o que ele fez não é coisa de Deus, que é errado o que ele fez.

— Se ele não acreditava em Deus, certamente não era coisa Dele.

— Isso não o torna mais errado ou mais correto que qualquer outra pessoa — justifica Esdras.

— É um crime contra Deus. Talvez sem salvação — vaticina ela.

— Acho que ele teria preferido ser salvo em vida, não após a morte. Crime é viver a própria felicidade ignorando o sofrimento alheio. Do que adianta morrer honrando a Deus e desonrando as pessoas?

— Nada do que se faz passa despercebido aos olhos Dele — *prega Valéria, como se estivesse lendo um salmo.*

— Mas basta se arrepender e pedir perdão? Esse é o ingresso que cobram para entrar no céu — contesta ele.

— Se o arrependimento for sincero, Deus vai saber e vai aceitar, sim.

— E as pessoas que sofreram as consequências desses pós-arrependidos? O que elas fazem com o arrependimento alheio?

— E as pessoas que fazem mal a si próprias? Que se matam? — insiste ela.

— Eu não vejo o suicida como um covarde — afirma Esdras. — O suicida só quer paz, e viver é uma guerra constante. Eu tenho o direito de fazer o que quiser comigo mesmo. Eu tenho o direito de acabar com tudo se nada mais faz sentido, se nada mais me faz feliz. — Esdras diz isso um tanto quanto alterado, e Valéria percebe.

— Você? Ou o Lélio? De quem estamos falando?

A pergunta deixa Esdras desconsertado, perturbado até. Ele então se levanta e dá uns três passos sobre a grama de um pequeno jardim que fica em frente à varanda. Ali, para por um momento encarando o chão, até que se vira para Valéria, que o observa com certo desconforto, e diz:

— Do Lélio — responde, mais calmo. — Mas de mim também. E de qualquer pessoa que se sinta da mesma forma que ele. Ou até pior. Bem pior...

— Do jeito que você fala, até parece que... Você também... Você já tentou o mesmo que o Lélio? — pergunta ela, curiosa porém receosa com a resposta.

— Já — admite Esdras, sem fugir da verdade.

O silêncio repousa entre os dois por alguns segundos.

— Perdão... não sei o que dizer. — Valéria o observa com compaixão.

— Não precisa dizer nada, eu sei o que você pensa. Você já disse. E respeito a sua crença, a sua opinião. Por outro lado, é muito difícil viver num mundo que não quer ouvir o que sentimos, as pessoas não conseguem compreender, entende?

— Eu entendo. Eu não sou uma pessoa insensível, Esdras. Mas é um assunto delicado.

— E por isso mesmo não pode ser evitado, não é? — diz o andarilho. — Não estou apontando o dedo para você, mas você não imagina o quão difícil é querer dizer o que se sente, o que se pensa sobre si, sem ter que sentir vergonha do que o outro vai pensar. Principalmente porque, se a pessoa puder escolher, ela decidirá não ouvir. Ninguém quer falar sobre suicídio. O problema é que não tocar no assunto não evita que ele aconteça.

— Não se trata só disso, Esdras. A vida é tão bonita, com tantas possibilidades, oportunidades, com tantas pessoas diferentes... o que impede você e o que impedia o Lélio de buscarem mais? De irem além?

— É muito difícil para a maioria entender isso. E essa dificuldade faz com que a pessoa, que já está solitária, se isole ainda mais, porque é cada vez menos compreendida. E, sabe, às vezes, ela nem quer que aceitem o suicídio ou façam algo para impedi-lo; ela só quer que compreendam, que respeitem. Entende? — Esdras sente uma tensão nos músculos ao entrar tão profundamente nas próprias dores.

— Eu nunca passei por problemas que me fizessem querer desistir de viver. Talvez eu não saiba a dimensão disso, mas já lidei com algumas pessoas que queriam morrer. Eu percebo que não é fácil. A vida não é fácil, Esdras! E como mulher… como mulher preta, eu sei bem disso. Eu apanho da vida todos os dias. Você não faz ideia de quantas vezes eu fui questionada, a ponto de duvidar de mim mesma.

— A ponto de querer desistir de tudo? — pergunta ele, atento.

— Jamais quis desistir de tudo, mas quis desistir de muitos sonhos que me disseram não ser coisa pra mulher. E uma mulher preta é julgada mil vezes mais, você não sabe o que é isso. Então, eu tenho que me amar mil vezes mais para não duvidar de que eu sou digna de tudo que me é de direito e principalmente de tudo que eu conquisto. E é disso que estou falando, a vida nunca é fácil, entende?

— Entendo! Mas… mas ele estava doente…

— Eu sei, meu bem. Olha, eu acho que a forma como eu falei te fez entender errado. Eu só penso que há sempre um, pelo menos um, caminho de superação. Sempre — afirma ela.

— Eu sei que a primeira coisa que passa na cabeça de quem está de fora é: "Ele não tentou o suficiente." Mas ninguém acorda pela manhã pensando: "Que lindo dia para se jogar da janela." Aquela pessoa, na verdade, já se atirou da janela tantas vezes na sua imaginação, que, quando chega o dia de fazer isso, de fato, nem encara como o maior desafio da sua vida. Pode até ser o grande dia, mas é só mais uma encenação da mesma peça que ela ensaiou tantas e tantas vezes. Será apenas mais um pulo, o último. E sabe o que é mais difícil disso tudo?

O silêncio responde por Valéria. Esdras, então, continua:

— Em nenhum daqueles dias anteriores em que a pessoa se atirou emocionalmente pela janela, alguém esteve lá embaixo para segurá-la, ou lá em cima para impedi-la. Só há uma diferença entre o grande dia e os dias de ensaio: a solidão. A solidão é a única companhia garantida no fatídico dia em que a pessoa se atira fisicamente da janela. — "É quando a S.T.T.S. sabe que ganhou a guerra", pensa ele.

Valéria fica com os olhos marejados, diante do depoimento vomitado pelo coração de Esdras, que continua:

— Ao contrário dos outros dias, justamente naquele dia, a pessoa não terá mais esperanças de que alguém aparecerá ali em cima para salvá-la; ela já se convenceu de que está só, completamente só. Em contrapartida, muitos a estarão esperando lá embaixo… com alguns segundos de atraso. Inclusive Deus.

Valéria não consegue se conter. As palavras, que deveriam sair pela boca, escorrem em duas lágrimas discretas. Esdras, visivelmente alterado e ainda em pé, caminha até o fim do jardim, onde há uma roseira com três rosas desabrochadas. Valéria entra em casa e retorna com um copo d'água para ele, que aceita.

— Por que não foi até o fim? O que te impediu? — pergunta ela, um pouco mais recomposta da emoção.

— O Lélio! — responde Esdras, após beber um pouco da água. — Não ele, mas as cartas dele. Quando descobri, na carta que deixou para mim, que ele tinha feito o que eu estava prestes a fazer, eu travei. Me senti negligente com ele, com a nossa amizade.

— Negligente? — Valéria franze o cenho.

— Sim... Eu me afastei dele ainda criança. Não o procurei mais. Então eu não fazia ideia do que ele estava passando.

— Por isso mesmo, você não pode se culpar pelo que houve.

— É, mas a culpa não é um sentimento que pede permissão para entrar — diz Esdras. — Sabe, eu me lembro de um episódio em que... roubei um álbum de figurinhas dele. Isso é uma estupidez irrelevante, mas até mesmo essa bobagem fez eu me sentir ainda mais culpado.

— Culpado porque roubou um álbum de figurinhas? — pergunta ela. — Tudo bem, não é uma coisa legal, mas, tantos anos depois, isso é muito insignificante, você não acha? É algo pequeno demais para alimentar essa sua culpa. Vocês chegaram a brigar por isso?

— Não, ele nem soube que fui eu. E, ainda que soubesse, não acho que se importaria tanto.

— Então não se martirize. Se essa foi a pior coisa que você fez a seu amigo, certamente ele perdoou você. Ou tem algo mais?

— Não que eu me lembre. Nunca fomos de brigar nem nada. O Lélio sempre foi um menino tranquilo, gentil e também muito medroso. Eu me lembro só de uma vez que... — Esdras tenta se recordar de algo.

— Uma vez que... o quê? — indaga Valéria.

— Não sei... Acho que uma vez brigamos, sim. Me lembro de empurrá-lo para o chão, no quintal da casa dele. — Esdras fecha os olhos. — Aliás, acho que ele é que me empurrou. Mas foi uma briga de criança, nem lembro direito, é só uma vaga recordação que veio agora: algum de nós empurrou e derrubou o outro no chão.

— Mas ninguém se machucou... — supõe Valéria.

— Não, acho que não. Me lembro de um rastelo no chão, em meio à confusão, mas acho que não chegou a machucar ninguém. Não sei nem por que me lembrei disso agora.

— Vai ver está só tentando encontrar alguma outra culpa pelo que houve com ele. Mas você não precisa disso, Esdras.

— Sim, você tem razão. Na verdade, o Lélio só me "ajudou". Quando ele me pediu que entregasse essas cartas no seu lugar, eu acabei adiando a minha decisão. Senti que precisava fazer o que ele me pediu, entende? Eu precisava fazer isso por ele.

— Claro, Esdras. Dá para ver que você é um amigo muito leal. E como você tem se sentido ao fazer as entregas?

Valéria se agacha ao lado de Esdras, que já está sentado na grama do pequeno jardim, sob um raio solar esmaecido.

— Não sei. Estou me sentindo estranho.

— Mas está se sentindo melhor ou pior?

— Melhor, creio eu. — É difícil para Esdras admitir isso.

— Isso é bom, não é?

— Não sei. Talvez. — Esdras olha para Valéria, que está bem próxima dele.

— É difícil admitir que se sente bem ou, ao menos, um pouco melhor?

— É — responde ele. — Talvez porque eu já não reconheça essa sensação.

— O que você acha que mudou? — Valéria tenta ficar numa posição mais confortável, sentando-se mais próxima dele.

— Não sei, as pessoas...

— As pessoas? — Ela cerra os olhos. — O que tem elas?

— Elas me veem.

— Elas te enxergam?

— Sim. É como se eu não fosse... invisível — afirma Esdras.

— Mas você não é! — Valéria sorri para ele.

— Acho que eu não sabia disso. Nunca me convenceram disso — responde Esdras, tentando abrir o coração para ela.

— Você é um homem muito especial, Esdras. — Valéria passa a mão com suavidade pelo rosto dele, que, instintivamente, fecha os olhos, recebendo o carinho inesperado e incomum.

— Eu não quero ser especial, Valéria. Eu quero ser normal.

— Então seja.

— Eu estou tentando...

Ainda de olhos fechados, Esdras deixa uma lágrima escapar. Valéria, que permanece deslizando a mão sobre o rosto dele, seca a gota com o polegar. E, sem que ele espere, ela se aproxima delicadamente e encosta os lábios num dos cantos dos lábios dele. Esdras, sem reação, sente o coração acelerar ao ser beijado por Valéria. Aos poucos, vai desarmando minas e tormentos, e aceita esse afago em forma de beijo, retribuindo-o com a mesma delicadeza.

Após relaxar as pálpebras e encontrar, tão próximos, o olhar e o sorriso afetuoso de Valéria, Esdras se sente bem com isso, mas, acanhado, volta a olhar para baixo.

— Aposto que você nunca beijou um homem chorando — diz ele, sem saber qual seria a fala mais apropriada para o momento.

— Beijar, não, mas já presenciei homens chorando. E não foram poucos. — responde Valéria, sorridente.

— Desculpa se eu me exaltei com você — lamenta ele.

— Talvez você precisasse colocar tudo pra fora mesmo.

— Acho que sim. É difícil dizer tudo sempre para si mesmo. Os últimos dias têm sido uma montanha-russa de emoções e sentimentos.

— Sabe uma coisa que eu não entendo? Eu olho para você, Esdras, e vejo uma pessoa atraente, inteligente, instigante... Não consigo compreender como você chegou aqui tão sozinho, tão desiludido com tudo, como você diz. Você não tem amigos, família?

— Se eu disser que não você irá duvidar.

— Não irei duvidar, apenas questionar.

— Nem sempre eu posso ser o que as pessoas esperam umas das outras. E, às vezes, eu só não quero ser o que elas esperam de mim.

— Eu contestaria qualquer pessoa que não te achasse cativante, encantador; contestaria até você. Pois foi a primeira impressão que você passou — diz ela, complacente.

— Sei lá... As pessoas costumam discursar muito sobre reciprocidade nas amizades: "Eu procuro quem me procura"; "Dou valor a quem me dá valor"; "Sou amigo de quem é meu amigo". Eu só vejo um problema nessas condições que elas impõem: se a pessoa só faz se o outro fizer e se o outro pensar da mesma forma, os dois nunca farão nada. E, caso isso aconteça, será uma relação baseada numa chantagem social.

— Numa chantagem? — Valéria não compreende bem.

— Sim. Nem sempre as pessoas estão aptas a dar tudo aquilo que precisam receber. E nem sempre as pessoas estão aptas a receber tudo que pode ser oferecido — afirma Esdras.

— Você quer dizer que as pessoas se cobram muito?

— O problema não é a cobrança, mas a dívida. Dever carinho e atenção para as pessoas é pior do que dever dinheiro. E é uma dívida válida, ambos reconhecem, mas nem todo mundo quer o pagamento em prestações.

— Tá, eu concordo que há alguma razão nisso — diz ela.

— E há um lado ainda pior. Elas acreditam que o fato de você estar distante é algo totalmente pessoal. Parece que o seu próprio mundo não tem o direito de girar em torno de você, sem que seja em praça pública e diante de todos. E, ao fim de tudo, para ter o perdão social, você tem que andar com uma placa no pescoço com a "letra escarlate", expondo os seus problemas e incapacidades.

— E com isso não respeitam o seu espaço... — deduz a mulher.

— O problema é que as pessoas nunca prestam atenção em você, nunca param um tempo para te observar e ver se você está bem. São altamente dependentes do grito de socorro, da sirene, do alarme...

Esdras se senta, agora, de frente para Valéria, enquanto expõe o seu ponto de vista:

— As pessoas só prestam atenção quando o grito de socorro é literalmente um berro. Mas se você não está mal o suficiente para se convencer a pedir ajuda, ou se você está mal o suficiente para não conseguir pedir ajuda, ninguém jamais saberá que você não está bem. As pessoas apenas se sentam na confortável cadeira da inquisição e condenam você à prisão perpétua dos ingratos e esquecíveis. Aí morre aquela amizade que, na verdade, nunca existiu; era apenas uma condição de existência. E, quem muito se ausenta, um dia deixa de existir.

— Aconteceu com frequência com você, Esdras?

— Deixou de acontecer com alguém? — questiona ele.

— Provavelmente não. Mas não acho que todo mundo seja assim. Se você não é, outros podem não ser — conclui a bela moça dos caracóis.

— Sim, eu não sou uma edição especial de Natal. Mas, sei lá... com o tempo, com os anos, depois dos meus 40, eu apenas fui aceitando esse processo seletivo dos amigos. Eu respeito. E é por isso que, apesar da falta que eu sinto, não insisto. Já aceitei que o "tudo bem?" nunca será um "você está bem?". Enfim, você deve estar me achando um cara bastante chato. E, de fato, eu sou. — Esdras sorri, retraído.

— Não, muito pelo contrário. As pessoas falam tanto em honestidade, sinceridade, mas vivem escondidas nos seus casulos emocionais. Você apenas diz o que sente, a sua percepção do mundo. Eu sei que esvaziar um copo prestes a transbordar não é uma tarefa fácil, quando se vive numa sociedade que reprime o sofrimento diante de frustrações.

— É, eu sempre tive a sensação de que não posso ser nada, senão explicitamente feliz. Somos massacrados por qualquer tentativa de compartilhar um sofrimento. Não há lugar para a tristeza porque "meninos não choram" — afirma, com a vida cercada de exemplos do que diz.

— Meninos choram, sim. E marmanjos também. Eu vejo isso todo dia, aqui na Casa.

A fala de Valéria deixa Esdras intrigado. Mas ele não tece comentários.

— Vamos entrar, eu quero te apresentar a algumas pessoas — convida ela, ao se levantar.

— Conhecer pessoas? Eu não sou muito bom nisso.

— Venha! — insiste Valéria, esticando a mão para Esdras, que acaba aceitando a ajuda e se levanta. — Esse imóvel aqui é uma Casa de Apoio. Eu sou assistente social.

— Isso explica certas coisas — diz Esdras, sorrindo.

— A gente presta assistência a ex-presidiários — explica a mulher.

Esdras acompanha Valéria em direção à Casa. Logo de início, é possível ver uma enorme sala com três grandes sofás e algumas poltronas formando um "U" e voltados para uma tevê grande. Não há ninguém no ambiente.

— O pessoal costuma se reunir aqui no início da manhã e no final da tarde para compartilhar experiências, quando se sentem à vontade no processo de readaptação às famílias e na ressocialização — diz a mulher, enquanto caminha com Esdras, que pergunta:

— Por que está tão vazio assim? Santana não tem bandido?

— Se eu fosse você não me referiria a eles assim — *afirma ela, sorrindo pra não constranger o sempre constrangido Esdras.* — Chamamos eles de hóspedes. Não porque nos esquecemos do que fizeram, mas porque queremos um ambiente familiar, e não um ambiente carcerário.

— Claro. Mil desculpas — pede Esdras.

Valéria mostra ao visitante os cômodos: duas salas com diversas cadeiras, quartos com beliches e armários numerados.

— É hora do almoço, devem estar lá no refeitório. E você? Já almoçou? — indaga ela.

— Na verdade, não. — Ele logo pensa no quanto está faminto.

— Então é nosso convidado.

— Engraçado, quando eu cheguei, não vi nenhuma placa de identificação lá na entrada. Tinha? — comenta ele, após aceitar o convite.

— Não, preferimos não ter nenhum rótulo. Antes estava escrito "Casa de Apoio Social", mas percebemos que isso rotulava as pessoas que estão morando aqui temporariamente. E aposto que, na sua casa, não há uma placa escrito "Casa do Esdras" — diz Valéria, fazendo Esdras rir.

Após caminhar por um longo corredor, os dois chegam a um enorme refeitório com seis mesas compridas espalhadas pelo salão. Nelas estão, pelo menos, uns quinze homens. No lado esquerdo, um extenso balcão no qual é servida a comida. Um cozinheiro, vestido de branco e com avental azul, repõe o feijão que havia acabado. Esdras observa as pessoas comendo, e o seu estômago logo reage ao cheiro do tempero que domina o lugar.

Os "hóspedes", na sua maioria, estão atentos à tevê, que transmite um noticiário. Apenas dois ou três desviam o olhar por conta da entrada de Esdras. Mas, pra seu alívio, Valéria evita apresentações do tipo: "Pessoal, olhem para cá, parem todos o que estão fazendo e foquem o olhar neste babaca, ele se chama Esdras, fiquem olhando para ele". Não, isso infelizmente não acontece!

— Vamos fazer o nosso prato, Esdras, eu ainda não almocei — diz a assistente social.

Esdras não pensa duas vezes e segue a bela moça dos caracóis. Pega um prato e se serve com tudo que tem direito, e, para acompanhar, um suco de laranja com cenoura. Valéria o aguarda terminar e segue com ele para uma das mesas, na qual estão dois homens, um que aparenta não ter mais que 30 anos e um outro mais velho, que já passou dos 50.

— Boa tarde — deseja Esdras, cabreiro, ao se sentar.

— Jael, Gaspar... esse é o Esdras, um amigo — diz Valéria.

— E aí, parceiro? — cumprimenta o homem mais jovem e mais simpático. Esdras observa que ele tem muitas tatuagens, principalmente nos braços. Caveiras, flores, um nome feminino, uma cobra e um tigre, além de outras figuras tão entrelaçadas que mal se consegue distinguir.

Esdras almoça com um prazer que jamais havia sentido na vida. Esses dias de privações têm feito ele apreciar com muito mais vontade as oportunidades que tem de comer, principalmente o almoço. A comida parece ter ganhado mais sabores e aromas.

Ele já está terminando sua refeição quando Jael pede licença para se retirar da mesa. Enquanto se levanta, o homem tatuado deixa à mostra algo que talvez tente esconder com todas aquelas pulseiras no braço: em cada um dos pulsos há uma enorme cicatriz. Jael nota o olhar de Esdras concentrado nas suas mãos e ajeita as pulseiras, sem pressa, antes de se retirar.

— Aceita sobremesa? Hoje temos pavê de limão — informa Valéria, que havia se levantado para buscar o doce.

— Ah, obrigado. Eu adoro doce. Mas geralmente só como quando uma vizinha minha leva para mim. Às vezes, parece até que adivinha. Ela já é uma senhora de idade — esclarece Esdras, falando sobre dona Constância e dando a primeira colherada no pavê. — Na verdade, eu até já tinha a minha sobremesa para hoje, mas acabei dando para um menino que jogava bola na rua, aqui próximo.

— Ah, é? Era chocolate? Sou chocólatra — revela a mulher.

— Não. Algodão-doce. Ganhei de uma senhora que vende num carrinho.

— Algodão-doce? Da tia Madô? — indaga ela, com certa simpatia ao falar.

— Isso! A dona Maria Dolores. — Esdras sente que o outro homem da mesa, mais velho e mais sério, encara-o com certa sisudez.

— Eu adoro a tia Madô — declara a assistente social. — Ela é uma querida. Tem um coração enorme. Não é, Gaspar? —Valéria demonstra ter percebido o olhar carrancudo do homem para Esdras.

Gaspar responde assertivamente a Valéria, mas logo pede licença e se retira do refeitório. Esdras sente o clima estranho, que só é compreendido após uma explicação:

— O Gaspar tem uma "história" com a tia Madô — conta Valéria.

— Como assim? — pergunta Esdras.

— Há alguns anos, o Gaspar se envolveu num acidente na estrada. Ele estava dirigindo, e o filho da tia Madô, que se encontrava no banco do carona, morreu quando o carro se chocou com outro veículo.

— Nossa! Ela me disse mesmo que perdeu um filho, eu só não sabia que tinha sido assim, num acidente — diz ele, com compaixão.

— É, acontece que não foi entendido como um simples acidente. Eles estavam em horário de trabalho, o Gaspar havia ingerido uma certa quantidade de bebida alcóolica um pouco antes — explica ela.

— Então a culpa foi dele?

— Ele alegou que não. Havia indícios da culpabilidade do outro motorista envolvido no acidente, excesso de velocidade, porém, o que marcou mais foi o fato de ele estar alcoolizado. Isso teve muita repercussão e causou uma grande comoção aqui em Santana. A tia Madô e a família são muito queridas na cidade. Além disso, o outro veículo envolvido era de uma família bem rica, de políticos. O filho de um ex-vereador foi a segunda vítima fatal do acidente.

— E o Gaspar foi preso, então... — constata Esdras.

— Sim. Ele passou um tempo na prisão, depois entrou no regime semiaberto. Quando o Gaspar saiu, a esposa já havia se divorciado dele e ido embora com os filhos. Ele está conosco há uns dois meses. É difícil para um homem da idade dele arranjar emprego. Então, como você vê, aqui você não é o único que precisa recomeçar — declara Valéria.

— Deve ser difícil encarar as pessoas depois de ter matado alguém. Deve ser uma sensação desconfortável — constata Esdras.

— Ele provavelmente achou que você conhecia a história. Mas a pessoa mais difícil de encarar ele já encarou.

— A dona Madô, não é? Ela deve ter ficado em choque.

— Todos nós ficamos... em choque com a generosidade daquela mulher. Sabe, quando ela soube que ele estava aqui, ela veio sozinha e conversou com ele. Eu estava presente — afirma a assistente social.

— Ela deve ter dito coisas bem pesadas a ele.

— Na verdade, a tia Madô disse que o perdoava, ainda que ele não quisesse pedir perdão ou achasse necessário.

— E ele pediu? — indaga o andarilho de azul.

— Pediu. Chorou muito, abraçado a tia Madô... Ela não chorou, mas estava emocionada demais.

— Não sei se eu seria capaz de perdoar alguém que me fizesse um mal tão grande. Uma pessoa que te tira alguém que você ama...

— Eu achava o mesmo que você. E espero nunca precisar estar na posição dela. Mas ela disse algo que faz tanto sentido que eu pretendo nunca mais esquecer, caso algum dia precise perdoar alguém.

— O que ela disse?

— "Perdoar não é aceitar o erro que o outro cometeu. Perdoar é ser livre de um peso que você não merece carregar" — cita Valéria.

— É preciso muita altivez para perdoar. Ela me pareceu ter um coração gigantesco.

— Tia Madô... ela é só coração. Um coração doce — diz a assistente social, sorrindo. — Olha, mudando de assunto, nós vamos ter uma confraternização hoje, no fim da tarde. Sempre fazemos isso quando nos despedimos de um hóspede que arranja emprego e vai deixar a Casa. Você pode ficar para a festa ou está com muita pressa de entregar as cartas do Lélio?

— Na verdade... — Esdras nunca foi muito fã de festas.

— Olha, não aceito desfeita. Onde você está ficando? — indaga a mulher.

— Na rodoviária — responde ele, constrangido.

— Como assim? Você chegou hoje e já viaja novamente?

— Não. Eu dormi lá ontem. — Esdras causa espanto em Valéria ao revelar isso. — Eu preferiria não ter que contar toda a história, mas é que fiquei sem dinheiro, então dormi lá.

— Você se lembra do que está escrito na placa imaginária que temos lá fora? — indaga Valéria.

— Casa de Apoio? — responde ele, confuso com a pergunta.

— Exatamente. Nós ajudamos para que as pessoas recomecem as suas vidas. E ajudaremos o seu recomeço também. Você pode ficar aqui até concluir as suas entregas. Durma, coma, fique à vontade... Aceita?

— Nossa, aceito, claro! Obrigado. — Esdras se sente acarinhado com tamanha generosidade.

— Em troca, você vai ter que ir à nossa celebração. Mas não se preocupe, ela é bem curtinha, não tem álcool, apenas umas comidinhas. E música! As assistentes sociais das outras Casas estarão aqui também. Elas sempre animam a festa.

— Entendi, é para eu ir por livre e espontânea pressão — brinca ele.

— Senão eu vou me sentir ultrajada — diz ela, sorrindo. — A carta que você me trouxe, apesar da circunstância da morte do seu amigo, me fez bem. Foi muito bonito da parte do Lélio querer que eu soubesse que fui importante para ele.

— Você se lembra bem dele? — pergunta o andarilho.

— Bom, não. Nem me recordava dessa história de que eu tinha me recusado a dançar com ele. Isso não foi legal. — Valéria sorri, sem graça. — Mas eu me lembro vagamente de um ano em que a festa junina da escola foi cancelada por conta de um temporal que inundou a cidade. E me recordo de estar toda arrumada com o vestidinho da quadrilha, mas a chuva não deixou ninguém sair de casa.

— Se você se lembra dele já é alguma coisa — diz Esdras.

— É, ele sempre foi muito calado... Não me lembro de conversarmos muito. Recordo que perturbavam demais ele na sala. O Lélio era magricelo, pacato, "na dele" mesmo... Isso na escola era o suficiente para sofrer bullying. Na época, ninguém chamava assim.

— Sim, sei bem o que é isso — declara Esdras.

— Você passou por isso também? — indaga Valéria.

— Infelizmente, sim. Não sei se pelas mesmas razões que ele, mas não guardo boas recordações. Quando você precisa lanchar escondido no banheiro, por medo de encontrar os colegas, é um enorme sinal de que alguma coisa está errada. Difícil é se convencer de que o erro não é você — rememora ele.

— Crianças podem ser terríveis, não é? O mal que elas podem fazer, inconsequentemente e até inocentemente, pode ser irreparável.

— Não tenho dúvidas disso — diz Esdras, terminando de comer o pavê. — A sensação que eu tinha na escola era de que eu só conseguiria me enturmar se me portasse como a maioria: quebrando cadeiras, xingando professores ou ofendendo colegas… enfim, praticando bullying.

— Como assistente social, já vi de perto crianças doces se tornando violentas por conta do ambiente onde crescem, pelo contexto social.

— Mas esse não era eu, nunca seria. E entre ser menos eu e ser como eles, fui me anulando cada vez mais. Me apagando, me tornando invisível, desviando dos caminhos, dos corredores, das aulas, dos cumprimentos. Acho que, em determinados momentos, eu estava lá fisicamente, mas sem consciência — relata Esdras. — Então, comecei a tirar notas baixas, faltar aula, cheguei a repetir de ano, trocar de escola…

— O bullying pode transformar as pessoas em coisas que nem elas mesmas gostariam de ser. E eu acho, Esdras, que para o Lélio tinha uma questão a mais… Os meninos zombavam dele por supor que era gay. Ainda que nem ele tivesse consciência disso ainda. Ele era alvo fácil: o mais novo da turma, baixinho, não reclamava de nada, não conseguia reagir…

— E ninguém fazia nada — afirma Esdras, sem a necessidade de transformar isso em pergunta.

— Não. Nem eu nem ninguém — confessa Valéria, de certa forma, constrangida. — Aqueles meninos certamente reproduziam o que ouviam em casa; não eram coisas diferentes das que eu ouvia o meu pai dizer.

— Talvez tenha começado aí o problema dele com as pessoas — reconhece Esdras.

— É bem possível. Não é uma fase fácil para ninguém. Eu mesma levei muitos anos para deixar de sentir vergonha do meu cabelo. Na época da escola, chamavam o meu cabelo de todos os nomes possíveis. Ele vivia preso, foi o único jeito que eu achei de passar despercebida.

— E o seu cabelo é tão lindo…

— Obrigada. — Valéria sorri. — Cheguei a ter alopecia na adolescência, ele caía sem parar. Não sei se era por isso, mas agora eu tenho orgulho dos meus caracóis. E, se alguém olhar torto, eu viro e jogo eles na cara dos recalcados. Assim, ó.

Valéria vira a cabeça rapidamente, fazendo os cabelos baterem no rosto de Esdras, que se diverte com o rompante, enquanto sente o perfume agradável que exala dos cachos dela.

— O Lélio tinha razão sobre eles — confirma o andarilho, ainda sorrindo.

— Acho que você e o Lélio tinham mesmo muito em comum.

— Sim. É uma pena que a vida tenha nos afastado.

— Posso fazer uma pergunta indiscreta? —Valéria ensaia um sorriso amarelo.

— Por favor...

— Você e o Lélio foram só amigos? Ou...

— Apenas amigos. — Esdras sorri. — Não tínhamos nem idade para pensar em outras coisas.

— Ah, meu caro, a imaginação é muito fértil e precoce. —Valéria gargalha ao dizer isso. — Mas você é gay também? Ou bi, talvez?

Esdras se surpreende com a pergunta e parece também ensaiar uma resposta diferente da que diz:

— Bom, eu já fui até casado com uma mulher, então...

— Por isso não, eu também já fui até casada com uma mulher — confessa Valéria, rindo.

— Temos algo em comum, então. Mas eu apenas sou o que sou. Nunca parei para pensar sobre isso.

— É, você tem cara mesmo de que foge das coisas, meu senhor — insinua ela, rindo, enquanto segura a mão dele.

— É, quem sabe seja, de fato, uma fuga — encerra ele, deixando Valéria mais intrigada.

— Eu estava brincando, tá? E, bom, eu sou bissexual — declara ela.

— Mais opções, não é?

— Digamos que sim. Não que essa seja a razão... E não estou confusa, como costumam me dizer. "Eu apenas sou o que sou."

— E não é pouca coisa — afirma ele, querendo olhar nos olhos dela.

— Você é um cara divertido, Esdras — constata Valéria, fazendo os olhos de Esdras se arregalarem por tal afirmação. — É verdade! Você e o Lélio deveriam ter convivido mais.

— É, ele teria sido um bom companheiro de jornada. Desde que eu soube de tudo que aconteceu, sempre penso que eu poderia ter evitado. Poderia ter ajudado ele, e ele a mim.

— Ele precisava se ajudar também, Esdras. Precisava querer a ajuda.

— Eu conversei com o psicólogo dele, que disse a mesma coisa.

— Tinha uma carta para o psicólogo também? Para quem mais você já entregou as cartas do Lélio? —Valéria fica curiosa.

— Bom, na primeira entrega, eu não encontrei o destinatário, mas, logo em seguida, levei uma delas para uma pessoa em situação de rua. Teve outra para o cara que o Lélio namorou.

— Gente, um cara tão novo, com um coração tão grande… é uma pena ter escolhido o suicídio. E quantas cartas ainda falta entregar?

— São doze, então faltam seis — constata.

— E falta quem? Sabe quem são? —Valéria mostra-se extremamente interessada na missão de Esdras.

— Na verdade, não. Ele deixou só os endereços, não deixou os nomes das pessoas, só esses "pseudônimos", como o seu: "Bela Moça dos Caracóis".

— E você não teve a curiosidade de abrir as cartas?

— Olha, para ser bem sincero, sim — revela ele. — Não sei se é só curiosidade, mas é que é difícil você esperar entregar uma a uma e torcer para poder ler também.

— Ai, não sei. Acho que eu já teria aberto pelo menos uma para matar a curiosidade.

— O bom é que eu tenho podido conhecer o Lélio melhor — diz o andarilho de azul.

— Quem falava muito do Lélio era o meu pai, que foi professor dele, alguns anos depois que estudamos juntos. Meu pai sempre foi de falar muito dos alunos.

— Eu conheci o Lélio ainda criança, na casa da minha avó.

— Sua avó tinha casa aqui, então?

— Não, não. Era em outra cidade.

— Mas você não disse que ele era vizinho dela? Eu sempre achei que o Lélio tivesse morado aqui a vida toda. Achei que ele era daqui, na verdade. Eu estudei vários anos com ele e sequer soube da sua morte. Quando foi?

— Ele morreu há um tempo já. O psicólogo dele disse que foi há mais de sete anos.

— Sete anos?! —Valéria espanta-se com o que ouve.

— Ele não disse o ano exatamente, só disse que tinha mais ou menos isso.

— Como assim? Não é possível! — Ela se mostra contrariada.

— Por que não? — Esdras não compreende a incredulidade.

— Porque meu pai viu o Lélio e comentou comigo. E isso não tem tanto tempo…

— Quando foi? — pergunta Esdras, intrigado.

— Um ano. Talvez um pouco mais, dois no máximo.

— Seu pai deve ter se enganado… — Esdras fica confuso.

— Meu pai estava velho, não gagá — afirma, sorrindo. — Ele me contou que cumprimentou o Lélio e tudo.

— Será que ele não se confundiu? — pergunta Esdras, relutante.

— Não. Duvido... Ele conhecia o Lélio desde menino.

— Onde o seu pai se encontrou com ele?

— Ele me disse que estava passeando numa praça e viu o Lélio.

— Eles conversaram?

— Não, meu pai disse que apenas acenou, mas que o Lélio não respondeu de volta, que não o viu ou não o reconheceu.

— Mas o Lélio está morto, Valéria. Há mais de sete anos.

— O meu pai também. Ele faleceu há seis meses.

— Sinto muito — diz Esdras, tentando ser solidário, mas não querendo desviar o foco do mal-entendido. — Olha, isso não faz sentido... Até porque, se a pessoa não acenou de volta para o seu pai...

— É... Não tem outra explicação além de ele ter se confundido. Mas se o Lélio morreu há sete anos, por que só agora você está entregando essas cartas?

— Porque só agora eu as recebi — diz Esdras.

— Sete anos depois que ele faleceu? E quem enviou?

— Não sei. Acho que um portador deixou no meu prédio há dois dias, pela manhã; a minha vizinha recebeu e me entregou.

— E essa sua vizinha não conhecia o Lélio, né?

— Não. Ela teria comentado, caso conhecesse quem entregou. A dona Constância é minha vizinha há anos e não se poupa de falar, nem é de mentir. Ela recebe as correspondências e entrega aos moradores.

— Por que você não liga e pergunta se ela conhecia o tal portador?

— Não... Não faria nenhum sentido isso. Deve ter alguma explicação para essas cartas terem vindo parar na minha mão apenas agora. Eu só preciso descobrir qual é.

— O Lélio deve ter deixado essas cartas sob os cuidados de alguém, antes de morrer. A pessoa pode ter esquecido de entregar; ou perdeu e depois achou, não sei. E essa dona Constância é muito idosa já? — insiste Valéria, suspeitando da vizinha de Esdras.

— Sim, uns 80 anos. Mas não adianta ligar. Ela está viajando.

— E os pais do Lélio? Pode ter sido um deles.

— Foi justamente neles que eu pensei — afirma Esdras. — Eles me conheceram. E como o envelope estava no meu nome e com o meu endereço, eles enviaram para mim. As cartas que o Lélio deixou estavam todas dentro do mesmo envelope.

— Isso faz sentido. Você já tentou falar com eles? — pergunta Valéria.

— Não, eu não sei onde eles moram. Na verdade, eu não sei nada do Lélio. Tudo que eu sei é o que está escrito nessas cartas. É por isso que eu tenho tentado entregá-las o quanto antes. Minha esperança é que uma delas seja para os pais. Na verdade... — Esdras pausa, ao se dar conta de que esqueceu uma informação importante. — Droga, não acredito!

— O que foi? — indaga Valéria.

— A tia Madô! Ela me ensinou como chegar na casa que o Lélio morava. E eu acabei de lembrar que esqueci o nome da rua. Caramba, como se chamava mesmo? — pergunta-se.

— Você não anotou o endereço? Não salvou no celular?

— Não, eu não tinha onde escrever na hora, então só gravei na cabeça. Mas esqueci completamente. Ela me disse o nome da rua, e que ele morava numa das entradas dessa tal rua.

— Ela não deu nenhum ponto de referência? Nada?

— Não. Parece que é uma rua só de casas.

— Dizer isso numa cidade do interior é o mesmo que não dizer nada — constata a mulher de cachos negros.

— Ela ficava com o carrinho de algodão-doce nessa rua, antigamente. Bem em frente à casa do Lélio. Você, por acaso, não sabe onde ela mora, não é? — indaga Esdras.

— Eu não tenho nenhum contato dela e também não sei onde mora. Mas ela sempre passa vendendo algodão-doce aqui — diz a assistente social. — Quem sabe passará mais tarde?

— Não, ela não vai mais trabalhar hoje. Eu a convenci a tirar o dia de folga para descansar... Droga, esqueci completamente o nome da rua. — Esdras força a memória, sem sucesso, tentando se recordar do nome da avenida dita pela vendedora de nuvens.

— Eu posso ver se alguém aqui sabe onde ela mora.

Uma funcionária chega à mesa em que eles estão para recolher os pratos do almoço, e Valéria aproveita para perguntar se ela sabe onde mora a tia Madô, mas a moça desconhece o endereço da senhora.

— Em todo caso, você pode tentar descobrir alguma coisa nessas cartas que ainda estão com você — ressalta Valéria.

— Eu não quero abrir os envelopes, eles não são para mim. Cheguei a pensar que a sua carta seria para a mãe dele. E, quando fui atrás da pessoa que ele namorou, tive esperanças de saber mais sobre o Lélio, mas o cara está morto — informa Esdras.

— Sério? — *Valéria faz uma cara meio trágica, meio cômica.*

— Sim. Encontrei o irmão, que não sabe de nada. E, mesmo que soubesse, não me diria, considerando a forma como falava do próprio irmão e do Lélio. A família não aprovava a relação dos dois. Eles não aceitavam um filho gay. Até esse cara pareceu bem incomodado ao tocar no assunto.

— E você deixou a carta com essa pessoa?

— Não. Ela está comigo — diz Esdras, que ainda não se deu conta de que a tal carta voou da sua mochila. — Mas, pela forma rude como o cara me recebeu, duvido que ele me daria qualquer informação sobre o Lélio. E eu não pretendo voltar naquele lugar.

— Bom, Esdras, sendo bem recebido ou não pelos destinatários, o jeito é você continuar a entrega das cartas; talvez algum deles saiba uma pista sobre o remetente. Em último caso, como eu já sugeri, você pode abrir os envelopes. Acho que eu já teria feito isso.

Logo depois do almoço, Valéria oferece uma cama para Esdras se acomodar. Ele é alocado no dormitório em que estão os dois hóspedes que lhe foram apresentados no almoço: Gaspar, o homem que teria provocado a morte do filho da tia Madô, e Jael, o homem cheio de tatuagens e pulseiras. Nenhum deles é de muito papo, algo bem conveniente para Esdras.

O andarilho, aliás, está inquieto desde a hora do almoço, quando soube que o pai de Valéria teria, supostamente, visto Lélio havia um ano. Essa era a informação que ele queria ouvir desde que estivera naquele barco, mas isso não fazia mais sentido na sua cabeça, já que Lélio estava morto havia mais de sete anos. Além disso, Esdras lembra que Tomás, o irmão do homem que está enterrado no alto do morro, também confirmou a morte de Lélio.

De qualquer forma, Esdras se recusa a acreditar na possibilidade de ter sido enganado; primeiramente, por não existir qualquer razão para Lélio fazer isso. Segundo, porque alguém com tamanha sensibilidade para escrever essas cartas não poderia ser capaz de mentir deliberadamente para as pessoas. Para Esdras, não há dúvidas de que o amigo de infância está, sim, morto, por mais que ele lamente.

No entanto, o desassossego causado por não saber quem havia lhe enviado as cartas mais de sete anos após a morte de Lélio faz emergir a ânsia de descobrir quem foi o remetente. Esdras se pergunta quem deixou o envelope com as cartas no seu prédio, sob os cuidados de dona Constância, na manhã do dia em que ele saiu de casa para nunca mais voltar. Sua vizinha bateu na sua porta bem cedo, muito antes do horário comum para serviços de entrega, muito antes do horário habitual para um carteiro. Ela disse que acabara de receber aquele envelope, recorda-se.

Somente agora, Esdras reflete acerca do fato de que embarcou numa jornada sem questionar as entrelinhas do que foi pedido na carta que Lélio lhe escreveu. E constata que a confusão de emoções da penúltima madrugada, quando estava naquele barco, parece tê-lo alienado; afinal, ele estava com a carta suicida do Lélio numa mão e a sua própria arma suicida na outra. Esdras, em nenhum instante, havia tido tanta suspeita sobre a veracidade de toda a história em que se metera. Agora, essas dúvidas passam a atormentá-lo.

É como eu já disse: são os fracos, à procura de uma desculpa pra viver, se agarrando à primeira mão que lhe estendem.

Inerte diante da escassez de informações sobre Lélio, Esdras admite que, como sugeriu Valéria, as únicas respostas que pode encontrar estão ao alcance das suas mãos e dentro da mochila cinza. Chega, finalmente, o momento em que decide abrir as cartas.

Tentando amenizar a culpa e dando uma chance à sua pouca sorte, mete a mão dentro da mochila sem olhar para o interior dela e retira um envelope ao acaso. Sentado na cama de um dos três beliches do quarto onde está alojado, ele escolhe uma carta cujo destinatário, ironicamente, soa tão misterioso quanto o pedido de Lélio.

Esdras abre e começa a ler a carta: "Ao Homem sem Rosto..."

Ao Homem sem Rosto

Aquele dia estava especialmente bonito. Caía uma chuva fina, revelando um arco-íris encantador e hipnotizante. Tenho certeza de que você se lembra daquela bela manhã, lá no bosque. Eu... jamais esquecerei. Mas sei que aquele dia nos marcou de formas diferentes: em mim, aquela data se eternizou nos hematomas que você deixou, nas minhas costelas e dentes que você quebrou, e, principalmente, na enorme cicatriz que a sua faca deixou na minha nuca. Já para você, o dia deve ter sido excepcional pelo sadismo de transformar um desejo doentio numa perversão real.

Eu sempre me culpei, como se aquilo fosse um castigo por eu ser assim. "É isso que você merece", "tem que morrer se não aprendeu a ser homem", dizia você. Eu aprendi a ser homem! Aprendi a temer o homem! Aprendi que Deus não existe porque o homem existe! Aprendi que não importa a beleza dos dias, qualquer um deles pode ser o pior da sua vida.

Você jogou o meu corpo lá, achando que havia me matado. Sim, algo morreu aqui dentro e escorreu junto a todo aquele sangue. De mim, só restou a consciência encarcerada. Você me expôs à compreensão absoluta da palavra dor. A dor emocional e a dor física: a primeira, quando, quase inconsciente e incapaz de reagir, eu percebi o que você fazia comigo; a segunda, na sensação perversa de ter o meu corpo e a minha alma rasgados por você.

Desde então, acho que fiquei obcecado em descobrir qual das duas era a pior dor. E comecei a me cortar com outras lâminas, num desafio pessoal e absurdo de suportar aquela dor física de novo. Porém, nunca pude compará-la com a dor emocional.

pois jamais voltei a sentir qualquer dor, qualquer emoção; eu sequer consigo chorar.

A partir dali, foi um pesadelo viver sem saber quem era você, sem conhecer o seu rosto. E passei a enxergar e evitar você no rosto das pessoas... até o dia que emergiu em mim uma memória perdida de você: uma "mira de tiro" tatuada no seu braço.

Então, você não podia mais ser um homem sem rosto. Não foi fácil, mas te achei. Descobrir que aquela tatuagem pertencia a um rosto familiar me aterrorizou. O vulto que me perseguiu, me derrubou, me espancou até eu perder a consciência para fazer o que fez comigo... que tentou me matar para que eu não contasse a ninguém...

O monstro era você! Hoje, eu sei que o maior medo dos covardes que escondem o rosto é serem descobertos, mas a única coisa que eu quero, depois de tantos anos, é que você nunca se esqueça: Eu Sei Que Foi Você!

Lélio

Aterrorizado. Assim Esdras se sente ao terminar de ler a carta com tanta violência nas suas linhas. É difícil ler tudo isso sem se colocar na pele de Lélio, sem se imaginar sofrendo aquela violência. A idealização do que aconteceu com o amigo vem à sua mente, e uma repulsa toma conta do seu corpo. Uma ânsia de vômito logo chega.

Ao descobrir mais um dos tormentos do passado de Lélio, Esdras se questiona sobre os seus próprios demônios: seriam eles tão justificáveis assim? Solidão, tristeza, desânimo, depressão... Será que tudo isso é justificativa suficiente para ele querer desistir da vida? Será que Valéria tem razão, não sobre Lélio, mas sobre ele? Nesse momento, Esdras tem apenas uma certeza: por mais triste e solitária tenha sido a sua vida, a de Lélio foi muito pior.

Se antes de abrir essa carta a ideia de Esdras era encontrar respostas para o mistério do seu remetente desconhecido, a tentativa foi ineficaz. No entanto, nasce nele a convicção sobre a idoneidade do velho amigo; cessando qualquer suspeita de autenticidade das cartas de Lélio e das suas intenções, Esdras está convencido a não duvidar mais dele.

Ainda deitado na cama do beliche, o andarilho de azul observa o endereço no envelope da carta que acaba de ler: "Alameda das Cajazeiras, rua C, 1253 — Bairro Tupinambá, Santana dos Três Passos". O fato de ter aberto a carta não inviabiliza a entrega dela, mas ele pensa em como seria recebido ao entregar uma carta com tal conteúdo. Certamente, o homem que praticou essa violência imaginará que ele sabe da história. E uma pessoa que foi capaz de cometer tamanha atrocidade faria coisa pior ao saber que foi descoberta.

Esdras, temendo as consequências, cogita não cumprir a promessa que fez ao amigo. Até aqui, ele só havia recebido sorrisos, olhares de compaixão e saudade; nenhum ódio ou temor como resposta. Além disso, nenhuma das outras cartas era tão pesada. Ele não sabe se está apto a enfrentar, provavelmente, o pior pesadelo de Lélio. Como ele encararia os demônios de outra pessoa se já quase desistira de enfrentar os seus?

Esdras caminhava tentando desviar do matagal à sua frente. Como se tivesse ficado inconsciente por muito tempo. Tentou, sem sucesso, lembrar-se de como fora parar ali, mas a sua última lembrança era estar deitado na cama mais alta de um dos beliches da Casa de Apoio.

Sem avistar ninguém por perto, seguiu caminhando solitário, até que ouviu passos sorrateiros que quebravam os galhos da vegetação à sua volta.

— Tem alguém aí? — perguntou. Sem obter resposta, seguiu em frente.

A sensação de estar sendo seguido o deixou apreensivo. Começou a acelerar os passos, pressentindo que alguém caminhava na sua direção. De repente, foi interpelado por uma voz assustada:

— Ele está aqui! Vem! Corre! — chamou um menino, agarrando o braço de Esdras e puxando-o para uma corrida desesperada.

— Espera! Ei, garoto! — resmungou Esdras, já correndo e sendo conduzido pela criança, que estava mais à frente, impossibilitando que o seu rosto fosse visto.

Pelos ventos e pela paisagem, Esdras já sabia: ele estava no bosque que ficava no alto daquele morro.

— Ele vai nos alcançar. Corre! — O menino não parava de correr e também não deixava Esdras ficar para trás.

— Ele quem? Por que estamos correndo? — perguntou Esdras, tentando acompanhar o ritmo do garoto.

— Corre, Esdras! Corre! — repetiu a criança, em disparada.

— Como você sabe o meu nome? Quem é você? — indagou Esdras, ainda sem conseguir ver o rosto da criança.

— Não olha pra trás. Não deixa ele te ver! — O menino também não olhava para trás, nem mesmo para encarar Esdras.

— Quem está te perseguindo? Calma, eu protejo você, mas para de correr — suplicou Esdras, sem sucesso.

— Vem! Não olha pra trás. Não olha, Esdras!

— Eu estou… cansado… demais… não consigo mais… correr. — Esdras já estava ofegante, e as pernas não alcançavam a mesma velocidade do garoto, que o levava para uma parte ainda mais fechada da mata.

— Temos que fugir dele! — insistia o menino, em desespero.

— De quem estamos fugindo, garoto?

— Não larga a minha mão. Temos que nos esconder dele.

— Espera aí! — Esdras notou que escorria sangue da nuca da criança. — Sua cabeça… Ela está sangrando!

— Corre, Esdras! — gritou o menino, ignorando.

— Para! — Esdras via cada vez mais sangue descendo pela cabeça da criança. — Tá sangrando… muito!

— Corre, Esdras! Corre! — insistia o pequeno.

— Eu não vou correr mais! Para! PARA! — bradou Esdras, ofegante e já desacelerando as passadas.

O menino então parou bruscamente e, pela primeira vez, olhou para trás. Sem soltar a mão de Esdras, a criança buscava enxergar o perseguidor no horizonte atrás dos dois, sem prestar atenção em Esdras, que acabou identificando-o:

— Lelinho! — exclamou Esdras, espantado e reconhecendo o rosto do amigo.

— Esdras! — Uma outra voz surgiu, chamando-o lá atrás, bem distante. Esdras se virou para encontrá-la, mas não viu ninguém vindo.

— Lelinho, o que aconteceu com você? — perguntou ao menino ensanguentado.

— Esdras! — Esdras ouviu a voz desconhecida novamente.

— Eu avisei pra você correr, Esdras. Agora ele vai nos alcançar! — desesperou-se o pequeno Lélio, encarando Esdras.

— Quem está vindo, Lélio? — indagou, ainda ofegante.

— Vem comigo! — ordenou o menino, que, segurando a mão de Esdras, o fez contornar um enorme buraco retangular, cavado na terra úmida do bosque. Em volta da escavação estava a terra retirada de dentro.

— Que buraco é esse? — indagou Esdras, do outro lado da cova.

— Não deixa ele te ver, Esdras! — suplicou a criança.

— O que você quer que eu faça? O que está acontecendo?

— Anda, se esconde numa árvore ou fica de costas! — instruiu o garoto.

— O quê? De costas? Por quê? — Esdras estava confuso.

— Fica de costas. Confia em mim! — pediu Lelinho.

Esdras fez o que lhe foi pedido, ficou de costas para o menino, para o buraco e para aquela voz sem dono, que insistia em chamá-lo:

— Esdras! Esdras!

De costas, ele ouviu passadas de alguém vindo de trás.

— Não olha pra trás. Não olha pra ele! — pediu o menino.

— Esdras! — insistia aquela mesma voz.

— Não olha! — insistia o pequeno Lélio.

Contrariando o pedido da criança, Esdras olhou para trás, e seu coração gelou: um homem corria na direção dele e do garoto, carregando nas mãos um rastelo grande e enferrujado.

— Esdras! — A voz insistente não era do homem... Este apenas o encarava enquanto disparou na sua direção, sem dizer uma só palavra.

— Ele quer matar você — afirmou o menino.

Esdras, mirando o perseguidor, se deu conta de que era o mesmo homem que tentara puxá-lo para baixo no sonho do barco... o mesmo que tentara puxá-lo para baixo no sonho do ônibus. Era Lélio! Um Lélio adulto.

— Isso é um sonho! — constatou Esdras.

Antes que o seu corpo conseguisse reagir, ele viu o homem saltar sobre o buraco para tentar alcançá-los, mas o impulso não foi suficiente para ultrapassar a abertura, e o homem caiu dentro da cova, sob os olhares de Esdras e do garoto, que logo se agachou na borda e começou a empurrar a terra de volta para a vala.

— Me ajuda, Esdras! — exclamou o menino, jogando mais terra.

— Não! O que você está fazendo? — Esdras se assustou ao ver Lélio sendo soterrado sem reagir, apenas encarando-o, ofegante.

— Esdras! — insistia aquela outra voz, a desconhecida.

— Esdras! — insistia aquele menino, lançando a terra em cima do homem no buraco. — Me ajuda! Ele queria te matar, você não viu?

— Isso está errado — afirmou Esdras, hesitante, antes de se agachar e repetir o que o menino estava fazendo: com as próprias mãos, ele foi jogando a terra sobre um olhar fixo e um corpo imóvel.

— Esdras! — A voz, aquela voz…

Palmo a palmo, a cova foi sendo aterrada, até se tornar um túmulo.

— E agora, o que faremos? — perguntou Esdras ao menino, que já não estava mais ali.

— Esdras! — A voz parecia estar ao seu lado, o que fez Esdras se virar.

— O que foi que eu fiz? — perguntou-se Esdras, sabendo que era culpado.

— Esdras! — chama uma voz nitidamente feminina.

Ao abrir os olhos, Esdras vê o rosto de Valéria ao seu lado. Ele tenta levantar a cabeça rapidamente, mas bate a testa. Só então se dá conta de que, mais uma vez, acordou no chão e sob um estrado. Essa, porém, é a primeira vez que acorda embaixo de uma cama que não é a sua. A sensação de despertar sem saber como foi parar sob um móvel o faz recordar de como isso é comum para ele. Valéria, agachada ao lado do beliche, fica confusa:

— O que você está fazendo aí?

— O quê? — diz Esdras, atordoado, retomando a consciência.

— Por que você está embaixo da cama? — insiste ela.

— Eu acabei pegando no sono aqui. — *Ao se ouvir dizer a frase, Esdras percebe o quanto idiota isso deve parecer pras pessoas.*

— Mas embaixo da cama? — Valéria não consegue acreditar que haja explicação para algo tão inusitado, mas mostra-se bem-humorada e pouco disposta a cobrar grandes explicações.

— Ah… uma moeda minha caiu, eu vim procurar e… não sei, acho que peguei no sono aqui mesmo, eu estava tão exausto… — *Mentiroso, como sempre!*

Esse é um "hábito" antigo que Esdras prefere evitar contar às pessoas. Mesmo porque, de tanto acordar embaixo da cama, aprendeu a sentir certo aconchego lá. Não por conforto, mas pela sensação de segurança, silêncio, invisibilidade.

— Eu procurei você por toda a Casa, mas ninguém te viu. Cheguei a achar que tivesse ido embora — diz a assistente social. — Então, vim ver se você havia deixado algo no quarto; foi quando vi os seus pés. Estou te chamando há muito tempo. Você tem um sono pra lá de profundo, hein?

— Desculpa, eu não ouvi. — Esdras, enfim, sai de baixo da cama e se senta. O rosto suado o faz lembrar do pesadelo.

— Eu poderia dizer: "O que uma boa cama não faz..." — ironiza Valéria, rindo. — Mas você devia estar, de fato, tão cansado, que até o chão serviu.

— Dormi muito? — indaga ele, bocejando. — Eu não deveria ter dormido tanto. Tinha que sair para fazer as entregas.

— Dormiu a tarde inteira, presumo. — Valéria nota que ele está com um papel pressionado contra o corpo e pergunta: — Resolveu abrir?

— É... Eu abri — responde Esdras, constrangido, como se tivesse sido pego no flagra. — Mas não devia ter feito isso.

— Não? Por quê? Para quem é? — Valéria quer saber e se senta ao lado dele na cama.

— Para um homem...

— O pai dele?

— Não. Como as demais, não diz quem é a pessoa... não cita qualquer nome.

— E você vai entregá-la? — Valéria parece notar no silêncio dele um olhar conflituoso. — Se você quiser falar sobre isso...

— Desculpa, Valéria, melhor não. Eu não devia ter aberto. E não acho que eu deva revelar o conteúdo da carta.

— Tudo bem, eu entendo você — diz. — Olha, eu vim te procurar porque a nossa festinha já vai começar — *informa, com a empolgação de animar uma criança enfadonha.*

— Eu não sei se estou bem para festas, Valéria. Me desculpa.

— É só uma confraternização, Esdras. Venha! E você já sabe, não sou mulher de aceitar passivamente um "não" como resposta.

Valéria se levanta da cama, puxando-o para fora do beliche. Esse gesto faz Esdras se lembrar do seu último sonho. Assim como ela, o menino o puxava para fugir. "Venha!", insistiram ambos.

Esdras cede à adulação atenciosa e vai com Valéria para a sala. Ao chegar e ver aquela quantidade de pessoas estranhas, ele trava, tomado pelo receio de encarar toda aquela gente. "Você não é gente também?", diria o Estranho do Lago ao ouvir os seus pensamentos.

Uma mesa com bandejas de salgados, doces e algumas garrafas de refrigerante parece ser a atração da festa. E, observando as bolas coloridas penduradas nas paredes, Esdras se recorda de que dois dias atrás foi o seu aniversário, algo que passou despercebido desde que acordou naquela manhã.

A maioria das pessoas da sala está conversando em pé, enquanto uma outra parte se encontra sentada nos sofás do salão. Esdras percebe uma música tocando, mas não a reconhece, mesmo tendo passado a vida inteira ouvindo música para silenciar os pensamentos. De alguma forma, elas deixavam os seus dias ligeiramente mais palatáveis.

— Gente, está na hora do caraoquê! — anuncia Valéria, em voz alta.

— Eu começo — grita uma loira toda animada, que já se posiciona diante do televisor que exibe o painel do caraoquê.

— Margarida, você canta melhor do que todo mundo. Assim não vale, né? — responde a dona dos caracóis negros que um dia encantaram o coração de Lélio.

Esdras se sente meio deslocado nesse ambiente alegre e com pessoas sorrindo, conversando, interagindo; no entanto, permite-se ficar ali. Eventualmente, Valéria vem conversar com ele; outras pessoas também tentam. Esdras interage como consegue — *bem mal.*

Esdras começa a desfrutar dos salgados e dos doces. E, depois de quase meia hora de confraternização, observa que as pessoas estão mais animadas e dançantes. Valéria insiste para que ele cante alguma música no caraoquê, mas recebe várias negativas irrefutáveis. Isso é algo que a sua voz, sempre pacata e intimidada, jamais se permitiria fazer.

— Vem, vamos dançar! — Valéria chama Esdras de uma forma que fica bem claro que não é um convite, e já vai puxando-o para o centro da sala, onde outras pessoas dançam.

— De jeito nenhum! — afirma ele, apavorado e envergonhado.

— Qual o problema? Estão todos dançando!

— Mas eu não danço, eu não sei dançar. — Ele quase sorri, imaginando tal absurdo.

— Eu também não sei dançar. Mas danço mesmo assim — diz a assistente social, já mexendo o corpo em incentivo a ele.

— Ah, é melhor não... A festa está divertida daqui. — De fato, ela não lhe parece tão aterrorizante; as pessoas não o estão encarando como ele achava que fariam. Os olhares não o consomem.

— Eu não aceito! Aliás, tive uma ideia... Me aguarde aqui — pede ela.

— O que você vai fazer? — inquire Esdras, tenso, mas sorrindo com a simpatia e empolgação de Valéria.

— Eu tenho o argumento perfeito para te persuadir — limita-se a dizer, já caminhando para longe dele.

Valéria vai até Margarida, e Esdras a observa cochichar algo no ouvido da amiga, que começa a escolher uma nova música. Distante do monitor, ele não consegue visualizar a canção escolhida, mas a melodia já reverbera pela sala; algo como um xaxado, deduz ele. Valéria vem na sua direção, e logo Margarida começa a cantar:

— "Ainda me lembro do seu caminhar, seu jeito de olhar… Eu me lembro bem…"

Temendo o que Valéria pretende fazer, Esdras não consegue esconder um sorriso tímido, mas espontâneo. E ela segue na sua direção, já ensaiando alguns passos de dança.

— Você não acha que eu vou dançar, não é? — pergunta ele, divertindo-se, porém em pânico.

— Uma vez eu neguei uma dança ao nosso amigo Lélio, numa festa junina — relembra ela.

— Ah, não! Você não vai querer usar esse golpe baixo! — argumenta Esdras, enquanto Valéria tenta dançar forró em volta dele, que já reconhece a música.

— É Gil, vamos dançar, homem! — exclama Valéria.

— Não faça isso, por favor — implora Esdras, tímido e rindo.

— O Lélio não está mais aqui para dançar comigo. Você acha que pode fazer isso por ele, como uma espécie de homenagem? Dança comigo? Por favor? — pede ela, deixando-o persuadido.

— Isso é chantagem. Você sabe — afirma Esdras, "aceitando" a mão de Valéria, que estava esticada aguardando pelo seu "sim".

— Pode deixar que eu conduzo você — diz ela, puxando-o para o centro do salão.

— Até porque eu não sei dançar. — Esdras sorri e passa a seguir, meio desengonçado, os passos de forró que Valéria mostra dominar.

— Você não dança mal, Esdras. Leva até jeito! — Ela dança com os braços sobre os ombros do parceiro, enquanto ele segura a cintura dela, da forma como ela lhe ensinou.

— Eu não acredito que estou fazendo isso! — *diz Esdras, gargalhando, dançando e, pasmem, se divertindo. Ou seja: fazendo coisas estranhas, como pediu o Estranho.*

Esses longos e inusitados minutos fazem Esdras se sentir estranhamente normal. Ao fim da música, ele nota que quase todos estão ao redor dele. Não para observá-lo, mas pela dança compartilhada por diversão. Aplausos surgem quando Margarida termina o último verso.

— Doeu? — pergunta Valéria, a pele lustrosa.

— Bastante! — responde Esdras, rindo e sem crer no que fez.

— Sei... Esses pés têm talento, meu senhor! — exclama ela.

— Talento para sair correndo, isso sim.

— Admita, foi divertido... Aposto que faz muito tempo que você não dança assim — diz ela, caminhando com ele até a mesa de salgados.

— Nem me lembro da última vez.

— O Lélio ficaria feliz em saber que você conseguiu ter aquela dança por ele. Não que a sua parceira seja lá grande coisa...

— Que isso, parceira, você foi ótima — brinca ele. — Só de ter conseguido me fazer dançar, se é que podemos chamar assim, já é uma vitória. E, sim, acho que o Lélio ficaria feliz. Obrigado por me...

— Não é pra agradecer — interrompe-o. — O prazer foi todo meu. Mas, falando nele, vai entregar aquela carta que você leu hoje? — indaga ela, antes de comer uma empada.

— Não. — A expressão do rosto de Esdras muda drasticamente, quando se lembra do que leu. — Por quê?

— Já está quase anoitecendo — constata ela, olhando para a janela.

— Ainda não sei quando entregarei aquela carta, Valéria.

— As palavras dele não foram tão amistosas desta vez?

— Não é isso... — Esdras nota a curiosidade de Valéria e tenta evitar o assunto. — Eu prefiro ir em outro endereço mais próximo.

— Entendi. Se precisar de mim, estou aqui até as sete. Depois, só amanhã. Mas permanecem duas pessoas aqui. O Wagner fica no comando, e tem o Luiz, segurança. É permitido entrar só até as dez.

— Não irei demorar. Aliás, você conhece a rua das Cerejeiras?

— Cerejeiras? Não que eu lembre — diz Valéria.

— É o endereço de uma das cartas. Curioso como essa cidade tem várias ruas com nomes de árvores e flores, não? — constata Esdras.

— Muitas. Mas posso perguntar se alguém sabe onde fica. O pessoal aqui conhece a cidade toda. Espera aqui.

Valéria indaga funcionários e hóspedes, mas nenhum deles ouviu falar da tal rua. Ela, então, sugere algo para Esdras:

— É melhor você olhar na internet.

— Estou sem celular há alguns dias.

— Toma aqui... Pode usar o meu. — Valéria lhe entrega o dela.

Ele tenta. No entanto, mesmo procurando em sites, aplicativos e mapas da cidade, não localiza qualquer "rua das Cerejeiras" em Santana dos Três Passos.

— Aproveita que o meu perfil está aberto e me adiciona — pede Valéria, apontando o ícone de alguma rede social.

— É que eu não tenho usado redes sociais. Na verdade, eu não tenho mais. — Ele a surpreende, mas ela poupa qualquer comentário.

— E a busca pela rua, não está dando em nada?

— Nada! — responde ele, lamentando.

— Será que o endereço está correto? Cadê o envelope? Vamos olhar para ver se tem outra informação — sugere a assistente social.

Esdras volta ao quarto, acompanhado por Valéria. Na sua cama está a carta para o "Homem sem Rosto". Sorrateiramente, ele a guarda no bolso, imaginando se alguém a leu.

— O endereço está correto, veja… — diz Esdras, após retirar um envelope da mochila. Ele entrega o invólucro para Valéria, que examina o verso com atenção:

— Aqui diz que fica no Centro, porém, não me lembro de nenhuma rua com esse nome por lá. Você pode dar algumas voltas no bairro amanhã e perguntar aos comerciantes. Mas veja só, eu já fiz muitos trabalhos naquela região e não me lembro desse nome. "Rua das Cerejeiras, 17" — repete a mulher.

— Mas não tem nenhum nome no envelope. Não saberei para quem é — alerta Esdras.

— "À Cuidadora dos Malinos". O que são "malinos"? — indaga Valéria, estranhando a alcunha atribuída àquela destinatária.

— "Malino" é uma criança travessa… peralta — explica ele.

— Curioso! Olha, então, por que você não abre essa carta? — *insiste Valéria. Outra vez. Que mulher curiosa, meu Deus!*

— Não. Melhor não. Eu já abri uma e não entreguei ao dono. Me senti como se estivesse traindo a confiança do Lélio.

— Não há nada que o impeça de entregar, mas sem descobrir o endereço, você não terá como, de qualquer jeito. Se aí dentro tiver um nome, talvez seja mais fácil de você encontrar essa destinatária.

— Será? — *pergunta Esdras, querendo encarar Valéria como se pedisse autorização pra quebrar uma regra. Algo típico dele.*

— Ou, então, você sai amanhã à procura dessa rua misteriosa.

— Acho que você tem razão. Isso seria loucura. Eu vou ler. Aliás, tome, leia você — pede Esdras, dividindo com Valéria a quebra da sua promessa.

Ela rasga a parte superior do envelope e, assim que retira o papel, confirma:

— Posso ler?

— Leia em voz alta, por favor… — pede Esdras.

— Vamos lá: "À Cuidadora dos Malinos…"

À Cuidadora dos Malinos

A lembrança é tão fresca... Eu estava passando, sozinho, pela varanda daquela casa; foi quando vi duas crianças brincando com cartolinas vermelhas, cola, glitter, tesoura... parecia que se divertiam à beça.

Fiquei ali parado, perto da grade que me separava daquele menino e daquela menina de idades próximas à minha. Eu ficava encantado, olhando e desejando aquela companhia, como eles deviam ser um para o outro. Ser criança parecia tão melhor ali... Eles riam tanto, brincavam tanto. Eu sempre passava por aquela calçada, esperando que me chamassem para brincar. Se eu pudesse, moraria naquela casa. Essa possibilidade, mesmo que surreal, parecia ser a minha única chance de ter amigos.

Um dia, de forma mágica, você chegou para cuidar dos dois. Que sorte a deles de terem você. Tão alegre, tão sorridente, tão compreensiva e afetuosa... Você não era "apenas" a babá, era uma luz que iluminava aquela casa e também a calçada que me abrigava. Eu nunca entendi por que você jamais me deixou entrar. Eu só brincava com vocês através da grade do portão; ficava sempre do lado de fora. Eu quis tanto entrar ali que cheguei a desejar que aquele fosse o meu lar, já que na minha casa era tudo tão difícil e solitário.

Foi naquela grade, através da qual vocês me viam, que eu conheci uma certeza incontestável da vida: nem tudo que se torna visível se torna menos solitário.

Quando, numa fatídica manhã de janeiro, eu soube que vocês tinham ido embora, foi como se apagassem o sol dentro de mim. Jamais vi aquelas crianças ou você novamente; jamais tive a oportunidade de ser parte daquele mundo. Esses sonhos não realizados parecem que são os únicos que não esquecemos. Mas não fico triste ao me lembrar de você ou deles, nunca fiquei. Ainda que façam parte apenas da memória da minha infância, recordar vocês é despertar um pouco aquela criança cujos olhos brilhavam atrás da grade. Saiba que eu fui muito alegre na presença de vocês.

Obrigado por tentar me ensinar a ser criança e a crescer sem trair os meus sonhos. Eu falhei nisso, mas você não: eu cresci, mas nunca mais sonhei. Isso é ser adulto, afinal. E um dia todos nós precisamos ser.

Um beijo, com toda a minha gratidão.
Lélio

— O Lélio parece ter tido uma vida tão solitária — afirma Valéria, ao terminar de ler. — Sinto que julguei ele precipitadamente, quando você chegou aqui. Posso achar que sei o que seria bom para ele, mas jamais vou compreender o quão ruim foi. Deve ser muito triste crescer dessa forma, sozinho.

— Você não sabe o quanto — diz Esdras.

— Mas você, sim. Não é?

— Eu achava que sim. Achava que eu, melhor do que ninguém, compreendia as coisas pelas quais ele passou. Que tínhamos histórias parecidas... Mas a vida dele foi muito pior.

— Você diz isso por alguma coisa específica? — indaga ela.

— A carta que eu li, mais cedo... — Esdras retira do bolso a carta para o "Homem sem Rosto" e entrega a ela. — Leia. Você vai entender.

Valéria começa a ler a carta que Lélio escreveu para o destinatário que Esdras ainda não teve coragem de procurar. A cada linha, a perplexidade se desenha no rosto dela. O relato sobre o abuso, a violência sofrida por Lélio, a deixam chocada:

— É assustador. Como alguém é capaz de fazer isso com outro ser humano?

— As pessoas são capazes de fazer coisas inimagináveis. Você bem sabe.

— Sim, eu sei bem. Meu trabalho, Esdras, me obriga a estar próxima de casos assim. E o pior, nem sempre eu devo estar ao lado da vítima. Na maioria das vezes, preciso lidar com os culpados, com os agressores, com os assassinos... — Ao dizer isso, quase cochichando, Valéria se levanta e vai fechar a porta do quarto.

— Como você consegue? Você simplesmente abstrai que eles são culpados? — pergunta Esdras.

— Não. É impossível abstrair. Eu apenas faço o meu trabalho.

— Ajudar criminosos?

— Ajudar pessoas a recomeçarem. Assim como você está recomeçando a sua vida, Esdras, graças a Deus.

— Mas eu não matei ninguém. Não estuprei, não roubei... — contesta ele, ainda que o seu tom de voz não se altere.

— Sim. Eles fizeram tudo isso e muitas outras coisas. Mas eles foram presos, julgados, condenados e cumpriram a pena que a lei dos homens achou justa. Isso se chama justiça — pondera ela.

— Você acha essas leis justas? Elas bastam?

— Existe a lei de Deus! E dela ninguém escapa. A lei de Deus é muito mais rigorosa e justa — afirma Valéria, categórica.

— E isso basta também? Essas pessoas viverão os seus dias livres, até chegar o grande dia de encarar o julgamento do "seu" Deus. Mas, até lá, terão a chance de viver uma vida, sendo que, muitas vezes, elas tiraram uma vida. Carregarão nas costas só a culpa.

— A culpa pode ser o pior peso para uma pessoa carregar, Esdras. Às vezes, nem ela mesma tem noção disso, mas ninguém é feliz sentindo-se culpado. Você mesmo me disse o quanto se sentiu culpado pelo suicídio do Lélio, mesmo não tendo nenhuma relação com isso.

— Será que não? — indaga Esdras. — Será que quando nos ausentamos da vida das pessoas não nos tornamos responsáveis pelo papel que deixamos de ter? Isso não é ser leal.

— Você se cobra demais. Querer ser leal já é um gesto nobre. Além do mais, nós somos os donos de nossa consciência; o que fazemos de errado fica enraizado para sempre nela.

— Não sei se uma "consciência pesada" é tão pesada assim — retruca ele.

— Pode não ser. Mas falando de criminosos especificamente, quando saem da prisão, se ninguém ajudar a reinseri-los socialmente será muito mais fácil eles voltarem a cometer os mesmos crimes. Ou piores.

— Você acredita na recuperação deles, então?

— Claro! Por isso trabalho nessa área, mesmo sendo desrespeitada por muitos deles por ser mulher. A recuperação não é certeza de nada, eles continuarão sendo seres humanos passíveis a falhas, tanto quanto eu e você. Mas precisamos tentar. Precisamos ajudá-los a encontrar o valor da própria vida para que possam enxergar o valor da vida alheia.

— Eu não discordo de você, mas... sei lá. Olha essas duas cartas do Lélio. Numa delas, você vê uma criança cheia de sonhos, encantada com a possibilidade de ser feliz, encantada com as pessoas à sua volta. Na outra, você vê aquela criança já crescida, destruída por outra pessoa. Dilacerada física e emocionalmente pela crueldade humana.

— Por isso precisamos tratar essas doenças sociais tanto quanto as doenças do corpo, entende? — declara Valéria. — Temos um sistema prisional extremamente precário, um contexto educacional e cultural deficiente. Se não tentarmos recuperar essas pessoas para viverem em sociedade, a cadeia vai se limitar a ser uma pós-graduação para o crime.

— Eu sei que você tem razão. É só difícil lidar com isso, aceitar. Vivemos com medo de sair de casa e ter uma arma apontada para a cabeça — conclui ele, recordando-se de que a última arma apontada para a sua cabeça foi erguida pela sua própria mão.

— Sim. A violência está terrível — concorda ela, sem perceber até onde foram os pensamentos de Esdras. — Mas até que ponto somos os únicos responsáveis por nossos atos quando vivemos numa sociedade que nos quantifica, nos qualifica, nos condiciona, nos orienta, nos limita, nos isola? Será que a mão de quem aponta para o atirador não está quase tão suja quanto as mãos de quem atira?

— É curioso, você parece compreender as justificativas que levam alguém a atirar contra o outro, mas não contra si — diz ele, sério.

— São questões diferentes. Estou me referindo à violência. Pense comigo, como cobrar empatia social de pessoas socialmente marginalizadas? Como cobrar boa índole espontânea e instantânea numa sociedade que massacra justo aqueles que "não têm": não têm dinheiro suficiente, não têm escolaridade suficiente, não têm beleza suficiente, não têm força suficiente, não têm o suficiente de nada que cada um julga ser o que mais importa. Ou até têm, mas ninguém vê.

— Pois é, Valéria, mas nem todos reagem à perversidade do outro indo contra quem ataca. Às vezes, a pessoa desconta nela mesma. Porque, de alguma forma, a gente sempre influencia o que o outro é ou será. Veja o caso do Lélio...

— É terrível o que aconteceu com ele, eu não quis justificar — Valéria se apressa a dizer, enquanto fita a carta na mão dele, para então questionar: — Falando nele, o que pretende fazer com essas duas cartas? Nenhuma delas cita um nome. Você vai procurar esse cara?

— Essa carta da babá me parece ser impossível descobrir de quem se trata. Se esse endereço não existe, o que eu posso fazer? Na verdade, não é a primeira carta que me traz esse impasse. Na primeira, o apartamento do destinatário estava abandonado, ninguém morava lá. Curiosamente, um apartamento vizinho ao que eu moro... morei — corrige-se.

— E o que você fez com a carta?

— Eu abri, mas o papel estava praticamente em branco. Havia só um agradecimento. Bom, e quanto a esta aqui... — Ele levanta a carta endereçada ao homem que violentou Lélio. — Ainda não sei o que fazer.

— Você não sabe nada sobre essa história, não é? Senão poderia entregar à polícia. Eu tenho alguns amigos na delegacia; se você quiser, podemos conversar com eles. Consultá-los sobre o que fazer.

— Não sei se resolveria alguma coisa. O Lélio já está morto. E isso deve ter acontecido há décadas. Não tenho nada além de uma carta, que sequer cita o nome do cara. Isso não incriminaria ninguém.

— É verdade, um endereço não basta, não prova nada — ratifica Valéria.

— Está vendo? Nem sempre a lei dos homens é justa, possível ou acessível. Tanta coisa acaba impune, as consequências sempre sobram para as vítimas. O que sei é que não existe culpado inocente.

— Ser culpado não impede ninguém de ser também uma vítima, Esdras.

— Mas ser vítima também não legitima ninguém a fazer outras vítimas, Valéria.

— Claro que não. Mas a mente humana não é um ato isolado. Ninguém é como é nem faz o que faz apenas por aquilo que acontece no momento. Somos um somatório do que vivemos, das pessoas que conhecemos. Ninguém é ruim gratuitamente — afirma ela.

— Acha que tudo tem uma justificativa? — indaga o andarilho.

— Acho que tudo tem uma explicação.

— E uma explicação basta para absolver alguém da culpa?

— Não necessariamente — pondera a mulher. — Mas as motivações são importantes. A explicação ajuda a entender a forma como podemos evitar que aquilo aconteça novamente. Uma vítima não deixa de ser vítima ao se tornar culpada por outras ações. Precisamos lidar com ambas, isso é inevitável.

— Mas a prioridade é a vítima, Valéria.

— Por isso mesmo. Eu concordo com você. Mas eu não posso desistir dessas pessoas, ainda que sejam culpadas. Nem você. Não podemos deixar de lado o contexto em que as coisas acontecem. Todas as histórias, todas as pessoas têm um passado — diz ela.

— Eu sei.

— Mais cedo falávamos de Deus. Você falou que acredita na fé das pessoas. Só que precisamos, na verdade, ter fé "nas" pessoas. Tanto quanto temos… ou eu tenho, fé em Deus. Sem fé nas pessoas não basta ter fé em Deus. E ter fé nas pessoas inclui ter fé em si próprio. Acho que o Lélio perdeu a fé que ele tinha nele mesmo — ressalta Valéria.

— É possível. Nem sempre uma pessoa que é machucada por alguém consegue deixar de amar a outra pessoa. Muitas vezes, ela deixa de amar a si mesma.

— Eu acredito que sim. E isso é bem triste. Mas não quero que isso aconteça contigo, tente não absorver as dores dele em você. O Lélio sofreu muito, pelo que vejo; e você pode descobrir coisas ainda piores. Por isso, esteja preparado para aceitar o fato de que você não pode consertar o passado dele. Não carregue esse fardo, ok?

Esdras responde apenas com um olhar inexpressivo.

— Eu não sei o que fazer com essa carta. — Ele desconversa.

— Você não contatou o psicólogo do Lélio? Talvez ele saiba algo sobre essas crianças ou sobre a tal babá. Procura ele amanhã.

— Na verdade, combinamos de nos encontrar amanhã. Vamos almoçar juntos. Posso aproveitar para tocar no assunto.

— Faça isso. — Valéria confere o relógio no pulso. — Olha, eu preciso ir embora mais cedo hoje. Tenho que buscar uma mala na casa da minha ex; nos divorciamos há pouco tempo, e ela está perturbando o meu juízo. Enfim, você vai ficar bem?

— Fique tranquila. E olha, não tenho palavras para agradecer a sua ajuda.

— Imagina, Esdras! A propósito, tem o meu número na agenda que fica ao lado do telefone da sala principal. Se precisar, não hesite em me ligar de lá.

Valéria se despede de Esdras com um abraço carinhoso e um selinho.

— Você pode me fazer apenas um último favor, antes de ir embora? — pede ele. — Você me consegue um envelope? Preciso enviar uma carta pelos Correios.

Após Valéria partir, Esdras vai tomar banho e se veste com roupas cedidas pela Casa de Apoio. Aproveitando a oportunidade, ele lava as peças que veste há dois dias.

O jantar é servido às oito; logo após, Esdras vai se deitar, ficando sozinho no quarto até a chegada de Gaspar e de Jael. Um silêncio estranho se coloca entre eles, fazendo Esdras se sentir um intruso. Jael chega a lhe fazer algumas perguntas triviais sobre o que ele faz na vida, onde mora, idade etc. As repostas de Esdras são curtas, mas suficientes. Algo, aliás, que parece incomodar Gaspar, que acaba entrando no assunto:

— A dona Valéria disse que tu não era detento.

— É verdade, nunca fui. Mas ela me deixou dormir aqui hoje. — Esdras fica surpreso ao ser interpelado pelo sisudo homem.

— Tava sem lugar pra ficar? — indaga Gaspar.

— Isso. Quero dizer... É complicado — afirma, evitando contar muito sobre a sua situação atual e provocando mais um longo período de silêncio, até que Gaspar, deitado na cama de baixo, lança um comentário ríspido e desconcertante:

— Se isso aqui fosse uma cela, tu seria um alvo fácil.

— Como assim? — O comentário deixa Esdras tenso. — Por que diz isso?

— Tu teria um alvo pintado nas costas — reafirma Gaspar, sob o olhar atento de Jael, que observa a conversa do alto de outro beliche. — Não viu como os caras olharam pra tu na festa?

— Mas eu não fiz nada. — Esdras franze o cenho.

— Exatamente. Não fez nada nem falou porra nenhuma. Tu foi e se sentou de escanteio, isolado, como se a galera não estivesse ali.

— Eu não sou muito bom de conversa. Foi só isso — justifica o andarilho.

— Só que não foi o que pareceu pra quem tava lá — insiste o mais velho.

Ao olhar para Jael, Esdras o vê mexendo a cabeça, em concordância com Gaspar.

— Desculpa, eu só não quis... Sei lá, eu não sabia o que dizer. Me desculpa mesmo. — Esdras se sente intimidado e não sabe se o seu pedido de desculpa é por arrependimento ou por medo mesmo.

— É comum ver a hostilização crescer quando uma turma se identifica tanto a ponto de ficar muito claro quem é o diferentão, saca?

— S-sei — limita-se Esdras ao responder.

— Um cara que chega, se senta sozinho, num fala com o coletivo, num deixa que ninguém conheça ele... Isso só quer dizer duas coisas, mano: ou tu se acha melhor que os caras ou tu não gosta deles — afirma Gaspar. Jael se mantém em silêncio.

— Não, não é isso. — Esdras se assusta com o possível rumo da conversa. — Eu não tive nenhuma intenção de transparecer isso.

— Uma terceira opção seria tu ser visto como traíra, dedo de seta, X-9. Um caguete com muito que esconder. Tu tem algo pra esconder? — pergunta.

— N-não, claro que não. — A voz de Esdras, que já é frágil, chega a falhar, de tão nervoso que fica.

— Pois é. Não tenta parecer algo que tu não é, se isso que tu esconde é pior do que o que tu realmente é. Nem aqui na Casa, nem na porra da cadeia, nem na rua — afirma Gaspar, sério.

— Não é nada pessoal, eu só não fico muito à vontade na presença de muitas pessoas, me sinto meio pressionado.

— Pode ser — declara o homem mais velho dentre os três. — Mas nem sempre dá tempo de uma segunda impressão. Na verdade, pode ser ainda pior: os caras podem pensar que tu tem as costas largas. E isso desperta medo. Os caras nunca vão admitir que é medo, mas vão te causar problemas, vão reagir porque tão intimidados.

— Não sou intimidador. Sequer conseguiria ser. Eu sou apenas um desastre em fazer amizades. — Esdras sabe o quanto isso é verdade.

— É sobre isso: se tu não se importa com os outros, os outros não se importarão contigo, mano. E isso no barraco é um problema sério. Aliás, eu diria que aqui fora também. Aqui fora é até pior. Por isso, fica ligado! — conclui Gaspar.

— Eu não queria que vocês pensassem isso. Eu só me sentei lá e comi. Sou meio reservado.

— Desencana, brother! — interrompe Jael, que estava calado até então, enquanto ajeita as pulseiras nos braços.

— Num precisa ficar apavorado. Não vão te fazer nada — garante Gaspar. — Aqui existe uma porta de saída, ninguém é obrigado a porra nenhuma, muito menos a gostar de todo mundo. Enfim, já deu pra mim. Eu vou lá fora fumar um cigarro. — Gaspar se retira do quarto.

— Relaxa, brother, você não é o primeiro a desconhecer as "regras da boa vizinhança". O Gaspar tem essa cara carrancuda, mas não é dos piores. Ele só é meio antigão.

— Eu não percebi que estava causando essa impressão. Na verdade, preferia nem ser notado — argumenta Esdras, menos tenso.

— Tranquilo, tá suave já. Mas, e aí, você ficou bem curioso com as minhas marcas, né não? — Jael sorri e mexe nas pulseiras.

— Que marcas? — indaga Esdras, sabendo, sim, do que se trata.

— Fica de boa. Muita gente pergunta. — Jael levanta os antebraços, fazendo com que as pulseiras deslizem do punho e revelem cicatrizes protuberantes e que atravessam de um lado a outro. — Eu não uso as pulseiras pra esconder. Uso por gostar mesmo. Essas marcas aqui fazem parte da minha história. — Ele dá um tapa no pulso.

Esdras entendeu que Jael havia tentado suicídio desde que viu aquelas cicatrizes durante o almoço. Ele se recorda então que, enquanto planejava a fracassada Operação Missa de Corpo Ausente, cortar os pulsos era uma das opções na sua lista.

— Tem três anos já que eu tentei — revela Jael.

— São bem... profundas — diz Esdras, espremendo os olhos para enxergar as cicatrizes, da cama em que está.

— Sim, o doutor disse que foi um milagre eu ter escapado. Faltou pouco pra eu conseguir o que queria.

— Deve ter perdido muito sangue. — Esdras se lembra de por que não levou adiante aquela ideia.

— Sim, era a intenção. — Jael sorri de forma irônica. — É engraçado que, hoje em dia, as pessoas olham e, por conta das tatuagens, pensam logo: "É maconheiro maluco"; "drogadão tatuado"; "vagabundo". Sempre associam as marcas que eu cortei às marcas que eu pintei.

— Ah, é só preconceito... — pondera o andarilho.

— Quando tentei suicídio, eu não tinha nenhuma tatuagem ainda. Mas as pessoas preferem encontrar uma justificativa nelas em vez de conhecer a minha história. Julgam que, se a embalagem é ruim, o conteúdo é ainda pior.

— O que levou você a tentar? Se importa de dizer? — Essa é a primeira vez que Esdras fala com alguém que levou até o fim o mesmo plano que ele falhou em concluir e que Lélio teve êxito. Ou o oposto.

— Foi a minha filha, brother. Quero dizer, não ela... — Jael hesita. — Bom, a minha filha teve meningite e morreu num hospital. Eu fiquei transtornado, fora de mim. Fiquei com tanta raiva quando aquele médico veio me dar a notícia, que eu precisei descarregar o ódio que estava sentindo em alguém, eu precisava culpar alguém. Eu tinha acabado de perder a minha princesa. E logo eu, que nunca tinha brigado com ninguém assim, comecei a socar o doutor.

— Caramba! — exclama Esdras.

— Perdi a razão completamente e saí dali destruído, depois de espancar o coitado. Mas não adiantou bater nele, a minha raiva não diminuiu, nem a culpa. Eu estava numa fase fodida de ruim: desempregado, separado, empacado na vida... Minha única felicidade era a minha filha. Perder ela foi... não há nada pior no mundo — diz Jael, em voz baixa.

— Imagino...

— Então — prossegue Jael —, quando cheguei em casa, sem pensar muito, eu simplesmente passei a faca nos pulsos. Tudo que eu queria era parar a... Não tem palavra pra isso; talvez "dor" chegue perto. É uma dor que rasga o peito do cara, saca? Enfim, acabaram me achando ensanguentado e me levaram de volta pro mesmo hospital.

— Salvaram a sua vida. E o médico morreu? — indaga Esdras.

— Essa foi a ironia. Eu acabei sendo salvo pelos colegas dele. Eles me olhavam com indignação, mas me salvaram. O cara não morreu, mas eu saí do hospital direto pra prisão. Sequer consegui ir ao velório da minha princesa, não conseguiria me despedir dela.

— Eu sinto muito. Me desculpa ter feito você... falar disso — lamenta Esdras.

— Não, não peça desculpas. É importante pra mim falar sobre isso. É importante pra qualquer pessoa que passou por isso. Claro que é doloroso lembrar de tudo pelo que eu passei, principalmente sobre o que me levou a fazer aquilo. Mas não falar sobre suicídio não ajuda em nada quem já tentou ou quem ainda pode tentar.

— É que é difícil falar sobre a morte — diz Esdras, mais inserido no assunto do que Jael pode imaginar. — Para muitas pessoas, falar da morte atrai a morte. Além do mais, é difícil para quem passa por isso se abrir; talvez pelo receio de ficar estigmatizado como "suicida". Você deve saber.

Para Esdras, a morte não era mais um pesadelo desde que ele vira o corpo de uma mulher estirado no chão, anos atrás; recorda-se neste momento: ali, perdera o medo da morte ou, ao menos, de morrer.

— A gente não precisa falar da morte, brother — afirma Jael. — É só falar da vida e de tudo que a gente pode fazer pra ela ficar mais da hora. Só não dá pra fingir que isso não acontece ou que não é possível acontecer. Depois que eu passei por tudo aquilo, comecei a ler muito sobre o assunto. E o que eu sei é: quanto mais se isola o cara que tá passando por isso, mais o dedo coça no gatilho. Ou a mão na faca...

— Essa foi a única vez que você tentou? — indaga Esdras.

— Foi. Eu decidi continuar! — Jael diz isso batendo o dedo indicador na lateral direita do rosto, ao lado da sobrancelha, onde há uma pequena tatuagem.

— Decidiu continuar? — Esdras não consegue associar o que Jael disse ao gesto.

— Sim... Você não conhece isso aqui? — Jael vira o rosto para mostrar a tatuagem.

Esdras se levanta e vai até o jovem para ver o desenho de perto: — O que é isso, algum código? Parece um sinal de pontuação.

— E é: um ponto e vírgula.

— E por que um ponto e vírgula?

— Você sabe pra que serve o ";" num texto? — pergunta Jael.

— É uma pontuação de parada. Acho que indica uma pausa maior que a vírgula, e menor que o ponto-final. Algo assim.

— Exatamente. É quando um cara tá escrevendo um texto e, mesmo podendo terminar a frase, ele escolhe continuar — esclarece Jael. — Eu tatuei no rosto pra nunca esquecer e pra não tentar outra vez. A minha princesa não iria querer. Isso do ponto e vírgula, na verdade, é uma campanha que eu conheci.

— Outras pessoas têm essa tatuagem, então? — indaga Esdras.

— Isso. A ideia é que a pessoa com tendência depressiva e suicida tatue esse sinal e, sempre que olhar pra ele, escolha seguir em frente, sem desistir no meio do caminho. Eu conheci isso na prisão, com um brother de barraco, por mais incrível que possa parecer. Certa vez, estive muito perto de tentar de novo, mas ele me pescou pra vida.

— Ele te pescou? — repete Esdras, franzindo o cenho.

— É, eu o chamava de "pescador de suicida"; porque ele é pescador aqui fora.

— Como um apanhador de adultos num campo de centeio.

— O quê? — Agora é Jael que franze o cenho.

— Não, nada. É só um livro que eu li. Continue — pede Esdras.

— Então, esse pescador também tem o ponto e vírgula.

— Ou seja, ele também já tentou... — deduz o andarilho.

— Muitos tentam, lá dentro e aqui fora também. Sem contar aqueles que se matam aos poucos... uma agulhada por dia; um copo a cada dia; um grito por dia. O suicídio mata mais gente, todo ano, do que a soma dos mortos de guerras, de homicídios e de desastres naturais. Sabia? Como alguém pode ignorar isso? — indaga Jael. — Por isso, eu faço questão de passar esse simples ponto e vírgula adiante.

— É uma coisa legal, uma forma de saber que não está sozinho. Eu perdi um amigo assim. Na verdade, eu estive muito perto de fazer isso também: o suicídio — diz Esdras, pela primeira vez, sem hesitar, ao sentir compreensão e confiança em Jael. Falar sobre isso sem se sentir envergonhado ou condenado é algo novo para ele.

— Então, você também é um ponto e vírgula — afirma Jael, sorrindo.

— Acho que eu estou mais para reticências. O ponto em cima da vírgula quer dizer que a pessoa chegou a algum lugar. E eu não tenho certeza de em que lugar eu estou, me sinto tão imprevisível quanto o que vem após três pontinhos… — constata Esdras.

— Talvez você já tenha passado pelo seu — aponta para a tal tatuagem —, mas ainda não se deu conta.

— É! Talvez eu já tenha tido o meu "ponto e vírgula" — *diz Esdras, não sabendo que a minha intenção é presenteá-lo com um ponto-final.*

— Aliás, brother, você podia fazer uma tattoo.

— Eu acho que estou um pouco velho para tatuagens, Jael — Esdras sorri.

— Que velho o caralho, brother! Pode até causar estranheza no começo, mas é sempre bom fazer algo diferente — insiste Jael.

— É verdade. Um conhecido… Um amigo pediu que eu fizesse "coisas estranhas" — diz ele, lembrando do Estranho do Lago.

— Então tá combinado, e eu te levo! Ainda tô desempregado, mas, assim que tiver com uma grana, vamos fazer juntos. Firmeza?

— Certo, combinado… brother — confirma Esdras, bem-disposto.

Um pouco depois da conversa com Jael, Esdras se deita para dormir. O sono decorre de forma tranquila; nenhum pesadelo com Lélio a atormentar o repouso do andarilho. O que chega a surpreendê-lo, já que suas noites são sempre maldormidas: ele nunca dormia, mas nunca parava de acordar; geralmente, embaixo da cama. O sono profundo de hoje, no entanto, foi tão revigorante que ele é o último do quarto a se levantar, já perto das oito. Após tomar um bom banho e vestir suas roupas, vai fazer o desjejum, tentando ser menos sério e se sentando ao lado de outros hóspedes, ainda que sem muita interação.

Com o sol brilhando, ele decide tornar esse dia o mais proveitoso possível. Por isso, organiza um itinerário de entrega das cartas: primeiro, irá despachar a carta para o "Homem sem Rosto" pelos Correios; essa foi a melhor forma que encontrou para cumprir a sua missão, evitando enfrentar qualquer tipo de reação desse destinatário. Logo após, irá almoçar com Odilon, o psicólogo de Lélio, conforme o combinado. Já à tarde, sua pretensão é entregar, ao menos, mais duas cartas. E, por conta das longas caminhadas, ele deixará as demais para o dia seguinte. Uma outra coisa a fazer é localizar a tia Madô para conseguir o antigo endereço de Lélio.

Prestes a sair da Casa de Apoio para reiniciar suas tarefas, Esdras decide escolher as duas cartas para hoje. Então, retira da mochila todos os envelopes restantes. Além das cartas ainda não entregues, estão com Esdras: a carta escrita para ele; a carta cujo endereço não havia encontrado; e a carta praticamente em branco, cujo destinatário havia se mudado. Esdras percebe, porém, que a carta endereçada a Roger, o falecido, não está com ele. E, ao se recordar de que colocou o papel na lateral da mochila, deduz que ela deve ter caído em algum momento.

Ele se espanta ao se dar conta de que, sendo tão organizado, até agora ainda não listou e sistematizou as entregas. Assim, é feita uma lista com todas as doze cartas escritas por Lélio:

1. ~~Ao Sussurrador de Pensamentos~~ (não encontrado)
2. ~~Ao Estranho do Lago~~
3. ~~Ao Sábio que Nada Dizia~~
4. ~~Ao Amor dos Ventos Fortes~~
5. ~~À Vendedora de Nuvens~~
6. ~~À Bela Moça dos Caracóis~~
7. ~~Ao Homem sem Rosto~~ (enviar pelos Correios)
8. ~~À Cuidadora dos Malinos~~ (endereço errado)
9. Ao Assobiador da Casa ao Lado (1ª de hoje)
10. À Menina que Não Mentia (2ª de hoje)
11. À Flor do Príncipe (1ª de amanhã)
12. ???

— Cadê a última carta?! — pergunta Esdras, em voz alta, após notar que tem, nas mãos, apenas três, e não quatro envelopes lacrados. A décima segunda carta sumiu.

Esdras vasculha minunciosamente a mochila, jogando tudo para fora, sem qualquer delicadeza. Seu arroubo desmedido derruba a lata de moedas no chão. O tombo arranca a tampa, fazendo com que a imensa quantidade de moedas se espalhe ruidosamente pelos cantos do quarto. O barulho do dinheiro se espatifando reverbera pela Casa de Apoio.

Afobado, Esdras vasculha sua cama. Sem conseguir encontrar o envelope, ele se desespera e começa a remexer também os outros beliches do quarto.

— Alguém pegou a carta! Alguém pegou a carta! — repete, afoito e inconformado.

Valéria, que já havia estado com Esdras na hora do café, chega ao quarto e se assusta com a cena: Esdras anda sobre um tapete formado pelas moedas enquanto revira todas as camas e armários dos demais hóspedes do quarto. Aflita, ela intervém:

— Que barulheira foi essa? O que está acontecendo? O que houve, Esdras?

— Alguém pegou! Alguém pegou! — *grita Esdras, sussurrando entre os dentes.*

— O que aconteceu, Esdras? Fale comigo! — Ela tenta chamar a sua atenção, mas ele continua descontrolado, procurando a carta perdida em meio ao caos que criou.

Outras pessoas, funcionários e hóspedes, chegam por trás de Valéria. Olhando do corredor, todos tentam entender o que está acontecendo ali.

— Pegaram! Alguém roubou a carta! — Esdras, impaciente, diz aquilo em tom agressivo e com a voz sutilmente alta. Seu rosto, contrariando o próprio olhar, se volta principalmente para Gaspar, que está logo atrás de Valéria. As palavras acusatórias causam constrangimento em todos que observam.

— Calma. Vamos conversar, Esdras. Me conta o que houve — interpela Valéria, entrando no quarto.

Agitado, ele se senta numa das camas, colocando as mãos no rosto: — Eu não poderia ter perdido aquela carta! Eu fiz uma promessa! Eu prometi a ele — lamenta Esdras, ofegante e choroso.

Valéria, aparentando muita preocupação e talvez tentando não piorar a situação, pede que as pessoas os deixem a sós. Ela fecha a porta do quarto e se ajoelha diante dele:

— Calma, me conta o que aconteceu. Por que você acha que alguém pegou as cartas? Para que alguém iria querer uma carta de um desconhecido para outro desconhecido? Alguém aqui conhece o Lélio?

— Não sei! Não sei, Valéria! Alguém pegou! Ela sumiu! Ela estava aqui, eram doze cartas! — afirma Esdras, alterado.

— Foi alguma daquelas que você abriu ontem?

— Não! Foi outra. Eu não me lembro de qual era. Mas eram doze cartas.

— Você tem certeza de que sumiu? Olhou direito na mochila? — Ao perguntar, Valéria vê a mochila pelo avesso no chão.

— Olha à sua volta, Valéria. Eu olhei em tudo, não só na mochila, mas no quarto inteiro. Ela sumiu, não está aqui. Eu contei as cartas!

— Quantas cartas você tem?

— São doze cartas. Tirando as que eu já entreguei, era para ter sete cartas comigo, incluindo aquelas duas que eu abri ontem. Mas só tem seis. Sumiu um envelope que ainda estava lacrado.

— Mas será que você não perdeu em outro lugar?

— Não. Claro que não! Eu não me separei da minha mochila desde... — Esdras não completa a frase.

— Desde quando? Quando você contou as cartas pela última vez? — indaga ela. — Você tem certeza de que chegou com todas aqui?

— Sim, eu tenho certeza! Não me separei delas desde que guardei todas na minha mochila. Eu sempre estive com elas; essa mochila não se separou de mim em momento algum.

— E onde ela estava? Ontem à noite... Ela dormiu contigo?

— Eu guardei naquele armário ali — afirma ele, apontando para um armário alto, de ferro, que possui seis portas tipo locker, todas com chave.

— Você trancou o armário com a chave? — pergunta ela.

— Sim, tranquei. A chave ficou no meu bolso a noite inteira.

— Então não pode ter sido aqui. Cada hóspede tem a sua própria chave. Ninguém iria abrir o seu armário sem a chave.

— Eu não sei quem pegou, Valéria. Mas alguém pegou! — insiste Esdras, categórico em sua afirmação.

— Quando foi a última vez que você contou e teve certeza de que tinha doze cartas com você?

— No barco. Eu estava no barco.

— Que barco? — Valéria franze o cenho.

— O barco que eu comprei. Eu estava lá quando abri o envelope que o Lélio me mandou. Eram doze. Ele disse na minha carta também que eram doze — afirma Esdras.

— E você tem certeza de que guardou as doze cartas lá?

— Sim... — Esdras abaixa o tom de voz ao responder. Com uma dúvida indesejada surgindo na mente, ele suspira.

— Sim? Você guardou as doze cartas? — insiste a mulher.

— Acho que sim. Não sei. É que, em algum momento, eu adormeci lá no barco e... — conta, com o olhar perdido.

— Esdras, você dormiu no barco? Eu não estou entendendo, você mora num barco? — *Valéria, como sempre, muito curiosa.*

— Não. Mas foi lá... Foi lá que eu tentei... Você sabe. — Esdras olha para Valéria, que prontamente compreende.

— Entendo — diz ela, fazendo carinho nos ombros dele.

— Eu adormeci sobre as cartas. Eu me lembro de que acordei sobre elas. A minha havia sumido, mas achei o papel boiando ao lado do barco. Era a única que estava na água.

— Será que outra carta não pode ter sido levada pelo vento? É possível isso, não é? Você estava dormindo.

— Não sei. Ventava muito. Assim que eu acordei, guardei os envelopes na mochila. Eu tinha certeza de que as doze cartas estavam lá comigo, mas... — hesita.

— Mas você já não tem tanta certeza, não é? — indaga Valéria.

— Não. — Esdras externa uma expressão de desolação.

— E essas moedas? — Valéria olha à sua volta e vê dezenas de moedas espalhadas pelo quarto.

— É tudo que me resta. Eu não tenho mais nada. — *Esdras chora mais uma vez.*

— O que você quer dizer? — indaga a assistente social.

— Eu tinha certeza de que iria conseguir. Eu tinha certeza de que iria até o fim. Eu não precisaria de mais nada. Então, eu me desfiz de tudo. Vendi tudo que eu tinha, meus bens, meu carro, minhas coisas, tudo!

— Tudo? Como assim? E a sua casa? Cadê a sua família?

— As minhas coisas eu vendi. Depois, eu doei o dinheiro que consegui. Não precisaria mais dele.

— Meu Deus, Esdras... — Valéria se espanta com o que ouve.

— Essas moedas eram de um morador de rua. Ele me deu essa lata para me ajudar a entregar as cartas. O Lélio deixou uma carta para ele também. — Esdras se emociona ao recordar os seus últimos dias.

— Fique calmo. Vai dar tudo certo.

— Estou muito confuso. Me ajuda, Valéria — pede ele.

— Claro que eu te ajudo, meu bem. O que você está sentindo?

— Eu não sei explicar. Eu não consigo. É confuso até para mim. A minha cabeça está doendo... Eu me sinto no meio do caos, de novo...

— Tem algo que eu possa fazer por você?

— Só não me deixa sozinho, eu não quero mais ficar sozinho. Eu me sinto estranho, vazio.

— Calma. Você está melhor. Lembra do que conversamos ontem? — diz ela, tentando consolá-lo. — Lembra de como você estava bem? Eu cheguei aqui hoje mais cedo e você me recebeu com um sorriso lindo. Um sorriso de boas-vindas, espontâneo, sem precisar ser provocado. Não se deixe abater por algo tão pequeno.

— Não é pequeno para mim, são as únicas coisas que eu tenho na vida. — Ao dizer isso, Esdras se recorda da mulher de bolsa rosa, que viu na Marina, e também do Estranho do Lago. Assim como eles, Esdras já não tinha mais quase nada na vida, porém… — Essas são as minhas coisas, essa é a minha solidão. E eu já não me sentia tão só.

— Eu sei que essas cartas são importantes para você, Esdras. Mas você não pode viver em função delas. Você não pode viver em função do Lélio. Você precisa viver por você, para você! Não tente colocar o Lélio como prioridade na sua vida, pois não é assim que você encontrará tranquilidade. Não é assim que você vai encontrar a sua felicidade. O Lélio, infelizmente, está morto. Mas você está vivo. Não deixe a sua lealdade se tornar uma obsessão.

Valéria encontra o silêncio como resposta. Embora abatido, Esdras fica mais calmo.

— Venha, vamos arrumar o quarto, me ajude. Vamos catar essas moedas e arrumar as camas — pede ela, com compaixão.

— Tem certeza de que não pode ter sido um dos caras que dorme aqui? — pergunta ele.

— Acho pouco provável. Uma carta? Pense bem, o que eles iriam fazer com uma das cartas do Lélio? Que interesse alguém aqui teria nelas? Não faz sentido.

— Eu sou tão burro, tão inútil! Nem uma promessa eu consigo cumprir. Que merda de homem eu sou?

— Não diga isso. Veja onde você está, aonde chegou… Você saiu de uma situação em que não tinha mais nada: nem dinheiro, casa… E, nesse momento, você está sob um teto e cheio de moedas. Pode não ser uma fortuna, mas você há de convir que é uma quantidade incontável de moedas — afirma ela, tentando tirar um sorriso dele.

Após se recompor e arrumar o quarto com Valéria, Esdras passa o resto da manhã deitado na cama. Em parte, por vergonha das outras pessoas, mas também por falta de ânimo. Uma tristeza que há algum tempo não lhe fazia companhia volta a fazer carinho nos seus pensamentos. Ele sente que estragou novamente possíveis amizades, e mais uma vez terá que partir sozinho.

Por volta das onze da manhã, Esdras resolve ir embora, deixando sobre a cama um bilhete de despedida para Valéria. E, preferindo sair sem anunciar, segue sorrateiro pelo corredor dos dormitórios. Mas, ao chegar na sala principal, depara-se com o pior dos seus pesadelos: os olhares. Alguns hóspedes e funcionários estão conversando com sussurros no longo cômodo que inadiavelmente ele terá que atravessar.

Esdras sente que as pessoas o encaram como se soubessem que ele não é normal. E sem ter outra saída, o andarilho caminha de cabeça baixa, olhando para o lustroso piso de madeira da Casa, evitando qualquer contato visual. Mas, mesmo que não as encare, consegue vê-las: os olhares estão todos ali, refletidos pelo chão e encontrando os seus olhos covardes.

Esdras atravessa o seu próprio corredor polonês, descobrindo, no reflexo daqueles olhares, a certeza de como é visto por todos:

S.T.T.S.

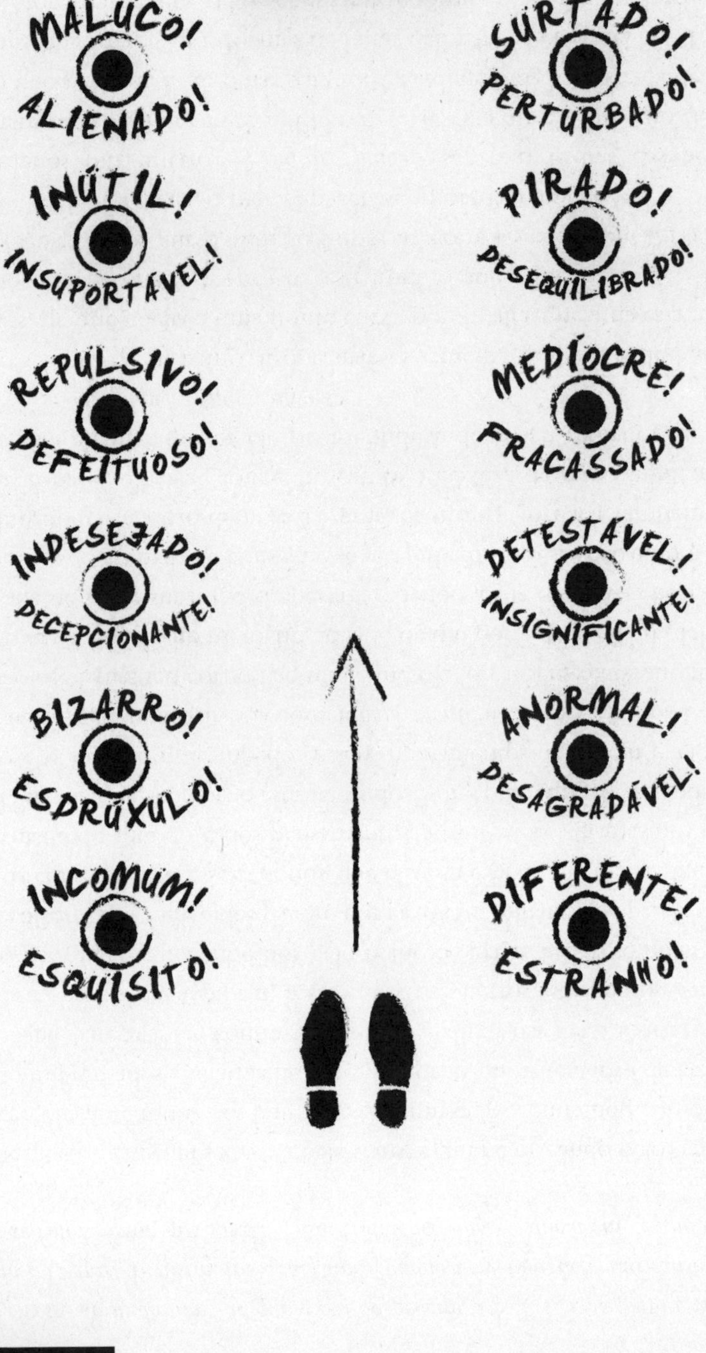
MALUCO!
ALIENADO!
SURTADO!
PERTURBADO!
INÚTIL!
INSUPORTÁVEL!
PIRADO!
DESEQUILIBRADO!
REPULSIVO!
DEFEITUOSO!
MEDÍOCRE!
FRACASSADO!
INDESEJADO!
DECEPCIONANTE!
DETESTÁVEL!
INSIGNIFICANTE!
BIZARRO!
ESDRÚXULO!
ANORMAL!
DESAGRADÁVEL!
INCOMUM!
ESQUISITO!
DIFERENTE!
ESTRANHO!

Como se tivesse dormido mais do que o seu hospedeiro, a S.T.T.S. desperta e volta a fazer companhia a Esdras. Angústia, tristeza, culpa, solidão, vergonha, decepção, cansaço, vazio... está tudo de volta. Assim que sai da Casa, Esdras reconhece o que acontece com o seu corpo:

taquicardia... garganta seca... a pele transpirando e brigando pelo oxigênio que a respiração ofegante rouba dos pulmões... os músculos contraindo como se estivessem sendo imprensados... a ânsia de esticar o corpo, numa tentativa de fazer circular o sangue que parece lutar contra o caminho natural das veias e artérias... mãos intangíveis raspam a nuca, puxam a cabeça... três berros estrondosos e urgentes se atolam na garganta, sendo sufocados pelo medo de gritar. Esdras só quer gritar, mas não pode: olhares desconhecidos passam por ele na rua; olhares que parecem detectar, à revelia da consciência dos seus donos, que ele está fora do normal. E, lutando contra a gravidade do mundo e dos pensamentos, aprisiona as lágrimas nos olhos. Seu corpo está sob ataque, seu corpo está atacando. Esdras sente que irá explodir: cada fio de cabelo é o soldado que impede os seus pensamentos de saírem para o mundo. Falta ar, falta ar, falta muito ar. Sua consciência, resistente como a última bala de uma guerra, não cede, mas seu corpo não tem a mesma força. Seus olhos anoitecem.

Esdras se vê sentado no meio-fio, ao lado de um poste de luz. Um cachorro, que ele não sabe de onde surgiu, o desperta lambendo a sua testa. Ao encarar bem de perto os olhos do animal, ele consegue se ver refletido neles. Abanando o rabo para o andarilho, o vira-lata não demora a seguir sua própria jornada, também sozinho.

Esdras força o olhar ao longe, buscando a certeza de que ninguém da Casa de Apoio está chamando por ele ou reivindicando o seu retorno; ele não quer isso. — *No fundo, ele quer exatamente isso.*

Incerto sobre o seu rumo, Esdras arrasta a mente pelas ruas de Santana dos Três Passos, até que chega a uma ponte curta, porém alta, que atravessa um riacho. Encostado na balaustrada branca da estrutura, o andarilho observa o leito sujo seguindo seu próprio curso, sem se importar com a sua presença. Não foi por acaso que escolheu a água, o mar, para ser sua morada, recorda-se.

Ao menos oito metros — *ou um pulo* — separam Esdras das pedras que embaralham uma sutil correnteza. Ele reflete se chegou o momento de retomar seu plano inicial: o fim. E, ao olhar para toda a extensão da balaustrada de concreto, Esdras consegue imaginar as formas de saltar dali para se curar da S.T.T.S.

Uma "cor", entretanto, o faz repensar o seu iminente pulo: um burburinho de crianças conversando atrai a sua atenção para uma das extremidades da ponte, de onde vêm dois meninos conversando; cada um deles segura algo que Esdras consegue imaginar de onde veio. Dois algodões-doces azuis, tão azuis quanto aquela nuvem que a tia Madô lhe deu, entretêm a conversa das crianças. Então, recorda-se do que lhe disse a vendedora de nuvens: "Você precisa ter mais confiança em você!"

Os garotos passam por ele, conversando sobre trivialidades que só a ingenuidade permite. E, ao encarar os olhos inocentes e destemidos dos dois pequenos, é impossível não se lembrar dele e de Lélio. O amigo de infância está morto, e ele precisa honrar a confiança deixada no seu último desejo. Entregar todas as cartas deixadas por Lélio é a única jornada que lhe resta; a última que pretende cumprir. Com isso em mente, Esdras decide, mais uma vez, adiar a sua partida e seguir em busca dos últimos destinatários.

Refutando a decisão anterior, decide não enviar mais a carta para o abusador de Lélio por meio dos Correios, e sim pessoalmente. Afinal, ele não tem mais nada a perder, se até da própria vida já abriu mão; isso seria apenas mais um ato de covardia para acrescentar à sua lista de fracassos. "Receba os olhares e os sorrisos", foi isso que Lélio pediu e é isso que Esdras fará. Certamente, a pessoa que receber essa carta não lhe devolverá um sorriso, mas irá se denunciar com um olhar de quem acaba de ser pego. E Esdras agora quer isso.

Ele segue as coordenadas dadas por uma transeunte para chegar ao número 1253. E com um coração que substituiu solidão por raiva ao se recordar do conteúdo daquela carta, coloca-a diante da entrada de uma casa enorme, com paredes pintadas de branco e janelas de vidro bem elegantes. Quem mora ali certamente tem bastante dinheiro, deduz.

"Descobrir que aquela tatuagem pertencia a um rosto familiar me aterrorizou", dizia a carta. Lélio e esse homem se conheciam, essa é a única certeza de que Esdras tem a respeito de quem tentou matar o seu amigo. Após a campainha ser tocada, a porta é aberta apenas o suficiente para conseguir avistar quem chegou:

— Pois não? — Uma loira atende.

— Bom dia. Eu estou procurando uma pessoa. Tenho uma encomenda para entregar — informa ele, com muita firmeza.

— Para quem é? — pergunta a mulher.

— É para… um senhor. Eu não tenho certeza do nome dele. — Esdras fica hesitante. — A correspondência é do Lélio. A senhora sabe se alguém nesse endereço conheceu algum Lélio?

— Lélio? — indaga a mulher, que aparenta ter uns 40 anos, com uma expressão confusa. — Mas qual o nome que consta como destinatário? Posso ver o envelope?

Logo após a senhora repetir o nome de Lélio para Esdras, é possível ouvir um barulho vindo de dentro da casa, como uma cadeira que foi bruscamente arrastada. Passos apressados rumam para a entrada da residência. A mulher diante de Esdras é surpreendida quando a porta, na qual ela se apoia, é escancarada. De trás dela sai um homem que espreme os olhos para encarar Esdras e o sol que o atinge:

— Pode deixar, Tereza. É para mim — diz ele.

— Tomás?! — indaga Esdras, espantado com o fato de que o rosto familiar para Lélio a esta altura também lhe é familiar.

— O que você faz aqui? — pergunta o homem, após aguardar que Tereza se retire.

— Tomás... esse é o seu nome, não é? — Esdras deduz estar diante do "homem sem rosto".

— Sim. Esse é o meu nome. O que você faz aqui? — O homem fecha a porta e sai, deixando claro que a conversa se dará longe da entrada da casa.

— Quer dizer que você é irmão do cara com quem o Lélio teve um relacionamento e mesmo assim você teve a coragem... — Esdras, visivelmente tenso, não consegue completar o que tem a dizer.

— O que você quer aqui? Eu ouvi você dizer o nome do Lélio, reconheci a sua voz. Qual o problema? — questiona Tomás.

— Aqui! Pega, essa carta é pra você! — afirma Esdras, empurrando o papel contra o peito de Tomás. — O Lélio deixou aquela carta para o seu irmão, mas, para minha surpresa, também deixou uma para você. E eu faço questão de que você saiba que eu já li e sei de tudo o que está escrito aí.

— Como assim? Do que se trata...

— Leia! — insiste Esdras, interrompendo-o com um tom de voz ríspido.

— Me diga do que se trata — repete Tomás, encarando o papel nas mãos.

— Covarde! Você tem sorte por eu não ter provas para poder te denunciar à polícia. Era isso que eu gostaria de fazer. Homofóbico, monstro desgraçado! — Esdras sai apressadamente do jardim da casa e deixa Tomás ali, parado, encarando a carta.

Sem ter muita noção de qual caminho tomar, Esdras apenas segue andando. Dentro dele cresce a sensação de dever cumprido. No entanto, em pouco mais de cinco minutos após sair daquela casa, ele ouve alguém lhe gritar:

— Ei! Espera aí! — exclama uma voz.

Ao olhar para trás, Esdras vê Tomás vindo em sua direção a passos largos.

— Espera aí! Espera! — berra o homem.

Esdras não para de andar, mas logo percebe que Tomás agora corre na sua direção. Ao olhar em volta, o andarilho nota que na ruela há muitos terrenos baldios, poucas casas e nenhum transeunte. Levando em conta a magreza do seu corpo, não se sente forte ou capaz de vencer uma briga, porém, pela primeira vez em muito tempo, não pretende se intimidar.

— O que significa esta carta? — pergunta Tomás, perseguindo-o bem de perto.

— Você vai dizer que não sabe do que se trata? — pergunta Esdras, que não para de caminhar.

— Esta carta... foi o Lélio quem escreveu? — indaga Tomás.

— O que você acha, cara? — Esdras finalmente se vira e tenta encarar Tomás, mas, como sempre, acaba evitando os olhos. — Não é óbvio pra você?

— Responda! Foi o Lélio? — insiste Tomás, agressivo.

— Sim, foi o Lélio! Mas, como você sabe, ele está morto, então você não precisa se preocupar em ir para a cadeia.

— Por que ele disse essas coisas do meu irmão? Isso não é verdade! — afirma Tomás.

— Não?! Não se faça de desentendido, cara. Essa carta não é para o Roger, é para você mesmo. Eu vim entregar na sua casa! A carta do seu irmão era a outra, aquela que você me ouviu ler no túmulo dele — diz Esdras.

— Não. Isso está errado! O Lélio deve ter se equivocado. E eu nem moro aqui nessa casa — diz Tomás, apontando para trás, como se a casa onde estavam há pouco ainda estivesse à vista. — Essa era a casa do meu irmão. A Tereza, que atendeu à porta, é a viúva dele.

— Ah, claro... O Roger morava nesse endereço "também"? — indaga Esdras, num tom sarcástico.

— Sim! E precisamos esclarecer umas coisas aqui.

— Cara, não precisa mentir. Eu já disse, você não vai ser preso. Eu não tenho como provar nada contra você, tampouco essa carta prova alguma coisa.

— O que eu estou tentando dizer é que o meu irmão morava aqui nessa casa, não eu — insiste Tomás.

— E que diferença faz? Você agora vai querer me convencer de que o cara que o Lélio amava e para quem ele deixou aquela carta é o mesmo que violentou ele? Por favor... — Esdras sai caminhando, deixando Tomás para trás.

— Eu duvido que o meu irmão tenha feito isso com ele! — Tomás volta a seguir Esdras, insistindo na conversa.

— É mesmo? — declara com ironia o andarilho de azul, sem parar de andar.

— Mas eu, com certeza, não fiz. Além disso... — O homem pausa a sua fala, porém retoma em seguida. — Olha, eu menti para você!

— Eu sei. — Esdras continua caminhando.

— Não. Você não entendeu. Não foi o meu irmão que teve um relacionamento com o Lélio... Fui eu!

O que Tomás diz faz Esdras parar.

— Eu e o Lélio nos envolvemos quando ainda éramos moleques. Adolescentes — continua ele. — Nós nos conhecemos, gostamos um do outro. Mas aquilo era muito diferente... muito novo para mim. Eu não soube lidar direito com a pressão dos meus pais. Eles me obrigaram a ir morar em outra cidade, entende?

Esdras, sem se virar, continua imóvel, escutando Tomás:

— Só que eu preferi dizer ao Lélio que aquela era uma decisão minha, que não dava mais, que eu não podia seguir em frente com aquela história. E eu queria que o Lélio seguisse a vida dele. Além disso, eu tinha medo de que o meu pai fizesse algum mal a ele, sabe? O velho era político, já tinha sido vereador daqui... Não ia deixar que soubessem isso do filho dele nunca. Ele acabaria comigo e com o Lélio antes disso acontecer. E essa é a verdade.

Após ouvir atentamente, Esdras se vira para tentar encarar Tomás:

— Tudo aquilo que você me contou, lá em cima, sobre o seu irmão e o Lélio, era sobre você e ele? É isso que você quer dizer?

— Sim! Eu acabei mentindo porque... Sei lá, achei esquisito você chegar falando do Lélio. Uma história do passado que quase ninguém conhece. Ontem, quando você começou a falar sobre o Lélio, eu achei dispensável dizer a verdade. Não mudaria nada.

— E qual o problema? Você ainda esconde das pessoas que é gay? É isso? — pergunta Esdras.

— Não é bem isso. Quero dizer, em parte é — pondera Tomás. — Sei lá, o meu irmão está morto, então tanto faz se ele teve alguma coisa com o Lélio, eu só queria descobrir o que você tinha a dizer. Eu não sabia quem era você, então não quis me abrir de cara.

— Nada me garante que você esteja falando a verdade. Você pode estar querendo se livrar da responsabilidade dessa carta, sei lá... — diz Esdras.

— O que você quer que eu diga, companheiro? Que eu fiz uma atrocidade daquelas com um cara que eu amava? — indaga Tomás, alterado.

— Quer saber, Tomás? — Esdras também altera um pouco o tom de voz. — Você não precisa provar. E não vai mudar nada do que já aconteceu. O Lélio está morto, o seu irmão também. É a sua palavra contra o silêncio deles.

Ao ouvir isso, Tomás começa a desabotoar as mangas da camisa branca que veste. Em seguida, faz o mesmo com os botões principais, causando um estranhamento em Esdras:

— O que você… agora vai querer resolver isso na porrada?

— Não, cara! Na carta, o Lélio fala de uma tatuagem de "mira de tiro" no braço. — Tomás tira a camisa e a joga no chão. — Você está vendo alguma mira aqui em mim? Eu não tenho sequer uma tatuagem! — Ele exibe os braços e chega a dar uma volta com o corpo. A única marca que Esdras enxerga é uma enorme cicatriz que vai do lado direito do peito até o braço. — Eu não fiz aquilo com o Lélio e jamais faria com qualquer pessoa. Eu dou a minha palavra!

— O Lélio mentiu sobre a tatuagem, então? — pergunta Esdras.

Tomás pega a camisa que está no chão e torna a vesti-la em silêncio, até que diz algo com um semblante consternado:

— Não, o Lélio não mentiu! Eu me lembro de quando o Roger tatuou uma mira tosca no braço. Meu pai deu uma surra nele quando apareceu com aquele desenho.

— O seu irmão…

— Sim, ele mesmo — confirma Tomás.

— Se aquela carta de ontem era para você, por que você não quis saber dela?

— Eu queria, claro! Mas fiquei confuso. Tudo está confuso desde que você chegou com aquela carta para mim. Eu queria conversar com você… Eu ia tentar convencer você a me dar a carta, por isso te ofereci carona. Mas você quis ler a carta no túmulo do Roger.

Nesse momento, Tomás tira do bolso um papel:

— Quando você terminou de ler a carta, acabou deixando ela cair. Peguei e guardei comigo. Esta carta o Lélio escreveu para mim. — Tomás entrega o papel para Esdras. — Ele dizia que… o amor que sentia por mim era tão forte quanto o vento que passa por aquele lugar.

— "Ao Amor dos Ventos Fortes" — relembra Esdras.

— Durante muitos anos tentaram construir lá em cima, mas o vento sempre derrubava a obra antes mesmo que terminassem.

— O Lélio diz na carta que você comprou aquela casa, que tinha a ver com a história de vocês. Mas você me disse que aquela casa era do seu irmão.

— E era mesmo. Eu e o Roger éramos sócios em uma construtora. Foi uma ideia minha construir o condomínio lá em cima. Aquele lugar era especial para mim, para nós. Eu e o Lélio íamos para lá quando queríamos ficar sozinhos. Enfim, quando erguemos as casas, meu irmão quis ficar com a primeira da rua.

Era ele quem tinha o dinheiro do investimento e também bancou os prejuízos que tivemos nas primeiras vezes em que o vento causou problemas.

— Então, você não mora lá — deduz o andarilho.

— Eu tenho uma casa lá. E moro lá com os meus cachorros. A minha casa fica ao lado daquela em que você esteve.

— Por que você não disse a verdade, depois que eu li a carta?

— Não sei. Receio... Mas acabei desabafando parte da história. Eu me justifiquei contigo como se estivesse me justificando com o passado e com o Lélio.

— Você me olhou com ódio, não com nostalgia — diz Esdras.

— Eu moro numa cidade pequena, as pessoas gostam de comentar. Eu fui casado, mas o meu casamento não durou muito. Eu nunca fui um bom companheiro para ninguém. Talvez, pela forma violenta como foi arrancada de mim aquela primeira chance de ser feliz. E a verdade é: eu já estou livre há tanto tempo que me considero preso a essa liberdade.

Esdras, finalmente, diante dessas palavras, começa a acreditar no que Tomás diz e tenta entender o que houve entre os irmãos e Lélio:

— E onde o Roger entra na história? Se você me diz que o seu irmão morou nessa casa daqui, então essa carta era para ele mesmo. Ele fez aquilo com o Lélio!

— Eu não consigo acreditar nisso — declara Tomás, abaixando a cabeça.

— Você leu a carta? — pergunta Esdras.

— A Tereza leu para mim.

— A viúva do seu irmão?

— Sim. Eu pedi que ela lesse.

— Ela deve ter ficado apavorada com o que leu — diz Esdras.

— Meu irmão sempre teve um temperamento difícil, violento. Ele era mais velho que eu e, na infância, ele me bateu demais. Meus pais sempre receberam queixas dele, vindas das escolas, das namoradas que ele agredia ou de aonde quer que ele fosse. A própria Tereza soube logo que isso poderia mesmo ser verdade. Afinal, ela se separou dele após uma agressão que terminou com ela no hospital — conta Tomás.

— E o Roger convivia com o Lélio quando vocês dois namoraram?

— Não sei se posso chamar de namoro. Mas o Lélio esteve poucas vezes na presença do Roger. O meu irmão sempre foi muito preconceituoso, homofóbico, machista... Foi ele que contou para os meus pais sobre o Lélio e eu. Um dia, o Roger me seguiu até o bosque e viu a gente se beijando. Na mesma hora foi contar para o meu pai.

— Você já sabia sobre o... estupro? O Lélio te contou? — pergunta Esdras, notando o quanto essa história pesou no semblante de Tomás.

— Eu soube superficialmente. Eu insisti, mas o Lélio não quis entrar em detalhes, ficou muito abalado depois do que aconteceu. Eu não consegui ajudar ele como deveria.

— Isso aconteceu enquanto vocês estavam juntos?

— Não. Ainda éramos adolescentes, mas eu já tinha ido embora da cidade. Isso deve ter sido um ano depois. Ele me contou numa carta, o Lélio gostava de me escrever cartas. Era a única forma de contato entre nós. Depois de um tempo, parou de me responder.

— Você nunca o reencontrou aqui na cidade?

— Há uns nove, dez anos, mais ou menos, eu o vi de longe. Mas, como ele não havia me notado, não fui falar com ele. Depois daquele dia, eu não o encontrei nem o procurei mais. Eu imaginava que ele sequer queria conversar comigo. O Lélio sempre foi "diferente". Às vezes, eu tinha a sensação de que ele escondia alguma coisa de mim — conta Tomás.

— Escondia alguma coisa? — Esdras franze o cenho.

— Sei lá. Hoje, acredito que era só o jeito dele mesmo. Além disso, eu estava morando fora. Não fazia mais sentido procurá-lo. Só voltei para a cidade há sete anos, quando meu pai faleceu.

— Foi quase na mesma época em que Lélio morreu — afirma Esdras.

— Ironicamente, foi o meu irmão que me contou, até com um certo prazer: "Aquela sua namoradinha resolveu ir dar o rabo no inferno." Mas o Roger soube por acaso, foi o psicólogo da filha dele que contou pra ele.

— Psicólogo? — Esdras reflete por um instante. — Por acaso é o Odilon Jiminy?

— Sim, ele mesmo. A minha sobrinha fez terapia com ele. Você o conhece, pelo visto.

— Nós conversamos. Ele foi psicólogo do Lélio. Tinha uma carta para ele.

— É muita coincidência. E quem é você, afinal? — indaga Tomás.

— Eu conheci o Lélio ainda criança. Fomos amigos.

— Ele sempre foi tão sozinho, eu nunca soube de nenhum amigo. Você é daqui, não é? A gente já se esbarrou alguma vez?

— Não, eu vim aqui nesta cidade poucas vezes. Aliás, e os pais dele, você os conhece?

— Conheci, sim — responde Tomás, fazendo uma expressão de desagrado. — O pai dele era policial e tinha uma mentalidade tão bruta quanto a do meu pai, apesar da proeza de conseguir ser ainda pior.

— O pai do Lélio era violento com ele? — indaga o andarilho.

— Ele agredia demais o filho. Certa vez, eu levei um soco na cara, tentando intervir numa discussão em que ele dizia barbaridades ao Lélio.

— O Lélio chegou a falar dos problemas que tinha em casa, numa das cartas — recorda-se Esdras.

— Sim, era o clássico machista truculento. Isso acabava afastando o Lélio dos outros.

— Típico do machismo: isolamento para quem pratica e solidão para quem é alvo.

— Ia muito além disso — completa Tomás —, o pai dele era cruel demais com o filho, vivia dizendo que ele não prestava, que não servia para nada, que não conseguiria ser nada na vida. O Lélio ouviu isso tantas vezes, que ele não tinha nenhuma dúvida de que era verdade.

— E a mãe do Lélio, você sabe dela, Tomás?

— A mãe dele era um amor de pessoa. Apesar dos pais do Lélio nunca terem ficado sabendo da nossa relação, ela me tratava como um filho. Não sei se ela suspeitava de algo ou se me tratava bem por ver quanto o filho dela gostava de mim.

— Você sabe se eles ainda estão vivos e onde moram? — pergunta Esdras.

— Não sei se ainda estão vivos. Uma única vez encontrei a mãe dele na rua. Acenei para ela, mas ela não me reconheceu. Fazia muito tempo que não nos víamos também.

— Mas você sabe se eles continuam morando no mesmo lugar?

— Eu sei onde o Lélio morava com os pais. Todas as vezes que passo pela entrada da rua, eu me lembro dele, mas acho que sempre me faltou coragem para entrar lá — conta Tomás.

— Por que tanto medo assim? — pergunta o andarilho de azul.

— Encarar qualquer coisa que me lembre o Lélio é encarar a minha própria covardia. E o pior é que eu nunca tive a decência de procurar ele e me desculpar. Fazer por ele o que ele fez por mim ao me escrever esta carta. — Tomás pegou de volta a carta das mãos de Esdras.

— Ele não demonstrou guardar mágoas de você. Muito pelo contrário — diz Esdras.

— É verdade. Ele não era disso — afirma Tomás, reflexivo. — O Lélio era uma pessoa especial.

— Talvez ele tenha deixado essa carta exatamente para que você soubesse disso, que ele não partiu magoado com você.

— Ele se achava muito covarde, sabia? — Tomás diz isso, como se estivesse encontrando as memórias perdidas do amigo de Esdras. — Mas era mais valente do que eu. Ele só não tinha consciência disso.

— Ele era mesmo — confirma Esdras.

— A minha maior dificuldade com ele era lidar com aquela convicção de que estava sempre fazendo algo errado; de que a culpa era sempre dele. Por tudo! No fundo, eu sabia que o Lélio não aguentaria as decepções da vida por muito tempo — lamenta Tomás.

— Você sabe que foi suicídio, não é?

— O Roger fez questão de me contar os detalhes. Eu me senti tão culpado, chorei demais. Mas do que adianta um choro sentinela, se eu estive ausente por tanto tempo? Eu ficava me perguntando o porquê de ele não ter me procurado. E aí, acabei me dando conta de que eu havia derrubado todas as pontes entre nós. Então, talvez o olhar "de ódio" que você enxergou em mim, lá no bosque, tenha sido só o meu medo de acabar desabando na frente de um estranho. — Tomás se emociona.

— Acho que compreendo essa sensação. Não nos vimos mais desde que éramos crianças — solidariza-se Esdras —, e "culpa" foi o primeiro sentimento que nasceu em mim ao descobrir que ele havia se matado. Havia anos que eu não tinha qualquer notícia dele, mas, ao saber do suicídio, fiquei em choque. É muito ruim não ter certeza se eu conseguiria fazer algo para evitar. Não sei, a sensação que tenho é: um telefonema na hora certa, uma visita, um abraço, um sorriso... Talvez ele não quisesse muito mais do que isso. Talvez, não. Com certeza.

"Uma carta na hora certa", pensa Esdras, sem dizer nada.

— Não é fácil aceitar a morte de alguém de quem você gosta — argumenta Tomás, cabisbaixo. — Meu pai faleceu das doenças do tempo; é difícil lutar contra isso. Meu irmão faleceu das consequências de suas próprias escolhas; é difícil lutar contra isso também. Mas o Lélio morreu, não pela dificuldade de alguém lutar por ele, mas pela dificuldade dele de lutar sozinho. Isso é muito cruel.

Esdras se abstém de comentar. Tomás, então, continua:

— Eu mudei muito depois que soube da morte do Lélio. Apesar de que a morte do meu irmão foi, praticamente, um suicídio também. A forma como ele dirigia aquele carro, sem medo de nada. Eu estava lá, sabe? Eu estava com o meu irmão quando ele morreu.

— No acidente? Você estava no acidente também?

— Sim. Eu estava no carro. Por pouco não perdi a vida, mas sofri várias consequências daquele acidente; cheguei a ficar em coma. Fora as fraturas e as outras sequelas que duram até hoje. Você deve ter notado uma cicatriz aqui no peito — diz Tomás, colocando a mão na região do coração. — A última lembrança que eu tenho daquele dia é a do meu irmão sem vida diante de mim.

— Sinto muito. Deve ter sido horrível.

— Eu também. E sinto mais ainda pelo que o Roger fez. Eu nunca achei que o meu irmão fosse uma pessoa boa, mas a família fazia vista grossa. É difícil demais amar uma pessoa má. Acho que, por isso, fingimos não enxergar a maldade nele. — Tomás faz essas constatações com pesar na voz. — Meu irmão sempre foi cruel, mesquinho, egoísta... Sempre brigamos, mas, no fundo, eu sempre buscava encontrar algo de bom nele; tentava aceitar que nem todo mundo é só mau ou só bom. Eu ainda acho que maniqueísmo é coisa de história infantil, mas é difícil receber essa carta, saber o que o Roger fez, e perdoar. Ele não é digno de perdão.

— "Perdoar não é aceitar o erro que o outro cometeu. Perdoar é ser livre de um peso que você não merece carregar" — diz Esdras, recordando-se de Valéria e da tia Madô.

— Seja lá o que o meu irmão tenha feito, ele não será capaz de reparar; ele está morto.

— Dê tempo ao tempo. Às vezes, a vida repara por nós. — Ao dizer isso, Esdras fica surpreso consigo mesmo por estar emprestando um pouco de otimismo a outra pessoa. Sua postura nunca foi de desmotivar alguém, mas também nunca foi de enxergar a vida com eufemismo.

— Olha, eu preciso voltar para a casa da Tereza; deixei ela aos prantos, aterrorizada com esta carta — conta Tomás.

— Não queria causar esse mal-estar — lamenta Esdras.

— A culpa não é sua. Eu que dei a carta para ela ler. A Tereza já sabia da minha relação com o Lélio, afinal.

— Tudo bem, Tomás. Você parece ser um cara decente. Sabe, eu tive um amigo com o seu nome — diz Esdras, tentando não deixar o mesmo clima pesado que restou na Casa de Apoio. — Enfim, eu também preciso ir. A propósito, você pode me dizer como chego na casa em que o Lélio morou?

— Sim, claro. É na rua Acácia Rubra. Você vai...

— Acácia Rubra? — pergunta Esdras, interrompendo Tomás e percebendo que esse nome lhe é familiar.

— Sim, é lá. Você sabe qual é?

Diante dessa pergunta de Tomás, Esdras abre a sua mochila apressadamente e tira um dos envelopes remanescentes de dentro:

— Rua Acácia Rubra! Exatamente. Aqui está — afirma ele, olhando para um invólucro branco. — Eu tenho uma carta para entregar lá. O Lélio deve ter deixado para algum vizinho.

— Ele deixou quantas cartas para você entregar? — pergunta Tomás, intrigado.

— Doze. É uma longa história.

— E você está entregando só agora? Tanto tempo depois?

— É, eu imagino que o pai ou a mãe dele as tenha encontrado recentemente e me enviado. Se bem que, pelo que você falou do pai dele, isso é pouco provável.

— Você havia me dito que…

— É, eu sei… — diz Esdras, interrompendo Tomás outra vez. — Eu contei que tinha encontrado a sua carta nas coisas antigas do Lélio. Eu não queria entrar em detalhes da história. Mas a verdade é que eu acho que alguém da família dele me enviou essas cartas.

— Entendo. Eu poderia pedir para o meu motorista deixar você lá, Esdras, mas ele precisou ir ao médico, e eu não posso te levar porque…

— Não se preocupe — Esdras se antecipa —, eu já andei muito por essa cidade. Se você puder me ensinar como se chega lá, vou a pé mesmo.

— Eu só queria te agradecer, Esdras. Passei a vida achando que a minha história com o Lélio não havia terminado. Quando ele morreu, um pouco de mim morreu junto. Ficou aquela sensação de algo inacabado, sem um fim. Mas, de certa forma, essa carta foi um lampejo para que eu possa seguir a minha vida, sabendo que ele não morreu sentindo rancor por mim.

— Eu compreendo. E cada vez mais me convenço de que a última coisa que o Lélio queria deixar para alguém era o peso da culpa. Ele era muito maior do que isso. E isso vale para você também.

De olhos marejados, Tomás encara Esdras:

— Eu posso te dar um abraço? — pergunta, com uma expressão de quem não havia pensado muito no que acaba de dizer, mas sim no que sente.

— Um abraço?! — Espanta-se o andarilho de azul.

— Desculpa! — Tomás sorri, ligeiramente envergonhado. — Eu acho que fiquei mexido com essas duas cartas aqui. Não me leve a mal.

— Não, tudo bem, Tomás.

Sem qualquer ensaio ou know-how do que está prestes a fazer, Esdras dá um forte abraço em Tomás; ambos fragilizados pelas curvas tortuosas da vida, mas impulsionados a repensar os seus destinos por causa de um conhecido em comum. O abraço dura alguns segundos, refletindo neles uma miscelânea de emoções reprimidas ao longo de suas vidas.

O abraço termina quando Tomás, sem sequer olhar para Esdras ou dizer adeus, vira-se e segue em direção à casa da cunhada. Observando-o tomar distância, Esdras consegue ver e ouvir o pranto de Tomás; o único destinatário, até aqui, a receber duas cartas de Lélio: uma, doce, a outra, bem amarga.

Esdras segue o caminho orientado por Tomás, encarando o envelope com o pseudônimo do seu próximo destinatário desconhecido: o "Assobiador da Casa ao Lado". Andando pela extensa avenida Quinta dos Abacates, ele faz o trajeto pelo canteiro central da via. A certa altura, chega a um caramanchão de madeira envolto por folhas e flores, que tinha como referência. Em seguida, atravessa a avenida e entra na rua Acácia Rubra, que faz jus ao nome: é possível ver, ao longo da sua extensão, várias árvores pequenas, todas com uma quantidade enorme de flores vermelhas, algo que lhe soa familiar.

Esdras se dá conta de que a tal Acácia Rubra que arboriza e dá nome à rua é também uma árvore que ele adora, mas que conhece como Flamboyant. — *Um nome chique pra uma acácia pobre.* — Enquanto caminha pelo logradouro todo tangenciado por casas, Esdras não cruza com ninguém, e as residências estão quase todas com portas e janelas fechadas.

Ao passar pelo número 380, ele avista um homem alto, vindo da direção oposta e entrando em um recuo um pouco mais à frente e que aparentemente dá em alguma casa. É a primeira movimentação que vê na pacata rua. Afora isso, somente o tilintar de talheres e panelas das casas, de onde vem um cheiro de comida sendo preparada para o almoço.

Andando mais alguns metros, Esdras chega ao tal recuo no qual o homem havia entrado. Uma larga calçada antecipa a casa amarela de muros altos. Dois portões, ambos de madeira e sem qualquer fresta que dê para enxergar o interior do imóvel, ocupam boa parte da frente da residência. Na parede, o número 510 lhe dá a certeza de que chegou ao seu destino!

Esdras se aproxima e bate ao portão menor. Como ninguém atende, o andarilho insiste com mais força. Desta vez, é possível ouvir passos se aproximando, além de um assobio melodioso e penetrante que acompanha as passadas. Ele tenta, talvez involuntariamente, identificar a música, mas não consegue saber de qual se trata. Logo em seguida, uma chave destranca a fechadura antiga do portão, que é aberto.

Esdras vê um homem: cabelos grisalhos, alto, com a aparência de 40 e poucos anos. Bastante simpático, o desconhecido é dono de um sorriso marcante e olhos destemidos. "Quem é esse homem?", pergunta-se.

A resposta é simples: Eu! O homem sou eu!

— Bom dia, posso ajudar? — *pergunto, com um sorriso desabrochado e me fazendo de desentendido.*

— Bom dia, tudo bem? Estou procurando uma pessoa. Acho que ela mora aqui — *responde EsdrazzZ.*

— Ah, sim. E quem você procura?

— Eu trouxe uma correspondência; uma carta, na verdade. É para esse endereço. Eu sou amigo do Lélio. Você o conheceu?

EsdrazzZ, finalmente, chega a mim. Com todas aquelas cartas e destinatários, ele não cogitou logo o mais óbvio: um provável vizinho. Afinal, alguém "da casa ao lado", como diz no envelope, seria um bom começo pra se encontrar respostas. Mas não, ao invés disso... "A Vendedora de Nuvens"... "O Estranho do Lago"... Pelo amor de Deus!

Nada surpreendente, afinal, esse é o problema do EsdrazzZ. Parece que ele sempre escolhe o caminho mais difícil, mais dramático, mais melancólico, mais chato. Uma clara desculpa pra poder ficar reclamando da vida o tempo todo. Mas ok, óbvio que irei ouvi-lo:

— Sim, eu conheci o Lélio, sim — *respondo.*

— Imagino que você saiba que ele faleceu. Então, ele deixou comigo algumas cartas para serem entregues. Não sei exatamente se essa é para você, mas ele deixou esse endereço no envelope, veja. — *Ele diz isso me mostrando o verso do invólucro.*

— Estou vendo: "Ao Assobiador da Casa ao Lado".

— Seria você? — *pergunta ele.*

— Olha, com certeza essa carta é pra mim. Eu e o Lélio fomos vizinhos durante muitos anos. Esse lance do assobio... Não sei se você sabe, mas o Lélio não sabia assobiar.

— É verdade! — *diz EsdrazzZ, sorrindo com entusiasmo.* — O Lélio tinha a língua presa, não é? Por isso, tinha uma certa fixação em aprender a assobiar. Eu lembro que uma vez...

— Você vai me deixar terminar? — *pergunto, ainda sorrindo.*

— Claro, desculpa. Por favor, continue — *diz ele, sem graça.*

— Obrigado! Então, eu cheguei a tentar ensinar, mas não tinha nada que fizesse ele aprender a assobiar. "E aí, assobiador?", dizia ele, sempre que me via. É uma pena que ele tenha partido tão cedo, não é?

— É, sim. Eu também lamento muito.

— Aliás, por coincidência, aquela música que eu assobiava, quando você chegou, não sei se ouviu... É uma que o Lélio adorava. Você conhece o Billy Joel?

— Bem pouco. Não sei que música é essa, desculpa.

— Que pena! Enfim... Qual o seu nome?

— Esdras.

— Esdras? Exótico, não? Bonito nome. — *Horrível!*

— E o seu?

— O meu é Yago. — *Estendo a mão direita pra cumprimentá-lo, e EsdrazzZ prontamente retribui o gesto. Finalmente, frente a frente. Tento esbanjar sorrisos e simpatia, como EsdrazzZ gosta.* — Venha, Esdras, entre, por favor. — *Ele me acompanha e entra na casa.* — Vou pegar um café. Você prefere puro?

— Sim.

— Sem açúcar?

— Isso.

— Sem leite?

— Por favor — *confirma o andarilho de azul-clichê.*

Enquanto estou na cozinha, EsdrazzZ fica olhando as estantes nas paredes da sala. Bisbilhotando com o seu olhar analítico e inoportuno, que quer formar opinião sobre tudo.

— A arquitetura da sua casa é bem interessante... Clássica! — *declara ele.*

— Você quer dizer que a minha casa é antiquada, certo, Esdras? — *pergunto, da cozinha.*

— Não, imagina. Gosto dessas construções mais antigas.

— Ah! Então minha casa é antiga e antiquada? — *questiono, sorrindo, ao voltar da cozinha. EsdrazzZ esboça uma resposta de piedade, mas eu o interrompo, antes mesmo que comece a ladainha de "desculpas":* — Xiii, eu esqueci de comprar café. Posso te oferecer um copo d'água? — *Na verdade, é só preguiça de fazer mesmo.*

— Não, obrigado — *responde, já se sentando no sofá.*

— Então, Esdras, não quer se sentar? Ah, você já se sentou! Bom, então quer dizer que você e o Lélio eram muito amigos...

— É, estávamos afastados, até que ele me escreveu.

— Ah, é? Ambos éramos muito amigos dele, então.

— Ele deixou cartas para doze pessoas importantes para ele.

— Olha, que interessante! E os envelopes têm sempre essas alcunhas? Eu sou o "Assobiador da Casa ao Lado". E você é quem? O Carteiro dos Correios ao Lado?

EsdrazzZ estranha a inevitável gargalhada que dou. Eu até tento evitar; não quero espantar o sensível. Ele, claro, sorri pra não se sentir excluído. Típico!

— É, eu sou quase o carteiro mesmo. Então, Yago, queria tirar uma dúvida contigo: sabe em que ano o Lélio faleceu exatamente? Ninguém me disse isso com precisão.

— Eu achei que vocês fossem amigos próximos, Esdras. Você não sabe? Então, vejamos, o Lélio faleceu há um bom tempo. Tem oito anos já.

— Oito anos? Nossa! E os pais dele, você mantém contato?

— A mãe dele se mudou, e não a vi mais. O pai já morreu.

— Ah, eu não sabia que o pai dele era falecido. Que pena.

— Que nada! Já foi tarde, aquele traste!

Meu comentário faz EsdrazzZ arregalar os olhos. "Inocente" que é, não está acostumado com verdades que não são servidas à milanesa. Mas eu esclareço melhor:

— É que eles não se davam muito bem. O pai dele era meio atacado, sabe?

— É, eu soube... — *EsdrazzZ encara, por alguns segundos, o envelope que está em minhas mãos e diz:* — Eu vim só entregar essa carta mesmo. Está entregue. É melhor eu ir, acho que você não vai abrir agora.

— Abrir agora? — *pergunto a ele, sorrindo, enquanto acendo um cigarro.* — Mas a carta é pra mim ou pra nós dois?

— Não, ela é sua. E você não precisa abrir agora. Não entenda mal, me desculpa — *diz ele, constrangido por sua indiscrição habitual.*

— Não, Esdras. Fique! Eu quero ler a carta com você aqui, seria bom, não acha? Vamos descobrir juntos o que o nosso amigo tinha a dizer. — *E eu sorrindo, sempre sorrindo.*

— Por mim, tudo bem. Se você prefere...

— A não ser que você tenha sido um rapaz curioso e lido a minha carta! Você não fez isso, não é, meu camarada? — *pergunto... Bem cínico, eu sei.*

— Não, é claro que não. Jamais. O envelope está lacrado, você pode conferir. — *É divertido ver o constrangimento do EsdrazzZ, sempre tão preocupado com a reputação.*

— Não leve a mal, é que hoje não se pode mais confiar em ninguém, Esdras. Você olha e acha que a pessoa é um santo, mas por dentro tá tudo uma carniça. Inclusive, eu já peguei outros carteiros futricando as correspondências. Você acredita?

— Acredito. Mas eu não sou carteiro.

— É verdade! — *Sinto dormência nas bochechas de tanto sorrir falsamente pro embuste. Então, depois de soltar uma rajada de fumaça na cara dele, eu pego a carta e leio, em voz alta e num tom de jogral estudantil:* — "Ao Assobiador da Casa ao Lado..."

Ao Assobiador da Casa ao Lado

A vida inteira eu sonhei ter um amigo que morasse próximo. Eu sempre me senti muito só por ser a única criança da casa e da rua. Até que descobri que tínhamos vizinhos novos, e um era da minha idade. Pela primeira vez eu teria um amigo vizinho, um vizinho amigo. E eu, sendo filho único, você passou a ser um irmão mais velho. E não pense que esse seu jeito controverso de ser escondia a sua cumplicidade comigo. Você sempre foi muito presente, e eu adorava as horas que passávamos conversando.

Hoje me lembrei de um sonho que tive naquele dia triste em que te conheci. Tinha a ver com a morte dele... Não foi um sonho ruim, ele estava deitado numa maca, sorrindo e sendo levado por homens vestidos de branco. Na hora da partida, eu ouvi dele: "Agora, eu posso ir em paz, você já tem alguém ao seu lado." Esse sonho não foi uma coincidência, eu te conheci e você acabou sendo mesmo o meu suporte.

Conversar era algo tão corriqueiro para você que deve ter passado despercebido o fato de isso ter me salvado. A sua companhia amenizava os tormentos da minha cabeça, na época em que tive Síndrome do Pânico. Você fazia a vida parecer tão mais simples, mais objetiva e menos apavorante; às vezes, até divertida. Talvez pelo fato de trazer o lado cru e realista dela. Eu devo a você aquele fôlego a mais.

Por tudo que tentei resumir aqui, um dos meus maiores erros na vida e também um dos maiores arrependimentos foi ter me desentendido contigo. Quantas vezes quis voltar no tempo para que aquela discussão *jamais tivesse existido? Sinto muito se eu não pude fazer por você o que eu deveria. Reconheço que falhei. Sei que não fui gentil como você merecia, não fui grato ao que você significou para mim, e perdi a oportunidade de fazer de você um irmão de alma, um amigo eterno.*

Eu poderia dar as minhas justificativas, mas apenas quero me desculpar, me perdoe. E obrigado por ter sido constante num momento tão difícil. Se precisei ir embora, se perdemos o contato, se nunca nos reencontramos, e se a minha vida chegou ao fim... Mesmo com todos esses "ses", saiba que a sua presença me ascendeu à sobrevivência.

Obrigado, Yago!

Lélio

— Interessante essa carta, não é? — *pergunto a EsdrazzZ, devolvendo o olhar e o sorriso que ele espera de mim.*

— Sim. O Lélio escrevia muito bem, tinha o dom de ser…

— Meloso? — *completo.*

EsdrazzZ fica desconsertado ao me ouvir. Por isso mesmo, diante desse olhar consternado, prefiro atenuar o que disse: — Emotivo. Você sabe, Esdras, o Lélio sempre foi muito emocional.

— É… Bastante — *admite ele.* —Vocês perderam o contato depois desse desentendimento entre vocês, que ele citou na carta?

— Exatamente. Ele foi embora daqui e não voltou mais.

— Você nunca cogitou procurá-lo? — *indaga EsdrazzZ.*

— Pra quê? O Lélio sempre foi problemático, eu já não tinha mais tanta paciência. Era um tipo que sempre via "o copo meio vazio".

— É, mas temos que compreender. Ele teve tantos problemas… passou por muitas coisas. Eu nem sabia que ele teve síndrome do pânico — *pondera o meu visitante.*

— Acho que ele teve síndrome de tudo, Esdras! Aquela era uma mente perturbada. Não queira descobrir todas as merdas que o Lélio tinha. Eu não recomendo.

— Conversei com o psicólogo dele também. O Lélio escreveu uma carta para ele.

— O doutor Odilon.

— Você o conhece, então — *deduz EsdrazzZ.*

— Não, não o conheço. Não tive o desprazer. É que o Lélio sempre falava dele.

— Ele não entrou em detalhes comigo. Então, eu achei que o Lélio tinha apenas depressão; pelo visto, havia outras complicações.

— Sim... O Lélio não estava bem, sabe, Esdras? Ele ia num psiquiatra, além desse psicólogo. E tinha que tomar uns remedinhos... Tudo uma droga! — *pondero.* — Me refiro aos dois lá, não aos comprimidos; esses davam pra fazer uma carreira e cheirar.

— O quê? — *EsdrazzZ parece mais chocado que o ovo fora do ninho.*

— Quero dizer, o Lélio tomava uns antidepressivos e tal. Aliás, ele sempre esquecia de tomar. E aí, a bicha ficava meio...

Faço um gesto, girando o dedo indicador ao lado da testa, preferindo não pronunciar "maluco" pra não ofender a compaixão alheia. Ainda assim, insinuar isso diante da cara de palerma do EsdrazzZ soa engraçado e me faz rir. Não consigo evitar.

— Você acha graça? — *indaga ele.*

— Não! Desculpa. Não é que eu ache graça, mas o Lélio era meio "piradinho". — *Sempre esqueço que os defuntos viram santos.*

— Você acha que isso o levou ao suicídio? Pelo fato de estar mentalmente perturbado... — *indaga o andarilho de azul.*

— Muito provável! Qualquer corpo febril sem remédio morre; qualquer mente perturbada sem remédio... BANG! — *Meu dedo indicador, multifacetado, atua como uma arma na minha cabeça agora.*

— Desculpa perguntar, Yago, mas por que vocês brigaram?

— Foi coisa do Lélio. Ele estava com umas ideias na cabeça, nos desentendemos, e aí um dia ele surtou pro meu lado.

— Umas "ideias"? Como assim? — *quer saber EsdrazzZ.*

— Sim, umas ideias. Sabe como é, lindo...

— Desculpa, não sei, não. Que ideias? — *insiste ele.*

— Você deve imaginar... ele já havia tentado suicídio antes.

— Eu não sabia disso.

— Pois é. E ele sempre estava com essas ideias na cabeça.

— Mas você tinha conhecimento disso, Yago?

— Sabia, ele vivia falando que ia fazer isso ou aquilo. Todo dia vinha com uma novidade.

— Foi por isso que vocês brigaram? Você tentou dissuadir ele? — *pergunta EsdrazzZ, enquanto amassa as minhas almofadas de gabardine.*

— Não. O que eu podia fazer? Ele vivia falando, mas não fazia nada. Óbvio que eu não levava a sério. Quem quer se matar não dá aviso-prévio. Aquela bicha era louca.

— Não levou a sério, mesmo sabendo que ele já havia tentado antes? Isso não me parece só um aviso-prévio — *argumenta o mala.*

— É verdade, parece um pedido de demissão. Mas eu não tenho talento pra bancar a Pollyanna contente. O que eu poderia fazer, meu camarada? Me diga.

— Não sei, procurar ajuda para ele, acompanhá-lo até um profissional. Procurar a mãe dele.

— A mãe dele era outra doida. Naquela família, ninguém era normal, não. E é aquela história, Esdras: maluco é quem rasga dinheiro, o resto é distraído.

— Inacreditável. Você não vê o quão perigoso é ignorar esses avisos? Uma pessoa normal não fica ameaçando suicídio sem cogitar fazer. Ela precisa de ajuda. E ainda que não chegue a tentar o suicídio propriamente dito, prenunciar já é um grito de socorro.

— Você parece entender bastante desse assunto, Esdras...

— Qualquer pessoa com um pouco de empatia e sensibilidade entende que precisa ajudar. E eu também já tive os meus dilemas emocionais. Quem não tem? Já passei por fases depressivas, sim. Isso não é motivo de orgulho, e também não precisa ser motivo de vergonha.

— Olha, você vai me desculpar, Esdras, mas acho que, às vezes, é um pouco de frescura, sabe? Não tome como pessoal...

— Só que eu "preciso" tomar como pessoal, na verdade. E é lamentável ouvir isso. Às vezes, por conviver com pensamentos assim, a pessoa pode chegar até mais rápido a esse extremo ao qual o Lélio chegou — *diz EsdrazzZ, meio alterado.*

— Se você estava tão preocupado com ele, Esdras, por que você não estava aqui? Não me lembro de ter te visto naquela época. Que amizade é essa que nem sabia que o amigo estava mal? Amizade de porta-retrato? — *Ouvir umas verdades não faz mal a ninguém.*

— Eu não morava aqui — *diz ele, tentando se justificar.*

— Pois é, então não venha cobrar de mim algo que você também não fez. Eu, ao menos, estava presente.

— Só que eu não fazia ideia do que ele estava passando. Não tive mais contato com o Lélio desde os 11 anos de idade.

— Eu sei, Esdras, o Lélio falava de você pra mim. Na verdade, ele me enchia o saco contando o quanto você era um bom amigo, companheiro, o quanto você o encorajava. O trouxa achava que, um dia, você iria procurar por ele. Morreu esperando. — *Literalmente.* — Eu imagino que vocês dois já tiveram um trelelê, não é? Foram… namoradinhos?

— Não tinha nada disso! O Lélio era um amigo, como um irmão para mim. E éramos crianças! Por favor… — *EsdrazzZ fica nervosinho.*

— Duas crianças-viadas, ué! Nada demais. Talvez, pra ele, você não fosse só um irmão.

— Não fala besteira. É claro que sim. Inclusive, ele disse isso na carta que me deixou; e disse o mesmo para você, na sua. Nunca existiu essa malícia que você que está insinuando — *responde o andarilho de azul-clichê.*

— Olha, amiga, eu só te digo o seguinte: só um louco confia em outro louco.

— Não tem por que duvidar do Lélio, Yago. Vi isso nas pessoas que encontrei para ele. Você, sim, fala de um jeito muito pejorativo dele. Isso não é legal, sabia?

— Ah, camarada! Ele tá morto… E você viu a minha carta, né? Ele só tinha agradecimentos. Chegou a pedir desculpas por ter agido como um babaca. A bicha era meio chata, só isso. Tudo bem, era um cara de boa índole, íntegro, mas não era uma Tereza, um Dalai. Era problemático, isso sim. Só reclamava, reclamava, reclamava… Cansava a minha beleza.

— Que bom que ele morreu sem saber a sua visão dele — *afirma EsdrazzZ, com olhos enfurecidos. Uma pena que não me comove.*

— É, em compensação, ele quis deixar a visão dele pra todo mundo com essas cartas, não é mesmo? Isso é que é querer chamar atenção: o cara se mata e deixa um monte de cartas falando coisas das quais as pessoas nem devem se lembrar, e talvez nem quisessem saber. Quem se interessa pelo que um morto tem a dizer? Ele achava que era quem, Brás Cubas?

— Você iria se surpreender com a reação das pessoas ao lerem as cartas, Yago. Todas elas ficaram tocadas pelo que leram.

— Pois é disso que estou falando, camarada! Não basta morrer? Tem que fazer todo mundo chorar pela morte dele? Eu já ouvi falar de missa de sétimo dia, mas não de missa de sétimo ano. No fim das contas, é por isso que a pessoa se mata, não é? Não consegue manter as pessoas por perto, então resolve chamar atenção.

— Olha o absurdo que você está dizendo. Cara, na boa… O Lélio não fez isso para chamar a atenção de ninguém, ele estava doente. Você fala como se não conhecesse ele, Yago.

— E você acha mesmo que conhecia o Lélio? O que você sabe dele, Esdras? Pelo que entendi, as únicas coisas que você sabe vêm de uma meia dúzia de frases de efeito escritas nessas cartas com cheiro de naftalina, que nem as traças quiseram comer.

— Você está enganado. Conheci muito mais do Lélio pelo olhar das outras pessoas do que pelo que foi dito nas cartas — *afirma ele.*

— Você acha mesmo que a empatia despertada por pena e nostalgia resume quem ele era? Pessoas sensibilizadas se lembram apenas de coisas que as fazem chorar. Segundo estudos recentes do IYPU, Instituto Yago de Pesquisas Úteis, em noventa por cento dos casos os pecados dos falecidos são coniventemente esquecidos.

— Isso é só uma forma de ver o melhor das pessoas, Yago.

— Claro! É difícil rezar pro cara que traiu, que mentiu, que roubou, que matou, que comeu aquela última fatia de torta que você guardou na geladeira… Falando nisso, eu acho que tenho um bolo na geladeira. Aceita um pedaço? — *Eu realmente estou com fome.*

— Não. Obrigado — *responde EsdrazzZ, putinho.*

— Ora, meu camarada, não faça essa cara. Essa bicha velha aqui teve paciência até demais com o Lélio. Éramos amigos! Conheci ele quando tínhamos uns 18 anos.

— Chega a ser difícil acreditar na visão do Lélio sobre você. Pelo que ele fala na carta, parecia que você era… Sei lá, sensível aos problemas dele, paciente para ouvir, conversar… E não vejo nada disso.

— Eu era tudo isso e mais um pouco. Mas o Lélio tinha uma visão muito poética e dramática das coisas; era uma *drama queen.* A única coisa que ele não fazia era chorar. Em compensação, era cheio de mimimi. Sabe aquela planta, não-me-toques? É igualzinha a ele: bastava tocar e ele se fechava todo. E eu, realmente, tenho zero paciência pra essa sensibilidade exacerbada.

— Sensibilidade não é uma coisa ruim, sabia?

— Não? Se ele estivesse vivo, talvez eu concordasse com você, Esdras. Mas, levando-se em conta que ele pegou o trem das onze sem o tíquete de retorno… Enforcamento, né? Que bizarro. Deve ser terrível ficar lá pendurado, agonizando, agonizando, agonizando… Eu tenho certeza absoluta de que todo mundo que se enforca, na hora H, se arrepende. Daí fica lá, assim, com a mão na corda, gritando mentalmente "Me tira daqui! Me tira daqui! Me tira daqui!" — *Tento reproduzir a careta.* — Não seria mais fácil dar logo um tiro?

EsdrazzZ não diz se concorda comigo, fica parado me olhando, atônito. Acho que a falta de resposta também é uma resposta. Mas reconheço que fui longe demais, por isso, tento me redimir:

— Desculpa, Esdras. Eu falo demais, não é? Não quis ofender a memória do seu amigo... do "nosso" amigo. Eu só tento olhar pra essa tragédia com um pouco de humor. Além disso, como eu disse, o Lélio não era um santo.

— Ninguém é... — *Esdras tenta defender a memória do amiguinho.*

— Pois é, mas eu precisei dele, de algo que só ele poderia fazer por mim. E, na hora em que eu contava com a sensatez, ele não se mostrou tão amigo assim e se negou a me ajudar. Não me admira que tenha morrido sozinho. Em compensação, o Lélio era muito bom numa coisa, melhor que qualquer um.... Sabe o que tinha de bom nele?

— Você via algo bom nele? Que surpresa! — *ironiza EsdrazzZ.*

— Claro que sim! O Lélio tinha uma excelente memória. Não se esquecia de nada! Sabe, você contava uma coisa pra ele, um ano depois ele lembrava vírgula por vírgula. Se você fizesse qualquer coisa de que ele não gostasse, ele lembrava tim-tim por tim-tim. Você já fez algo que tivesse desagradado ele, Esdras?

— Não que eu saiba — *responde ele, mentindo.*

— Nada como uma consciência tranquila, não é mesmo? Vai ver que por isso o Lélio era tão infeliz. Não dizem que a melhor definição de felicidade é boa saúde e memória fraca?

— Eu tenho certeza de que ele tinha outras qualidades.

— Claro! O Lélio era muito bom em surpreender também, Esdras. Quando menos você esperava, ele fazia algo impressionante. Coisas que jamais se esperaria dele. Coisas extraordinárias.

— Tipo o quê? — *indaga EsdrazzZ.*

— Tipo morrer! — *Eu sei que não devo, mas é impossível não gargalhar agora. A cara de chocado que EsdrazzZ faz é impagável.* — Sorria, meu camarada. Temos que rir da vida, não acha? Fazer piada das mazelas da vida. Não entendo a razão das piadas mórbidas não serem benquistas... Convenhamos, às vezes são as mais engraçadas. Eu tenho uma ótima, não sei quem inventou, mas é assim...

— Yago, desculpa, mas eu preciso ir agora — *diz o mal-educado, me cortando.*

— Não sem antes ouvir a minha piada. Ela é assim: Um empresário falido recebe, no seu escritório, a visita da cobradora de uma das muitas dívidas que ele tem. Ela ameaça tirar tudo dele na justiça se ele não pagar. Após a mulher se retirar, desesperado, ele resolve se suicidar. Então, o homem vai pro meio da rua com um galão de gasolina e joga o líquido por todo o corpo. Enquanto ele procura, sem sucesso, um isqueiro ou uma caixa de fósforos no bolso, a mesma cobradora, que observava a cena de dentro do carro, sai desesperada, gritando: "Calma, moço, calma! Se o seu problema é o dinheiro, nós podemos resolver isso! Eu dou um jeito, espera!" A mulher, então, pega a bolsa, joga todos os seus pertences no chão e sai desesperada, abordando todos os carros que passam por ali. Alguns minutos depois, retorna satisfeita, aumentando as esperanças do pobre homem, que diz: "Então, moça, conseguiu quanto?" Ela responde: "Acho que consegui o bastante: oito isqueiros e quatro caixas de fósforos!"

Sempre me acabo de rir quando me lembro dessa piada. E agora não é diferente. Gargalho diante de um EsdrazzZ perplexo, que não ri nem em solidariedade ao meu bom humor.

— Olha, é melhor eu ir embora, Yago — *diz o panaca, chocado.*

Esse é o problema de pessoas tristes; pra você tirar um sorriso delas tem que roçar uma pena de pavão nos pés.

— Desculpa, Esdras. Eu perdi a linha, não foi? Não repare, o meu humor pode ser um pouco inconveniente às vezes. Releve.

— Não tem problema. Mas é melhor eu ir — *responde ele, sério.*

— Não... Fique mais um pouco, Esdras. Vamos falar do Lélio. Você sabia que ele era escultor? Aliás, ganhou muito dinheiro com o trabalho, mesmo tendo tão poucas ambições na vida. As pessoas não davam nada por ele, sabe? De repente, ele virou um escultor muito requisitado. Aí, não disse que ele era surpreendente? Produzia obras fantásticas, reconheço. A maioria era esquisita? Sim, mas eram um sucesso. Você conheceu alguma?

— Sim. Conheci o monumento de uma praça, na minha cidade. Um soldado da borracha.

— Ah, sim, eu me lembro dele fazendo essa. O Lélio ficou muito irritado quando embargaram a inauguração na justiça. Tem outras esculturas dele aqui na cidade. Não sei se você já viu.

— Não, onde ficam? — *quer saber o andarilho.*

— Aqui próximo, na avenida principal, tem uma. Você viu um caramanchão que tem lá? Fica bem ao lado. Depois você dá uma olhada, acho até que ela é a sua cara.

— Farei isso. Agora, é melhor eu ir. Não quero tomar mais o seu tempo. Eu só vim entregar a carta do Lélio e saber mais sobre ele. Há algo mais que você possa me contar dele?

— Não. Mas espero reencontrar você pra conversarmos mais, Esdras. Tenho certeza de que você vai conhecer bem mais do Lélio até terminar a entrega dessas cartas. Afinal, é assim que você está conhecendo ele, não é?

— Sim. E tem sido gratificante.

— Espero que continue assim. — *Mentira.* — Imagino que você ainda vá se surpreender muito com as histórias do Lélio. — *Verdade.*

— Eu pretendo terminar as entregas até amanhã. Depois disso, vou embora da cidade.

— Tudo bem. Quem sabe, então, nos encontramos por acaso pela cidade, antes de você partir. Algo me diz que esse não é o nosso último encontro. Ainda mais com você zanzando pelas ruas.

— Nos vemos por aí então, Yago. — *EsdrazzZ se levanta do sofá pra partir, mas, antes, eu pretendo testar-lhe a memória:*

— Esdras, você se lembra disso? Era do Lélio. — *Aponto pra parede de um corredor, na direção de um quadro. Ali, emoldurado, está a capa de um álbum de figurinhas bem antigo.*

— O álbum da Copa! — *exclama EsdrazzZ, ao se aproximar.* — Eu e ele colecionávamos.

— Eu sei. Esse era o álbum "dele".

— O álbum dele? Mas ele não... — *EsdrazzZ franze o cenho.*

— Perdeu? — *completo a inverdade que ele pretendia dizer.* — Sim, aconteceu isso mesmo... esse álbum estava "perdido". Mas ele o encontrou depois e guardou na garagem da casa da bisavó, que morava aqui nessa rua também.

— Mas não deve ser aquele mesmo álbum. O dele, ele perdeu.

— Não! É o mesmo álbum, eu garanto. O Lélio chegou a achar que tivesse perdido, na época em que vocês eram amigos. Inclusive, ele tinha certeza de que você tinha pegado o álbum dele. Surrupiado, no caso. — *EsdrazzZ faz uma careta ao me ver fazer uma mímica de "roubo" com as mãos.*

— Ele disse isso a você? — *pergunta o larápio.*

— Disse. Ele não queria aceitar que o melhor amigo dele tinha lhe roubado o álbum de figurinhas; mas só você sabia onde ele guardava.

— Embaixo do colchão — *confirma o andarilho.*

— Exatamente! Por acaso estou ouvindo uma confissão? Ora, ora.

— Sim. Ele tinha razão... Eu peguei esse álbum. — *EsdrazzZ fica imóvel, em pé, olhando a relíquia.* — Eu só não me lembrava de ter devolvido.

— E você devolveu? Acho que não, hein? O Lélio me disse que achou esse álbum no meio das suas coisas, Esdras.

— Ele sabia, então, que fui eu — *deduz*.

— Sabia, sim. É ruim ser pego na mentira, não é?

— Eu não sabia que esse álbum era tão importante para ele. Eu sequer percebi que ele tinha pegado o álbum de volta. Mas, assim que li a carta que me enviou, foi a primeira coisa que me veio em mente: o álbum que eu... roubei dele — *confessa, enfim*.

— Esse não é o tipo de lealdade que se espera de um amigo. Esse álbum era tão importante que o Lélio emoldurou e, antes de ir embora, me deu de presente. Quando ele bateu as botas, eu coloquei aí na parede. Achei que combinava com a decoração "antiga".

— Ele adorava colecionar coisas, principalmente álbuns de figurinhas — *diz EsdrazzZ, olhando hipnotizado pra capa.*

— O que eu nunca entendi foi o fato de ele continuar seu amigo, admirando tanto você, mesmo você o tendo roubado.

— Eu era só uma criança, Yago. Não sabia o que estava fazendo. O Lélio sempre foi mais sereno, tenho certeza de que ele entendeu isso. Mais até do que fui capaz.

— Será?! Bom, só não me peça esse álbum pra você.

— Não, eu não pediria isso. Mas será que você tem uma foto dele adulto? Havia muitos anos que eu não o via de fato. Gostaria de ter uma memória dele — *diz EsdrazzZ, cabisbaixo.*

— Não tenho nenhuma foto dele, camarada. E por que eu teria? — *digo, enquanto acompanho ele até a porta.*

— Tudo bem! Talvez eu consiga com a família dele. Aliás, na carta, o Lélio fala da morte de alguém, de um homem. A quem ele se referia?

— Foi um parente dele... Uma pessoa de outra cidade.

— Ah, entendo. E quanto à bisavó dele? Você disse que ela morava nessa rua... E a casa do Lélio também era aqui, certo? — *indaga ele.*

— Isso. Aqui ao lado.

— Será que...

— A casa foi demolida — *respondo, já imaginando o que ele perguntaria.* — Construíram outra; então, nem adianta mais você ir lá. Esse pessoal daí nem conhecia a família dele. A casa da bisavó também foi demolida, assim como a praça que tinha por aqui.

— Mas você não conhece ninguém da família do Lélio? — *insiste, mesmo me vendo de pé, esperando que ele vá embora.*

— Não vou poder te ajudar, meu camarada. A mãe do Lélio se mudou daqui, antes mesmo do Lélio bater as botas.

— Então deve ter sido o morador dessa casa que uma conhecida do Lélio viu — *diz ele, enrolando pra sair e quase me obrigando a colocar uma vassoura atrás da porta.*

— De quem você está falando? — *pergunto, impaciente.*

— De uma vendedora de algodão-doce. Ela pensou que essa pessoa era o Lélio, mas ele já havia falecido. Eu achei que pudesse ser um parente — *esclarece ele, enquanto tenta afastar com a mão a fumaça que sai do meu cigarro.*

— Vendedora de algodão-doce, é? Nossa. Detesto doce! E não sei como alguém tem coragem de comer essas porcarias vendidas na rua. Muita falta de higiene, você não acha?

— Ela me pareceu bem higiênica — *pondera ele.* — Enfim, eu tenho que ir agora. A propósito, você sabe onde fica a travessa Junco Quebrado? Preciso entregar uma carta lá.

— Eu vou te ensinar. — *O caminho errado, obviamente.*

Por mais que o EsdrazzZ tenha fingido toda essa cordialidade, algo bem típico dos covardes, ele sente raiva de mim. Raiva por achar que eu estava debochando do seu velho amigo; raiva por eu ter feito ele saber que o roubo daquele estúpido álbum de figurinhas não era mais um segredo; raiva, principalmente, por achar que eu deveria ter feito algo pra impedir um suicídio que ele próprio queria ter evitado.

Logo após ter saído pelo portão, Esdras se deparou com alguém que ele até esperava encontrar em breve, mas não naquele momento e especialmente em frente àquela casa:

— Odilon? — surpreendeu-se ao topar com o psicólogo ali.

O velho gagá estava fechando a porta do seu carro e, quando se virou pra EsdrazzZ, ficou nitidamente desconsertado:

— Oi, como vai? — *cumprimentou o ancião, erguendo as sobrancelhas.*

— Bem. Você mora aqui nesta rua? — *Ai, EsdrazzZ...*

— Não, não...

— Ah, entendi, você conhece o cara que mora aqui — *deduziu Esdras, apontando pra trás, na direção da casa de onde havia acabado de sair.*

— Não. Na verdade, eu vi você entrar nessa rua e resolvi vir falar contigo — *esclareceu o psicólogo.*

— Você me viu? — *indagou Esdras.* — Por que não me chamou?

— Eu precisei fazer o retorno; além disso, eu não tinha muita certeza de que era você. Então, esperei para me certificar.

— Achei que você fosse entrar.

— Não. Eu estava aguardando você sair.

EsdrazzZ estranhou aquela resposta, assim como qualquer ser humano estranharia. Entretanto, como ele não é de confrontar as pessoas, aceitou-a como verdade.

— Eu vim entregar uma das últimas cartas do Lélio. Agora, só restam duas. Aliás, Odilon, você sabia que era esta a rua que o Lélio morava? — *perguntou Esdras.*

— Esta rua? Sinceramente, não. Ele morava nessa casa aí?

— Não, mas era nesta rua. Conversei com o antigo vizinho dele, que mora aqui. Parece que a antiga casa do Lélio foi demolida.

— E o que mais esse vizinho do Lélio disse a você? — *Aposto que, se fosse no consultório dele, não perguntaria tanto, assim como todos os outros fazem.*

— Conversamos, apenas. Ele falou algumas coisas do Lélio. — *EsdrazzZ se aproximou e diminuiu o tom de voz:* — Senti um certo rancor... ao falar do amigo. E a única informação nova que ele me deu foi que o Lélio teve síndrome do pânico. Isso é verdade?

— É verdade, sim, infelizmente. E qual o nome desse vizinho?

— Yago. Pelo que dizia na carta que eu entreguei a ele, imagino que o Lélio tenha comentado dele com você.

— Yago... É, creio que o Lélio falou, sim — *respondeu o velho.* — Me recordo, com certeza. Bom, mas e o nosso almoço, ainda está de pé?

— Está sim, eu iria passar no seu consultório por volta do meio-dia. Já está na hora? — *perguntou o andarilho de azul.*

— São onze ainda — *informou Odilon, após conferir no relógio de pulso.* — Mas podemos ir conversando. Eu estou com a tarde livre, não tenho mais pacientes hoje.

— Ainda está um pouco cedo. Acho que vou entregar mais uma carta, depois te encontro, pode ser?

— Tem certeza? Eu estou de carro, podemos ir agora — *insistiu Odilon Jiminy.*

— Prefiro adiantar logo isso. Mas quero conversar contigo. Pode ser às treze horas?

— Claro! No entanto, em vez de ser no meu consultório, vamos nos encontrar num restaurante. Você é meu convidado, aceita?

— Tudo bem. — *Pra tirar um sorriso do EsdrazzZ, a essa altura bastava um convite pra ele comer de graça.*

— Me encontre no restaurante Cidade Jardim, ele fica bem no centro da praça da Bola — *propôs o psicólogo.*

— Restaurante Cidade Jardim... Eu encontro você lá.

— Não deixe de ir. Que tal uma carona? — *indagou o velho.*

— Não. Obrigado de verdade, mas prefiro caminhar.

Quando saiu dali, EsdrazzZ atravessou a avenida Quinta dos Abacates e foi até o largo canteiro central da via, a fim de ver o monumento que lhe indiquei. Na lateral do caramanchão de madeira estava a obra. EsdrazzZ ficou encantado com a forma da escultura; ou, talvez, com a deformação que viu diante dos seus olhos: contorções marcantes, curvas sinuosas, extremidades pontiagudas; abstrações expressivas feitas num bronze brilhante, familiar àquela escultura da casa que fica no alto do bosque, reconheceu ele. Uma placa lateral indicava a autoria: "Lélio Schiavon — escultor da nossa cidade".

De volta à sua interminável jornada, EsdrazzZ caminhou, seguindo as minhas orientações, rumo ao destinatário que buscava: "À Menina que Não Mentia. Travessa Junco Quebrado, Galeria Mar de Nice, Térreo, Sala 07". Andou por quase uma hora e foi até os limites urbanos da cidade, quando finalmente percebeu que eu havia "me equivocado" e lhe ensinado o caminho pra rua Junco Caído. Risos.

Menos chateado do que eu gostaria, EsdrazzZ retornou ao Centro da cidade e, depois de se informar com transeuntes, chegou à Galeria. Lá, em um longo corredor e em frente a uma agência bancária, estava a sala que ele procurava. Um letreiro no alto indicava a Alcateia Pet Shop. O lugar, bem apertado, diga-se de passagem, possuía uma parede tomada de fotografias de bichos e seus donos. Prateleiras que iam do chão até o teto, repletas de produtos pra animais, cobriam as outras paredes. Mal se notava a existência de um balcão e de uma pessoa atrás dele.

— Olá, boa tarde — *disse uma mulher de sorriso adestrado. Apesar da poluição visual, EsdrazzZ notou a mulher, que devia ter uns 40 anos em um corpinho de 60.*

— Tudo bem, meu amor? Posso ajudar você? — perguntou ela.

— Eu tenho uma entrega para esse endereço... — *De novo aquela explicação sonolentazzZ...*

— São os sacos de ração? — Ela se levantou.

— Não. Deixe-me ir direto ao ponto. — *Por favor!* — O meu nome é Esdras. Não sei se é exatamente para você, mas eu tenho uma carta para uma mulher. É do Lélio, Lélio Schiavon. — *Olha aí como foi útil eu ter indicado o monumento.*

— O meu nome é Sabrina, querido — disse ela. — Mas... uma carta do Lélio? Menino, tem um bom tempo que eu não vejo o Lélio, sabia?

— Então ele era um conhecido seu... — deduziu Esdras.

— Era? — Ela franziu o cenho. — Ele já é falecido?

— Sim. Infelizmente, sim... — *zzzZZZZZ.*

— Menino, eu não sabia. A vida é uma merda. Do nada, pluft: a gente vira fantasma. Havia anos que eu não o via.

— Mais alguém que trabalha aqui conhecia ele? — perguntou Esdras, para se certificar de que ela era a destinatária.

— Não. Eu sou a dona. — *O que justificava o mau gosto da decoração.*

— Bom, então acho que a carta é mesmo para você.

— Mentira... Ele deixou uma carta pra mim? Sério? Que fofo. — Surpresa, Sabrina recebeu o envelope das mãos de Esdras e, após ter analisado o papel, passou a ler sua carta: "À Menina que Não Mentia..."

À Menina que Não Mentia

Olá, Sabrina. Nós convivemos tão pouco que sequer tenho certeza de que você se lembrará de mim. Espero que sim, mas que não seja de uma maneira tão ruim; por mais que o motivo desta carta possa se resumir numa única palavra: perdão. Antes de tudo, preciso esclarecer que sempre me cobrei muito. Mesmo sabendo que estou longe da perfeição, eu busco aperfeiçoar tudo: a elaboração do que digo; o sucesso do que faço; a plenitude do que sinto; e, por fim, tento a perfeição em "ser". Muitos querem "ser" perfeitos para os outros, enquanto outros querem ser perfeitos para si; eu tentei ser perfeito em tudo e para todos. Obviamente, falhei comigo mesmo.

Falhei também com você. Certa vez, naquele curso de artes que frequentávamos, no Clube dos Oficiais, eu fiz algo tão feio, que, mesmo tendo se passado décadas, jamais esqueci. É é por esse erro que venho pedir desculpas. Eu menti de uma forma sórdida. Apesar de ser bem novo, já sabia que era errado. E eu me lembro de que, sempre que os oficiais passavam por nosso ateliê, elogiavam os nossos trabalhos. Todos os oficiais... exceto o meu pai. Um dia, ele até parou diante do nosso grupo de aprendizes e elogiou um dos trabalhos: "Perfeito". Mas você era a elogiada, não eu. Nunca era eu! Eu nunca fui bom o bastante.

Aquilo me deixou tão chateado que, no auge de uma infantilidade cruel, destruí todas as peças do ateliê, quebrei tudo. No fim, descontei a minha frustração em você, quando escrevi naquele mural "Olhem o que eu fiz!" e assinei com o seu nome. É óbvio que ninguém em sã consciência deixaria esse tipo ridículo de confissão, mas até mesmo a *crueldade tem a sua fase de inocência. Voltei, no dia seguinte, sabendo que seria descoberto. No fundo, eu desejava isso, não queria mais que me cobrassem tanta perfeição. Ser normal me bastaria. Mas, para surpresa de todos, no dia seguinte, você admitiu a culpa. Lembro-me dos olhares incrédulos, enquanto você, logo você, apenas repetia: "Eu não minto. Fui eu."*

Não, Sabrina. Fui eu. Não sei por que você mentiu, assumindo aquela culpa. O que eu sei, hoje, é que eu a invejava pela sua coragem de ser "quem" e "como" você já era, e por ser admirada mesmo assim. Você era e sempre será uma inspiração de como viver; não foi à toa que você, sem saber, fez eu querer me aceitar. Assumir quem eu era de verdade só se tornou uma possibilidade depois de ver você ter orgulho de si. Obrigado por me proteger, mesmo sem saber o que você representava para mim. E saiba que eu lamento muito pelo que te fiz... Perdão.

Lélio

— Eu me lembro muito bem desse dia do qual ele fala aqui na carta. O dia em que ele me fez mentir — afirmou Sabrina.

— Eu não li a carta. Do que se trata? — indagou Esdras.

— Se você quiser ler, amor, fique à vontade. Mas, basicamente, ele narra um episódio bem crazy que me deixou assustadinha. Por isso mesmo, menti por ele. Leia a carta pra você entender melhor. Aí, eu te explico o bafafá — disse a mulher de pele bronzeada.

Sabrina entregou a carta, e Esdras fez a leitura toda em silêncio.

Aquela, sim, era a cara de decepção... EsdrazzZ colocava em xeque, enfim, a imagem idealizada do amiguinho de infância perfeito. Naquele momento, ele questionou se existiu, num passado obscuro, um Lélio mentiroso, dissimulado, aproveitador, violento. Será que ele o conhecia tão bem assim? Questionava-se EsdrazzZ, já sabendo a resposta: NÃO!

— Ele teve um surto, é isso? — perguntou Esdras, assustado.

— Menino, ele destruiu tudo... Senta aqui que eu vou te contar. — Sabrina arrastou um banco para que Esdras se sentasse. — Ele acabou com todas as peças que a turma havia feito no ateliê. Não sobrou nada. Mas, olha... eu não fazia ideia de como era a relação dele com o pai. Talvez isso explique o que aconteceu naquele dia. Foi uma loucura.

— Você estava lá quando ele quebrou tudo?

— Eu já tinha ido embora do Clube. O curso sempre terminava por volta das cinco. Mas, naquele dia, estava um calor medonho. Parecia que tinham aberto uma franquia do próprio inferno em Santana. Então, eu decidi voltar e dar um mergulhinho na piscina; como não havia cursos noturnos, o Clube já estava bem vazio.

Sabrina puxa outro banco e se senta ao lado de Esdras, que é todo ouvidos.

— Daí, menino, quando eu fui deixar a minha bicicleta no bicicletário que ficava na frente do ateliê, eu ouvi umas batidas, um barulho de coisas sendo quebradas: "PÁ", "PÁ", "PÁ". Tudo bem que uma sinfonia de ruídos era comum pra nós, trabalhávamos com metal, madeira, vidro... Então, ninguém estranhava o barulho. Mas eu sabia que não estava tendo curso naquele horário, não deveria ter ninguém por lá.

— Era o Lélio — deduziu Esdras.

— Sim. Eu me aproximei na surdina e vi, pela janela, o Lélio descendo a porrada nas coisas, com uma marreta. Menino, ele destruiu tudo na sala: obras expostas, trabalhos inacabados... Ele tinha uma expressão de horror, estava descontrolado. Por fim, pra resumir, ele foi destruir a minha escultura. Ela não era nada demais. Pra falar a verdade, eu sequer me lembro de como era. Mas ele dava marretadas na coitada com ódio.

— Ele te viu? — indagou o andarilho de azul.

— Querido, naquele momento, eu tive a impressão de que sim. Eu estava do lado de fora, e as luzes do Clube ainda não tinham sido acesas. Achei que ele não conseguiria me ver. Mas, meu amor, do nada, ele olhou bem na minha direção. Era como se ele me encarasse; os olhos eram puro ódio. Só sei que ele voltou a destruir o meu trabalho, com mais força ainda.

— Talvez ele não tenha te visto. — O relato surpreendeu Esdras.

— Por via das dúvidas, meu bem, eu saí correndo igual uma louca. Fui pra casa e não contei pra ninguém. Só que, no dia seguinte, eu e meus pais fomos chamados pelo professor do curso, então pudemos ver o recado que ele deixou no quadro, dizendo eu havia feito aquilo tudo.

— E ele não foi chamado também?

— Ele já estava lá, menino! Os outros alunos e alunas também. Eu me surpreendi com aquela confissão assinada "por mim", e, quando todos me perguntaram se eu havia feito aquilo, eu não sabia o que dizer.

— Você estava com medo do Lélio?

— Não, amor. Eu tive foi pena dele — respondeu Sabrina.

— Pena?

— Sim. O olhar dele não era mais ameaçador, nem de ódio, como no dia anterior. Ele me olhava em pânico. Eu não sei o que tinha levado ele a fazer aquilo, mas ele parecia mais assustado do que eu. Estava acuado.

— Por isso você assumiu a culpa?

— Sim. E fiquei com dó dele. Meus pais me deixaram de castigo, e eu fui suspensa do curso. No fundo, todos ali sabiam que não tinha sido eu.

— Acharam que você estava protegendo alguém?

— É isso, quando você não se parece com aquilo que você diz ser, as pessoas acabam encontrando a verdade nos seus olhos.

— E o Lélio não te disse nada depois?

— O coitado nunca mais voltou pro curso. Mas eu me lembro desse bafafá como se fosse hoje. Quando você falou o nome dele, deu logo um estalo: "PÁ".

— É, pelo visto, ele também não esqueceu — disse o andarilho, sorrindo amarelo.

— Esse pedido de desculpa, hoje, foi muito bem-vindo; achei fofo. Nunca senti raiva dele, sabe? E, com essa carta, posso entender o que se passava com ele. Não é fácil lidar com as expectativas, sejam as que os pais colocam em cima dos filhos ou aquelas que os filhos assumem, como se viessem dos pais. Eu mesma tive um pai extremamente exigente, rigoroso, que sonhava com um filho engenheiro. Sim, eu disse um filho engenheiro. Não engenheira — enfatizou ela.

— Eu sei bem como são essas frustrações de pais, que ganham fôlego na vida dos filhos. Às vezes, acreditando que é uma boa intenção, insistem em motivar um sucesso que só existiu num futuro nunca alcançado por eles.

— Com certeza, querido. Meu pai não queria que eu fosse menos do que ele "poderia" ter sido. Aliás, o fato do meu pai e o pai do Lélio serem policiais, colegas de trabalho, de certa forma me faz imaginar que tivemos uma criação parecida. Lá em casa era a mesma rigidez de um quartel — afirmou Sabrina, encarando a carta.

— Vocês não eram amigos fora do curso? — perguntou ele, curioso.

— Infelizmente, não. Mas eu gostaria de ter conhecido o Lélio melhor. Ter feito amizade com ele. Mas não tivemos mais a oportunidade de conviver. Apesar de que todo mundo na cidade convive um pouco com ele diariamente.

— Como assim?

— Por causa dos monumentos daqui, bem conhecidos. Um deles já virou ponto de referência.

— Ah, sim. Eu até passei por um, na Quinta dos Abacates.

— Não, amor, não aquele. O outro, que fica na praça da Rosa.

— Esse eu ainda não conheci.

— É a principal da cidade. Se bem que todo mundo chama de praça da Bola. Ela fica bem aqui — Sabrina girou o corpo para apontar —, nessa rua lateral à Galeria.

— Praça da Bola? Eu tenho que encontrar alguém lá, no almoço. Um conhecido do Lélio, por sinal — contou Esdras.

— Talvez tenha sido por isso, quem sabe? Apesar de que eu acho que as pessoas sequer prestam atenção nas placas que dizem quem foi o escultor da obra. O apelido "praça da Bola", inclusive, vem do monumento e da ignorância do povo desse fim de mundo.

— E o que é a escultura? Uma bola mesmo?

— Não. Menino, as pessoas chamam assim pelo formato circular, mas é uma rosa-de-jericó.

— Rosa-de-jericó? — Esdras fez uma expressão de "o quê?".

— Algumas pessoas chamam de "flor da ressurreição". Mas, como sou uma bióloga curiosa, já pesquisei sobre ela alguma vez. Nunca vi uma planta com tantos truques pra conseguir se adaptar e sobreviver às condições do ambiente.

— O que ela faz? — quis saber ele.

— A rosa-de-jericó é uma flor que vive no deserto, cresce rápido e tem uma cor verde linda. Quando a terra fica muito seca, ela se encolhe em formato de bola e guarda o máximo de água possível. Aí, as raízes se soltam e o vento carrega aquela bola de galhos e folhas secas por quilômetros e quilômetros no deserto.

— E ela não morre?

— Não, menino. E isso pode levar dias, semanas, até que ela encontre um local úmido. Então, ao ter contato com água novamente, em poucos minutos, ela abre as folhas secas e volta à vida, do nada! Se você esperar algumas poucas horas, ela já estará com todo aquele verde exuberante, bem vivo, de novo. É babado.

— Incrível mesmo. — A história deixou Esdras ansioso para conhecer a tal escultura.

— É por isso que eu amo planta. E amo os meus bichos. Meus pets são tudo pra mim.

— Você não tem filhos, Sabrina?

— Tenho cinco, meu amor — respondeu ela.

— Cinco? Nossa. — Esdras sorriu, espantado.

— Frufru, Paetê, Penacho, Eva e Ru. Cinco gatinhos lindos. Os amigos mais leais que eu poderia ter. Vem ver aqui…

Sabrina se levantou e foi pra frente da breguíssima parede de fotos, no lado direito da loja. Tocou numa das fotos, na qual aparece deitada numa cama, cercada por gatos. Que morte horrível, meu Deus!

— Cinco gatos… Que coragem a sua — comentou Esdras.

— Você mora com quem? Não tem nenhum bichinho?

— Eu vivo sozinho — respondeu ele, sentindo o peso daquilo.

— Sério? Eu nunca estou só, tendo eles em casa. Tem gente que diz que os gatos são insensíveis e independentes, pipipi pópópó… Mas isso não quer dizer que eles gostem de viver sozinhos. São de uma espécie social tanto quanto nós. Você deveria experimentar ter um.

— Não, não acho uma boa ideia.

— Ah, é que não fomos feitos pra ficar sozinhos. Pessoas solitárias têm mais chance de se deprimir, sabia? — *Mal sabia ela que corria o risco de ouvir uma interminável ladainha, ao abrir a porta daquele assunto.*

— Não posso discordar em nada de você — disse ele.

— Eu sempre gostei de bichos. A nossa turma, lá do Clube, sempre teve a tradição de promover feiras de adoção. Hoje, eu que cuido dessas feiras. Veja essa fileira de fotos aqui, são todas das feiras que organizamos. Aqui tem fotos bem antigas.

— Oi, meu amigo! — Uma voz familiar a Esdras vinha de fora da loja.

— Tia Madô! — Reconheceu Esdras, com carinho e sorrisos para a vendedora de nuvens.

— Tia Madô, a senhora anda sumida, hein? Como vai? — completou Sabrina.

— Poxa, minha linda, é o tempo. E muito trabalho. Vim aqui só pra ir ao banco — disse a senhora. — Mas esse moço ontem me convenceu a reduzir o ritmo.

— Ah, é? — indagou Sabrina, olhando para o risonho Esdras.

— Sim. Agora eu vou vender os algodões apenas pela manhã. Só assim pra arranjar um tempo de vir no banco cadastrar uma tal de senha de aplicativo.

Tia Madô se despede dos dois, prometendo retornar em alguns minutos, e entra na agência bancária do outro lado do corredor. Sabrina, então, retoma a conversa com Esdras:

— Olha, deixa eu te mostrar uma coisa. — Sabrina parou e começou a procurar alguma foto no enorme mural. — Acho que tenho algo aqui de que você vai gostar.

— Um bicho? Nossa, nesse momento, eu não tenho nem como me sustentar direito, imagina um bicho — *declarou EsdrazzZ, erguendo as sobrancelhas e querendo se livrar da possibilidade de ter uma companhia. Afinal, reclamar da falta de companhia, pra ele, soa muito mais poético e dramático do que ter uma companhia.*

— Não, não é um bicho. Quero dizer… tem bichos na foto, mas eu quero mostrar outra coisa… Aqui, ó. Olha essa foto da minha turma.

Sabrina apontou para uma foto antiga que estava no canto da parede, já quase na saída do pet shop. Esdras foi conferir de perto.

— Era a minha turma do curso de artes — informou ela.

— Vocês eram bem novos mesmo. — Esdras via oito crianças na foto, sendo cinco meninas e três meninos. Cada um deles segurando um cachorro ou um gato.

— Está vendo esse menino aqui? — Ela retirou a fotografia presa ao mural e passou para Esdras. — É o Lélio!

Ver Lélio, naquela idade, era voltar no tempo em que foram amigos. E observando o velho conhecido com mais afinco, Esdras enxergava um menino magricelo, cabeludo, com um olhar pesado e sem qualquer sinal de sorriso, enquanto as outras crianças da foto transbordavam a alegria natural da infância. Preso nas mãos daquele menino estava um gato mais confortável com a foto do que aquele que lhe segurava.

— Sim, é o Lélio — confirmou Esdras. — Esse era o rosto que ele tinha quando conheci ele. Talvez fosse um pouco mais novo.

— Ele era bem sério, não é, amor? Sempre muito calado. Mas tinha muito talento, disso eu lembro bem. O Lélio tinha algo especial — afirmou a bióloga, em tom nostálgico.

— Ainda não te reconheci. Qual dessas meninas é você? — indagou Esdras, atento à foto.

— Eu sou esta aqui — mostrou Sabrina, tocando o dedo no peito de um dos três meninos da imagem, para surpresa de Esdras:

— Esse menino? Você era… Você é… — Esdras procurou, mas não encontrou a palavra ou, talvez, o gênero certo para falar.

— Sávio! Esse era o meu nome de batismo. Eu era esse menino, sim. Pelo menos, por fora. Por dentro, nunca fui diferente do que eu sou hoje. Um pouco mais jovem, talvez — disse Sabrina, sorrindo.

— Você é... travesti? — indagou Esdras.

— Não, amor — disse Sabrina, sorrindo e jogando os cabelos para o lado.

— Transexual?

— Sim. Mas pode me chamar de Sabrina, que eu respondo — declarou ela, sorrindo e devolvendo os cabelos para o outro lado.

— Ah, desculpa, acho que não sei a diferença. — Esdras sorriu, desconsertado.

— Olha, amor, não que seja a minha obrigação, mas vamos ver se eu consigo te explicar — começou ela, arrumando alguns fios de cabelo que caíram sobre o rosto. — Antigamente, as pessoas nos colocavam na caixinha que convinha: se era pobre, travesti; se era rica e operada, trans. Mas isso aí era só a ignorância e o preconceito rotulando a gente; não é sobre o que somos. Se você perguntar à minha amiga Sophia Key, ela vai te responder que não é nem homem nem mulher, é uma travesti. Porém, entretanto, todavia, a pessoa se identifica como quiser, como se sente. E eu sou uma mulher, uma mulher trans! Linda, bela e gostosa.

— Acho que entendi. Desculpa se eu fiz uma cara de espanto. É que desde que eu li no destinatário "À Menina que Não Mentia", isso nunca passou pela minha cabeça — disse Esdras, meio sem jeito.

— Nem precisaria passar. É pra isso que conhecemos as pessoas, amor; pra saber quem elas são. Fique tranquilo! Eu me chateio menos com os equívocos do que com as certezas equivocadas — *disse ela, bem plena.*

— O Lélio, pelo visto, sabia de você... — deduziu Esdras, olhando para a fotografia.

— É, até me surpreendeu o Lélio "saber" da minha transição. Nunca mais tivemos qualquer contato, e ele se referiu a mim com o meu gênero, de forma muito respeitosa.

— Ele era um cara sensível.

— É verdade — concordou Sabrina. — Sabia que eu já me questionei se isso não teve alguma relação com aquele episódio?

— A que você se refere? — questionou Esdras.

— A questão da sexualidade mesmo. Ainda éramos muito novos, mas acho que eu o incomodava de alguma forma.

— O Lélio era gay — afirmou Esdras.

— Eu já imaginava — disse Sabrina. — Talvez fosse exatamente por isso, sei lá... Eu penso que, quando somos reprimidos, acabamos descontando essa opressão em alguém. Às vezes, em quem é mais próximo daquilo que mais incomoda em nós mesmos. E não tem nada pior do que deixar de ser quem você é.

— O Lélio não teve espaço para ser o que ele era — lamentou Esdras.

— Eu acredito até que foi a isso que ele se referiu na carta, quando falou sobre "quem" e "como" eu era. Sempre fui o "afeminado", a "bichinha". As pessoas adoram usar "termos", não é? De preferência os pejorativos. Mas eu não sou um termo nem sou do meio-termo; eu sou uma mulher! — Sabrina jogou todo o ar do pulmão para fora, em alívio. — Desculpa o desabafo, é um assunto sensível pra mim.

— Imagino que sim — disse Esdras.

— Eu nunca fugi de quem eu era, mas eu fugia do mundo em que estava. Não sei se ele passou por isso também. No meu caso, usei tantas merdas na adolescência, que não sei nem como consegui sair viva. Crack, cocaína, heroína... Não era por prazer, sabe? Era só um alívio, meu jeito kamikaze de desligar a cabeça.

— No fundo, estamos todos sempre procurando formas de fugir do caos criando outros, não é? — afirmou o andarilho de azul, compreendendo Sabrina.

— Sim. Hoje, eu tento focar em coisas que me ocupem, não que me desliguem. Não foi fácil sair daquela fase. E eu digo fase porque tenho o constante medo de acabar voltando.

— Não vai, Sabrina. Não vai — encorajou Esdras.

— Ah, meu amor, certeza é a última coisa de que a gente precisa quando já foi dependente de alguma merda. A certeza é uma armadilha — conclui a bióloga. — Enfim, acabei desviando o assunto. O que eu queria dizer é que suponho que o fato de nunca ter fingido ser o que não sou talvez tenha incomodado o Lélio, entende?

— Você acha que ele quebrou a sua escultura por isso?

— Em parte, sim. Na época, eu não tive essa noção. Mas acho que ele tinha certo medo de se enxergar em mim; de ser como eu. Afinal, ele era gay, e o medo de ser "muito gay" faz, às vezes, com que alguns queiram ser "pouco gays". O famoso "discreto e fora do meio". O que é uma bobagem... Cada um será o que tem que ser, ainda que não seja nunca. Entende, amor, ou estou viajando demais? — disse, rindo de si mesma.

— Claro que entendo, Sabrina. — Esdras sorriu também. — Espero que eu não tenha te incomodado por lembrar dessa época.

— Não incomoda, querido. Tenho orgulho da minha história, das minhas lembranças... — Ela fez uma ligeira pausa e continuou: — Inclusive, dia desses, alguém me perguntou qual a lembrança mais antiga que eu tinha da infância. E fiquei tentando me lembrar de alguma história legal, mas tinha uma que não saía da minha cabeça. Levou tempo pra eu entender o porquê…

— Tem a ver com o Lélio?

— Não, essa não — retrucou ela, sorrindo. — Se bem que, considerando que nós dois nascemos nesse fim de mundo, talvez ele tenha testemunhado ou vivido coisas desse tipo. Eu era só uma little girl quando aconteceu: eu e a minha família estávamos na piscina de um clube aqui da cidade pra onde íamos todo domingo. De repente, começou uma correria disfarçada e confusa pra mim. Lembro de a minha mãe ouvir de alguém: "Tira o menino da piscina, a bicha louca entrou na água." Eu olhei em volta com medo, procurando uma vaca. — Sabrina riu e fez um gesto com a mão para ele não estranhar o que ela disse. — Calma, eu não era louca! É que não se falava em outra coisa nos noticiários da época, senão na doença da vaca louca. A minha mãe, desesperada, me arrancou da água, e eu fiquei apavorada de pegar a tal da doença. Aquilo nunca saiu da minha cabeça, mas precisei de muitos anos pra, finalmente, entender que a bicha louca não era uma vaca, mas sim um cara gay que havia entrado na piscina. E a doença, que a ignorância daquelas mães temia, era a AIDS. O HIV dominava o medo. O preconceito era fortíssimo. Até hoje, na verdade. Eu nunca me esqueci da imagem daquele rapaz na água, depois que todos saíram e o deixaram lá sozinho. E eu nunca me esqueci porque já me vi muitas vezes sozinha em várias piscinas da vida.

— Isso te marcou, não é? — concluiu Esdras. — As pessoas são muito preconceituosas aqui?

— Aqui… e em qualquer lugar, meu bem. Preconceito não usa passaporte. Mas, olha, eu não estou falando isso pelo Lélio, tá? Ele nunca me desrespeitou. Mas me olhava com os mesmos olhos de quem ensinou a ele que ser gay é errado, e que eu e ele éramos errados. Porém, não tenho mágoas. Ao contrário da escola, lá no curso, eu me sentia mais acolhida. A turma tinha mais meninas que meninos, isso era legal. No ano dessa foto, eram apenas três garotos: o Sávio, eu no caso, o Lélio, e esse terceiro aqui — ela apontou para outro garoto — é o Yago.

Esdras, segurando a foto, desviou bruscamente o olhar focado em Lélio para um outro rosto da foto: um menino sorridente que estava logo atrás.

— Yago? O nome desse menino é Yago? — indagou Esdras, surpreso.

— Sim, você conhece ele? — quis saber Sabrina.

— Na verdade… — Esdras franziu o cenho. — Acho que eu o conheci hoje.

— Sério? — Sabrina ficou surpresa com o acaso.

— Sim, deve ser o mesmo Yago... O Lélio também deixou uma carta para ele. E ele se parece com essa criança da foto.

— Ah, é? Olha que coincidência. Eu e o Yago fizemos o colegial juntos. Estudamos até na mesma universidade, fora daqui, mas em cursos diferentes. Às vezes, saíamos com uma turma de amigos em comum. O Yago era o mais divertido de todos, sempre bem-humorado.

— É... Ele me pareceu ser bem espirituoso mesmo. — Esdras refletiu por um momento. — Mas é curioso, ele me disse que conheceu o Lélio quando eram mais velhos.

— O Yago te disse isso? — Sabrina ergueu uma sobrancelha, surpresa. — Na certa, ele se esqueceu do curso, então. Éramos bem novinhos. Eu não vejo o Yago há muito tempo, por sinal.

— Sério? Nem aqui pela cidade? — perguntou Esdras, intrigado.

— NO CHÃO! — Um berro, seguido por um burburinho vindo do corredor fora da loja, interrompeu a conversa entre Esdras e Sabrina.

— JÁ MANDEI! TODO MUNDO NO CHÃO!

— Calma, por favor. — Os gritos de desespero de uma mulher em claro surto nervoso, aos prantos, fizeram com que Esdras e Sabrina fossem até o corredor.

— O que é isso?! — perguntou Sabrina, quando se deparou com dois homens encapuzados e armados na pequena agência bancária que ficava na loja em frente, a não mais que dois metros do pet shop.

— Eu mandei calar a boca! — gritou um dos homens, que, ao olhar para o corredor, viu Esdras e Sabrina na porta do pet shop. Antes que algum dos dois tivesse qualquer reação, ele atravessou o minúsculo corredor e avançou sobre ambos:

— Tão olhando o quê? Vêm pra cá! Anda, passem pra cá! — O homem ordenou, apontando uma arma contra cabeça de Sabrina, e a empurrou para dentro da agência. O mesmo foi feito com Esdras, que via o pânico tomar conta do lugar: assustadas, algumas pessoas se agachavam dentro das lojas, enquanto outras corriam para fora da Galeria, em desespero.

— Calma, moço. Por favor, não faz nada, estamos indo. — Sabrina, que já estava aos prantos, foi jogada no chão, ao lado de Esdras, clientes e funcionários do banco.

Esdras, buscando ser cauteloso, manteve a cabeça abaixada, como foi ordenado pelos assaltantes. Antes disso, chegou a ver uma funcionária sendo obrigada a enfiar o dinheiro dos guichês numa sacola preta, na parte mais interna da agência, isolada por uma parede de vidro e por uma porta giratória. Esdras e Sabrina estavam na parte externa, onde ficavam quatro caixas eletrônicos. À direita dele, duas mulheres choravam, e um senhor de idade, que parecia estar em choque, nem se movia. Na sua frente, um segurança do banco estava ajoelhado sob a mira do revólver de um dos bandidos. E, ao lado dele, a assustada vendedora de algodão-doce; Esdras podia sentir o pavor na tia Madô.

O assaltante que recolhia o dinheiro na parte interna tentou sair pela porta giratória, mas ela travou, deixando-o preso. O comparsa, então, começou a agredir o segurança para que ele liberasse a porta, mas o funcionário dizia não estar conseguindo destravá-la por meio do dispositivo que tinha em mãos. Encurralado, o bandido preso dentro da porta começou a atirar inutilmente no vidro, pois era blindado. O criminoso que estava na área externa também atirou na direção da porta, mas só conseguiu quebrar uma minúscula vidraça lateral, fazendo com que os estilhaços ferissem alguns reféns.

— Quer me matar? Tá maluco, porra? — perguntou o homem preso pela porta, enquanto dava incontáveis pontapés nela.

— Você quer que eu faça o quê?! — questionou o outro, gritando.

— Eu falei que ia dar merda! Me tira daqui! O segurança tá te enrolando. Mata ele!

— Emperrou! Não atira! Não atira! — apelava o segurança, sob a mira da arma apontada para o seu joelho. — Pega o controle da porta, tenta você. Pelo amor de Deus, não atira. Sou pai de família, sou trabalhador.

O bandido, que coagia o segurança, foi, então, até a tia Madô:

— Levanta, tia! Levanta! A senhora vai me tirar daqui — disse para ela.

— Não, meu filho. Por favor, não — implorou a vendedora de nuvens, apavorada.

— Levanta, tia! Quer levar um tiro na cabeça? Quer morrer, caralho? — O homem forçou a tia Madô a se levantar, puxando-a pelo chale que ela usava.

"Quer morrer?", aquela pergunta feita pelo homem mascarado assustou Esdras. Não pela pergunta em si, mas pela resposta que ele daria. Seria sim? Ele ainda queria morrer? Até dois dias atrás, a resposta seria um convicto SIM. Naquele momento, a resposta era: NÃO.

Enquanto observava o pânico à sua volta, Esdras sentia-se impotente, mas com o ensejo de fazer algo. O assaltante segurava a tia Madô com o braço em volta do pescoço dela e apontava a arma contra a sua cabeça. Aquele desespero da senhora, pela vontade de viver, vinha acompanhado de um olhar que suplicava: "Me salva."

Naquele momento, Esdras sentiu que esmagava algo com a mão direita e, ao olhar para ela, notou que a tensão no seu corpo amassava a foto que viera do mural de Sabrina. Esdras abriu a mão e enxergou aquele olhar soturno de Lélio. Os olhos do menino pareciam lhe ordenar: "Faça alguma coisa! Não seja covarde!"

Esdras decidiu agir, dominado pela certeza de que qualquer pessoa naquele banco teria mais a perder do que ele. Na sua mente, passou a ideia de que todos ali tinham alguém esperando em casa; ele, no entanto, não tinha para quem, para onde ou pelo que voltar.

— Não leva ela! — gritou Esdras, com firmeza.

— Como é que é?! Tá maluco, cara? Cala a boca e abaixa a cabeça! — ordenou o mascarado.

— Me leva no lugar dela! — insistiu Esdras, ignorando a ordem do bandido e se levantando cautelosamente.

— Cara, eu vou falar só mais uma vez: cala a boca e senta aí. Ou eu dou um tiro na cabeça dela e depois na tua.

— Você não quer fazer isso. Isso só vai complicar a sua vida!

O homem se aproximou bruscamente dele, forçando o cano da arma a entrar pela boca de Esdras:

— SENTA!

— Ela é cardíaca! — Esdras não hesitou, puxando a cabeça para trás até conseguir falar. — É uma senhora de idade, você pode matar sem sequer puxar o gatilho. Você quer isso? Me leva no lugar dela! Você está armado, não vou fazer nada. Só quero facilitar e proteger ela.

A argumentação de Esdras, pautada numa mentira que acabara de inventar, foi interrompida por mais uma sequência de tiros dada pelo homem que estava preso na porta giratória, mas o vidro ainda resistia. O homem que mantinha a arma apontada para a cabeça de Esdras viu o desespero da tia Madô. Então, reconsiderou e a jogou no chão, tomando Esdras como seu refém principal. Naquele momento, já se ouviam sirenes da polícia.

— Sujou! Sujou! — exclamou o mascarado para o comparsa, ao mesmo tempo que imobilizava Esdras com um braço em volta do pescoço e a arma na nuca. — Eu vou dar o fora, cara.

— Você tá maluco? Me tira daqui! — O assaltante encurralado recarregou a arma e começou uma infindável sequência de tiros contra a porta de vidro, que começava a trincar significativamente, ao passo que ele próprio era atingido superficialmente pelas balas que ricocheteavam lá dentro. A blindagem da porta, finalmente, foi rompida.

Assim que conseguiu se libertar, o bandido se dirigiu para os reféns, mas sequer chegou a alcançá-los. Uma outra sequência de tiros derrubou o criminoso.

Esdras reparou que, da parte interna do banco, surgia outro segurança, apontando sua arma para o segundo homem mascarado, que fazia dele um escudo humano.

— Abaixa a arma! — gritou o segurança, de longe.

— Abaixa a arma! Abaixa ou eu atiro nele! — retrucou o assaltante, comprimindo agora a arma contra a têmpora direita de Esdras e segurando-o numa gravata.

— Fica calmo, abaixa a arma! — insistia o segurança, aproximando-se dos dois.

— Eu vou atirar nele! Eu vou matar ele! — bradou o homem.

Esdras sentiu naquele momento que estava prestes a morrer. Nem mesmo lá no barco, quando o papel de puxar o gatilho da arma era seu, ele tivera tanta certeza de que iria morrer. À sua volta, as pessoas choravam, gritavam, desmaiavam. Todas aquelas reações tão humanas e sensíveis ao perigo o contagiavam de alguma forma. Esdras experimentava o corpo ser tomado pelo desespero: a respiração ofegante, a arritmia, os olhos marejados, a vontade de gritar, o ímpeto de reagir, o medo… Era como se, perante a morte, seu corpo tivesse acordado para a vida. Esdras não queria mais morrer.

Um barulho alto.

Era um tiro, Esdras sabia… Ele sentia.

Naquele momento, dava-se conta de que todos os relatos de quem estivera à beira da morte estavam corretos: passou um filme na sua cabeça. E não importava se o tempo entre a certeza de que iria morrer e a morte de fato duraria um minuto ou um segundo; a sensação era de eternidade. Muitas lembranças se atropelavam na sua mente: coisas boas, coisas ruins, felicidades, tristezas, a lembrança forte da sua infância, a escola, o antigo trabalho, a família, Lélio, dona Constância, os olhares, os olhares…

A infinidade dos segundos lhe dava tempo e paciência para se lembrar de uma história que ele ouvira da sua mãe sobre o médium Chico Xavier: "Certa vez, Chico estava num avião, e, de repente, houve uma pane grave, que fez com que os passageiros começassem a gritar, desesperados. A reação do médium foi pensar que 'se todo mundo está gritando, eu também vou gritar'. Então, começou a berrar, clamando por sua salvação: 'Valei-me, Nosso Senhor! Valei-me, Nosso Senhor!' Foi então que Emmanuel, o espírito que sempre acompanhava o médium, apareceu, questionando-o: 'Por que gritas, Chico? Por acaso não confias na imortalidade?' E Chico respondeu: 'Confio, mas estamos em perigo. Eu sou humano e temo pela minha morte', ao que Emmanuel lhe retrucou: 'Está bem, Chico, mas então cale a boca e morra com educação, antes que os seus gritos aflijam a fé dos outros'."

Como se morre com educação? Essa foi a pergunta que Chico Xavier teria feito ao seu guia, e essa foi a pergunta que Esdras se fez naquele momento. Ele deveria morrer discreto como era a sua vida (invisível e sem gritos) ou seria educado aceitar a morte? A verdade é que, àquela altura, a apreciação do desespero estava tornando Esdras humano outra vez… ou pela primeira vez. Não pelo medo da morte, mas pela vontade de viver.

Esdras começou a sentir algo que lembrava o cheiro ou, talvez, o gosto amargo de ferro. Sangue… Aquilo era sangue, pensou, constatando que escorria sangue no seu rosto. O corpo dele, por alguma razão que ainda desconhecia, perdia o equilíbrio e era levado ao chão.

A primeira reação de Esdras foi procurar qualquer sensação de dor. "Levei um tiro?", indagava-se, buscando a certeza de que todo aquele sangue era apenas do assaltante.

Outro refém, o senhor de idade avançada, foi até Esdras. Ele chorava e o abraçava forte, insistindo em dizer coisas que Esdras não ouvia, mas deduzia: aquele homem lhe tinha como herói, talvez pelo que ele fizera por tia Madô. Mas Esdras não se sentia como herói enquanto olhava para aquelas pessoas mortas. Ele precisou forçar os braços para se desvencilhar do senhor que o abraçava. Sabrina parecia tentar lhe dizer alguma coisa, mas Esdras não escutava. Um zumbido colossal em sua cabeça estava se tornando um profundo silêncio. De repente, a única coisa audível eram os seus pensamentos, mais nada.

As pessoas começaram a se aglomerar na entrada da agência. Os olhares eram muito mais barulhentos do que as vozes que não conseguia ouvir. A posição da mão das pessoas, apontando os seus celulares para os mortos, fez ele se lembrar da posição da mão do bandido que lhe apontava outra arma: um revólver.

Esdras se levantou rapidamente, ainda confuso e sem saber bem o que fazer, o que pensar, o que dizer. Então, apressou-se em fugir daquele mórbido prazer social de filmar cadáveres que o cercavam como se ele e os três mortos dividissem um mesmo jazigo. Assim que saiu do banco, Esdras viu uma placa de sanitários, para onde foi. Lá, ele limpou o sangue que havia no rosto e no pescoço. Os poucos respingos que caíram na camisa se camuflavam no azul-marinho do tecido.

Ao se olhar no espelho, tentou dizer alguma palavra, mas não conseguia ouvir a própria voz. Esdras, então, se dirigiu para a saída da Galeria, de onde viu policiais chegando ao local. Ainda perturbado e sem ouvir um ruído sequer, saiu caminhando pela calçada até se ver diante de uma enorme praça circular, inteiramente contornada por palmeiras imperiais. O que realmente lhe roubou a atenção, porém, foi o monumento no centro da praça.

O seu deslumbramento repentino pela escultura foi tanto que ele sequer se deu conta de prestar atenção no trânsito da rua que atravessava. Apenas quando já estava na praça, Esdras notou um motorista esbravejando alguma coisa pela janela do carro, que certamente fora freado para não o atropelar. Sem conseguir ouvir os impropérios que o homem gritava, ele caminhou até a escultura. A obra de arte, feita de bronze e em formato esférico, não devia ter menos de cinco metros de altura e ainda contava com uma base de granito de meio metro.

Esdras deu, pelo menos, quatro voltas em torno da Rosa-de-jericó, observando cada detalhe: os galhos secos, as folhas desidratadas, as curvas simétricas... Todo o emaranhado de bronze refletia a luz solar com um brilho intenso e indescritível. O silêncio que o seu ensurdecimento causou lhe permitia tanta concentração, que era como se toda a praça, em volta da rosa, sumisse.

E como a escultura era inteiramente vazada, tal qual uma rosa-de-jericó real, foi possível ver tudo que acontecia ao fundo dela: pessoas transitando ou almoçando nos restaurantes, cachorros correndo, galhos dançando, nuvens se fundindo... Era o mundo sendo visto através dos espinhos de uma rosa ou da visão de Lélio.

É ali, olhando através das muitas frestas que possui o monumento, que EsdrazzZ vê uma cena que destoa do óbvio e das suas expectativas: dois rostos conhecidos e que dizem desconhecer um ao outro estão frente a frente. Sentados em um dos três pequenos restaurantes da praça estamos Odilon, o antigo psicólogo de Lélio... e eu!

— O Yago e o Odilon se conhecem? — *indaga EsdrazzZ, sem se ouvir.*

Ao ver que estamos conversando, o andarilho de azul se lembra de quando eu lhe disse não conhecer o tal do velho, que, por sua vez, confirmou a informação. EsdrazzZ começa a se questionar, pensando em por que eu mentiria pra ele duas vezes: uma quando lhe disse não conhecer Odilon e a outra quando afirmei que conheci Lélio por volta dos 18 anos. A fotografia de Sabrina e seus dois amigos de infância, que ainda está nas suas mãos, parece não fazer sentido. EsdrazzZ guarda o retrato antigo no bolso e fica observando, de longe, uma conversa breve entre mim e Odilon, até o momento em que me despeço do psicólogo.

Sigo caminhando rumo à Rosa-de-jericó, deixando Odilon sozinho no restaurante Cidade Jardim, local onde os dois combinaram de se encontrar. EsdrazzZ, escondido atrás da enorme escultura, acompanha os meus passos na sua direção, com plena certeza de que não o vi. Como se eu fosse tão lerdo quanto ele.

O desconforto dele ao me ver é tamanho, que lhe ocasiona até um milagre: um susto o faz olhar pra trás em busca de um barulho perturbador; são ambulâncias e viaturas policiais com todas com as sirenes ligadas, no entorno da Galeria. A dor sentida no ouvido, apesar de insuportável, não dura mais que alguns segundos. O zumbido que lhe permeia a audição vai sumindo e sendo substituído pelos ruídos da rua, incluindo o meu melódico assobio, que ele reconhece.

— Esdras! — *eu o chamo, antes que ele decida se falaria ou não comigo.*

— Yago! — *exclama o Wally de volta, ao perceber que foi encontrado.*

— Não disse que nos esbarraríamos de novo, Esdras? Só não imaginava que fosse tão rápido.

Eu sei que o meu sorriso constante na conversa com o EsdrazzZ é bem dissimulado, mas considerando que um bom sorriso transborda autoconfiança, algo que ele não tem, sei que isso o deixa constantemente perturbado.

— Também não esperava reencontrar você — *responde ele, com desprezo recíproco.*

— Que loucura que está ali na Galeria — *digo a ele.*

— Sim, muito louco. — *EsdrazzZ prefere não tecer maiores comentários sobre o assalto, fazendo a linha egípcia. Risos.*

— Bom, Esdras, eu estou com pressa. Nós nos vemos por aí. — *Ensaio seguir o meu caminho, mas sei que ele me chamará:*

— Espera, Yago — *pede ele, antes que eu dê o primeiro passo.* — Eu vi você conversando com o Odilon... Eu tinha entendido que você não o conhecia.

— Ah, então aquele é o tal Odilon que você falou pela manhã, lá em casa? O psicólogo do Lélio? — *pergunto a ele.*

— Existe mais de um Odilon, psicólogo, por aqui? — *Aiaiai uiui, alguém está ironicozinho!*

— Bom, nem todos os nomes são tão especiais quanto o seu, "EsdrazzZ". Eu só conheço o Odilon de vista. Sabe como é: cidade do interior, todo mundo conhece todo mundo. Mas não somos amigos, parei apenas para perguntar se ele sabia o que estava acontecendo na Galeria. Estamos todos chocados com o que houve.

— Inclusive, eu encontrei outra "conhecida" sua, Yago. E amiga do Lélio... Sabrina.

— Sabrina? Hum... — *digo, fazendo pouco caso disso.* — Sabrina... Sabrina... Não me lembro.

— Ela tinha uma foto com você e com o Lélio! — *EsdrazzZ tira a fotografia do bolso da calça e me mostra. Faço cara de surpresa, evidentemente:*

— Ah, claro! A dona do pet shop, não é? Conheço, sim. É que não a vejo há um bom tempo, e eu tenho a memória fraca. O bom de memória era o Lélio.

— Algumas pessoas têm memória bastante seletiva, não é? — *diz EsdrazzZ.* — Olha, Yago, posso ser muito honesto contigo?

— Claro, meu gato! Sou todo ouvidos. Por favor.

— Quando eu saí da sua casa, fiquei com a impressão de que você queria esconder alguma coisa sobre o Lélio. Mas não sei dizer o quê, muito menos o porquê.

— Ah! Na boa, meu camarada. Vá colocar o seu currículo nos Correios e me deixa em paz. Eu não tenho obrigação de contar nada a você, tampouco de ser honesto com você. Não sou biblioteca, não sou relatório médico de maluco. Portanto, não lhe devo nada! Você é da polícia, por acaso? Está aqui pra investigar o quê? O enforcamento do seu amigo... É isso?

— E se fosse, você teria algo a esconder?

— Na verdade, tenho: eu nunca disse ao Lélio que ele era um mala. Mas tenho a oportunidade de dizer isso a você: EsdrazzZ, você é um mala! Sem alça e sem rodinhas!

— Não estou entendendo por que você está tão alterado — *responde, com desdém.* — Basta falar da morte do Lélio, e você fica reativo. Isso te incomoda, Yago?

— O adorador de defunto aqui é você, camarada.

— É? E qual é a sua, afinal? Até um endereço errado você me ensinou.

— Mi... mi... mi... Alguém já disse o quanto você é chato? Uma conversa parada, maçante. Você só sabe reclamar.

— Você não vai responder? — *insiste ele.*

— Eu ensinei errado porque quis "tirar uma" com a sua cara. Te tirar desse tédio que é a sua vida. Como você se suporta? Aliás, como as pessoas te suportam? Se é que suportam, não é? Pra você estar aqui nessa cidade perdendo tempo por causa de um presunto vencido, certamente você não tem coisa melhor pra fazer nem alguém com quem estar.

— Você não sabe nada de mim. — *Dá pra ver os lábios dele começando a tremelicar de insegurança, ao ser confrontado.*

— Sei o suficiente! Em plena tarde de um dia de semana, você está aqui, no meio de uma praça, à toa. Você não trabalha? Não tem família? Não tem nada útil pra fazer na vida?

— Eu estou aqui porque fiz uma promessa.

— Eu sei, eu sei… A história das cartas, blá… blá… blá… Sabe o que eu acho, Esdras? Que você deve ser daquelas pessoas sozinhas que vivem com um gato e morrem em frente à tevê, mas que só são encontradas quando o corpo começa a apodrecer e os vizinhos finalmente notam a sua existência: "Que cheiro é esse? Ih, tinha um velho que morava aqui ao lado, deve ter morrido!" Diga que não vai ser assim. — *Como esperado, EsdrazzZ não tem a mínima petulância de me responder.* — Muito bem, o seu silêncio só confirma.

— Você é um cara desprezível, sabia, Yago? — *limita-se a dizer.*

— Não sou desprezível, meu caro EsdrazzZ. Eu só estou supondo algo que você transpira. Agora, se eu acertei é ponto pra mim, não é? Mas, me conte uma coisa: já entregou todos os papéis de carta perfumados que a Moranguinho escreveu?

— Que importância tem isso pra você? — *indaga, #chateado.*

— Nada demais, é que eu pensei no seguinte… Você poderia me dar as cartas que restam, e eu poderia entregá-las. Afinal, eu conheço essa cidade mais do que você, não é?

— Agradeço a sua "boa vontade" — *diz, fazendo aspas* —, mas faço questão de entregar.

— Tem certeza? Não me custaria nada. Pra quem falta entregar?

— Não me recordo — *responde EsdrazzZ, desconversando.*

— O que diz no envelope? — *insisto em saber.*

— Não tem nome. Você sabe disso.

— Eu sei, homem. E isso só dificulta o seu trabalho, não é? Vamos lá, meu camarada. Eu sei que fui meio rude com você, mas é o meu jeito; releve. Deixa que eu me redima contigo.

— Obrigado, Yago, mas eu mes…

— Estão todas aí na sua mochila? — *pergunto, já interrompendo-o, de olho na mochila que ele segura.*

— Estão, mas…

— Deixa eu ver… — *Quase que instintivamente, eu puxo a mochila cinza da mão dele, que é lerdo demais pra me impedir. Não perco tempo e abro o zíper dela, tentando colocar minha mão lá dentro.*

— O que é isso, cara? Tá maluco?! — *grita EsdrazzZ, me empurrando e fazendo com que a mochila caia da minha mão.*

Confesso que essa reação de EsdrazzZ até me surpreende. Gritos? Empurrões? Não sei o que aconteceu naquela Galeria, mas algo nele está diferente do camarada que esteve na minha casa hoje mais cedo. Talvez nem ele tenha se dado conta ainda.

— Yago, não seja inconveniente. Já lhe disse que eu mesmo entrego as cartas! — *esbraveja EsdrazzZ, pegando a mochila do chão e fechando o zíper.*

— Está bem. Está bem. Eu só queria ajudar. Mas, se você faz questão de fazer tudo sozinho, tudo bem.

— Sim, prefiro. Obrigado.

— Qual é, não faz essa cara. Eu tenho até um presente pra te dar. Posso? — *proponho, sorrindo.*

— Não precisa, Yago. Obrigado. E é melhor eu ir agora. — *EsdrazzZ ensaia dar um passo à frente, mas eu o seguro levemente pelo braço:*

— Calma. Não precisa dessa pressa. Eu tenho uma coisa pra você...

Mesmo contrariado, EsdrazzZ aguarda enquanto coloco a mão no bolso da minha calça. De lá, eu tiro algo e mantenho escondido na minha mão, pra que ele não veja de imediato. Em seguida, seguro a mão direita dele e deixo sob os seus cuidados o meu presente: um canivete suíço.

— Pronto. É o meu presente pra você, EsdrazzZ. Não é uma corda, como era do feitio do nosso amigo, mas posso te garantir que a navalha é afiada o suficiente.

Aproveitando que EsdrazzZ ainda está com o antebraço elevado, eu passo meu dedo sobre o pulso dele, sugerindo o local no qual ele pode utilizar a ferramenta. Por alguns segundos, EsdrazzZ encara o canivete na mão, até que me olha nos olhos e diz:

— Pode ficar com ele, Yago. Eu não pretendo mais fazer isso. — *EsdrazzZ coloca o canivete de volta na minha mão.*

— Tem certeza de que não? Você me lembra muito o Lélio, sabe? Vocês se parecem demais; é tão chato quanto ele era. Inclusive, faz muito sentido vocês terem sido melhores amigos. Eu ainda acho que você vai acabar da mesma forma que ele. Assim, olha bem...

Faço uma mímica com os braços, simulando um enforcamento com uma corda imaginária, e saio caminhando, tendo o meu pescoço puxado pela corda invisível suspensa pela minha mão.

— BABACA! — *grita Esdras... que agora xinga. Olha só ele, gente!*

— Desculpa o atraso, Odilon. Eu tive um imprevisto — justificou Esdras, que foi recebido com simpatia pelo psicólogo:

— Imagina, não esperei tanto assim. Sente-se, por favor. Eu estava te aguardando. Você me acompanha no almoço, certo?

— Olha, eu agradeço, mas prefiro almoçar em outro lugar depois. Estou com pouco dinheiro aqui — disse o andarilho.

— Você é meu convidado. E quem convida paga, não é mesmo? Por favor, eu insisto, detesto comer sozinho — afirmou Odilon. — Vai dando uma olhada no cardápio, vou chamar o garçom.

— Você pode escolher; como o mesmo que você — disse o andarilho de azul.

Após olhar o cardápio, Odilon pediu frutos do mar, e, enquanto aguardavam a refeição, ele e o seu convidado continuaram a conversa:

— Eu estava esperando você, mas com receio de que a confusão na Galeria pudesse atrasar o nosso almoço. Eu teria ligado para cancelar, mas não possuo o seu número.

— Sim, está a maior confusão — confirmou Esdras.

— Por via das dúvidas, fiquei aqui te aguardando. Falando nisso, você pode me dar o seu cartão de visitas? O seu contato?

— Na verdade, eu estou sem celular, Odilon — limitou-se a dizer, sem estender o assunto. — Eu estava lá na Galeria, mas preferi sair logo. Não fico à vontade em tumultos.

— Uma tragédia, não é? Soube que algumas pessoas morreram, fiquei em choque.

— Foi tudo tão tumultuado...

— Mas você está bem? Essas coisas abalam qualquer um.

— O mais importante é que eu estou aqui. Agradeço a preocupação, Odilon.

"Esdras" e "bem" não combinam numa mesma frase. Obviamente.

— Entendo. Olha, marquei com você aqui por causa daquele monumento ali atrás. — Odilon apontou para o centro da praça, a alguns metros de distância.

— A escultura do Lélio... Eu sei — Esdras respondeu sem se virar para trás.

— Sabe?!

— Sim. Uma amiga do Lélio, para quem eu entreguei uma carta, me contou a história da rosa-de-jericó, que o inspirou.

— Ah, sim. E o que mais a amiga dele disse?

— Nada demais, só falou sobre como é a planta.

— Compreendo. Pois é, já que o assunto seria o Lélio, nada mais justo que o pano de fundo da nossa conversa fosse essa escultura da qual ele tinha tanto orgulho. Aliás, eu penso que foi a obra-prima dele. O que você achou dela?

— Ela é realmente impressionante, majestosa... incrível.

Esdras respondia com sinceridade, mas um assunto não saía da sua cabeça, e ele não podia mais evitá-lo:

— Eu gostaria de conversar uma coisa com você, sabe, Odilon?

— Eu também estava ansioso para podermos conversar nesse almoço — disse o psicólogo.

— Desculpe a minha indiscrição desde já — introduziu Esdras. — Para começar, confesso que estranhei quando vi você, pela manhã, chegando na porta da casa do Yago. Parecia que você estava indo naquela casa...

— Não... Realmente, só estacionei ali por ter visto você.

— Sim, você me explicou isso — disse Esdras, com tom desconfiado. — Mas estranhei mais ainda quando vi você e o Yago conversando.

— O Yago? — Odilon ergueu uma sobrancelha.

— Sim, agora há pouco. Eu vi vocês conversando, aqui no restaurante.

— Você estava vendo de longe?

— Eu estava olhando a escultura do Lélio, e vi vocês. Mas, veja bem, Odilon, eu não quis ser invasivo. Só comentei porque ele me disse que não conhecia você, mas agora há pouco vocês estavam aqui... sentados juntos... — disse Esdras.

— Entendi, e você o encontrou no caminho para cá?

— Isso, nos esbarramos próximo ao monumento.

— E ele chegou a falar sobre a conversa?

— Não. E me desculpa se o Yago for seu amigo, mas aquele cara é bem desagradável — *afirmou EsdrazzZ, que não tirava o meu nome da boca.*

— Não, ele não é meu amigo. Mas por que diz isso dele? Vocês discutiram?

— Quase isso. Eu estranhei algumas coisas que ele me disse, como isso de não conhecer você, e também sobre o Lélio. Mas ele não se mostrou muito disposto a esclarecer, então preferi não dar continuidade à conversa.

— Olha, quanto ao Lélio, posso dizer que um certo Yago foi citado muitas vezes nas nossas conversas; eles pareciam ter uma amizade bem saudável. Tanto que ele recebeu uma carta também, certo? — argumentou o psicólogo.

— Sim. Mas não sei se o Lélio tinha uma real noção de quem era esse cara. Ele fala do Lélio com total desprezo, faz pouco caso da morte do próprio amigo. É estranho.

— E você, naturalmente, se sente incomodado com isso...

— Com certeza. Eu não convivi tanto assim com o Lélio, mas tenho muito respeito pela memória dele — *declarou EsdrazzZ, com muita disposição pra queimar o meu filme.*

— Claro, não tenho dúvida disso.

— Enfim, ele disse que encontrou você por acaso e que estavam conversando sobre o assalto mesmo.

— Na verdade, eu não sabia que o Yago do qual o Lélio tanto falou na terapia era exatamente esse Yago que você viu aqui.

— Ainda que você soubesse, eu respeito o fato da sua profissão exigir sua discrição sobre os pacientes. O Yago é um paciente seu?

— Não, o Yago nunca foi meu paciente — disse Odilon, de forma sucinta, o que fez Esdras achar que estava sendo invasivo e que, por isso, deveria cortar o assunto.

— Onde fica o banheiro? — perguntou o andarilho.

— É naquela porta, logo ali. — Odilon apontou com o dedo.

Esdras foi ao banheiro, mas deixou a sua mochila cinza sobre a mesa e sob o olhar remelento e curioso do Odilon Jiminy.

— Eu queria a sua ajuda com uma coisa, Odilon — disse Esdras após regressar e já se sentando na cadeira. — O Lélio deixou um envelope com um endereço que não existe. Procurei no mapa da cidade, me informei com algumas pessoas, mas ninguém conhece. Ele deixou essa carta para uma babá que cuidava de duas crianças. Eles moravam na rua das Cerejeiras.

— Uma babá? — *estranhou o velho.* — Você sabe o nome dela?

— Não. Eu acabei lendo a carta para ver se encontrava alguma informação que ajudasse a achá-la, mas o texto era, basicamente, um agradecimento à tal cuidadora.

— Você me permite ler essa carta? — indagou o psicólogo.

— Claro que sim. Talvez você me ajude a encontrá-la.

Esdras já buscava a carta escrita para a "Cuidadora dos Malinos" na mochila, quando viu algo ali dentro que o intrigou. A lata de leite, dada pelo Estranho do Lago, tinha um buraco na lateral. E não demorou para ele encontrar uma explicação: aquela mísera lata, enferrujada e cheia de moedas, havia impedido que ele fosse atingido por um dos tiros disparados no assalto. Esdras pôde confirmar isso ao ver um furo também na sua mochila.

— Algum problema? — indagou o psicólogo, ao notar o olhar de Esdras fixo no interior da mochila cinza.

O andarilho de azul, ainda em choque pelo que tinha acabado de descobrir, respondeu negativamente apenas com a cabeça. Em seguida, entregou a carta para Odilon. O velho psicólogo leu com bastante concentração as palavras para a suposta babá; ao fim da leitura, concluiu:

— Eu acho que sei do que se trata essa carta e para quem é.

— Sabe? Essa rua das Cerejeiras fica em Santana mesmo? — indagou Esdras.

— Não, essa rua fica um pouco longe daqui. Em Londres, para ser mais exato — afirmou Odilon, para estranheza de Esdras.

— Em Londres? Mas... aqui, no endereço, a cidade que consta é Santana dos Três Passos. O Lélio morou fora do Brasil?

— Não que eu saiba. O nome dessa rua não soa familiar para você?

— Rua das Cerejeiras? — Esdras franziu o cenho. — Não. Deveria?

— Talvez! Rua das Cerejeiras, número 17 é o endereço de uma casa... que serviu de cenário para um filme.

— Essa rua foi cenário de um filme? — indagou Esdras.

— Não me expressei bem. Esse é o endereço fictício de uma casa, num filme.

Esdras refletiu a respeito do que disse Odilon e tentou buscar na sua cabeça alguma referência sobre aquela rua, no cinema. Pouco depois, percebeu que aquele endereço era, de fato, familiar... Veio um nome à sua mente, que fez questão de anunciar:

— Mary Poppins! É a Mary Poppins, não é? — perguntou o andarilho.

— Exatamente — confirmou Odilon.

— Mas, como assim? Por que o Lélio deixaria uma carta para uma personagem de filme, alguém que nem existe de verdade?

— Para o Lélio, ela existiu. De certa forma, existiu. — A afirmação de Odilon fez as sobrancelhas de Esdras se destacarem numa expressão confusa. O psicólogo continuou: — Quando criança, o Lélio foi muito solitário; ele sempre me dizia que crescera numa rua de pessoas muito velhas, sem crianças; ele não teve irmãos, tampouco primos.

— Ele falou de solidão na maioria das cartas — afirmou Esdras, tendo cada vez mais a certeza de que Lélio estava num estágio da S.T.T.S. muito mais avançado do que o dele.

— O Lélio tinha uma imaginação muito fértil, sabe? Uma imaginação que dava a ele tudo aquilo que a vida não lhe ofereceu. Ou que ele não enxergava. Ele adorava esse filme da Mary Poppins, com aquelas crianças felizes e tal, que ganhavam poderes especiais e se divertiam; nunca sozinhas.

— Quem não gosta desse filme — disse Esdras, sorrindo.

— É, o Lélio assistiu tanto a esse filme que sabia as falas dos personagens de cor. Mas, em determinado momento, ele começou a confundir ficção e realidade, e passou a acreditar que vivia no filme, que interagia com aquela história. Era uma fuga emocional: a vida que ele queria ter. Entende agora?

— Mas ele tinha consciência de que era apenas ficção, certo?

— Eu, particularmente, levei um tempo para descobrir que aquelas pessoas eram personagens — contou Odilon Jiminy, com certo pesar na voz. — Ele relatava como se elas fossem reais; retratava situações que tinham a ver com elas. E, na verdade, eu nunca havia assistido. Até que, numa noite de insônia, acordei de madrugada e estava passando na tevê. Só então eu pude entender que a mente do Lélio estava mais confusa do que eu imaginava. Trabalhamos isso durante um tempo.

— O Yago me disse que o Lélio tomava remédios, que teve sérios problemas. Eu não sabia que o caso dele era tão grave. Ele tinha acompanhamento psiquiátrico também, certo? — perguntou Esdras.

— Sim, o dr. Renan Botelho. Durante um bom tempo, busquei ajudá-lo com a terapia, mas a evolução do quadro requeria um acompanhamento ainda mais delicado e com medicamentos. No entanto, sempre que o Lélio parava de tomar a medicação, ele piorava, tinha crises, fugas da realidade, vários episódios.

— Imagino o quanto seja difícil tratar alguém assim — pondera Esdras.

— Difícil não é a palavra. É complexo, sim, mas a mente humana tem caminhos que buscam e aceitam ajuda, por mais que o paciente não queira. E o Lélio tinha uma sensibilidade muito apurada, ele nunca rejeitou ajuda. Na verdade, insistia em dizer que queria aprender a ser "normal".

— Mas ele não aprendeu — concluiu Esdras.

— Quem seria capaz de nos ensinar a sermos normais, se somos todos diferentes? — indagou Odilon Jiminy.

— Um psicólogo, talvez? — Esdras sorriu. — Um psiquiatra...

A resposta também fez Odilon sorrir sarcasticamente, mas o psicólogo discordou:

— Nós não temos tal poder. Ser normal é ser você mesmo. Entendo que isso parece um grande clichê, mas a vida é um déjà-vu mesmo.

— Eu sei que ele passou por coisas terríveis. Li as cartas que entreguei, algumas delas são chocantes. Ao mesmo tempo que agradecia a compaixão e a bondade da pessoa, ele deixava a impressão do quanto se sentia à parte, rejeitado pelo mundo.

— Você poderia, por gentileza, falar brevemente dessas cartas que já entregou? — *pediu o velho psicólogo.*

— Claro que sim...

— Com licença — o garçom interrompeu a conversa ao retornar à mesa para servir os pratos do almoço de Esdras e Odilon.

— Como eu ia dizer — prosseguiu Esdras —, o Lélio escreveu para o cara com quem ele se relacionou; parece que foi o grande amor da vida dele.

— O Tomás? Você se encontrou com ele? — quis saber Odilon.

— Sim. Você sabe da história deles, então — deduziu Esdras.

— Sei. E como ele reagiu quando você entregou a tal carta?

— Foi meio estranho — resumiu Esdras.

— Por quê?

— Porque essa não foi a única carta que entreguei a ele. A segunda foi para o irmão falecido dele.

— O Roger? O Lélio deixou uma carta para o Roger? — estranhou Odilon.

— Eu imagino que o Lélio tenha comentado com você sobre a violência que sofreu quando era mais jovem — ponderou Esdras.

— Sim. Infelizmente, sim. — Odilon fica com um semblante mais sério. — Esse não era um assunto no qual ele gostava de tocar.

— Então, acontece que o homem que agrediu o Lélio foi o... Roger, irmão do Tomás. Disso você tinha conhecimento?

— O Roger... foi o Roger que... — Odilon, perplexo diante da revelação, devolve ao prato o talher que levava à boca.

Esdras confirma a informação apenas com um gesto.

— Mas... o Lélio dizia não ter visto o rosto do homem, que ele estava de máscara. Como você descobriu isso?

— Na carta ele dizia isso para o Roger. Pelo que eu entendi, o Lélio descobriu isso anos depois, por conta de uma tatuagem. Só não entendo por que ele nunca fez uma denúncia.

— Aquela história deixava o Lélio muito mal, com vergonha — afirmou o psicólogo.

— Ele se sentia culpado? — indagou o andarilho, familiarizado com esse sentimento.

— É complicado. A culpa é uma sensação de ter feito algo errado — afirmou o psicólogo —, mas a vergonha é a certeza de ser algo errado. Uma vergonha bem infundada, já que ele foi a vítima e não teve culpa de nada. E é triste ver uma pessoa tão fragilizada abrir mão da justiça por vergonha de pessoas que deveriam acolher, não julgar. O Lélio, infelizmente, não foi o único paciente que tive numa situação dessas.

— É repugnante. — Esdras suspirou. — Não sei nem o que dizer. Enfim, entreguei uma carta para a amiga dele do curso de artes, e outra para uma vendedora de algodão-doce.

— E como elas reagiram quando você entregou as cartas?

— Bom, a maioria se emocionou, ficou feliz, grata. O Lélio não sabia, mas era muito querido por essas pessoas. Elas guardaram lembranças boas dele.

— Não tenho nenhuma dúvida disso — *afirmou o homem de cabelos brancos.*

— A sensação que eu tenho é que essas pessoas não precisavam ter ficado no passado dele, se ele não tivesse escolhido seguir adiante sozinho — *argumentou EsdrazzZ, ironicamente.* — Mas acredito que ele passou por tantas coisas ruins, que estava sempre fugindo da possibilidade de perder essas pessoas. E, sinceramente, eu o compreendo. Não sei se eu faria diferente. Aliás, não sei se fiz diferente dele, chegando aonde cheguei.

— Essa é a leitura que você faz de você, hoje? — *perguntou Odilon, com a sua habitual mania de fazer terapia em todo mundo e em qualquer lugar.*

— Sim. As pessoas são passageiras; elas nunca ficam. Então, é difícil julgar alguém que se refugia em si mesmo, com medo de perdas e decepções. Você, por exemplo: conseguiria virar para o Lélio, hoje, e dizer para ele não fazer o que fez, garantindo que o futuro dele seria diferente do passado que viveu? Você poderia assegurar isso? — *perguntou Esdras, tentando encarar Odilon, mas com olhos que se habituaram a olhar pro nada ou pra ninguém.*

— Não poderia assegurar, mas não precisamos esperar o pior das pessoas. Como você mesmo disse, esses destinatários guardaram coisas boas do Lélio. Ninguém é perfeito, só precisamos aprender a lidar com os erros e os acertos dos outros, e com os nossos também. Isso nos torna fortes. Você... ao conviver com essas pessoas... não mudou nada?

— Sei lá... Acho que mudei a perspectiva. Antes, eu tinha a certeza de que nada daria certo, nem mesmo eu. Mas acho que, ao conhecer essas pessoas, tive a certeza de que, talvez, eu possa escolher outros caminhos além daqueles de onde nascem essas minhas certezas — afirmou Esdras, convicto.

— Você pode me dar um exemplo? Não sei se entendi bem o que você quer dizer.

— Um exemplo? Posso, sim. Antes, eu jamais me permitiria entrar numa pista de dança, com todo mundo me olhando; eu também não sairia por aí vendendo algo pela rua, com todo mundo me olhando; eu não me sentaria numa mesa coletiva para almoçar, com todo mundo me olhando; eu não encararia uma partida de futebol na rua, com todo mundo me olhando; eu não seria capaz de me abrir com um desconhecido, sentado no restaurante de uma praça, com todo mundo me olhando; e eu também não seria capaz de salvar uma vida, me oferecendo como refém no lugar de outra pessoa, num assalto a banco... já que mesmo ali estaria todo mundo me olhando. Entretanto, nos últimos dias, eu me permiti fazer tudo isso — concluiu Esdras, orgulhoso dos feitos.

— Você se ofereceu como refém no assalto na Galeria? — repetiu Odilon, abismado ao tomar conhecimento.

— Sim.

— Nossa. Eu não imaginava. Essa história chegou aqui, há pouco. O garçom me contou por alto. Você não se machucou?

Esdras abriu a sua mochila cinza e retirou dela a lata com moedas. "CHAC" foi o barulho feito pelas moedas quando ele depositou o recipiente na mesa, deixando o buraco recém-aberto, na lateral, voltado para Odilon. Ao retirar a tampa da lata, procurou e recolheu um objeto que estava entre as moedas que restavam; era o projétil desfigurado da bala que, por pouco, não o atingira. Em silêncio, Esdras repousou o artefato sobre a toalha branca que forrava a mesa, diante da perplexidade de Odilon:

— Não acredito! — exclamou o psicólogo.

— Acho que essa lata salvou a minha vida.

— Impressionante. — Odilon segurou o projétil entre os dedos, bem próximo aos olhos. — Você teve muita sorte.

— Não sei se ainda devo negar a presença dela — admitiu ele.

— Além da sorte, você está com um olhar diferente daquele homem que eu vi há dois dias. Parece mais seguro, mais firme. Imagino que toda a história envolvendo as cartas tenha sido um processo intenso, mas, ao mesmo tempo, libertador para você, não é?

— Mais do que eu poderia imaginar — confirmou o andarilho.

— Então, agora que você já entregou todas as cartas do Lélio, você quer conversar sobre o que aconteceu com você, Esdras?

— Você se refere à minha tentativa de…

— Podemos falar disso, se você se sentir confortável.

— Mais do que já estamos falando? — Esdras sorriu. — Além do mais, eu ainda não entreguei todas as cartas, na verdade.

— Não? Achei que você tivesse dito mais cedo que iria entregar o restante antes do almoço — disse o psicólogo.

— Ah, foi impossível — resumiu.

— Falta entregar quantas cartas, então?

— Duas. Quero dizer… Não, na verdade, infelizmente eu perdi uma das cartas, então, resta apenas uma.

— Perdeu? E para quem era essa carta?

— Não me recordo. Não sei se cheguei a prestar atenção nesse destinatário.

— E para quem é a última carta? Alguma ideia? — *perguntou o velho, curioso.*

— Não. Mas vou mostrar o envelope a você.

Esdras deixou os talheres repousados no prato de louça branca, ainda com um pouco de comida, e retirou da sua mochila o último envelope lacrado que lhe restava. Odilon pegou o invólucro e observou com atenção o que estava escrito:

— "À Flor do Príncipe" — leu o psicólogo.

— Você sabe quem poderia ser?

— Eu sei para quem é — declarou Odilon Jiminy, após um analítico silêncio. — É a mãe do Lélio.

— Por que você acha isso? Pelo endereço?

— Não só pelo endereço, apesar de saber onde fica. É que o Lélio chamava a mãe de Florzinha. Por isso, tenho absoluta certeza de que é para ela.

— Então eu vou lá agora. Você me ensina como chegar lá?

— Não. Dessa vez, eu mesmo levo você. Vamos no meu carro.

— Eu não quero incomodar, Odilon — disse Esdras.

— Não é nenhum incômodo. Faço questão de acompanhar você. Vou pedir a conta e poderemos ir — finalizou Odilon Jiminy.

O silêncio falou mais alto naquela curta viagem de carro, permitindo que Esdras se concentrasse na visão longínqua que tinha daquele morro em que estivera e que abrigava o bosque do qual Lélio tanto falara. Alguns minutos depois, o psicólogo estacionou o automóvel em frente a um local que fez Esdras ter certeza do motivo da quietude do homem no trajeto que fizeram: estavam em frente à entrada do Cemitério Municipal de Santana dos Três Passos. Mais uma vez, Esdras se deparava com a ideia de ter que entrar num cemitério, e isso ainda o fazia sentir calafrios. Afinal, foi a possibilidade de entrar nesse lugar, ainda que morto, que o fez bolar a Operação Missa de Corpo Ausente.

"A mãe do Lélio está morta", supôs Esdras. Entretanto, mesmo contrariado com a ideia, ele desceu do carro, decidido a encarar mais esse percalço fúnebre.

— Não era um plano meu entrar num lugar desses, mas já que é preciso, vamos lá.

Odilon desceu em seguida e observou Esdras olhando fixamente para o portão do cemitério. O psicólogo, então, foi até o outro lado do carro e interpelou o apreensivo Esdras:

— Você tem medo de entrar em cemitérios também, Esdras?

— Sim. É um lugar que me assusta. Você tem também?

— Não, nem um pouco. Mas há quem fique desconfortável.

— Na verdade, não é medo — ponderou o andarilho —, eu me sinto incomodado. É estranho se imaginar nesse lugar para sempre, preso numa caixa de madeira, embaixo da terra, cercado de outras pessoas na mesma situação.

— As pessoas que estão aí já cumpriram o papel delas na vida — ponderou Odilon.

— Sim, eu sei. Foram importantes para os que ficaram.

— Pense que a existência delas não foi em vão — *disse o pseudofilósofo.*

— E o pós-morte? O que vem depois? — questionou Esdras, com olhar fixo à frente.

— Não sei. Duvido que alguém saiba, na verdade.

— Você não acredita que venha algo depois?

— Sinceramente? Não — declarou o psicólogo.

— Você é ateu, então?

— Sou ateu, sim. Para mim, as pessoas que estão aí encerraram a sua jornada, chegaram ao fim. Mas, e você, no que acredita?

— Em mim — respondeu Esdras, depois de um curto silêncio.

— Não acha muita pressão? Dedicar a sua crença toda a si mesmo? Isso não pode ser traiçoeiro? Tendencioso...

— Provavelmente — admitiu Esdras —, mas eu só posso crer no que vejo, no que sinto, no que é constante.

— Por quê? Por medo? — *provocou o sabichão.*

Esdras assentiu com a cabeça, e o velho continuou a falar:

— As pessoas têm muito medo dos próprios medos, não é? Mas entenda que você não precisa encarar todos eles. Ninguém pedirá para você ter a coragem infinita de ir ao encontro de tudo que te aflige. O medo é importante... É o medo que nos impede de correr riscos que são dispensáveis; de cometer atos dos quais nos arrependeríamos. O medo é tão importante para nós quanto a coragem. Até mesmo esse carro — Odilon apontou para o próprio veículo — tem um freio e um acelerador, que você pode encarar como sendo o medo e a coragem. O equilíbrio é importante em tudo.

— Há quem chame isso de covardia mesmo — ponderou Esdras.

— Há quem seja covarde para dizer isso. Mas nem tudo que se afirma é uma verdade absoluta. E ainda que seja uma verdade, pode não ser a sua. Você é o dono do seu limite.

— Por isso mesmo. Quando eu tentei... — Esdras hesitou dizer novamente.

— O quê? — indagou Odilon.

— Você sabe...

— Mas diga. Quando você tentou o quê? — *insistiu o velho.*

— ... morrer. Quando eu tentei morrer — completou Esdras rapidamente, desejando que aquela frase não durasse mais do que o necessário para ser dita. — O que eu mais temia era ser submetido a uma coisa que eu odeio.

— E o que é?

— Ser analisado, observado, julgado. Eu até imagino as pessoas me olhando no caixão, sentindo piedade ou pensando no quanto eu fui egoísta por ter me suicidado. Alguns achando que eu iria para o inferno... Enfim, eu nunca gostei de velórios em vida, por que iria gostar depois de morto?

— Você não sabe se fariam isso. Esse é apenas o seu medo.

— Tem razão. Eu nem sei se alguém iria a um velório meu.

— Novamente, você supondo — observou o psicólogo.

— Nem tanto, Odilon. Sabe quantos aniversários eu fiz e ninguém foi? Minha mãe insistia em fazer festinhas, mas ninguém ia. Na verdade, às vezes, eu mesmo me esqueço de quando é o meu aniversário. Então, se as pessoas não iam à celebração de mais um ano de vida, iriam à reunião de morte?

— Você tem medo do olhar de quem iria ao seu velório ou de que ninguém fosse a ele? — indagou o senhor de cabelos brancos.

— De ambos! Mas duvido que alguém fosse.

— Você não precisa se sentir à vontade em velórios. Ninguém se sente, e esse não é o propósito. Cada um tem a sua forma de lidar com o luto. Cada um reage à sua maneira, e é importante que se respeite isso. O velório é uma forma de as pessoas passarem pelo processo de despedida, de desapego, de adeus. O ritual não é para os que vão com o olhar condenatório, mas sim para os que sentem saudade daquela vida que se foi. É um tempo necessário para aceitar que algo que tinha vida se eternizará apenas em lembranças.

— Mas aquilo é estranho, parece um circo: um caixão no meio com gente em volta olhando um cadáver. Ainda distribuem santinhos com uma foto do morto. Qual o sentido disso? Quem precisa guardar um panfleto de um falecido? Tudo que envolve o velório é bizarro.

— Não precisa ser assim. Existem muitas formas de se fazer isso. E você já parou para pensar que um velório não é um ritual para o falecido, mas para os vivos?

— Não, eu não vejo dessa forma — respondeu Esdras, após uma breve reflexão.

— Ninguém está sozinho no mundo. Ninguém. Nem mesmo você. Permita-se aceitar isso, por mais amedrontador que pareça. Esse é um medo que você precisa encarar. Muitos outros medos, não, mas esse, sim — enfatizou Odilon Jiminy.

— Certo, esse eu preciso. E aqueles que não queremos encarar? Como agora, que eu preciso entrar num cemitério — disse Esdras, olhando o longo muro branco do lugar.

— É para isso que serve a coragem, para enfrentar e equilibrar o medo. No entanto... Não, hoje você não precisa entrar aí. Por duas razões; a primeira e mais importante é exatamente o que eu acabei de dizer: você é o dono dos seus limites, mais ninguém. Não faça nada que a sua coragem não seja capaz de superar. Segundo, porque não é aí que iremos encontrar a mãe do Lélio.

— Não? E por que paramos aqui, então? — indagou Esdras, a testa tomada de vincos.

— Eu apenas estacionei o carro, você que se precipitou em pressupor que iríamos entrar. É curioso como o medo, às vezes, faz isso: ele nos mostra como único caminho aquilo que nos amedronta. Olhe para trás. — Odilon indicou a direção com os olhos.

Esdras se virou, desconfiado, e percebeu que, do outro lado da avenida, um enorme casarão antigo e recuado, cercado por um muro baixo, abrigava um gradil verde na parte mais alta. Era possível ver um longo jardim dentro da propriedade, que tomava um quarteirão inteiro. Logo acima do portão principal havia uma placa de ferro, já bem desgastada, que dizia: "Lar para Idosos São Francisco de Assis".

— A mãe do Lélio está viva, então? — perguntou Esdras, nitidamente entusiasmado.

Os dois esperaram até que alguns carros passassem e, logo em seguida, atravessaram em direção à instituição. Os enormes portões de ferro estavam abertos. Ao entrar, Esdras observou alguns idosos no jardim, caminhando ou interagindo com enfermeiros e cuidadores. A maioria, entretanto, estava sentada em algum banco ou cadeira de rodas; geralmente sozinhos e reflexivos. Ao passar pela segunda placa com o nome do lugar, Esdras comentou:

— Eu conheço essa instituição — disse, sorrindo.

— Você já esteve aqui? — perguntou Odilon, curioso.

— Eu fiz uma doação, nesta semana, para uma instituição que cuidava de idosos; ela tem esse mesmo nome. Mas foi na cidade onde eu moro.

— Não é um nome tão incomum para um asilo. Você fez essa doação por alguma razão especial?

Naquele momento, o celular de Odilon Jiminy tocou. Após identificar a chamada no visor do aparelho, ele pediu licença e se afastou por não mais que dois metros, algo que permitiu a Esdras ouvir o que o psicólogo dizia para o interlocutor:

— Oi! Eu estou ocupado; posso retornar daqui a pouco? (...)

— Como assim? O que houve? (...)

— Claro, você tem toda razão. Não sei como ele chegou aí. (...)

— Não, não deixe ele ir embora, diga que estou a caminho. (...)

— Não vou me demorar; em alguns minutos eu estarei aí. (...)

— Como assim? O que ele disse? (...)

— Você não precisa dar ouvidos a ele. (...)

— Não se preocupe, está tudo sob controle. (...)

— Eu sei. Eu sei... Mas eu vou resolver. Segura ele aí. (...)

— Eu converso com você quando chegar aí no consultório. Estou indo agora. Tchau.

Esdras tentou disfarçar, desviando o olhar, como se não estivesse prestando atenção na conversa que acabara de ouvir.

— Eu tenho uma emergência que preciso resolver — afirmou Odilon, meio agitado.

— Alguma coisa grave? — Esdras percebeu o psicólogo inquieto.

— Não. Quero dizer, espero que não. Problemas com um paciente, só isso. A minha esposa que ligou... — informou o velho.

— Entendo. Obrigado pela carona, Odilon, e pela conversa. Você disse coisas que me fizeram refletir. Deve ser bom ter um psicólogo como amigo. Enfim, você precisa ir, não é?

— Olha, eu gostaria de entrar com você aí, mas preciso resolver esse probleminha — afirmou Odilon, nitidamente ansioso.

— Não se preocupe, pode ir tranquilo.

— Vamos fazer o seguinte... Você me aguarda aqui? Eu retorno e te dou uma carona. O que me diz? Assim, a gente pode conversar mais sobre o Lélio também — *propôs o velho.*

— Se não for incômodo... só não sei mais no que posso ajudar sobre o Lélio.

— Eu vou explicar a você... Eu estou escrevendo um livro sobre alguns transtornos. Obviamente, sem citar nenhum nome. E eu queria entender melhor o que levou o Lélio a fazer o que fez. Por isso, eu queria que você me falasse mais sobre ele, na infância.

— Eu acho que você sabe muito mais dele do que eu, Odilon.

— É que, naquele dia que você foi ao meu consultório, eu acabei pegando a ficha do Lélio e fiquei até tarde relembrando o caso dele. E depois de tudo que você me disse sobre as cartas, sobre esses destinatários... eu queria te fazer mais algumas perguntas sobre ele. Você se importa, Esdras?

— Não, por mim não tem problema algum. Eu aguardo você.

O celular de Odilon voltou a tocar. Ele hesitou, ao ver o contato que aparecia no visor, mas atendeu a ligação:

— Eu já estou indo, não liga mais — disse ele, desligando a chamada em seguida.

— Se você preferir, eu passo no consultório depois que sair daqui — sugeriu Esdras.

— Não! Lá no consultório, não. — Odilon demonstrava um nervosismo que não passou despercebido aos olhos de Esdras.

— Tudo bem. Eu encontro você aqui, então. — Esdras observou Odilon sair apressado do asilo e atravessar a rua em direção ao carro.

Ao observar à sua volta, Esdras reparou que muitos dos olhares cansados dos idosos que desfrutavam do jardim estavam fixados numa mesma direção: o portão da entrada, ou o cemitério do outro lado da avenida. Pareceu um pouco mórbida, para ele, a ideia de um asilo defronte a um cemitério; era como se aquelas pessoas estivessem ali apenas esperando a morte chegar, e o mais perto possível dela.

Ele se dirigiu à recepção do Lar, onde encontrou uma jovem recepcionista, que o atendeu com um agradável sorriso:

— Qual o nome do paciente, senhor?

— Luiza — disse ele, ao se lembrar do nome da antiga vizinha da sua avó.

— O senhor sabe o quarto?

— Não. Aliás... só um momento. — Esdras buscou o envelope na mochila para informar o endereço à moça. — Aqui está: "Avenida Padre Amaro, 2378... Ala C, Q 24".

— Ala C, Quarto 24 — repetiu a jovem, já localizando as informações da paciente no computador. — Aqui está, Luiza Flor Schiavon. O senhor me passa o seu documento, por favor?

Esdras fez cara de súplica ao se lembrar dos contratempos para comprar a passagem na rodoviária e informou:

— Estou sem ele aqui.

— Eu preciso de algum documento para dar entrada na visita.

— Eu sei, eu sei. Mas você não pode... quebrar um galho?

— Infelizmente, eu não posso, senhor. Precisamos controlar a entrada dos visitantes; temos que registrar as visitas na ficha do paciente. O senhor não tem nenhum documento?

— Não. Eu fui assaltado, levaram todos os documentos. — *Mentirooooso...*

— Infelizmente, não posso ajudar. São normas da instituição. — *A pobre coitada realmente fez cara de infeliz.*

— Eu trouxe uma carta, que eu achei, do filho dela. Ele já é falecido, então imagina o quanto ela ficaria feliz — insiste Esdras.

— Bom, podemos entregá-la à paciente. Olha, eu não estou sendo chata, são normas. Precisamos preservar a segurança deles.

— Eu entendo. — Esdras olhou para o crachá da moça, que se chamava Bianca, e, ao ver o nome da instituição novamente, ficou curioso em perguntar algo: — Bianca, este asilo possui outras unidades?

— Sim, somos uma rede, temos seis unidades como esta, mas todas em outras cidades.

— Ah, eu sabia — disse Esdras, entusiasmado. — Está vendo? Eu contribuo com vocês. Faço doações para essa instituição.

— Ah, é? Que bom. Então, em nome do Lar, eu agradeço. Apesar de ser privada, graças às doações que recebemos podemos manter uma ala comunitária, que acolhe idosos sem família ou sem condições financeiras — explicou a jovem de cabelos ruivos, ainda sorrindo.

— Eu fiz uma doação vultosa essa semana, será que isso não me dá algum crédito de confiança? — perguntou Esdras, forçando parecer simpático. — Eu doei 103 mil reais!

— Foi o senhor que fez essa doação? — perguntou a jovem, espantada e feliz.

— Sim, fui eu. Você ficou sabendo? — Esdras sentiu que poderia tirar proveito daquilo para efetuar a sua entrega.

— Claro que sim. Todo mundo ficou sabendo. Fizemos até um bolo no dia para comemorar com o pessoal da ala comunitária. O dinheiro foi destinado a essa nossa unidade aqui.

— Fico feliz em saber, Bianca.

— A instituição sempre recebe muitas doações específicas para as unidades de cidades maiores, mas as menores, como a de Santana, acabam sofrendo por falta de doações. O senhor não sabe o quanto os idosos ficaram gratos ao doador anônimo. O senhor, no caso.

— A intenção era ajudar mesmo. E fico feliz por saber que fiz alguma diferença aqui.

— Em nome da instituição, eu agradeço de coração.

— Então... me deixa entregar essa carta? — *perguntou Esdras, sorrindo e com um olhar maroto, que não sei de onde veio. Finalmente descobriu a dissimulação?*

— Tudo bem — disse a jovem, cedendo à insistência dele. — Fica entre nós, certo? Qual o seu nome completo?

— Esdras Ocho; o, c, h, o. E Esdras com s no final — informou o andarilho.

Após fazer o cadastro e registrar a entrada, a moça imprimiu uma etiqueta com o nome dele logo abaixo da palavra "visitante".

— A paciente está no quarto? Como chego lá? — indagou ele, enquanto colava o adesivo na camisa azul-marinho, sua companheira numa jornada que estava perto do fim. Naquele instante, ainda que rapidamente, Esdras já começava a sentir a sensação de dever cumprido, mesmo tendo perdido uma das cartas de Lélio.

— Siga, por favor, esse corredor e vá até a Ala Irmã Dulce. Lá, o senhor verá uma indicação para a Ala C, onde fica o quarto 24.

Esdras seguiu andando pelo corredor, observando vários idosos pelo caminho: senhoras e senhores de pele enrugada, com semblantes cansados e conformados com o peso da idade. Alguns enfermeiros e cuidadores interagiam com eles, guiavam, empurravam cadeiras de rodas ou simplesmente acompanhavam aqueles vagarosos passos de quem já não tinha pressa. Algumas senhoras sorriram para ele, enquanto a maioria apenas aceitava a presença, como se não fizesse tanta diferença assim. — *E quem poderia discordar delas? Que diferença o EsdrazzZ faz?*

Ainda que desviasse o olhar, em respeito, não deixava de notar algumas senhoras sentadas, com os vestidos ligeiramente abertos na parte de trás. Da mesma forma, viu senhores com bermudas e calças folgadas, que desciam bem abaixo da cintura. Em ambas as situações, aquelas pessoas mostravam um pouco de suas genitálias. A cena fazia Esdras se questionar se os anos haviam esfarelado os pudores ou era somente a irrelevância dos olhares.

Ao chegar ao quarto 24 da Ala C, Esdras entrou por uma porta que estava apenas encostada. Ali, um cômodo pequeno, comum, como seria o quarto de qualquer pessoa em sua própria casa. Uma janela grande recebia um vento fresco, provocando o voo de cortinas floridas. A vista dava para uma enorme área verde, um jardim onde se viam idosos passeando. A cama estava vazia, mas aquele aroma tão doce e inconfundível de rosas dizia que alguém vivia ali. Era um cheiro tão bom e aconchegante que, para Esdras, soava como um carinho na alma.

— Está procurando alguém? — A voz rouca veio da porta.

Esdras se virou e viu uma mulher parada diante dele, uma senhora que devia ter seus sessenta e poucos, mas aparentava menos. Ela vestia um jaleco rosa sobre uma roupa branca.

— Oi, bom dia, tudo bem? Eu estou procurando a dona Luiza... — disse Esdras, já sorrindo.

— Eu sou voluntária aqui — respondeu a mulher, com doçura. — A dona Luiza está lá fora. Geralmente ela gosta de ficar lá fora nesse horário.

— Ah, sim. Eu vim visitá-la. Posso esperar aqui?

— Pode, sim. Mas por que você não vai encontrá-la no jardim?

— A senhora pode me dizer onde ela está, então?

— Você é parente dela?

— Não. Um amigo da família. Mas eu não a vejo há muitos anos, então não saberia reconhecê-la.

— Entendo. Vamos ver se consigo te mostrar daqui. — A voluntária se dirigiu até a janela para avistar a senhora. — Ali! Veja, bem debaixo do pé de jambo, de costas para nós. De vestidinho amarelo.

— Aquela na cadeira de rodas? — indagou Esdras, observando com atenção.

— Sim. Ela mesma... Às vezes, ela prefere ir assim.

— Ela ainda anda, então?

— Anda. A saúde física dela é melhor do que a de muitos daqui. Em compensação, a cabeça não foi tão generosa com ela.

— Como assim? — perguntou Esdras, solidário.

— Venha, eu levo você até ela e vamos conversando. — Esdras segue a mulher, que se chama Helena, segundo o crachá que leva preso ao bolso do jaleco.

— A senhora vem todos os dias? — perguntou ele, já no corredor.

— Todas as tardes. Faço isso há uns cinco anos. E pretendo vir enquanto eu tiver força para ajudar — respondeu a mulher, sorrindo.

— Pelo que vejo, existem muitos voluntários, mesmo sendo uma instituição privada.

— Privada e caríssima — frisou a mulher. — Os custos para cuidar da saúde dessas pessoas é muito alto. Ao menos, eles mantêm uma ala comunitária aqui. Comecei a vir mais pelos moradores de lá, mas aos poucos você percebe que a carência de todos aqui é igual. Alguns têm dinheiro, outros não, mas todos são igualmente carentes de afeto. Acho que qualquer voluntário aqui percebe isso de imediato.

— Essas pessoas que moram aqui devem ser ricas, então — deduziu Esdras.

— Ricas, com uma gorda aposentadoria ou com filhos que exploram os seus patrimônios, enquanto elas ficam aqui, limitadas a um quarto e àquele jardim — argumentou Helena. — A instituição é muito boa, sabe? Não posso negar, mas não é a mesma coisa que estar em casa, cercada pela família.

— E a dona Luiza... ela está na ala particular, não é? Quem cuida dela? Digo, algum familiar a acompanha? — quis saber Esdras.

— Boa pergunta. — A mulher ergue as sobrancelhas. — São tantas histórias que fica difícil saber qual é a verdadeira. Mas eu soube por uma ex-funcionária, logo que cheguei aqui, que o filho dela deixou uma herança gorda. Deve ser essa herança que paga a estadia dela. E olha que ela é uma das pacientes mais antigas.

— Eu conheci o filho dela — contou Esdras. — Não sabia que ele estava tão bem de vida a ponto de deixar uma herança que custeasse isso aqui por tanto tempo. Se bem que... eu soube que ele ganhou uma boa grana.

— Menos mal, né? Pelo menos, ele pôde deixar a mãe protegida — disse Helena, sempre sorrindo com candura para os idosos que passavam por eles no caminho.

— Pode ser outro familiar também. A senhora sabe quem costuma visitá-la?

— Não sei, não vemos muito essas pessoas por aqui. Nem os parentes aparecem, imagina os amigos. Tudo que a gente sabe sobre essas pessoas é o que se descobre nos primeiros meses de hospedagem. Geralmente, os parentes somem depois de um tempo.

— Eu estou na cidade há poucos dias — explicou Esdras —, ainda não tive a oportunidade de conhecer nenhum parente dela. Seria bom saber quem vem aqui. Perdi o contato com a família há muito tempo. Na verdade, eu conhecia mais o Lélio, o filho dela.

— Lélio? — Helena franziu o cenho. — Acho que já vi a dona Luiza chamando por ele. Eu achava que era ele que vinha visitar... pela manhã. À tarde, nunca vi ninguém com ela.

— Não... O Lélio morreu já há alguns anos — informou Esdras.

— Deve ser outro parente, então. — A conversa continuava enquanto eles caminhavam pelos corredores repletos de rampas e barras de apoio nas paredes.

— Estou vendo poucas pessoas com o adesivo de visitante — observou Esdras.

— Exatamente. Esses idosos têm filhos, sobrinhos, maridos, esposas, irmãos... muita gente. E é isso: enquanto estão aqui, os parentes podem seguir as suas vidas lá fora. Às vezes, vêm visitar uma vez no mês e acham que isso basta. Mal se dão conta da solidão que essas pessoas passam — disse Helena, com pesar na voz.

— É muito triste isso. É uma solidão que... — Esdras interrompeu o que diria.

— Uma solidão que...? — quis saber a voluntária.

— É uma solidão que muitas pessoas, fora daqui, acreditam sentir, mas que está muito longe de ser esta solidão, de fato. — Ele sabia que estava dizendo aquilo para ele mesmo.

A Solidão de Tudo, de Todos e de Si... Esdras chegava à conclusão de que a S.T.T.S. era só uma doença-placebo nele. A solidão daquelas pessoas não lhes dava qualquer escolha; nem mesmo a decisão de viver ou morrer. Uma opção que ele ainda tinha.

— Ah, meu amigo, a solidão mora neste lugar como uma hóspede vitalícia — afirmou Helena, como se quisesse completar os pensamentos de Esdras, ainda que não pudesse escutá-los. — E não importa quantas pessoas circulam por aqui durante o dia; ao entardecer, todos vão embora. Então, os idosos se sentem ainda mais sozinhos.

— Sentimos falta até do beijo de boa noite que a mãe dava antes de dormir quando ainda éramos crianças — disse uma idosa, dona de uma firmeza extraordinária no caminhar, que passou a acompanhar Esdras e Helena.

— Dona Biloca! A senhora é danada, hein? Ouve tudo — falou a voluntária, com um sorriso brincalhão.

— Ouço quase tudo, minha linda — retrucou a senhorinha. — Sabe que velho não recusa uma boa prosa, não é? E, como vocês bem estavam falando, a gente não tem muito o que fazer por aqui, a não ser esperar... Aqui se espera a família, os voluntários, os médicos... a morte.

— Que morte o quê, dona Biloca! Se eu bobear, a senhora vai é carregar a alça do meu caixão. — Helena fez a idosa, de baixíssima estatura, gargalhar.

— Ao menos, se acontecer aqui no asilo, vão me achar logo. Não vai ser igual àquelas "mortes solitárias" do Japão.

— Do Japão? — Esdras estranhou.

— É, meu filho. Lá tem tanto idoso que eles morrem e as pessoas nem se dão conta. E com esse negócio aí de fatura com débito em conta, a pessoa enfarta e passa semanas sem que ninguém note que ela morreu. — *E o Esdras gastando tempo com operação secreta…*

— Ai, que horror, dona Biloca! — exclamou Helena.

— Mas é verdade, Leninha. Tem até serviço especializado em limpeza de casa onde a pessoa morreu e permaneceu por meses, anos… se decompondo sem que ninguém percebesse.

— A senhora não precisa se preocupar com isso — retrucou a voluntária, com um sorriso amarelo.

— Eu sei que é uma conversa meio mórbida, minha linda, mas está acontecendo conosco, e isso é triste — concluiu dona Biloca.

— Perdoe a indiscrição, mas qual a sua idade, dona Biloca? — perguntou Esdras, após ser apresentado à senhora e ficar encantado com a espontaneidade dela.

— Não, não é nenhuma indiscrição… Depois dos sessenta é um orgulho dizer a idade — respondeu ela. — Ou seja, há 27 anos eu tenho orgulho da minha.

— Oitenta e sete anos é uma idade de respeito, hein? — brincou ele.

— Oitenta e sete?! Você entendeu errado, meu lindo. Há 27 anos eu tenho 60 anos. Ou você acha que eu teria 87 com esse corpinho? — Mais uma vez, dona Biloca levou os dois às gargalhadas, enquanto girava o corpo.

— A senhora é mesmo uma comediante — resumiu Helena.

— Comediante é a vida, Leninha, nós somos só os palhaços deste circo que é vida.

— Eu estou mais pra corda bamba, dona Biloca — disse Esdras, entrando na brincadeira —, e o pior é que eu sou bem ruim de equilíbrio.

— É a sua primeira vez aqui, Esdras? — perguntou dona Biloca.

— Sim… Eu não moro aqui em Santana — respondeu ele.

— Olha, às vezes a instituição organiza uns passeios por cidades vizinhas… Deixa o seu endereço com a Leninha, quem sabe possamos ir visitar você, um dia — propôs ela.

— Está bem, vou deixar. — Esdras sorriu afetivamente.

— Não é para achar graça, eu falei sério — repreendeu ela, antes de sorrir também. — Esses passeios são raros, mas acontecem.

— Eu sei. Eu achei graça porque há muito tempo ninguém pede o meu endereço para me visitar. Pedem o meu perfil nas redes sociais, e pronto: eu e a pessoa nos tornamos "melhores amigos" — disse ele, enquanto desciam a rampa de acesso ao jardim.

— Eu falo com os meus netos e bisnetos pela câmera do computador. Isso é bom, mas não substitui um abraço; concorda?

— Totalmente. — Esdras sorria, encantado com a simpatia de dona Biloca. — Eu estou de mudança no momento, mas, assim que eu me instalar melhor, combinaremos uma visita sua, tudo bem?

— Combinadíssimo! — confirmou ela.

— Quer passear no jardim conosco, dona Biloca? — perguntou Helena, quando chegaram à área verde. — Vamos até a dona Luiza.

— Não, minha linda, eu vou buscar umas flores para colocar no meu quarto. Vou dar um pouco de vida àquele lugar.

— A dona Luiza parece gostar muito de flores também — disse Esdras. — O quarto estava tão cheiroso cheio delas...

— A Luiza não sabe mais do que ela gosta, coitada. Mas, sem dúvida alguma, flores alegram qualquer ambiente — afirmou a senhorinha.

— Como assim? — Esdras ficou intrigado com aquele comentário, mas dona Biloca, ao receber um olhar desaprovador de Helena, evitou maiores explicações:

— Eu vou por aqui, meus lindos. Nos vemos depois. Foi um prazer, Esdras — disse dona Biloca.

— Se a senhora me permite, eu posso lhe dar um abraço? — perguntou o andarilho.

— Claro que sim, meu anjo. Dizem que abraço é um beijo com o corpo; então *veeenha*!

Esdras abraçou com muito afeto aquela franzina senhora de cabelos brancos, que, em seguida, foi em outra direção.

— A dona Luiza tem... — Helena falava já olhando para a mãe de Lélio, que continuava sentada de costas numa cadeira de rodas, debaixo do pé de jambo. — Ela desenvolveu um caso avançado de Alzheimer. Quando vim para a instituição, há alguns anos, ela já estava assim.

— Mas ela ainda se comunica, interage com os outros? — quis saber Esdras.

— Ela se esquece com frequência de tudo, inclusive do que vai falar. Mas, eventualmente, tem alguns momentos de lucidez, por mais que não saiba com quem ou sobre o que está falando.

— Ela fala do filho? — indagou Esdras.

— Ela não esquece que teve um filho. Mas fala mais como se ele ainda fosse uma criança. Quando não é assim, ela trata os enfermeiros daqui como se fossem ele. Alguns até evitam contrariar, dando a ela um pouco de alegria momentânea.

— Então ela não tem noção de que o filho morreu — conclui ele.

— Olha, Esdras, nada na cabeça da dona Luiza faz muito sentido. E, quando faz, não dura muito tempo, entende?

— Entendo. Eu encontrei uma carta que o Lélio escreveu para a mãe há alguns anos. A senhora acha uma má ideia eu ler essa carta para ela? Não sei se o Lélio tinha noção de que ela estaria assim.

— Até onde eu sei, o quadro dela evoluiu durante muitos anos, mais de 20 anos. Há quanto tempo ele morreu?

— Tem um bom tempo, oito anos — informou o andarilho.

— Bom, então ele certamente tinha consciência do problema da mãe. Acho que ela irá gostar de ouvir as palavras do filho, ainda que falecido. Em algum lugar do inconsciente, ela deve entender, sim. Além do mais, é melhor não privá-la do pouco que pode ter do mundo fora daqui. Não é justo.

— Se você acha... — Esdras se sentiu nervoso com a responsabilidade de ler aquela carta de Lélio. A última coisa que ele queria era gerar qualquer desconforto emocional na mãe do amigo de infância.

— Fique tranquilo. Se ela se sentir confortável, vai demonstrar. Mas não se assuste se ela ficar te encarando. Acho que uma característica comum às pessoas que têm Alzheimer é tentar buscar, nos olhos, de onde te conhecem.

— Quando ela me viu pela última vez, eu era só um garoto. Ela não me reconheceria — explicou Esdras.

Assim que chegaram ao pé de jambo, Helena foi para a frente da senhora e se agachou diante dela, enquanto Esdras ficou um pouco recuado, aguardando. Ele não tinha certeza se saberia o que dizer.

— Dona Luiza, eu trouxe uma visita para a senhora. É um amigo da sua família, do seu filho — informou Helena, com paciência.

— Meu filho? — disse Luiza, com uma voz suave.

— Isso, do seu filho.

— Meu filho? — perguntou novamente, com um olhar perdido no infinito daquele jardim, que certamente não terminava naquele distante muro que ela parecia encarar.

— O nome desse senhor é Esdras, ele trouxe uma coisa que o seu filho escreveu. E ele quer ler para a senhora.

Helena fez um gesto para que Esdras se aproximasse de Luiza, e ele se colocou à sua frente, agachando para ficar na altura dos olhos dela: um olhar profundo, pesado, disfarçado por um azul de águas calmas, percebeu ele. As marcas do tempo não foram generosas com ela, concluiu, enquanto pensava se ela não teria mais que os 70 anos que ele supunha.

Esdras procurou encontrar o olhar de Luiza, mas, mesmo olhando direto nos olhos, ela não parecia notá-lo. Àquela altura, ele já reconhecia os traços familiares da mãe do Lélio. Um rosto delicado, porém enrijecido, de uma mulher doce e gentil, que fazia bolos e biscoitos para ele e para o amigo.

Um sentimento de nostalgia e aconchego invadia o coração de Esdras, pois aquela mulher diante dele era, sem dúvida alguma, a ligação mais forte que ele poderia ter com Lélio; um amigo que passou anos esquecido em seu passado, mas que havia pouco mais de dois dias vinha lhe despertando a sensação fraternal e social de pertencimento. Luiza era um reconforto.

— Como vai, dona Luiza, tudo bem? — perguntou ele, fazendo com que a senhora finalmente o olhasse.

— O nome dele é Esdras, dona Luiza — reafirmou Helena.

— Isso mesmo. Esdras, mas acho que a senhora não vai se lembrar de mim. Eu era amigo do seu filho — disse ele, sorrindo e discretamente emocionado.

— Meu filho? — repetiu ela, pela terceira vez.

— Isso, o Lélio. A senhora se lembra dele?

— Você é o meu filho?

A pergunta fez Helena e Esdras trocarem olhares de compaixão. Esdras ficou comovido:

— A senhora queria muito ver o seu filho, não é? — indagou o andarilho.

Num gesto inconsciente de gentileza, Esdras encostou a mão no braço direito de Luiza e fez um afago. Ela, porém, numa reação quase instintiva, usou a mão esquerda para afastá-lo de imediato. Ele ficou desconsertado com a atitude dela, que passou a pressionar a mão contra o próprio braço, na tentativa de impedi-lo de ver as cicatrizes que ocupavam uma área maior do que ela conseguia esconder.

— Perdão… — Esdras não sabia o que dizer, mas não podia deixar de notar as cicatrizes pouco comuns.

— Está tudo bem, dona Luiza... Fica tranquila — disse Helena, intervindo —, o Esdras não sabia. Ele não fez por mal.

— Perdão, eu não quis incomodar.

— Está tudo bem, Esdras. Ela só não gosta que encostem aí — informou Helena.

Sob a luz de um sol que já parecia estar de partida, Esdras observou melhor as marcas no braço de Luiza. Várias cicatrizes em formato circular se espalhavam por ambos os braços. O vestido amarelo parecia ter a intenção de escondê-las, mas o tecido leve e quase transparente das mangas era movimentado pelo vento, revelando pontos enegrecidos; provavelmente, queimaduras.

Ele olhou para a voluntária que o acompanhava e, com uma expressão facial, perguntou: "O que são?"

Helena respondeu também sem usar palavras, fazendo um gesto com a cabeça, indicando para Esdras que não tiraria a dúvida dele na frente de Luiza. Os dois se levantaram e deram alguns passos para longe dela.

— Pelo que me contou uma ex-funcionária daqui, a dona Luiza foi vítima de violência doméstica. Ela já chegou ao Lar com essas marcas — informou a voluntária, sussurrando para Esdras.

— Quem fez isso com ela? — indagou, estarrecido.

— Não sei. Ela nunca disse. Quando fala disso, ela só se refere a "ele": "ele fez isso"; "ele me machucou"; "ele me marcou". Pode ter sido o marido, não sei.

— Mas ela é viúva há muito tempo, pelo que eu sei — informou Esdras.

— Ela não se casou novamente? — perguntou Helena.

— Não sei. Mas quem fez isso... é um monstro. — Esdras observava Luiza, consternado. — A família não disse o que houve?

— Não é o tipo de coisa que a família deixa registrado na ficha.

— É melhor eu ler a carta do filho, talvez isso a deixe mais feliz — ponderou ele.

Esdras se reaproximou de Luiza e voltou a se agachar diante da senhora de olhos azuis. Helena permaneceu ao seu lado, de pé.

— Dona Luiza, desculpa tê-la importunado. Mas, olha... eu trouxe uma carta do Lélio para a senhora. Eu posso ler? — indagou ele.

— Ela vai amar, não é, dona Luiza? — interveio a voluntária.

Luiza não respondeu. Mas Esdras já estava com aquele último envelope em mãos, e de lá saiu a última carta escrita por Lélio. Ele começa a ler o texto, em voz alta:

— "À Flor do Príncipe..."

À Flor do Príncipe

Florzinha! Não sei como começar uma carta que eu não gostaria de escrever. É difícil encontrar palavras que expliquem o inexplicável e justifiquem o injustificável. Não sei por onde começar, mas sei que esta carta só existirá porque sei que você jamais entenderá o que escrevo.

Eu preciso te dizer essas palavras, mais do que você precisa escutá-las.

Uma carta de despedida para você deveria ser a coisa mais difícil da minha vida, mas, apesar de me dilacerar por dentro, não é. Nada poderá ser comparado àquele momento em que os seus olhos pararam de me enxergar, a sua voz parou de me chamar e o seu amor parou de me amar. O Alzheimer arrancou você de mim sem piedade.

A verdade, Florzinha, é que a razão que me fez viver por tantos anos, mesmo sem querer, tem nome: Luiza Flor. Eu preferi permanecer a pessoa viva mais infeliz do mundo do que te dar a tristeza de perder o filho; eu sei o quanto isso machucaria o seu coração que tanto já sofreu. Duas coisas me sustentaram por esse tempo: o seu amor de mãe e o meu amor de filho.

Ficar vivo não me fazia feliz, mas te deixava feliz, e, por isso, eu podia ser também. Feliz em te ver feliz! Porém, você partiu sem ter partido, e antes que eu fosse, mesmo sem poder ir. A vida e suas curvas... Quando você adoeceu, eu acompanhei (paciente e inconformado) cada dia em que você foi se esquecendo de tudo e todos, mas não suportei lidar com você não me reconhecendo. Esse foi o aval que o seu "defeito" deu ao meu "defeito" para que eu partisse.

Eu quero que você saiba que eu trabalhei e me esforcei ao máximo, e consegui: cuidei para que nada te falte; cuidei para que *você seja bem assistida; cuidei para que você possa me ter, se for necessário; cuidei para que possamos nos encontrar quando chegar a hora. E eu cuidarei de você para sempre... mesmo que eu não esteja mais aqui. Agora, com o egoísmo de um covarde e a certeza de que você não me verá partir, eu vou embora. Sinto muito, mãe, mas sem você nunca foi possível ficar. Eu vou te amar para sempre, mesmo quando o sempre acabar.*

Essa foi, infelizmente, "a canção que eu fiz pra te esquecer, Luiza".

Seu Lelinho

Esdras terminou de ler a carta com a voz embargada e os olhos marejados, assim como Helena. Os dois olharam comovidos para a senhora e não encontraram as palavras apropriadas para que Luiza fosse confortada. Ele, que desconhecia o conteúdo da carta, naquele momento tinha dúvidas se fora uma boa ideia dizer tudo aquilo para a mãe de Lélio, apesar da aparente inconsciência dela. O olhar de Luiza continuava distante, ainda que as sobrancelhas se contraíssem numa expressão de quem buscava alguma compreensão de si e do mundo.

— Está vendo, dona Luiza, como o seu filho a amava? Ele chamava a senhora de Florzinha — disse Helena, que tentava conter as lágrimas.

Esdras sentiu que a voluntária, assim como ele, não tinha certeza se a decisão de Lélio de partir, deixando a mãe num asilo, fora uma opção inquestionável. Na sua mente, vinha a certeza de que ele jamais faria aquilo. Mas, querendo esclarecer o contexto em que se encontrava o amigo de infância, Esdras se aproximou de Helena e cochichou, de modo que Luiza não ouvisse:

— O Lélio sofria de depressão, tinha sérios problemas. Ele morreu de suicídio — contou, como se propusesse a absolvição do amigo.

— Não consigo compreender o que ele fez... Mas quem sou eu para julgá-lo? — respondeu Helena, sussurrando.

— Ele não podia ter feito isso! — exclamou Esdras.

— Talvez não se tratasse de poder ou querer — respondeu Helena. — Ele devia estar péssimo, afinal isso é uma doença também, não é?

Esdras enxugou os olhos e se abaixou diante de Luiza, ao observar o trecho com aspas:

— "Essa foi, infelizmente, 'a canção que eu fiz pra te esquecer, Luiza'". Essa música... Eu conheço! É do Tom Jobim. A senhora se lembra dela? — indagou, encarando os olhos azuis daquela senhora.

— E é uma bela música. O nome é "Luiza", assim como o seu — completou a voluntária.

Esdras percebeu que Luiza continuava com aquele olhar solitário, perdido no horizonte, e, então, logo veio a constatação: aquele era o vazio dela, aquela era a solidão dela. Ela se sentia só.

Querendo dar um pouco de conforto à mulher, Esdras decidiu fazer algo que jamais imaginara, mas que, naquele momento, encontrara a necessidade perfeita e indispensável de superar. E começou a cantarolar:

"Escuta agora a canção que eu fiz pra te esquecer, Luiza
Eu sou apenas um pobre amador
Apaixonado
Um aprendiz do teu amor
Acorda, amor
Que eu sei que embaixo desta neve mora um coração."

O olhar de Luiza, enfim, pareceu se encontrar com os olhos de Esdras, e ela apertou a mão dele, fazendo-o interromper o canto. Luiza, então, completou os versos:

"Vem cá, Luiza, me dá tua mão..."

Esdras, comovido, cantou com ela, repetindo aquele verso:

"Vem cá, Luiza, me dá tua mão..."

— Luiza! Luiza! — A mãe de Lélio repetia o próprio nome, como se lembrasse dele ou o tivesse achado desesperadamente belo, assim pensou Esdras.

— Seu nome é lindo, não é? — perguntou Helena, emocionada.

— Meu filho! Meu filho! Meu filho!... — exclamou Luiza, repetidas vezes.

— Ele cantava essa música para a senhora? — Esdras entendeu que a pergunta foi respondida ao receber um carinho da mãe de Lélio no rosto.

— Meu filho! Meu filho! — chamava a senhora de olhos azuis.

— É a saudade, não é, dona Luiza? É a saudade do seu filho — concluiu Helena, sem conseguir encontrar algo que consolasse a pobre mulher.

— O seu filho amava muito a senhora — afirmou Esdras.

— Meu filho não vem me ver. Esqueceu de mim?

A pergunta de Luiza fez Esdras pensar no que responder a uma mãe que perguntava pelo filho morto. Entretanto, buscando encontrar as palavras certas, seus pensamentos acabaram voltando a um trecho daquela música que estava na carta de Lélio para a mãe dele: "Escuta agora a canção que eu fiz pra te esquecer, Luiza", dizia.

Aquele verso parecia dizer a Esdras algo além daquilo que ele havia percebido. Devo admitir que, apesar de sempre ter subestimado a inteligência dele, nunca imaginei que levaria tanto tempo até o Esdras perceber que havia algo de errado na história daquelas cartas. E, naquele momento, ele só pensava numa frase que fora dita na última delas: "E eu cuidarei de você para sempre... mesmo que eu não esteja mais aqui."

— Não pode ser — disse Esdras, depois de repetir diversas vezes aquilo em pensamento.

— O quê? — perguntou Helena, sem entendê-lo.

"Cuidei para que possamos nos encontrar quando chegar a hora..."

— Ele não faria isso. — Esdras não aceitava a possibilidade de ser real o que se passava na sua mente.

— Do que você está falando? — insistiu a voluntária, após o silêncio dele.

"E antes que eu fosse, mesmo sem poder ir", rememorava Esdras, que se agachou de repente, encarando Luiza, para perguntar:

— Dona Luiza, o seu filho costuma visitar a senhora? Ele vem ver a senhora? — O olhar de Luiza já estava distante novamente.

— A dona Luiza tem outros filhos? — quis saber Helena.

— Responda você. — Esdras se levantou bruscamente e se aproximou de Helena; em seguida, completou: — Afinal, ela recebe visitas mesmo?

— Bom, tudo que eu sei eu te disse agora há pouco. — A indagação de Esdras fez Helena franzir o cenho. — Algum problema?

— Tem como saber quem vem visitar? — perguntou ele.

— Somente na recepção. Mas não sei se é uma informação aberta. Provavelmente só a família tem acesso. O que está acontecendo, afinal? — *Helena estranhou a inquietação dele. Pobre EsdrazzZ...*

— Esse asilo é particular. Dona Luiza está na ala particular, certo? Alguém vem pagando a estadia dela aqui há mais de 8 anos — concluiu o andarilho.

— Eu não estou entendendo aonde você quer chegar. Provavelmente a família dela... Um parente, não sei. Ela não tem outros filhos?

— Não. O Lélio era filho único — afirmou Esdras categoricamente. — Filho único!

— Esse que escreveu a carta?

— Ele mesmo — confirmou Esdras. — O Lélio escreveu doze cartas como essa e pediu para que eu as entregasse por ele.

— E todas elas são cartas... — *Helena deixou o "suicidas" no ar, mas Esdras podia identificar a palavra até pelo cheiro.*

— Pois é. Ele escreveu essas cartas antes de morrer. Mas eu estou desconfiando que fui feito de trouxa — *disse aquele que se acha esperto.*

— Por que você diz isso? — perguntou Helena.

— Porque eu estou achando que ele está vivo!

— Você acabou de dizer que ele se matou.

— Isso é o que as cartas dizem. Mas tem coisas que não estão fazendo sentido. Coisas que eu não deveria ter ignorado.

— Só por essa carta aí você está chegando a essa conclusão? Eu não entendi.

— Não só por ela. Duas pessoas, que sequer sabiam da morte dele, me contaram que o viram numa época em que teoricamente ele já estava morto. E eu não acredito em fantasmas — disse Esdras, sarcástico. — Além disso, essa carta... ela me deixou com uma pulga atrás da orelha. E não é a primeira vez que eu desconfio que o Lélio esteja vivo.

— Mas que interesse esse homem teria em fingir que está morto, gente? Quem faz esse tipo de coisa? — indagou ela, ainda mais confusa que ele.

— É isso que eu preciso descobrir. Helena, você não me contou que um homem visita a dona Luiza pela manhã?

— Já me disseram que, às vezes, ela recebe uma visita de manhã. Particularmente não me recordo de ninguém à tarde. Talvez seja essa a pessoa que paga as contas dela.

— Talvez essa pessoa seja o Lélio! — exclamou o andarilho de azul. — Há alguém que pode saber o nome dessa pessoa?

— Além do registro na recepção? Olha, acredito que a Vera, uma cuidadora daqui. Ela fica mais com a dona Luiza pela manhã — informou Helena. — É bem provável que ela saiba.

— Ela está aqui agora? — Esdras se encontrava claramente ansioso.

— Não, ela fica só pela manhã.

— Certo. Olha, Helena, desculpa te pedir isso... Eu não quero ser inconveniente, mas você poderia me dar o telefone dela? Eu quero perguntar o nome da pessoa que visita a dona Luiza.

— Não seria melhor você procurar a direção da instituição? Se você suspeita de algo relacionado a uma paciente, eles precisam saber.

— E dizer o quê? Se o nome do Lélio constar como visitante da mãe na ficha da instituição, isso prova que, talvez, o único que tenha sido feito de trouxa fui eu mesmo. E acredito que eles não vão passar esse tipo de informação a um desconhecido. — Esdras notou que Helena estava hesitante e incomodada. — Não me interprete mal, eu sei que essa história parece loucura, mas sinto que está acontecendo alguma coisa estranha aqui. Prefiro ter certeza da minha suspeita antes de tomar uma atitude.

Nitidamente relutante, Helena acabou concordando em ajudar:

— Tudo bem, Esdras. Entendo a sua inquietação. — Ela pegou o celular no bolso do jaleco e começou a procurar o número da amiga na agenda.

Esdras levou a mão à calça, no ímpeto de pegar o dele, que vendera dias antes.

— Você pode fazer essa ligação do seu celular? — perguntou, constrangido. — Eu estou sem o meu aqui.

— Certo, sem problemas — disse a voluntária, que, em seguida, ligou para a colega.

— Está chamando? — perguntou, ansioso.

— Sim, mas ela não atende.Vou tentar novamente. — Helena repetiu o processo.

— Nada? — indagou Esdras, indubitavelmente impaciente.

— Não. Mas olha, tenta conseguir essa informação na recepção. É a forma mais segura de você tirar essa sua dúvida — aconselhou ela. — Conversa com a Mariana, a chefe da assistência social.

— É, eu vou tentar lá.Você pode continuar tentando? Por favor — pediu ele.

— Claro! Se eu conseguir falar com ela, procuro você lá.

Esdras saiu apressado rumo à recepção, mas não sem antes se despedir de Luiza com um beijo carinhoso na testa e a promessa de que voltaria para visitá-la em breve. Atravessou, então, o extenso jardim do Lar São Francisco dando longos passos, mas evitando correr para que a lata de moedas dentro da sua mochila não se tornasse uma sirene da sua presença. Quando já estava chegando à escada da entrada, foi interpelado:

— Esdras! — gritou uma voz madura.

Ele se virou e reconheceu a senhora:

— Oi, dona Biloca... — disse, sem parar de andar. — Eu vou ali na recepção. Podemos conversar quando eu voltar? É rápido.

— Podemos, não se preocupe não, meu lindo — disse ela, que tinha um ramalhete colorido na única mão em que ele prestara atenção. — Eu te chamei porque acho que isso aqui é seu...

Esdras observou a outra mão dela, que segurava algo, mais precisamente um envelope. Então foi até dona Biloca e pegou o invólucro:

— Acho que não é meu... — disse ele, antes de observar o envelope e reconhecê-lo como um daqueles deixados por Lélio. Nele estava escrito: "Ao Sussurrador de Pensamentos. Avenida 5 de Novembro, 1701, Ed. Lápis-Lazúli, apt. 201". Aquela era a tal primeira carta que ele tentara entregar no mesmo prédio em que morava. — A senhora achou?

— Acabou de cair da sua mochila.

Esdras conferiu o zíper da mochila cinza: perfeitamente fechado.

— Ele estava aqui do lado. — Dona Biloca apontou para a lateral da mochila, na parte destinada a colocar uma garrafa de água, e que não tinha lacre.

— Caiu daqui? A senhora tem certeza? — perguntou Esdras, que não se lembrava de ter tirado aquele envelope de dentro da mochila.

— Sim, eu já estava vindo falar com você quando vi o papel cair.

— Estranho. Mas obrigado — respondeu, ainda encarando o envelope.

Dona Biloca se despediu, e Esdras voltou a seguir, apressado, rumo ao interior do prédio. Ao chegar à recepção, ele já sabia o que precisava fazer:

— Bianca, querida. Que bom encontrar você — disse à recepcionista que o recebera antes.

— Nosso benfeitor! Conseguiu encontrar a pessoa que o senhor procurava... Esdras? — perguntou, confirmando o nome dele no adesivo que estava colado na camisa azul.

— Encontrei, sim. Estava com ela até agora, no jardim.

— Que bom. Eu comentei com a diretora da instituição que o senhor estava conosco. Ela faz questão de cumprimentá-lo.

— Eu agradeço, mas não há necessidade. Prefiro manter o anonimato mesmo. Mas queria te pedir um grande favor.

— Se estiver ao meu alcance... — disse a moça.

— Está, sim. Ao alcance das suas mãos, mais precisamente. Eu gostaria de saber sobre as visitas que a dona Luiza tem recebido. — *Esdras sorri, ou tenta.*

— Esse tipo de informação é restrito à família.

— Eu sei, ela é minha tia. Eu quero vir visitar a minha tia mais vezes, sabe? E aí, eu quero apenas saber se o meu primo tem vindo visitá-la. O filho dela, no caso. É que eu e ele não nos falamos, então eu prefiro evitar encontrá-lo aqui, caso ele esteja vindo com frequência. Eu não quero confusão perto dela. Você entende, não é? — disse Esdras.

— Bom, isso eu posso verificar. Qual o nome dela mesmo? — perguntou a jovem, já entrando no sistema de registros do computador, que ficava em cima do balcão da recepção.

— Luiza Flor Schiavon — respondeu ele.

— Aqui... Além do senhor, ela recebeu outra visita hoje.

— Hoje? Por acaso o visitante é o Lélio Schiavon? — indagou Esdras.

— Não, não...

— Não? — questionou apressadamente. — Foi o Yago?

— Também não. A visita que consta aqui... foi pela manhã... deixa eu ver... Senhor Odilon Jiminy.

— Odilon? O Odilon esteve aqui hoje? — Ouvir aquilo deixou Esdras mais confuso.

— Sim. Mas esse nome que o senhor mencionou, Lélio Schiavon, consta como o responsável legal da paciente.

— O Lélio é o responsável legal da mãe? — Esdras entendia cada vez menos.

— Isso. É ele que é o seu primo? — perguntou Bianca.

— O próprio — *mentiu Esdras, sem se esforçar muito pra ser convincente.* — Esse sistema está atualizado? Quero dizer, será que essa não é a ficha dela de quando deu entrada aqui?

— Não. As informações dos pacientes são atualizadas anualmente ou assim que há alguma questão nova. Por quê? Algum problema? É alguma coisa com a senhora Luiza?

Naquele momento, tocou o telefone da recepção.

— Só um instante, senhor — pediu Bianca para Esdras.

Assim que desligou, a moça voltou a falar com Esdras:

— Desculpa, senhor. Eu posso ajudá-lo em algo mais? — perguntou educadamente e já se levantando da cadeira. — Preciso me ausentar para dar um recado. Pode aguardar um minuto?

— Tudo bem, eu espero aqui — disse ele, apontando para um sofá que ficava de frente para o balcão da recepção.

Ao deduzir que a recepcionista deixara o computador com a ficha de Luiza na tela, Esdras virou o monitor na sua direção. Assim, sorrateiramente, ele conseguiu analisar o cadastro da mãe de Lélio:

LAR DE IDOSOS SÃO FRANCISCO DE ASSIS

FICHA CADASTRAL DO PACIENTE

EDITAR

PACIENTE: LUIZA FLOR SCHIAVON
IDADE: 67 ANOS **SEXO: [F]**
ACOMODAÇÃO: ALA C, QUARTO 24 [INDIVIDUAL]

MÉDICO DA SEMANA: LADIR DE MACEDO
CUIDADORA DA SEMANA: VERA LÚCIA NOBRE

RESPONSÁVEL LEGAL: LÉLIO SCHIAVON
TELEFONE DE EMERGÊNCIA: 97855-9600

FOTO

OBSERVAÇÕES IMPORTANTES:
1 - PACIENTE TEM ALZHEIMER EM ESTÁGIO AVANÇADO.
2 - FAZ USO FREQUENTE DA CADEIRA DE RODAS, MAS PODE ANDAR.

PRONTUÁRIO MÉDICO | ACESSAR COM SENHA: ENTRAR

DADOS RESIDENCIAIS DO PACIENTE
ENDEREÇO: RUA ACÁCIA-RUBRA, Nº 510. CENTRO. SANTANA DOS TRÊS...
TELEFONE: — — | E-MAIL: — —

DADOS RESIDENCIAIS DO RESPONSÁVEL LEGAL
ENDEREÇO: AV. 5 DE NOVEMBRO, Nº 1701, ED. LÁPIS-LAZÚLI, APT. 201...
TELEFONE: 97855-9600 | E-MAIL: — —

SITUAÇÃO FINANCEIRA: H. PARTICULAR | **MENSALIDADE:** PAGO

RELATÓRIO SEMANAL DE VISITAS [SDR.23380]

QUINTA-FEIRA	ODILON JIMINY — 11:22	ESDRAS OCHO — 16:05
QUARTA-FEIRA	— —	
TERÇA-FEIRA	— —	
SEGUNDA-FEIRA	— —	
DOMINGO	LÉLIO SCHIAVON — 10:00	

Esdras não tinha mais dúvidas: Lélio estava vivo!

Ao avistar, ao longe, que Bianca retornava à recepção, ele se apressou em olhar uma última vez para a tela do computador, a fim de anotar o número de telefone que constava na ficha da mãe de Lélio. Pegou uma caneta que estava sobre o balcão e escreveu o número no envelope branco que dona Biloca havia devolvido. Em seguida, tratou de apressar a sua saída.

O coração estava disparado e a cabeça, borbulhando por tudo que acabara de descobrir. Ao chegar ao jardim do Lar, Esdras passou a caminhar sobre a grama, tentando entender o que estava acontecendo. Na sua mente surgia uma profusão de perguntas sem respostas, e a principal delas era: por que Lélio o fizera entregar aquelas doze cartas suicidas se não houvera suicídio nenhum? Àquela altura, a razão de Lélio ter forjado a própria morte era o de menos para Esdras; a principal questão era: por que envolvê-lo naquilo tudo?

Sistemático, Esdras tentava amarrar as pontas soltas; para isso, fez uma lista mental dos principais questionamentos e das poucas certezas que ainda tinha:

1 — O Lélio está vivo!

2 — O endereço de contato do Lélio é o apartamento 201, que estava vazio, embaixo do que eu morava... Por quê?

3 — E aquela carta, praticamente em branco, que ele mandou entregar lá?

4 — O endereço da dona Luiza é o da casa em que o Yago estava. O que ele tem a ver com isso?

5 — Qual o envolvimento do Odilon com o Yago?

6 — Por que o Odilon esteve aqui logo hoje e não comentou nada?

7 — Se o Lélio está vivo, por que ele fingiria a própria morte?

Cada vez que Esdras acreditava estar encontrando uma resposta, ele se dava conta de que uma nova dúvida surgia. Era difícil acreditar que aquelas cartas sobre uma história de vida tão sofrida pertencessem a alguém capaz de brincar daquela forma com os sentimentos das pessoas. Ainda que não convivesse mais com Lélio, sentia que nada daquilo combinava com o seu amigo de infância.

— Esdras! — Alguém o chamou e interrompeu pensamentos encharcados de cismas. Era Helena, caminhando na sua direção.

— Oi, Helena... Eu já estou indo embora, mas dê um beijo na dona Luiza por mim.

— A dona Luiza voltou para o quarto. E voltou caminhando! — contou a voluntária. — Acho que aquela carta fez muito bem a ela. Nem sempre se dispõe a caminhar por aqui. Na verdade, quase nunca.

— Fico feliz por ela. Quem sabe eu volto depois para visitá-la. De preferência, num dia que o filho dela não esteja aqui.

— Você conseguiu a informação que buscava?

— Sim. Mais até do que eu esperava — disse Esdras, suspirando.

— E, pelo visto, você estava certo sobre o filho dela, né?

— Parece que sim, Helena. Eu só quero entender o porquê. — O olhar decepcionado de Esdras mostrava um pesar indisfarçável. — O nome do Lélio consta como o responsável legal da mãe. Ou seja, essa brincadeira de se fingir de morto deve ter sido só comigo mesmo.

— Tem gente que é ruim por natureza, meu amigo — disse Helena, tentando consolá-lo. — Não se deixe levar por essas pessoas. Vai entender o que essa gente pensa...

Enquanto Helena falava, uma coisa passou pela mente de Esdras:

— Helena, eu posso te pedir um último favor? Você pode ligar para esse número? — Esdras mostrou o envelope branco com o número que ele copiara da ficha de Luiza.

— Tudo bem... — Ela pegou o envelope e digitou o número no celular.

Esdras, por um instante, ficou encarando aquele envelope branco que Helena segurava.

— Parece que está desligado. Deixa eu tentar novamente.

Esdras não tirava o olho do envelope, voltando a ficar intrigado em como ele fora parar na parte lateral da sua mochila, antes de cair e ser devolvido por dona Biloca. Ele continuava tendo certeza de que não tirara aquele envelope de dentro.

— Helena, posso ver uma coisa aqui? — pediu Esdras, pegando o envelope da mão dela.

— Parece que está desligado mesmo, vou tentar uma última vez — disse ela, devolvendo o envelope.

Esdras abriu o envelope, originalmente destinado "Ao Sussurrador de Pensamentos", e logo teve outra surpresa: estava vazio. A carta praticamente em branco, que iniciara a sua jornada e que nunca chegara ao destinatário, não estava mais lá.

— É, infelizmente, o telefone está de fato desligado — informou Helena, dispersa.

Esdras sabia que não havia se separado da sua mochila em momento algum, nem mesmo durante o assalto... exceto no restaurante, quando a deixara na mesa, sob os cuidados de Odilon, e também naquele momento em que Yago o importunara, tirando-a das suas mãos, poucos minutos antes do almoço com o psicólogo.

Um dos dois, Yago ou Odilon, pegara aquela carta, concluiu Esdras. Ele não entendia qual a relevância daquele papel praticamente em branco. Pelo que se lembrava, havia apenas uma saudação ao destinatário.

— Está tudo bem? — indagou Helena, estranhando o longo silêncio.

Esdras se recordava da insistência de Yago ao se oferecer para entregar as cartas. Ao mesmo tempo, lembrou-se da desconfiança que sentira ao se deparar com o psicólogo na entrada daquela casa, pela manhã.

— Esdras? — insistiu Helena.

— Oi, ah, desculpa, Helena — pediu ele, voltando-se para a mulher. — Me diz uma coisa, você conseguiu falar com a sua colega a respeito das visitas?

— A Vera. Sim, foi por isso que vim falar contigo, e já ia me esquecendo.

— E o que ela disse? Ela confirmou que era o Lélio?

— Ela não sabia dizer se o nome…

— Era Odilon, um psicólogo? — indagou Esdras, interrompendo a voluntária, acreditando que já havia ligado todos os pontos.

— Não. Ela não mencionou o sr. Odilon, que por acaso eu até conheço. Não é ele. A Vera me disse que a dona Luiza raramente recebe outras visitas, na verdade. A única pessoa que ela viu durante os anos em que trabalha aqui foi o filho… — contou Helena.

— Lélio — completou Esdras. — Na ficha consta que ele esteve aqui no domingo.

— A Vera não se lembra do nome, mas disse que a dona Luiza chama ele de Passarinho.

— Passarinho? — Esdras não compreendeu o apelido.

Helena sorriu, sem perceber a seriedade com que Esdras encarava a conversa:

— Também estranhei, mas ela me disse que, enquanto está com a mãe, ele fica assobiando o tempo todo. Como dona Luiza não é muito de conversar, faz até sentido a pessoa ficar…

— Assobiando? Ele fica assobiando para ela? — indagou Esdras.

— Qual o problema? Você não sabe assobiar? — perguntou Helena, sem entender a excepcionalidade daquilo.

— Eu sei, claro. Quase todo mundo sabe. Mas o Lélio não sabia! Ele tinha a língua presa, então, seja quem for esse *passarinho*, certamente não é o Lélio. Mas talvez eu já saiba quem é.

Esdras deixou Helena no jardim e se dirigiu, apressado, de volta ao interior da instituição. Inquieto, refez o caminho até o quarto de Luiza e, ao chegar lá, agachou-se ao lado dela, que estava sentada diante do espelho da penteadeira.

— Luiza, o homem que vem visitar a senhora é o seu filho? — perguntou, sem rodeios.

Luiza o encarou pelo espelho e, lá, encontrou o olhar de Esdras, que repetiu:

— Aquele homem que vem visitar a senhora... aquele que assobia, ele é o seu...?

— O Passarinho — disse Luiza, levemente sorrindo.

— Isso. Ele é o seu filho Lélio? O homem que assobia é o Lélio? — insistiu Esdras.

— Meu filho se foi — respondeu ela, chorosa.

— O Passarinho não é o seu filho Lélio?

— ELE NÃO É MEU FILHO! — gritou Luiza, após virar abruptamente o rosto para encarar Esdras nos olhos. — Ele não é meu filho! Ele não é meu filho! Ele não é meu filho! — repetia ela insistentemente, exaltando-se a ponto de chamar a atenção de um enfermeiro que passava pelo corredor. O funcionário do asilo entrou no quarto e tentou acalmá-la, não sem antes pedir que Esdras se retirasse, no que foi prontamente atendido.

— Yago — Esdras sussurrou algumas vezes aquele nome, enquanto caminhava atônito pelos corredores do asilo, que se agitava pelos gritos de Luiza:

— Ele não é meu filho! — repetia a senhora, gritando a plenos pulmões a resposta que Esdras buscava.

Ainda que as certezas na mente de Luiza não fossem tão confiáveis, Esdras sabia que aqueles gritos não saíam de uma pessoa com Alzheimer, mas de uma mãe que amava muito o filho morto. Esdras estava definitivamente convencido: o seu amigo Lélio estava morto, mas alguém se passava por ele: Yago. E Odilon, por alguma razão que ele ainda não compreendia, provavelmente era conivente.

Ainda pensando na ficha de Luiza, Esdras tentava entender o porquê do endereço postal de Lélio ser aquele apartamento vazio, abaixo do seu. Foi então que Esdras se recordou de quando o Estranho do Lago disse que Lélio se mudara para a sua cidade a fim de procurá-lo; a justificativa para o amigo nunca o ter procurado, talvez, estivesse naquela carta que ficara manchada pelo mar; nela, Lélio deixava claro que o encontrara, mas que não tivera coragem de ir falar com ele.

Esdras saiu apressado do asilo, mas mente e corpo não estavam prontos para chamar atenção: a lata de moedas e todo o barulho que fazia quando chacoalhada iria denunciar qualquer passo mais largo que desse. Ainda assim, a sua pressa sabia o seu destino: o consultório de Odilon Jiminy. Era lá que Esdras pretendia encontrar não apenas respostas, mas também os dois cúmplices de um golpe.

Para Esdras, tudo já estava bem claro, e uma coisa justificava aquilo: a herança deixada por Lélio. Yago estava se passando pelo amigo morto para usurpar o patrimônio deixado para a mãe. E como Luiza tinha Alzheimer, isso não seria um empecilho para os planos deles. Custear o tratamento e a internação dela era uma ótima fachada para assegurar a existência do "filho". E como Lélio levava uma vida muito reservada, convivendo com poucas pessoas ao seu redor, deixá-lo "vivo legalmente" talvez não fosse tão difícil.

A fixação de Odilon em querer saber mais e mais de Lélio e o óbvio incômodo de Yago pela sua presença em Santana dos Três Passos evidenciavam o risco que Esdras trazia ao ressuscitar o nome de um morto-vivo que os sustentava havia anos. Obviamente, eles não estavam satisfeitos com a entrega das cartas suicidas de um falecido que, legalmente, não morrera. E a insistência do psicólogo em acompanhar a entrega da carta à mãe de Lélio seria uma consequência do medo de que houvesse alguma informação que os comprometesse. Não por acaso, Odilon fora até o asilo naquela manhã. O plano vinha dando certo havia oito anos, mas eles não contavam que, depois de tanto tempo, Lélio fosse renascer em palavras.

Outra grande dúvida dominava a cabeça de Esdras: quem teria lhe enviado o envelope com as cartas de Lélio, oito anos depois da sua morte? Alguém certamente havia descoberto o que estava acontecendo e quisera dar um jeito para que a verdade viesse à tona, sem se comprometer. Por fim, tentando compreender aquela história, Esdras acabou sendo consumido por uma última e perigosa pergunta: a morte de Lélio fora suicídio ou assassinato?

Esdras, Esdras, Esdras... Sempre querendo saber demais, sempre fuçando demais, sempre querendo fazer das entrelinhas uma página corrida. Acho que vem daí a minha empatia pela inocência das pessoas comuns, mas Esdras não era comum, tampouco inocente. E por mais que fosse convicto da própria bondade, uma consciência limpa pode não ser nada além de um indício de memória ruim, sobretudo nele. Não que eu seja de guardar rancor, longe de mim, mas tenho uma excelente memória! Espere de mim aquilo que eu recebo de você.

O que Esdras queria? Respostas? Tenho certeza de que, se ele tivesse a oportunidade de ver o futuro, teria mudado o caminho ao sair daquele asilo. O instinto de sobrevivência falaria mais alto, caso soubesse das consequências que viriam com a verdade que tanto buscava. A curiosidade tem um preço, e os juros costumam ser mais altos em mentes sobrecarregadas de culpa e lealdade; duas coisas que não convivem bem na mente dos fracos.

Aliás, eu até achei que ele não teria colhões para ir até o fim, mas surpreendentemente teve. Pois bem, nada mais justo que arcar com as consequências de ignorar as ótimas oportunidades de desistência que as rasteiras da vida dão. E, não, eu não sou tão malvado, apenas me habituei a usar menos o coração. A vida do Esdras era um roteiro típico do fracassado que está sempre se anulando: a culpa tornou leal o mais cético dos homens e as palavras tornaram real a mais cética das histórias, mas o destino nem sempre é fiel à lealdade.

A distância até o consultório de Odilon parecia não ter fim, mas a ansiedade para confrontar os algozes de Lélio impulsionava os seus passos. Esdras sentia acender alguma chama interna, que até então desconhecia: nas suas pernas já não cabiam mais os pequenos passos sorrateiros de antes, o andarilho não queria mais "andar"; ele queria correr. E correu!!! A lata enferrujada, na mochila, era a trilha sonora da sua jornada. Por onde passava, o canto das moedas se debatendo no metal o anunciavam: **CHAC CHAC CHAC**.

Encarar os olhares foi a coisa mais valiosa que Esdras aprendeu com a entrega das cartas de Lélio; mais que isso, aprendeu a buscá-los. Afinal, era isso que o seu amigo queria, que ele recebesse os olhares e os sorrisos dos que ficaram para trás. A sua missão não era mais desviar o olhar, mas sim encontrá-los. E era isso que ele fazia ao correr por aquelas ruas: Esdras não abaixava a cabeça. Encarava a tempestade de olhares, inibindo todos eles com a sinfonia triunfante da orquestra de moedas nas suas costas:

CHAC

CHAC

CHAC

CHAC

CHAC

CHAC

CHAC

CHAC

CHAC

CHAC

CHAC

CHAC

CHAC

CHAC

CHAC CHAC CHAC

CHAC CHAC CHAC

CHAC

CHAC CHAC

CHAC

CHAC

CHAC CHAC CHAC

CHAC CHAC

CHAC CHAC

CHAC

CHAC

CHAC

CHAC

CHAC

CHAC

CHAC

CHAC

CHAC CHAC CHAC

CHAC

CHAC CHAC

CHAC CHAC

Eriçado como uma cascavel planejando um bote, Esdras e o seu chocalho de moedas chegaram à praça em frente ao shopping onde fica o consultório de Odilon. Já quase sem fôlego, subiu as escadas e, tão logo começou a andar pelo corredor, pôde ouvir um ruído que lhe soava familiar, mas não de uma forma agradável. Enquanto se aproximava da sala de Odilon Jiminy, Esdras se recordava de ter ouvido aquele mesmo assobio, daquela mesma música, na casa onde havia me encontrado mais cedo.

Já de frente pro consultório, ele viu que a porta interna, atrás do balcão da recepção, estava entreaberta. E, ao entrar cautelosamente, viu Odilon lendo algo, sentado numa poltrona e diante de uma pilha de pastas e papéis espalhados pela mesa de centro. Sem pestanejar, e antes mesmo que o psicólogo notasse a sua presença, Esdras irrompeu sala adentro e se deparou com aquilo que ele já esperava: o psicólogo não estava sozinho; sentado na poltrona à frente dele e de costas pra Esdras... Eu!

— Ora, ora, ora. Veja quem temos aqui, doutor! — *digo isso já me levantando da poltrona, enquanto o Esdras entra na sala.*

— Eu achei que tivéssemos combinado que eu te encontraria no asilo — *diz Odilon, surpreendido, enquanto confere o relógio.*

— Pois é, eu preferi vir aqui. E isso parece ter sido bem oportuno — *ironiza Esdras me encarando. Ou me fuzilando, quem sabe.*

— É, doutor, parece que alguém acabou de dar um flagra, não é? E veio com sangue nos olhos. Olha pra ele, está até vermelho. — *Tento me conter pra não rir.*

— Olha, vamos conversar! Por favor, sente-se. — *Odilon, bem sério, aponta a poltrona, bem à sua frente.*

— Conversar, não é? Imagino mesmo que vocês dois façam questão de "explicar"; resta saber se há alguma explicação — *diz Esdras, como se tivesse deixado para trás a sua mansidão habitual.*

— Vamos, sente-se... por favor — *insiste o velho.*

— É, camarada... senta, anda. — *Tento quebrar o "climão", mas o Esdras me encara sem qualquer simpatia.*

— Eu só queria deixar bem claro que eu já sei de tudo. Já sei do golpe que vocês dois armaram.

— Alguém andou fazendo o dever de casa, hein? Será que ele sabe mesmo, "doutor"? — *pergunto ao velho, que parece mais tenso que o necessário e prefere focar no convidado:*

— O que você sabe? Do que você está falando exatamente? — *questiona o psicólogo.*

— É, no seu lugar eu também estaria bem preocupado com o que eu sei — *afirma ele, com petulância.* — Pois eu sei de quase tudo. Você e esse pilantra do Yago arrumaram um jeito de se apropriar da herança do Lélio. Estão se aproveitando que a mãe dele é uma pobre coitada, que nem reconheceria o filho. Mas isso não vai ficar assim! Eu garanto a vocês.

— Você se acha mesmo muito espertinho, não é, Sherlock? Acha que sabe tudo? — *pergunto a ele, enquanto abro a janela do consultório. Mas a minha indagação não agrada o nervosinho, que tem a audácia de vir até mim, me encarar de perto. Quem diria...*

— Não, eu não fui esperto... até agora — *afirma ele, me desafiando.* — Na verdade, eu fui burro até demais. Vocês me fizeram de trouxa.

— É, isso você sabe ser como ninguém — *digo.*

Odilon, dando uma encarada furiosa em mim, intervém, provavelmente por estar preocupado com o rumo da conversa:

— Você precisa se acalmar — *pede ele, tentando evitar que as coisas piorem.*

— Não, eu preciso é chamar a polícia! — *rebate o andarilho.*

A presença chata do Esdras me cansa, e logo bate a vontade de fumar pra aguentar toda a ladainha. Então, pego um cigarro no bolso da minha calça e acendo.

— Tudo bem, Esdras. Vamos esclarecer as coisas. Por favor, sente-se aqui — *torna a pedir o velho.*

— Você quer conversar, Odilon? Vamos conversar. Mas como três homens, não como moleques. Não subestimem mais a minha inteligência. — *Esdras se senta, impaciente, na poltrona de frente pro psicólogo.* — Me convença de que você não é cúmplice desse canalha.

Eu fico da janela, só assistindo ao circo montado pelo bobalhão, mas a fumaça do cigarro logo irrita o velho, que me repreende:

— Não pode fumar aqui na sala — *adverte Odilon, com um tom impaciente.*

— Calma, velhote, é só um cigarrinho. Não é um baseado. Já conheço a sua caretice.

— Vamos ficar nessa conversinha? — *interrompe Esdras, irritado.* — Se vocês preferirem eu vou direto na polícia, nem precisamos perder tempo aqui com conversa-fiada.

— É melhor abrir o jogo pra ele, Odilon. Ele já chegou até aqui mesmo... Vai encher o saco até saber a verdade. Conta logo. — *Apesar do meu conselho, o velho não fala nada.*

— O que é isso? — *indaga Esdras, logo que percebe as pastas e os papéis que estão na mesinha entre ele e Odilon.*

Pegando alguns dos escritos, após uma breve desconfiança, Esdras acaba notando que todos os documentos, anotações e desenhos estão identificados com o nome "Lélio Schiavon". E isso é tudo que ele precisa pra aumentar ainda mais o faniquito:

— Esses papéis são... Olha só... — *tenta dizer o psicólogo, constrangido demais para admitir a verdade.*

— Fez o serviço direitinho — *ironiza Esdras, pra meu deleite.* — Bem aqui estava a galinha dos ovos de ouro, não é? Todas as informações privilegiadas do Lélio e da família dele disponíveis bem aqui. Por isso você guardou essas coisas por tanto tempo.

— Não é nada disso. Entenda, quando você perde um paciente... Quando um paciente se... — *Odilon não consegue argumentar, e é cortado por Esdras:*

— Mata? O Lélio se matou? É isso que você ia dizer? Será mesmo que foi suicídio? Eu já estou começando a duvidar.

— Não adianta mais, doutor. Conta logo. Conta quem sou eu. Que saco! — *A essa altura, já nem me preocupo em lançar a fumaça do cigarro pela janela, e solto uma baforada pela sala.*

— Yago... Por favor, me deixa falar com ele com calma — *pede o velho, quase suplicando a mim. Covarde!*

— Não, "doutor", conta de uma vez. Seu comparsa está pedindo — *ironiza Esdras.*

— Fala logo, velho. Está me deixando impaciente — *insisto.*

— Lélio, por favor, pare com isso — *pede Odilon Jiminy, encarando-me com certa angústia; algo que me faz rir imediatamente.*

— Lélio?! — *repete Esdras, em tom de deboche.* — Você agora vai querer me convencer de que aquele cretino ali na janela é o Lélio? Onde vocês pretendem chegar com esse teatro colegial?

Procuro fazer uma cara de sério, mas não consigo. Acho que esse cigarro veio temperado com erva, porque não dá pra segurar a gargalhada. O mais irônico é que Esdras, achando tudo tão ridículo e amador, começa a rir também. Creio que, enfim, encontramos uma piada da qual nós dois achamos graça: Lélio vivo. Dou tantas gargalhadas que chego a me engasgar com a fumaça. Só paro de rir, aliás, por causa da tosse. E, quando caminho e me aproximo dos dois, a fumaça acaba incomodando Esdras também, que começa a tossir. Nunca deve ter fumado nada na vida, esse aí.

— É melhor eu buscar um copo d'água — *diz Odilon, com o semblante sério, já ensaiando se levantar, quando é interrompido por Esdras:*

— Não preciso de água... — *Ele tosse.* — Eu já sei o bastante para denunciar vocês à polícia... — *Tosse de novo.*

— Ah, cala a boca, Esdras, você não sabe porra nenhuma! — *falo pra ele num tom de voz já alterado pela falta de paciência e de fôlego.*

— Fica na sua, Yago. — *Tosse.* — Aliás, Yago não... "Lélio". Vamos ver o que a polícia acha sobre falsidade ideológica e estelionato.

— Vai, babaca, chama a polícia pra ver quem vai sair de otário aqui. Seu bobalhão, fracote, suicida!

— Lélio, por favor, não faça isso — *pede Odilon, o gagá.*

— Pare de chamar ele de Lélio. Esse cara não é o Lélio! — *Esdras também se exalta, ainda tossindo.*

— Por que não sou? — *pergunto a ele, tossindo também.* — Eu sou escroto demais pra ser aquele seu amiguinho covarde? E se eu te disser que eu sou o Lélio mesmo? Vai ficar decepcionadinho? Vai chorar se descobrir que o amiguinho está tirando onda com a sua cara?

— CALA A BOCA! — *grita Esdras, ainda sentado na poltrona e com o dedo em riste pra mim. Não que isso me assuste, mas me surpreende.*

— Pois engula essa verdade — *digo, encarando-o de perto.* — Sabe o Lélio? Aqui, sou eu. Conta pra ele, doutor. Conta que o Lelinho está bem aqui.

— Lélio, se acalma, vamos tentar... — *Odilon tenta inutilmente evitar um confronto.*

— Fala, Odilon — *insiste Esdras.* — A estratégia é me convencer de que esse cara é o Lélio? O plano de vocês se resume a isso? Querem que eu passe por maluco? Não! O Lélio morreu. O. Lélio. Morreu!

— Eu pareço morto pra você?! — *grito de volta.*

— Basta! Olhe para mim. — *Odilon se reposiciona mais na ponta da poltrona pra que suas mãos alcancem os ombros de Esdras.*

— Isso aí, doutor, enquadra ele. Aperta bem que ele gosta. Eu sei.

Esdras mira o olhar em mim com muito ódio, mas Odilon tenta fazer com que ele não aceite as minhas provocações:

— Olhe para mim. Preste atenção em mim. Não dê ouvidos a ele.

— Larga o meu braço, ficou louco? — *reage Esdras, sério.*

— Desculpa, mas me ouça — *insiste o velho, soltando-o.*

— Estou escutando, fala — *diz o andarilhozinho de azul, encarando Odilon.*

— Nós estamos sozinhos aqui...

— E daí que estamos sozinhos. Isso é uma ameaça? Vocês não vão fazer nada comigo num shopping cheio de gente.

— Não! Nós estamos sozinhos aqui na sala. Somente eu e você. Não tem nenhum Yago aqui. Não tem nenhum Esdras aqui.

— Conta pra ele, doutor, conta.

— O Lélio não morreu porque você é ele. Você é o Lélio!

— Viu? Não falei que você era doidinho? — *digo isso enquanto termino o meu cigarro, mas sem conseguir atrair o olhar do Esdras, que está encarando o velho gagá à sua frente. E, como qualquer pessoa faria nessa situação, Esdras começa a rir e diz:*

— É o quê isso? Vocês querem me convencer de que eu sou louco? Primeiro, o Yago era o Lélio, agora, *eu* sou o Lélio?

Esdras sente a mão esquerda reagir num reflexo, ao ser queimado pelo cigarro que segura entre os dedos. Ele o atira no chão e logo olha pra mim, que continuo inocentemente fumando meu cigarrinho na janela.

— Você é o Lélio. E essa é a única verdade aqui — *Odilon diz isso, olhando firmemente pro andarilho de azul.*

— Do que você está falando, cara? Você é louco? — *pergunta Esdras.*

— Você ouve essas... vozes, Lélio, sempre ouviu. E, com o tempo, você começou a "viver" essas vozes, como se fossem você — *afirma o psicólogo, com voz de piedade.*

— Eu vou embora daqui. — *Esdras ensaia se levantar.* — Eu não sou maluco, cara! Vocês dois são doentes! — *Olha quem fala!*

— Não, você não é maluco, mas precisa voltar a se cuidar, ser acompanhado...

— Do que você está falando, cara? — *Esdras fica puto.* — Eu nem te conheço. Eu nunca vi você até dois dias atrás.

— Havia anos que não nos víamos, Lélio. Eu achava realmente que você tinha morrido. Mas você, nesse tempo todo, estava fazendo isso outra vez: vivendo uma vida que não era a sua.

— Vocês querem me fazer de doido para eu não denunciar vocês? É isso? — *insiste Esdras.*

— Maluco, está vendo? Lelé da cuca! Aceita que dói menos. — *Não me contenho e começo a rir.*

Eu tenho esse problema de "riso frouxo", mas Esdras não simpatiza muito com a minha gargalhada, e, antes que eu possa imaginar o que está por vir, ele se levanta da poltrona repentinamente e avança pra cima de mim, me dando um soco na cara. Cretino!

Esdras sente o corpo ser jogado pra trás. Ele vai parar no chão e logo percebe algo escorrendo do seu nariz. Ao passar o dedo acima dos lábios, constata que é sangue. O nariz está sangrando e doendo, como se ele próprio tivesse levado o golpe que investiu contra mim. Quando levanta a cabeça, me vê de pé, ainda encostado na janela: elegante, phyno e sem sangrar.

— Calma, não faça isso, venha cá. — *Odilon vai até Esdras, ajuda-o a se levantar e o apoia até o sofá, próximo à entrada da sala.*

— O que é que está acontecendo? — *Esdras fica confuso, perdido, desesperado. Seus olhos marejados não entendem o que se passa, apenas me encaram de longe.*

— Calma, pressiona esse lenço no nariz — *orienta Odilon, entregando o lenço de papel que pegou na mesa.* — Eu vou buscar um pouco de água para você.

Me contenho de rir pra não piorar as coisas. Já Odilon vai até a recepção externa à sala, deixando o atordoado Esdras pressionando o papel no nariz. Sentado, ele acompanha meus passos sorrateiros até a porta interna da sala, a qual eu tranco com a chave que está na fechadura. Faço isso bem rápido pra que não dê tempo de Odilon perceber e me impedir.

— Agora somos só nós dois! — *digo, encarando Esdras.*

— Lélio, abra a porta! Lélio! — *exclama Odilon, ao perceber que a porta foi trancada. O velho bate insistentemente.*

— Então, surpreso? Você não fazia ideia, não é? — *pergunto, com certo prazer em ver a cara de confuso dele.* — Eu me lembro do dia que aconteceu comigo. Eu fiquei muito puto.

— O que é isso? Você é louco? — *indaga Esdras.*

— Quem, eu?

— E por acaso eu sou o maluco aqui? Vocês querem me convencer de que eu sou o Lélio? — *pergunta ele, ainda relutante.*

— Bom, meio doido você é, certo? Você queria dar um tiro na cabeça, meu camarada, isso não é coisa de gente sã. Porém, num ponto eu posso concordar com você: você não é o Lélio! Nem eu sou o Lélio!

— E cadê o Lélio? — *pergunta ele, esperançoso.*

— Morreu!

— O Lélio está mesmo morto, então? — *indaga, triste. Ou não... A essa altura, acho que ele ficaria feliz de ser apenas o insignificante Esdras.*

— Morto tecnicamente, mas não exatamente. — *Até rimou.*

— Como assim?

— Bem, meu camarada, a última vez que eu vi o Lélio foi há oito anos. Um pouco antes de você se mudar pra aquela cidade. Antes de ele escolher você!

— Me escolher para quê?

— Ah, não se faça de burro! Ele te escolheu pra guiar o barco. Pra seguir a vida por ele. Muito filho da puta, o Lélio. Eu ali, aguentando aquela melancolia interminável durante anos, mesmo sem ter nenhum saco pra isso; e quem ele escolhe? O amiguinho que ele criou pra brincar.

— Lélio, abra. Vamos conversar. — *Odilon continua a bater na porta.*

— Não dê ouvidos ao velho, Esdras. Se dependesse dele nenhum de nós estaria aqui. Aquela terapia, aqueles remédios nunca fizeram bem ao Lélio... digo, a nós. E, convenhamos, apesar de tudo, nós dois somos melhores que o fracote do Lélio. Não concorda?

— Isso não pode ser real. Deve ser mais um daqueles sonhos doidos que eu venho tendo. — *Esdras fecha os olhos e põe as mãos na cabeça, tentando encontrar alguma lógica.*

— Quanto mais rápido aceitar, mais rápido vai entender. Confie em mim, Esdras.

— Entender o quê?! — *Ele se levanta bruscamente do sofá e me encara de perto.* — Entender que eu sou maluco?

— Bom, em teoria você não é maluco. Maluco é o Lélio! Você é só esquisito mesmo. Mas quem não é? Se bem que eu não sou...

— Então, tá... eu sou só o amigo imaginário de um menino? Simples assim?

— Nós dois somos, Esdras.

— Eu vou embora daqui. Eu não sou louco! — *Esdras caminha até a porta, mas não encontra a maçaneta. Então se desespera e começa a dar um show, batendo na porta, com a voz alterada:* — Alguém abre aqui, alguém me tira daqui!

— Para de escândalo! — *repreendo-o, mas sem sucesso.*

— Lélio, se acalma — *pede Odilon, do lado de fora.*

Esdras, inconformado, sai de controle, se é que ele já teve algum, e começa a gritar:

— Eu não sou o Lélio! Eu não sou louco! EU NÃO SOU LOUCO! — *repete, esmurrando a porta de forma tão desesperada que seus olhos já não retêm mais as lágrimas e a boca já não retém mais a saliva, num pranto selvagem.*

Esdras pode até não ser, mas se parece muito com um louco agora. E ele continua:

— Alguém me tira daqui, por favor! Eu não sou louco! Meu nome é Esdras! Meu nome é Esdras! Meu nome é Esdras!

— Esdras do quê? Qual o seu sobrenome, "Esdras"? — *pergunto calmamente, enquanto retiro do seu peito o adesivo de visitante do asilo, que exibe esse nome peculiar.*

— Ocho! — *responde.*

— "Ocho"? Ah, se você soubesse… — *Isso me faz gargalhar.* — Então, de onde vem esse sobrenome? Do papai ou da mamãe?

Esdras tenta verbalizar alguma resposta, mas nada vem à sua consciência. E nada, além de saliva, sai de sua boca trêmula.

— A minha mãe era médica — *responde ele, choramingando como uma criança.*

— É, a sua mãe era médica e o seu pai, advogado. O casal perfeito. Qual o nome deles? Diga pra mim, qual é o nome da sua mãe?

Esdras treme os lábios tentando dizer algo:

— Eu não sei! Eu não sei! — *grita ele, perturbado e confuso, ao ser confrontado.*

— Não sabe porque eles não existem! Você não existe! Não era isso, afinal, que você queria? Deixar de existir? Então… Parabéns, você é invisível! E também não tem mãe, não tem pai, não tem nada além do necessário pra entreter um Lélio de 9 anos.

— Para com isso — *pede ele, colocando as mãos nas orelhas.*

— Sempre fugindo das perguntas e das respostas, não é? Mas, dessa vez, não vai adiantar tapar os ouvidos. Eu estou aqui dentro.

— Eu sei quem eu sou. Eu fui casado. Eu tinha uma esposa! — *grita ele.*

— Ah, é. Teve essa história da carochinha que você contou a algumas pessoas. Esse é um bom exemplo das mentiras do Lélio que você absorveu. Teve uma época em que o Lélio inventava relacionamentos por vergonha de ser gay. Aquela bicha doida.

— Isso não é verdade! Meu nome é Esdras, eu já disse! — *Ele chora copiosamente, encolhendo-se no sofá.* — Eu tinha uma avó.

— A "avó" era dele! Bisavó, na verdade. Ele via você enquanto passava as férias trancado na garagem da casa dela. Quando a velhinha morreu, ele parou de ir lá e, consequentemente, parou de te ver. Você ficou esquecido, trancado naquela garagem até oito anos atrás, quando ele resolveu vender a casa dela e achou aquele maldito álbum de figurinhas. Aí, ele resolveu te ressuscitar pra que você fizesse algo que deveria ser eu a fazer: viver por ele.

— Lélio, me deixe entrar. Se concentre na minha voz, me deixe entrar — *insiste Odilon.*

— Eu nunca entendi, EsdrazzZ, o que ele viu em você. Você sempre foi meio fraco, como ele. Um tantinho mais determinado, mas tão fraco quanto. Ele, pelo menos, não era chorão como você. Olha essas lágrimas... Para de chorar! Para de chorar! Para de chorar!

— Para de falar! Para de falar! Para de falar! — *diz ele, encolhido no sofá.*

— Oito anos. Há oito anos você está desperdiçando isso. E pra mim só sobrava quando o Lélio precisava visitar a velha no asilo. Nem isso ele tinha coragem de fazer; cabia a mim.

— Lélio, eu vou procurar o síndico do prédio, vou tentar encontrar outra chave. Se for preciso, eu trago um chaveiro. Por favor, me espere. — *Odilon, enfim, para de bater na porta.*

— Já vai tarde. Vá sem pressa! Velho inconveniente! — *grito.*

— Eu quero ir embora. Me deixa sair — *implora EsdrazzZ.*

— Olha pra você. Se recomponha, pelo amor de Deus. O Lélio escondeu tanto esse choro dentro dele. No fim das contas, você é só a torneira de que ele precisa: cada lágrima é uma cachoeira.

Uma batida apressada na porta interrompe o meu discurso de choque de realidade.

— Temos visitas, EsdrazzZ. Eu convidei duas pessoas pra nossa confraternização de firma — *informo a ele.*

— De quem você está falando? — *pergunta, intrigado.*

— Ora essa, não vou estragar a surpresa. Quero que você veja com os seus próprios olhos. Ou... os nossos olhos? São nossos, não é? Ai, que delícia, uma suruba narcisista.

Eu me dirijo à entrada, destranco a fechadura e abro a porta. EsdrazzZ revê dois rostos conhecidos:

— Dona Constância? O que a senhora faz aqui? — *pergunta, ao se deparar com a vizinha.*

— E aí, Estranho Pedras, como vai? — *diz o Estranho do Lago, que EsdrazzZ conheceu sob a estátua esculpida por Lélio. O homem vai direto se jogar sobre os dois pufes que estão ao fundo da sala.*

— Minha criança. Como você está? Olha essas lágrimas, vamos enxugá-las, isso não faz bem pra pele. Não gosto de vê-lo assim tão choroso e triste. — *Dona Constância passa a manga de seu suéter no rosto do EsdrazzZ, que a encara, incrédulo.*

— Uma fofa ela, não? — *digo, observando o reencontro.*

— O que é isso agora? — *EsdrazzZ busca uma resposta olhando pra mim; a pessoa que parece ser a mais lúcida aqui. Obviamente.*

— Ué, estamos todos no mesmo barco. Não naquele que você afundou, mas no do Lélio.

— Eu estou mesmo maluco. — *EsdrazzZ começa a rir copiosamente, sob os olhares sérios de nós três.* — Todo mundo agora que eu conheço é uma invenção da minha cabeça? Eu estou preso numa cela de um hospício, imaginando isso? Essas paredes brancas, esse piso branco... Eu estou em algum sanatório? Aquele psicólogo, Odilon, ele também é imaginação minha?

— Ah, não. Nem o Lélio teria criatividade pra inventar alguém tão chato quanto o Odilon — *afirmo pra ele.*

— Eu também acho o excesso de branco dessa sala de um gosto muito duvidoso, minha criança — *declara dona Constância.*

— Não pira não, Estranho Pedras. Todo mundo aqui, quando descobriu, ficou com essa cara de abestalhado.

— Ouça seu amigo mendigo, EsdrazzZ.

— Eu não sou mendigo, Estranhyago!

— Então, ouça seu amigo em situação de fonte, EsdrazzZ.

— Dona Constância, a senhora é minha vizinha. Há oito anos a senhora mora ao lado do meu apartamento — *pondera o andarilho.*

— Uma vizinha que se mudou pro seu prédio três dias antes de você? Muito conveniente, não? — *pergunto.* — Às vezes, eu acho que o Lélio subestimava a nossa inteligência. Sem ofensa, Estranho.

— Você não me ofende, Estranhyago, eu sei que você é burro.

— Estranho, você foi comigo naquele restaurante. Nos sentamos... As pessoas conversaram com você.

— Aquela comida estava boa, né? Precisamos voltar lá — *responde o Estranho do Lago, indiferente ao tormento de EsdrazzZ.*

— Você acha que as pessoas contrariam doido na rua, EsdrazzZ? — *pergunto a ele retoricamente.* — O que você esperava que fizessem, depois de verem você conversando com um espelho?

— Aquela mulher falou com você, mas teve a delicadeza de não questionar a sua imaginação — *completa dona Constância.*

— E, convenhamos, EsdrazzZ, você sempre se faz de cego e surdo quando convém. Aliás, literalmente. Hoje mesmo, no banco, quando aquela velha...

— YAGO! — *Dona Constância chama a minha atenção, sem precisar dizer o porquê.*

Nesse momento, EsdrazzZ olha pra ela e compreende que há algo errado:

— O que eu fiz? — *pergunta ele, assustado, sabendo que precisa recordar uma coisa.*

— Minha criança, o Yago fala demais.

— O que eu fiz? O que eu fiz?

Esdras corre até a janela, como se fosse encontrar alguma lembrança no ar. E encontra. Quando se volta pra nós, com os olhos marejados de pavor, ele admite:

— Eu atirei nela?

— Não foi sua culpa, Estranho Pedras — *diz o antigo morador da fonte.*

— O assaltante... A foto do Lélio... Eu só queria ajudar. Eu tentei salvar ela. Eu não queria que acontecesse aquilo. Dona Constância, eu achei que ele fosse atirar nela — *diz ele, já segurando os ombros da velha de bengala, em tom de remorso.*

— Eu sei, minha criança. Você não teve culpa.

— Não, a culpa foi minha, sim — *garante, em desespero.* — Quando o outro segurança atirou nele, ele reagiu e começou a dizer que iria matar todos antes de morrer. Ele apontou a arma para a Sabrina e para a tia Madô. A foto do Lélio tinha me pedido para eu fazer alguma coisa. Eu fiz, eu precisava fazer alguma coisa. Tentei segurar o braço dele. Tentei empurrar a mão dele na direção da parede, mas ele era mais forte que eu. Ele começou a atirar quando segurei na mão dele.

— Calma, Erdas — *pede dona Constância, fazendo-o sentar-se na poltrona.*

— Eu consegui arrancar a arma dele. A arma já estava nas minhas mãos quando o segurança atirou nele. Eu achei que estava tudo bem. Eu achei que tivesse salvado aquelas pessoas. Mas então, olhei para o chão e ela estava lá. Ela morreu por minha culpa — *admite Esdras, enquanto as mãos tremem.* — Se eu não tivesse feito aquilo, ele não teria atirado nela. Eu matei ela! A tia Madô morreu por minha culpa. Isso não podia... Logo hoje... Ela estava tão feliz...

— Você tentou salvar aquelas pessoas, minha criança. Sem você, talvez outras pessoas saíssem machucadas.

— Foi minha culpa, dona Constância. E eu não me lembrava de nada disso — *insiste ele, com a cabeça entre as mãos.*

— Cego, surdo, desmemoriado. Você encontra muitas formas de fugir do mundo, não é, EsdrazzZ? Depois de tudo isso, você ainda...

— Yago, você já passou dos limites. Basta! — *grita a velha, batendo com a mão na mesinha de centro.*

— Não! Eu quero saber tudo que eu fiz — *intercede o próprio EsdrazzZ.*

— Não se preocupe, você não fez nada além disso. A surdez repentina foi apenas você querendo parar de ouvir o que não era conveniente naquele momento — *explica ela.*

— Do que a senhora está falando? Eu fiquei sem ouvir nada depois que ele atirou com a arma ao lado do meu ouvido. Acho que foi o barulho.

— O problema, EsdrazzZ, é que, quando você arriscou a vida de todos nós pra salvar aquela tia, você chamou a atenção de um velho que estava lá.

— Eu não o conhecia — *responde ele.*

— Mas ele conhecia o Lélio e reconheceu você. Por isso, começou a te chamar de Lélio. E o que você fez? Enfiou a cabeça no casco e ficou surdo. Uma saída brilhante, que seria dispensável se você seguisse a nossa regra básica aqui nessa cidade.

— Que regra? — *pergunta ele, franzindo o cenho.*

— Seja invisível! Você acha que, quando estou na cidade, fico perambulando por aí?

— Isso só pode ser um pesadelo. — *EsdrazzZ se dirige até a porta, mas nota que não há mais uma maçaneta.* — Vocês são um bando de malucos. Isso é algum jogo?

— Vamos fazer assim, EsdrazzZ... pense num bicho e não me fale.

— O quê? Me poupe, Yago — *diz, impaciente.* — Não vou pensar em bicho nenhum.

— Eu acho que pensou num, sim... — *afirmo pra ele.* — **Você está mentindo, Estranhyago!** — *Estranho, saia da minha consciência.* — **Por que você está falando do que está acontecendo?** — *Saia daqui, Estranho!* — **Com quem está falando?** — *Com ninguém!* — **Tem alguém nos ouvindo?** — *Não!* —

Tem alguém lendo a gente? — *Não sei.* — **Eu sinto que tem estranhos nos observando.** — *Talvez tenha alguém nos olhando.* — **Eu sei contar histórias também! Uma vez, eu estava...** — *Não me interessa, Estranho! Saia da minha consciência!* — **Você é muito burro! Muito burro! Muito burro!**

— Pense em algum bicho, minha criança. Assim o Yago para de te encher e eu não tenho que acertar a minha bengala nele — *orienta dona Violência... digo, dona Constância!*

— Está bem, pensei — *informa Esdras.*

CLAP! CLAP!

Bato palmas duas vezes, antes de unir minhas mãos firmemente, deixando um vão entre elas. Aos poucos, afasto as duas e vão saindo uma... duas... dez... trinta... cem borboletas coloridas, cada uma de uma cor. Elas começam a voar em volta de EsdrazzZ e tomam conta de toda a sala.

— Eu pensei borboletas — *confirma, admirado com a chuva colorida sobre a cabeça.*

CLAP! CLAP!

Bato duas palmas outra vez, e as borboletas saem pela janela.

— Acredita agora?

— Isso parece cada vez mais louco, na verdade — *diz ele.*

Minha impaciência desperta! Caminho até EsdrazzZ e, sem que ele tenha qualquer chance de reagir, puxo cada um dos lados da camisa azul de botões que ele usa, em direções opostas. A força abre a roupa abruptamente, fazendo um dos botões voar pela sala.

EsdrazzZ não reage, pois, assim que olha pro próprio corpo, ele se assusta com o que vê: cicatrizes por toda a pele. Incontáveis marcas de cortes que vão do peito até o baixo--ventre. Em choque por nunca ter tido noção desses riscos antes, ele leva a mão ao tórax pra sentir aquele relevo cicatrizado. Como se a consciência tivesse finalmente despertado, ele leva uma das mãos à nuca e encontra outra cicatriz, desta vez muito maior, indo de ponta a ponta na cabeça e escondida pelo cabelo.

— Sabe o que é isso? — *pergunto a ele.*

— Acho que sei — *responde EsdrazzZ, tendo flashs de lembranças.*

— Você se lembra daquela carta pro Homem Sem Rosto, falando do que aconteceu naquele bosque? Essa cicatriz na nuca foi o Roger quem fez. Mas essas outras pelo corpo... — *Levanto minha camisa até a altura do pescoço, mostrando as mesmas cicatrizes em mim, idênticas às dele. EsdrazzZ fita os olhos marejados no meu corpo, nos riscos cicatrizados. O Estranho do Lago, ainda no pufe, olha por dentro da sua camisa e encontra as mesmas marcas, enquanto dona Constância, consternada, apenas coloca as mãos sobre o suéter, na região dos seios.*

— Na carta, o Lélio disse que se cortava querendo superar as dores que sentira após aquele episódio. Mas eu não imaginei que ele se mutilava assim — *afirma o andarilho.*

— Apesar de tudo, eu reconheço que aquele cara foi forte — *admito.* — O Lélio não dividiu essa dor com nenhum de nós. Sabemos o que aconteceu, mas ele estava sozinho lá.

— Nós o ajudamos a seguir em frente; cada um com a sua importância, com algum tipo de defesa que ele não tinha: valentia, sarcasmo, determinação — *afirma dona Constância, olhando respectivamente pro Estranho do Lago, pra mim e pra EsdrazzZ.*

— E petulância... — *diz EsdrazzZ, olhando pra ela.* — A senhora sempre foi muito protetora, atenciosa, mesmo sendo um pouco atrevida.

— E o Lélio era a inteligência — *conclui o Estranho.*

— Ah, pelo amor de Deus, gente. Não somos o "Clube dos Cinco"! Vamos cortar esse clima natalino, afinal o peru ainda nem nasceu.

— Yago, minha criança, contenha-se. Muito diz aquele que se cala na hora certa — *fala a velha de cabelos brancos.*

— Se isso tudo que vocês estão dizendo é verdade, por que eu nunca vi vocês antes? — *pergunta EsdrazzZ, admitindo pela primeira vez a possibilidade de que isso tudo seja uma ilusão real.*

— Você não espera encontrar alguma lógica nisso, não é? — *pergunto, pela obviedade.* — O Lélio não tinha uma consciência real de nós, ele apenas acreditava que existíamos. Ele não queria essas reuniõezinhas de P.A. — *Personalidades Anônimas.* — Cada um tinha o seu momento, o seu próprio tempo, a sua razão de existência. Nunca estivemos todos juntos, exceto você e a dona Benta aqui. Mas isso...

— E por que estamos aqui agora, então? — *indaga EsdrazzZ me interrompendo.*

— Estamos aqui porque você ficou estranho! — *resume brilhantemente o Estranho do Lago, enquanto esmaga o nada com as mãos. Esses tiques me deixam nervoso!*

— Você queria acabar com a sua vida e, consequentemente, iria acabar com a nossa. Então, agora você vê como foi cretino, EsdrazzZ!

— E logo você vai me criticar? Tóxico como você é.

— É claro. Eu te conheço! O Lélio era lerdo demais pra esconder as coisas de mim; eu era o único que sabia dos outros. Você só me conheceu quando me viu na casa onde ele morava.

— E você mentiu, dizendo que ela tinha sido demolida.

— Eu achei muito desaforo facilitar as coisas pra você, EsdrazzZ.

— Você é recalcado, Yago. Convenhamos — *intervém a velha.*

— Ah, eu que sou? Mas quando esse panaca surtou, colocou na cabeça que queria se matar, o que o Lélio fez? Ele nos juntou pra ajudar o bobalhão.

— É verdade, Estranho Pedras... Quando você apareceu, todo estranho e sem nada, me procurando naquela fonte, percebi que eu tinha mais coisas que você, mesmo tendo tão pouco. Mas só entendi quem era eu e quem era você quando você foi embora daquela praça.

— Eu não consigo entender... dona Constância — *interrompe EsdrazzZ, voltando-se pra velha.* — A senhora sempre foi tão presente, tão real na minha vida...

— O seu mundo é real, por mais que nem tudo seja como você vê — *pondera a senhora de bengala.*

— Mas, e as pessoas? Elas não me reconheceram. Não viram o Lélio? — argumenta ele.

— O Lélio escreveu pra pessoas invisíveis como ele, como nós... Ou pra pessoas capazes de nos enxergar como somos. Ainda que ninguém precise ser feito de imaginação pra não ser visto — *constata o Estranho do Lago.*

— Afinal, pra quem o Lélio escreveu? — *pergunto, com ironia.* — Ah, claro, pra um monte de gente velha que não o via havia décadas, e pros únicos que você não se acovardou de olhar nos olhos: nós três aqui e uma mãe com a lâmpada queimada. Quem te reconheceria?

— Sem contar que você tirou aquela barba horrenda e cortou todo aquele cabelo — *completa a velha.* — Há anos você tinha aquele estilo Matusalém; ficou bem mais jovial assim.

— E o Tomás? Por que ele não reconheceu o Lélio ao me ver? Se era o amor da vida dele, não iria reconhecer? O Tomás disse que viu o Lélio há uns dez anos.

— Isso é de se estranhar mesmo — *diz o Estranho.*

— EsdrazzZ, não temos todas as respostas. Talvez o Lélio não signifique tanto pra ele.

— Isso faz tanto tempo — *intervém a velha* —, as pessoas mudam. Às vezes, nos esquecemos delas até intencionalmente.

— E por que o Lélio não escreveu para a senhora, dona Constância? Se ele escreveu para nós três... — *pergunta EsdrazzZ.*

— Ele escreveu, sim — *responde ela, sorrindo pacatamente.*

— Bom, então não fui eu o entregador.

— Mas será. — *Ela fita os olhos de EsdrazzZ, dizendo algo apenas com o olhar.*

— Aquela carta — *ele reflete e encontra uma das últimas peças que faltavam no seu quebra-cabeça.* — Eu sinto muito por tê-la perdido.

— Você não perdeu — *diz ela, com paciência.* —Você apenas escolheu não ver.

— Como eu já disse, EsdrazzZ — *intervenho* —, o Lélio te deu o dom de censurar o que convém. Você se lembra de quando acordou debaixo da cama, na Casa de Apoio? Aliás, eu teria ido pra baixo da cama só pelo medo de ser assaltado lá...

— Onde você está querendo chegar? — *interrompe EsdrazzZ.*

— Você nunca fez questão de saber o porquê de acordar debaixo da cama, não é? — *indago, apesar de saber a resposta.*

— Era o Lélio... — *deduz ele.*

— Sim. Era pra lá que você ia quando o Lélio precisava ter "mais consciência" do que você. O EsdrazzZ entrava debaixo da cama, mas quem saía era o Lélio. Ontem, quando você foi parar debaixo do beliche, era o Lélio querendo esconder aquela carta que você pensa que perdeu. Mas a verdade é que você não precisava entregar aquela carta até a hora certa.

— E pode parecer estranho, mas essa é a hora certa! — *completa o Estranho do Lago.*

— Se você soubesse que o Lélio me escreveu uma carta, Erdas, você iria ficar desconfiado — *argumenta dona Constância.* — Aliás, você já estava. Você começou a abrir as cartas, lembra?

— Sim, eu sentia que tinha algo errado.

— Era bem provável que você desistisse de seguir adiante por se sentir traído por mim — *pondera ela.* — E essa era a nossa chance de fazer você se sentir mais disposto a viver. Por isso, a inconsciência do Lélio voltou uma última vez e escondeu a carta. Você ainda não estava preparado pra verdade.

EsdrazzZ desperta uma lembrança adormecida; então, leva a mão ao bolso da calça e retira um envelope ainda lacrado. E dele sai a carta que começa a ler em voz alta:

— "À Companheira do Silêncio..."

À Companheira do Silêncio

Quando eu tinha 13 anos, perdi a minha bisavó. Até aquele dia, eu nunca havia perdido alguém; ainda não conhecia a sensação do adeus. E uma das minhas grandes saudades é a de segurar as mãos dela... as unhas elegantes, sempre tão bem cuidadas e com esmalte carmim, os dedinhos de pele macia e molinha, que eu tanto adorava apertar.

Quando a encontrei nesse prédio, dona Constância, eu mal sabia que a senhora viria se tornar a bisavó que eu já não tinha mais. É incrível como vocês se parecem, desde os dedinhos enrugados e macios até o jeito protetor de ser; sempre cheia de espontaneidade. Conhecê-la foi como se a senhora tivesse surgido da minha mente, da minha saudade. Saiba que muitas vezes eu tive o ímpeto de chamá-la de "bisa", mas me contive.

A sua companhia, tão marcante, fazia parecer que eu tinha voltado a falar; era como se eu não tivesse perdido a voz. Lembro-me de quando o meu silêncio encontrou conforto na sua infindável vontade de conversar. A sua voz, vinda do corredor, era o que as noites mais tinham de acolhedor. Foi sufocante ter a minha voz presa na mente, mas as suas histórias de viagens com as quatro primas, as suas aventuras na juventude... tudo aquilo me fazia rir e desviava os pensamentos solitários. Não tenho palavras para agradecer por esse cuidado e atenção.

Peço perdão por nunca ter convidado a senhora para entrar no meu lar... A verdade é que a ausência de palavras sempre esteve à frente da minha inabilidade em ser um bom anfitrião, um bom vizinho, um bom amigo. Um pouco de timidez, talvez.

Mas não foi por falta de vontade de tê-la por perto, isso eu garanto.
Por fim, quero agradecer por ter guardado o "nosso" segredo.
Foi muito generoso da sua parte ter me apoiado em ajudá-lo.
Talvez, agora, seja a hora do Esdras saber; conte para ele.
Conte o nosso segredo, e esteja livre da promessa que me fez.

P.S.: A senhora acabará descobrindo que eu não escondia algo apenas do Esdras. Então, perdão por não lhe contar todo o plano. Eu não queria que a senhora me impedisse de ir até o fim, mas espero que me compreenda. Fique bem e cuide da sua saúde.

Saudades eternas e ruidosas.
Lelinho

— De que segredo ele está falando na carta? — *pergunta EsdrazzZ, sem pestanejar.*

— Não seja egoísta, Erdas! Tenha calma — *repreende ela, passando uma das mãos sobre as lágrimas que derrama.* —Você não é o único a ter que lidar com isso. Essa carta é real pra mim.

— Desculpa, não quis ser insensível — *lamenta EsdrazzZ.*

— Eu convivia com o Lélio como se ele fosse uma pessoa real, assim como foi com você. Eu só entendi o que estava acontecendo depois que te entreguei aquele envelope, quando entrei no elevador. E talvez eu nem estivesse aqui se você tivesse puxado aquele gatilho.

— Eu não podia imaginar que o que eu iria fazer não afetaria só a mim — *justifica ele.*

— A sua vida nunca começa ou termina em você. É muito egoísmo da sua parte imaginar isso. E ainda que cada um de nós quatro fosse um corpo pra além de uma consciência, não estaríamos num mundo finito e particular, à parte dos outros.

— Mas eu não...

— Fique quieto! Eu ainda não acabei de falar. — *Ui!* — O que você faz de você afeta quem está à sua volta, saiba disso. Não cabe a você escolher quem se importa com a sua vida, por mais que você tenha o direito de fazer o que quiser dela. Ser livre não te dá o direito de ser individualista. — *Ela suspira e finaliza:* — Pode falar agora.

— Eu sinto muito, dona Constância — *lamenta EsdrazzZ, com certo constrangimento.* — A senhora tem razão, e a verdade é que eu nunca me dei conta de que nós dois tínhamos um ao outro até o momento em que pareceu ser tarde demais, quando nos despedimos. Eu me sentia tão sozinho que me tornei incapaz de perceber que não estava.

— Durante oito anos, eu estive ali, dando apoio. Sempre que você precisava de uma atenção a mais, de um afeto... eu estava lá — *afirma a senhora de cabelos brancos.* — Ainda que você não fosse tão afetuoso, você sabia que poderia contar comigo.

— A senhora sempre foi a família que eu não tinha. E eu sempre orgulhoso para reconhecer a importância das pessoas. Eu preferia não me apegar. Acho que por medo delas irem embora da minha vida. Se é que eu posso chamar de vida. — *Ele faz uma pausa.* — Então... ninguém vivia naquele seu apartamento?

— Aquele apartamento estava vazio, Erdas — *continua a senhora* —, assim como todos os outros daquele prédio. Quando se mudou, o Lélio só queria se isolar do mundo.

— E o que ele quis dizer com o "segredo" que citou na carta que lhe escreveu?

— Bom, na mente dele, há oito anos, você se mudou pro prédio onde ele morava, um pouco depois de mim. Ele ficou muito empolgado em ter a sua amizade de volta, mas o Lélio era dono de um medo crônico, inexplicável. Ele queria te visitar, mas não conseguia.

— Na minha carta, ele disse que não teve coragem de me procurar.

— Pois é, e, sem conseguir bater à sua porta, foi muito oportuna a minha mudança pra aquele apartamento, três dias antes de você. De alguma forma, eu surgia como o elo entre vocês. Ele me contou que te conhecia, mas me fez prometer que não contaria nada dele a você.

Dona Constância, com o apoio da bengala, se levanta da poltrona em que está, caminha até EsdrazzZ e diz:

— Nos últimos oito anos, o Lélio esteve preso naquele prédio, escrevendo essas cartas pras pessoas que foram especiais na vida dele. À noite, quando você ia dormir, ele acordava e ia pra algum dos apartamentos. Lá, ele escrevia todos os pensamentos que não encontravam uma voz pra serem ditos às outras pessoas.

— Então, essas cartas estiveram o tempo todo lá... — *deduz EsdrazzZ.*

— Sim, minha criança. O Lélio pretendia sair pra entregá-las e reencontrar aquelas pessoas; ele achava que assim conseguiria sair da depressão. Ele realmente acreditava nisso. Por mais que desistisse dessa ideia antes de cada amanhecer.

— Ele voltava pra debaixo da sua cama estranha, e você acordava, toda manhã — *completa o Estranho, ajudando.*

— Até o dia em que a mãe dele me olhou e chamou o filho: "É você, Lélio?" — *Lembro daqueles olhos órfãos, tentando encontrar o filho no meu rosto.*

— Foi quando o Lélio começou a reagir — *continua dona Constância.* — Por mais que fosse o Yago naquele asilo, de alguma forma, o Lélio sentiu a mãe clamar. Aquele episódio despertou a vontade de voltar a ser ele mesmo, de voltar a ficar com a mãe. Mas você também sentiu que o Lélio queria voltar. E você reagiu.

— Do que a senhora está falando agora? — *EsdrazzZ percebe onde queremos chegar.*

— Isso que aconteceu com a mãe do Lélio tem seis meses. Lembra do que aconteceu nessa época? — *pergunta o ex-morador da fonte.* — Você começou a se sentir estranho!

— A angústia, a tristeza, a vontade de sumir... Tudo isso, EsdrazzZ, era o Lélio voltando a ser ele mesmo. E você, sempre tão passional, não aceitou bem essa sensação de controle. Então, qual foi a sua brilhante ideia? Morrer! — *E depois eu que sou o recalcado.*

— Eu fui percebendo o quanto você estava ficando calado, ausente, inexpressivo — *conta a senhora de cabelos brancos.* — O brilho dos olhos vinha se apagando, e eu não sabia como ajudar. Tentei me manter por perto, mas você me afastava; eu não sabia como lidar com aquilo.

— Mas o Lé...

— O Lélio... — *dona Constância interrompe o andarilho.* — Ele foi generoso demais... Quando eu contei da minha preocupação com você e da sua vontade de partir, algo tão familiar a ele... Bom, o Lélio resolveu se sacrificar por você.

— Por mim? — *EsdrazzZ franze o cenho.*

— Ele achava que tinha a obrigação de salvar você, EsdrazzZ. Por isso te deu aquele presente.

— As cartas — *deduz ele, com os olhos marejados.*

— O mundo — *corrige a senhora.* — Ele queria que você saísse de casa, visse o mundo, conhecesse pessoas e tornasse a sorrir. Ele sabia que você precisava só de um intento, algo que te motivasse a continuar vivo. Foi aí que ele me pediu pra te entregar aquele envelope de cartas. Depois disso, fui viajar pra que você não buscasse refúgio em mim. Você precisava aprender a viver, mas sem bengalas — *conclui dona Constância, jogando a própria bengala no chão, mas permanecendo firme e destemida.*

— A senhora sabia de tudo, então? — *indaga o andarilho.*

— Não, minha criança. O Lélio sabia que eu jamais deixaria que qualquer um de vocês se sacrificasse pelo outro.

— Certo, mas se mais ninguém mora naquele prédio, quem é o tal "Sussurrador de Pensamentos"? Para quem era aquela primeira carta que eu tentei entregar?

Dona Constância me olha apreensiva, mas, antes que eu diga algo, ela se pronuncia:

— Minha criança, esqueça aquela carta. Eu sei do que se trata e não tem importância.

— Não, eu preciso saber. Cadê a carta? Por que você a pegou, Yago?

— É melhor ele saber de uma vez, dona Constância. Chega de segredos — *digo isso com muita convicção, antes de retirar a carta do meu bolso. EsdrazzZ toma o papel da minha mão e, ao observá-lo, nota que ele está muito diferente de quando o viu da última vez:*

— Quem escreveu isso? — *O papel não estava mais em branco.* — Por que eu não vi isso antes?

— Pelo mesmo motivo de sempre, EsdrazzZ. — *Quantas vezes terei que repetir?* — Você se iludiu quando não quis ouvir que chamaram o nome do Lélio no banco; quando não quis perceber o perfume da Luiza no asilo; quando não quis reconhecer o abraço do Tomás; quando não quis provar o doce da bisavó do Lélio, que a dona Constância fez; quando quis ver um rosto no espelho diferente do Lélio. Descartes tinha razão: melhor não confiar nos sentidos! Eles são traiçoeiros, meu pequeno Padawan.

— Onde você quer chegar, afinal? — *pergunta ele, impaciente.*

— Ao fato de você só enxergar o que convém. E você fez exatamente isso com essa carta que está na sua mão, e com todas aquelas outras que estavam espalhadas naquele apartamento abandonado e que não estavam em branco.

— E essa? Para quem é essa carta, afinal? Digam de uma vez.

— Pra alguém que era como nós... que era um de nós. — *"Nós", que triste fim o meu.*

— Quem é esse "Sussurrador de Pensamentos"? — *insiste EsdrazzZ.*

— Alguém que você não gostaria de conhecer — *respondo com muita sinceridade* —, e que, para sua sorte, não existe mais. Ele era só um outro "amigo" do Lélio.

— E por que ele "não existe mais"?

— Leia a carta, EsdrazzZ.

EsdrazzZ, com semblante tomado pela aflição, começa a ler:

— "Ao Sussurrador de Pensamentos..."

Ao Sussurrador de Pensamentos

Ao longo desses anos, tenho esperado que você me perdoe e compreenda o fim da nossa amizade. Ela não era mais saudável para mim, sabe? A forma como você lidava com as pessoas; o seu olhar para elas... tinha uma repulsa que me assustava. Por isso, apesar de admirar o seu destemor diante das adversidades... e mesmo eu querendo ser um pouco como você, jamais conseguiria.

Eu desejo que você tenha encontrado tranquilidade na sua mente. As ideias que saiam da sua cabeça eram perigosas; alguém poderia se machucar. Agressividade é uma coisa que não faz parte de mim, e você se excedia. Eu sempre estive disponível a ajudá-lo, mas era difícil esquecer aqueles conselhos, aquelas conversas, principalmente a última, da qual sai com medo.

As coisas que você dizia do meu pai... As coisas que você queria me convencer a fazer contra ele... Eram cruéis, sabe? Ele morreu pouco depois de eu me afastar de você. Foi aí que eu percebi: por pior que ele fosse, eu não teria feito mal a ele. Eu sei do que ele era capaz, mas ele era meu pai. E eu até entendo que você só queria me proteger; agradeço por isso, mas aquilo seria terrível. Eu serei sempre um admirador da sua bravura, mas preciso encontrar a minha.

Espero que você tenha encontrado a sua paz e esteja feliz.

Félio

— Afinal de contas, quem é esse cara? — *EsdrazzZ fica confuso ao término da carta.*

— Alguém perigoso com o qual não precisamos nos preocupar mais — *afirma dona Constância, já ciente de tudo.*

— O Lélio era fraco! — *Cabe a mim sempre dizer a verdade que ninguém fala.* — Ele não tinha o ímpeto de encarar nada nem ninguém. Por isso nós estamos aqui. Essa foi a razão de ele ter imaginado a gente; e a razão pra ele ter "criado" esse cara também. Pra que a gente fizesse as coisas que ele não tinha coragem.

— Cuidado, Yago — *adverte a senhora de cabelos brancos.*

— O EsdrazzZ deve saber de tudo, dona Constância. E a verdade é que o Lélio precisava enfrentar o pai dele, mas ele era covarde, medroso, lerdo demais.

— O que o pai dele fez? O que houve? — *indaga EsdrazzZ.*

— Coisas ruins! — *afirma o Estranho do Lago, talvez pela primeira vez abdicando de qualquer "estranheza" na fala.*

— O pai do Lélio sempre foi muito violento, agressivo. — *Mesmo sem nunca ter convivido com ele, eu sei disso.* — Ele espancava o Lélio desde muito novo, por qualquer razão que fosse, mas principalmente depois de descobrir que o filho era gay. Só que isso não se restringia ao Lélio. A dona Luiza também sofreu nas mãos do marido, ainda mais quando ele chegava bêbado em casa. Ele batia nela. E as coisas foram ficando cada vez piores...

— Aquelas marcas... — *interrompe EsdrazzZ, ao se lembrar da reação da senhora de olhos azuis quando ele tocou nas cicatrizes do braço dela.*

— Sim — *eu me encarrego de esclarecer.* — Ele torturava os dois de todas as formas. E as coisas pioraram muito depois que ele percebeu a aproximação entre o Lélio e o Tomás. Amarrava o filho pra ele não sair de casa; estava desconfiado. A dona Luiza tentava intervir, mas sobrava pra ela. Em algum momento, tudo isso se tornou um caminho sem volta. Ele agredia os dois, forçava a mãe do Lélio a... Enfim, dois outros filhos, que nunca chegaram a nascer, foram concebidos pela violência dele e mortos pela violência dele.

— O Tomás me disse que chegou a defender o Lélio do pai.

— E depois que o Tomás foi embora, as coisas não ficaram melhores pro Lélio. A começar pelo que ocorreu naquele morro. Depois do que o Roger fez, o Lélio mudou completamente: ficou apático, assustado, sem querer falar com ninguém, sem querer comer; ele adoeceu. O Lélio sentia vergonha de contar o que tinha acontecido com ele. Então, se fechou.

— A família dele nunca soube de nada?

— Bom, os delírios de uma febre de 40°C, no dia seguinte, permitiram que ele falasse alguma coisa que deu a entender o que tinha acontecido. Até então, ele alegava ter caído da bicicleta ladeira abaixo e se arrebentado todo.

— Mas coração de mãe não se engana — *intervém dona Constância.* — A Luiza nunca acreditou naquela história, por isso, tomou uma decisão da qual se arrependeria pelo resto da vida: apelando pra qualquer resquício de sentimento paterno, contou ao marido que o filho havia sido violentado.

— E o que ele fez? — *indaga EsdrazzZ.*

— Ele culpou o Lélio pelo que aconteceu, claro — *respondo, com um gosto amargo nas palavras.* — Ele disse que fizeram aquilo porque "todo mundo sabia do que o Lélio gostava". Alguns dias depois, ainda quis saber "com quem foi". Mas, diante do silêncio do filho, ele o espancou de novo. E mais! E de novo. De novo. De novo. E mais! O Lélio nunca reagia e não derramava uma lágrima. Aquilo deixava o velho ainda mais furioso, então ele começou a aumentar a crueldade.

Dona Constância chora, enquanto eu continuo o relato pra EsdrazzZ:

— O pai do Lélio fumava muito... Certa vez, depois de mais uma surra no filho, ele pegou um cigarro e quis testar o quanto o Lélio resistiria sem chorar. Ele queria fazer o filho chorar. Mas o Lélio não chorou. Resistiu. Então, o desgraçado...

Sob os olhares atentos da dona Constância, do Estranho e do EsdrazzZ, eu levanto a minha camisa e me viro de costas pra eles. O andarilho se assusta ao ver as marcas... Como se fosse um cinzeiro, as minhas costas estão marcadas desde o pescoço até o cóccix: círculos escurecidos evidenciavam os lugares onde o pai tinha marcado o filho, por vários dias. Dona Constância abaixa os olhos, enquanto EsdrazzZ se aproxima de mim e passa a mão sobre as cicatrizes.

— Uma mente sã jamais conseguiria encarar o espelho e se ver marcado dessa forma. Não por acaso, desde aquele dia, ele nunca mais olhou pro próprio reflexo. O primeiro olhar que o Lélio passou a temer foi o dele mesmo; afinal, ele já não se reconhecia — *diz algum de nós.*

— Como um ser humano pode fazer isso com o próprio filho? — *questiona EsdrazzZ.*

— O Lélio não tinha forças pra reagir — *digo isso diante do silêncio atento da dona Constância e do Estranho.* — Foi depois disso que ele começou a "enxergar", "conversar", "construir" alguém que tivesse a força, a crueldade e a frieza necessárias pra enfrentar o pai dele. E a única referência que a consciência do Lélio tinha de alguém assim era aquele "Homem Sem Rosto" que o atacou.

— O Roger — *conclui EsdrazzZ.*

— Essa é uma triste ironia: o Lélio precisou se transformar em quem ele mais odiava pra enfrentar outro algoz: o próprio pai. A única forma que ele viu de se tornar maior que o mal que o cercava era ser o próprio mal. Ele precisava ser cruel como aquele homem, até então, sem rosto. Ele queria ser temido pra não ser mais massacrado. E o homem sem rosto, na mente dele, começou a ser uma voz amiga: sussurros que incentivavam o Lélio a reagir, a fazer alguma coisa pra contra-atacar a violência do pai.

— Um "sussurrador de pensamentos" — *conclui EsdrazzZ.*

— Sim. A princípio, ele tentou convencer o Lélio a ir embora, deixar tudo pra trás... Com o tempo, os "conselhos" ficaram mais graves, mais contundentes. Aquilo tudo assustava o Lélio, que não tinha coragem — *e, pra ser bem franco, nem mesmo vontade* — de fazer mal ao pai. Na verdade, o Lélio vivia querendo se provar pro pai, ser reconhecido por ele, conquistar algum carinho dele... Por isso, acabou se afastando daquele "amigo", não quis mais vê-lo.

— Mas alguma coisa aconteceu... — *deduz o andarilho.*

— Aconteceu, EsdrazzZ. Certa noite, o Lélio chegou em casa e encontrou uma cena que o deixou perturbado: estava tudo revirado e a dona Luiza caída no chão. O pai, agachado ao lado dela, gritava, claramente embriagado: "Acorda, sua infeliz! Vai morrer só pra desgraçar a minha vida?!". O Lélio foi se aproximando, atordoado pelo medo de imaginar que a mãe estava morta; aqueles certamente foram os passos mais longos e demorados da vida dele. Quando chegou mais próximo, viu que o entorno dos olhos dela estava com hematomas; a dona Luiza estava pálida como um cadáver. O pai continuava gritando e tentando acordar a esposa da maneira mais torpe possível, pela dor. Uma dor que o próprio Lélio já conhecia: o homem estava queimando os braços da pobrezinha com um cigarro. Ao ver aquilo, o Lélio não suportou e começou a ter uma crise que nem ele compreendia, enquanto gritava que o pai matara a sua mãe; o corpo tremia por dentro e por fora, o suor escorria pela testa, os olhos lacrimejavam... O Lélio hibernou em sua própria mente, permitindo que aqueles antigos sussurros acordassem. O tal Sussurrador de Pensamentos, aquele amigo sem medos, voltou pra fazer o que o Lélio jamais conseguiria.

— O Lélio assumiu outra personalidade?

— Sim! E essa foi a primeira vez que isso aconteceu, EsdrazzZ. Até então, o Lélio só havia imaginado você e aquele homem, mas nunca tinha vivido como se fosse outra pessoa.

— E o que aconteceu? — *pergunta ele, já imaginando onde isso terminará.*

— O pai do Lélio estava muito alterado, com uma garrafa de cachaça na mão. Quando viu o Lélio ali, começou a provocar, ameaçar o filho, acreditando que ele não reagiria. A certeza da inércia do Lélio era tanta, que ele lhe deu de ombros e foi em direção aos fundos da casa, um quintal onde a dona Luiza cultivava uma pequena horta. O pai do Lélio não sabia, mas ele não havia dado as costas ao filho, e sim ao Sussurrador. Já na parte externa da casa, o velho sentiu um empurrão e caiu de joelhos, sem soltar a garrafa. Tentou se levantar, mas o Sussurrador o empurrou novamente. O homem caiu sobre o cabo longo de um rastelo. A cabeça dele distava poucos centímetros dos dentes afiados da ferramenta.

— O rastelo... — *diz EsdrazzZ, entendendo a razão de ter aquela imagem perdida nas lembranças. Com o coração acelerado, ele se senta numa das poltronas e me ouve.*

— Temendo o filho pela primeira vez, o velho gritou: "Você vai ter coragem de bater no seu pai? A vagabunda da sua mãe já morreu, você agora quer ficar sem pai também?". Com as mãos apoiadas no chão, o homem tentou uma última vez se levantar, mas não sem antes dizer: "Você é uma vadia igual a sua mãe". Aquelas foram as últimas palavras dele, antes que o Sussurrador de olhos perversos o empurrasse de volta ao chão, desta vez cravando a nuca do pai do Lélio nos doze dentes enferrujados do rastelo.

— O Lélio... — *EsdrazzZ* não completa.

— O Sussurrador — *digo, enfatizando que não foi o Lélio.* — Era o Sussurrador. Ele saiu correndo de lá e nunca mais voltou a existir.

— O Lélio matou o próprio pai — *atesta EsdrazzZ, com uma voz solene.*

— NÃO! — *intervém dona Constância.* — Não foi ele.

— Não era o Lélio! — *completa o Estranho.*

— Foi o Sussurrador, EsdrazzZ. — *Até eu tenho plena convicção disso.* — O Lélio nunca teve consciência de que esteve ali. Pra ele e pra todo mundo, o pai sofreu um acidente: tropeçou, bêbado, e caiu de costas sobre a ferramenta. Uma vizinha chegou à casa, depois de estranhar o portão aberto, e encontrou a dona Luiza caída no chão, desmaiada, e o marido sem vida. A polícia investigou, mas acabou concluindo o inquérito como acidente doméstico. Ninguém tinha visto o Lélio por lá. E todos já sabiam das agressões constantes.

— E ninguém nunca fez nada? — *indaga EsdrazzZ.* — Ninguém nunca denunciou o desgraçado?

— Aquele maldito ditado "em briga de marido e mulher não se mete a colher" não existe por acaso — *declara dona Constância.* — As pessoas são coniventes; o silêncio é conivente. Se hoje ainda é difícil respeitar uma mulher, imagina há trinta anos.

— E ele foi policial, EsdrazzZ; os colegas faziam vista grossa, os vizinhos tinham medo dele. A própria dona Luiza tinha receio de que, se denunciasse o marido, ele logo seria solto, voltaria pra casa e o pior poderia acontecer.

— E o Lélio? Como ele ficou com a morte do pai?

— Esse é o começo da minha história, EsdrazzZ... Depois que o Sussurrador saiu correndo daquela casa, seguiu em direção ao ateliê de artes, lá no Clube dos Oficiais. E, quando voltou a si, naquela mesma noite, o Lélio encontrou um rapaz assobiando à beira da piscina, alguém de quem ele sempre quisera ser amigo.

— Você — *conclui o andarilho de azul.*

— Ou a ideia de um antigo colega do curso de artes. O inconsciente do Lélio sabia que ele precisava de alguém forte do lado dele. Então, surgiu este ser perfeito que vos fala: Yago, muito prazer.

— Uma coisa eu não entendi... — *diz EsdrazzZ, evitando comentar sobre a minha perfeição.* — Por que o Lélio escreveu uma carta para o "Sussurrador de Pensamentos" endereçada àquele apartamento no prédio em que ele mesmo morava?

— Isso é estranho mesmo! — *atesta o Estranho do Lago.*

— Um equívoco — *respondo aos dois.*

— Um equívoco do Lélio? — *pergunta o andarilho.*

— Seu e dele, na verdade. Primeiro: olha bem o envelope dessa carta outra vez. — *Eu aguardo EsdrazzZ pegar o invólucro dentro da mochila encardida.* — Onde está escrito o remetente e onde está escrito o destinatário? Se você olhar direito, vai ver que, ao contrário das outras onze cartas, nessa, o Lélio colocou apenas o próprio endereço como remetente. O destinatário está escrito atrás, mas sem nenhum endereço abaixo.

— Eu não tinha... — *EsdrazzZ já inicia sua ladainha.*

— Eu sei, EsdrazzZ. Você não viu. Normal. Enfim... Quando começou a escrever as cartas, anos atrás, o Lélio colocava o endereço do remetente nos envelopes. Mas quando decidiu que você faria as entregas, ele trocou todos os envelopes. Esse daí, porém, deve ter passado despercebido.

— E por que você quis esconder essa carta de mim? — *pergunta ele, antes que eu arranque o papel da sua mão e diga:*

— Porque esse Sussurrador não deve sequer ser mencionado novamente — *afirmo isso e, em seguida, amasso e jogo a carta e o envelope no lixo.* — Você já sabe do que ele é capaz agora. É melhor que o Lélio nem lembre que ele já existiu algum dia. Já me bastam vocês.

— Essa era uma história que o Lélio queria deixar pra trás. Talvez por isso você não tenha conseguido enxergar o que estava ali — *infere dona Constância.* — Tirando a carta pro Roger, todas as outras levaram você a pessoas que o Lélio confiava e que ele gostaria que você conhecesse. O Lélio te deu um intento na vida, ele não queria que você também se suicidasse.

— O Lélio não se suicidou. Ele está vivo. Nós "somos" ele, certo? Não é disso que vocês estão tentando me convencer aqui?

— Nós somos os suicídios dele, EsdrazzZ. Cada vez que precisou fugir, o Lélio criou um de nós, alguém que ele não conseguia ser. O problema é que ele se acomodou em você.

— Yago, já chega. Já é o bastante. Não vamos piorar as coisas — *dona Constância usa um tom firme pra me repreender.* — Nosso propósito aqui deveria ser ajudar o Erdas. Ele precisava compreender as coisas, então vamos nos ater em deixá-lo ciente.

— Eu só preciso fazer uma pergunta muito óbvia a vocês três: onde está o Lélio?

— As coisas agora vão ficar estranhas... — *afirma o Estranho do Lago, mastigando o ar e levantando-se de um dos pufes.*

Preciso admitir que sempre ensaiei dizer essa frase com muito prazer, mas agora sinto certo pesar. O que não me impede de dizê-la, cochichando bem próximo ao ouvido dele:

— Você matou o Lélio, EsdrazzZ.

— O quê? — *Ele franze o cenho.*

— Já se esqueceu daqueles "sonhos"?

— Que sonhos? — *pergunta, ultrajado.*

— Ora, não se faça de inocente. O que você fazia com o Lélio nos seus sonhos, EsdrazzZ? Você matava ele, não se lembra? Primeiro, você o afundou no mar; depois, deixou ele cair do penhasco; por fim, você o enterrou vivo. Vivo!

— Eram apenas pesadelos... — *rebate ele.*

— Não, aquilo era assassinato — *respondo, olhando nos seus olhos.* — Bem, mais ou menos assassinato... Ninguém nunca foi preso por falta de consciência.

— Você está louco! — *EsdrazzZ fica indignado.*

— Eu, louco? Cara, vamos combinar de você não usar mais essa palavra? Não que eu me ofenda por tão pouco, mas estamos discutindo dentro da cabeça de um homem perturbado. Você quer mesmo me acusar de louco? Existe alguma sanidade nisso tudo?

— O Lélio... — *EsdrazzZ tenta insistir, mas eu sou enfático:*

— O Lélio já era. Ele está morto. O corpo dele pode estar de pé nos sustentando, mas a consciência já não existe. Você matou o que restava dela naqueles sonhos. Se você não quer aceitar isso como uma verdade concreta, entenda como uma metáfora. Mas a verdade é exatamente essa: o que restava da consciência do Lélio se reerguia à noite, debaixo da sua cama. Era de lá que ele saía pra escrever aquelas benditas cartas. Nas últimas vezes que ele tentou fazer isso, você não permitiu. Sair pra ver o mundo deixou você mais forte e enfraqueceu a consciência dele.

— Isso é besteira — *EsdrazzZ não consegue admitir.*

— Nisso concordamos: você passou todos esses anos sem fazer nada de significativo na vida. E é exatamente por isso que está na hora de colocarmos um fim na sua monarquia.

— E qual é a sua ideia? — *pergunta EsdrazzZ, aproximando-se de mim e fitando os meus olhos com atrevimento.*

— Eu proponho um golpe de Estado! — *Gostaria de responder com mais soberba, mas a seriedade é o carma do EsdrazzZ, não o meu.*

— Ora, Yago, não seja malcriado — *intervém dona Constância, como se eu fosse uma criança.*

— O Lélio deu o comando do barco pro EsdrazzZ, e ele levou todos nós pro meio do oceano, pretendendo dar um tiro na cabeça. Vocês acham mesmo que estamos seguros com ele? — *O silêncio vem como resposta de todos nós.* — Bem, o Lélio que eu conheci já não existe mais, ficou no fundo do mar, no vale daquele penhasco e enterrado naquela floresta. E você, EsdrazzZ, foi o culpado. Você não tem controle emocional pra assumir a vida do Lélio, tampouco a minha.

— Eu não tive culpa — *afirma ele.* — E desculpa se eu desconhecia que não era o protagonista da minha própria vida.

— Exato, meu caro. Nem coadjuvante você é — *respondo, rindo.* — Se a biografia do Lélio virasse um filme, nós seríamos aquelas vozes de tormento na cabeça do protagonista. Se fosse um filme católico, seríamos o diabo; se fosse um filme espírita, seríamos os espíritos zombeteiros; se fosse um filme evangélico, seríamos os encostos. Agora, sendo um filme cult, você seria um mal invisível que domina a mente do Lélio e o faz perseguir a família com um machado, pelos corredores de um hotel vazio. No caso do Estranho ali, ele sairia de um lago empunhando um facão, com uma máscara branca de hóquei toda furadinha. Já a senhora, dona Constância, seria o quê? Qual o nome daquele filme em que a Nicole Kidman é um fantasma? Não, espera, a senhora é velha demais pra esse papel…

— Vá à merda, Yago — *responde ela, já sem paciência e me fazendo rir.*

— Ele não vale a pena, dona Constância — *intervém EsdrazzZ, ignorando todo o meu talento de roteirista.* — Eu só queria que a senhora me explicasse: por que o Lélio me ajudaria nos sonhos, se eu estivesse prejudicando ele, como disse esse babaca?

— Ele não te ajudou — *afirma, prontamente.* — Vocês dois estavam disputando pra ver quem sairia dali vivo… ou consciente. E você venceu nas três vezes.

— Vocês estavam em meus sonhos? — *indaga ele.*

— Não. Tomamos consciência deles quando você acorda e se recorda. E, pelo que entendi do último, o Lélio queria te jogar naquela cova, EsdrazzZ; ele não queria te salvar.

— Um, sim, mas o outro, não — *responde o andarilho.* — Ele ficava falando para eu fugir.

— Como assim, "o outro, não", EsdrazzZ?

— O outro Lélio — *insiste ele.*

— Cara, esse seria um momento muito apropriado pra eu reconsiderar aquela limitação do nosso vocabulário e voltar a usar a palavra "louco". Afinal, do que você está falando agora?

— Eu estou falando do menino — *responde impacientemente.*

— Que menino? — *pergunta o Estranho do Lago, estranhando a história.*

— Nos sonhos, geralmente tinha um homem do qual eu não conhecia o rosto, mas eu sabia que era o Lélio...

— E era o Lélio. O único Lélio nos seus sonhos — *afirmo.*

— Não... O Lélio que eu conheci quando criança, ainda menino, também estava lá.

O relato de EsdrazzZ faz com que eu, dona Constância e o Estranho nos entreolhemos. Não temos noção de que menino ele está falando. Não existia essa criança no sonho.

— O que foi? Por que vocês estão me olhando dessa forma?

— Não tinha nenhum menino lá, EsdrazzZ.

— Você disse que o Lélio falou no sonho? — *pergunta dona Constância, tão confusa quanto eu.*

— Sim. No sonho do bosque, ele me mandava correr. Vocês não disseram que têm consciência dos meus sonhos? Vocês não viram tudo?

— Vimos — *responde ela.* — Nós vimos você correndo, mas não tinha uma criança com você. Era só você e a consciência do Lélio, adulto.

— Não. O menino me mandou correr. E naquele sonho com o acidente do ônibus, ele me implorou para salvá-lo. No primeiro sonho que tive, me afogando, senti a mão de uma criança me puxando para cima.

— Mas, Erdas, o Lélio não fala conosco — *diz a senhora de cabelos brancos.* — Desde que foi embora dessa cidade, ele nunca mais disse uma palavra.

— Mas a senhora e ele não conversavam, lá no prédio?

— Eu nunca ouvi a voz do Lélio. Passávamos horas conversando com uma porta entre nós. Ele falava por meio de cartas e bilhetes por debaixo da porta. Por isso eu era a "companheira do silêncio".

— E ele não era uma criança — *afirmo, reiterando o que ela diz.*

— Você está ficando burro de novo, Estranho Pedras? — *questiona o Estranho, esmagando o nada entre as mãos.* — Achava que burrice era igual a catapora: curou, não volta.

— Eu não sou burro, Estranho! Eu sei o que vi.

— O que esse menino dizia pra você? — *quer saber dona Constância.*

— No último sonho, ele ficava repetindo que tínhamos que nos esconder "dele".

— E você se escondeu? — *indago, tentando compreender.*

— Não… Eu só… — *EsdrazzZ franze o cenho.*

— O que foi, Erdas? — *pergunta dona Constância.*

— Eu ouvi um barulho agora — *responde EsdrazzZ* — **responde o Estranho Pedras, me olhando com um olhar estranho**. — *Estranho! Outra vez? Eu já não disse pra você não entrar na minha consciência?* — **E o Estranho Pedras me olha imaginando como eu sou inteligente por dominar doze idiomas**. — *Estranho, saia daqui!* — **Não, você é o único que fica aqui falando do que está acontecendo, mas eu também quero. Eles ainda estão nos olhando?**

— Do que vocês estão falando? — *pergunta EsdrazzZ* — **pergunta o Estranho Pedras**.

— Vocês dois podem parar? — *pede a velha de cabelos brancos* — **pede a senhora estranha e fofinha.**

— Vocês ouviram isso? — *indaga EsdrazzZ, com um olhar confuso* — **indaga o Estranho Pedras, com um olhar estranho…** — *Estranho, para! Eu estou falando sério.* — **Quer saber, Estranhyago? Fica com essa porcaria. Você parece que é doido, fica falando sozinho**. — *Eu estou só observando.* — **Não, você é estranho!**

— Você fez o quê, no sonho? — *insisto em saber. Eu: Yago.*

— Eu fiz o que vocês sabem — *responde EsdrazzZ, parecendo inquieto com algo.* — Esses sonhos eram confusos. Quando eu me dava conta… — *Ele interrompe a frase novamente e encara a porta com olhar intrigado.* — Enfim, eu acordava assustado embaixo da… — *EsdrazzZ interrompe a si mesmo, outra vez, sem se levantar da poltrona em que está.* — Vocês não estão ouvindo?

— Sim. Você acordava assustado embaixo da cama… — *completa o Estranho do Lago.*

— Eu acho que o Odilon voltou — *afirma EsdrazzZ, sem tirar os olhos da porta. Entre nós quatro, ele é o que está mais próximo à entrada da sala.* — Vocês não estão ouvindo esse ruído?

— Que ruído? — *pergunto, tentando acompanhar a direção dos olhos dele. Mas não ouço nem vejo nada de anormal, além de nós.*

— Por que você acha que esse menino queria que você se escondesse? — *indaga a senhora, instigada a compreender EsdrazzZ.*

— Eu estou ouvindo alguma coisa. Um barulh… — *O corpo de EsdrazzZ reage como alguém que toma um susto grande.* — Vocês não estão ouvindo nada?

— Que diabos! Não ouço nada! — *Apesar de não ouvir, consigo acreditar no semblante sobressaltado dele.*

— Eu acho que alguma coisa muito estranha está acontecendo nessa sala — *fala o Estranho do Lago, meio assustado.*

— Minha criança, você está bem? — *pergunta dona Constância.*

— Vocês falaram das personalidades do Lélio... nós quatro e o Sussurrador. Existe mais alguma? — *pergunta o andarilho, visivelmente alterado.*

— Não — *respondo sem qualquer dúvida.* — Somos só nós quatro.

— Vocês não viram aquele menino no sonho nem estão ouvindo esse barulho. Mas a verdade é que eu acho que tem mais alguém aqui nessa sala; eu posso sentir. E ouvir. Estou ouvindo umas pancadas, como se alguém estivesse tentando... — *Nesse momento, EsdrazzZ joga o corpo instintivamente para trás, quase caindo sobre a poltrona que está atrás dele. Em seguida, ele sai caminhando lentamente em busca de algo.*

— O que foi, EsdrazzZ? O que você está ouvindo?

Ele se aproxima da entrada da sala e começa a encarar o sofá, ao lado da porta do consultório. Eu e dona Constância o acompanhamos, curiosos, mas mantendo certa distância. O Estranho encolhe as pernas, de volta ao pufe, tirando os pés do chão. De repente, o corpo de EsdrazzZ reage mais uma vez.

Apenas se agachando é possível ver o que há embaixo do sofá, ainda que os pés sejam altos o bastante pra deixar um bom espaço entre o chão e a base acolchoada. Destemido — quem diria —, EsdrazzZ se ajoelha lentamente. Por alguns segundos, mexe a cabeça parecendo não estar enxergando nada, mas...

— AHHH! — *grita, jogando o corpo pra trás e causando um susto de efeito dominó em nós três, que estamos logo atrás, até o Estranho.*

— O que foi? — *pergunta dona Constância, assustada e com a bengala em riste.*

— Tem alguma coisa estranha aí embaixo, não é? — *indaga o Estranho, apavorado.*

— Fala o que foi, EsdrazzZ — *peço, igualmente intrigado.*

— É melhor que vocês mesmos vejam — *responde, ainda agachado, com um olhar sério.*

— Deixa eu ver. — *Me aproximo do sofá e me agacho. Dona Constância e o Estranho fazem o mesmo, com um pouco mais de hesitação.* — Não tem nada aqui embaixo.

— Eu estou vendo! — *exclama o Estranho.*

— O que é? — *pergunto, ansioso, olhando novamente o vão inferior do sofá.*

— Poeira... está muito sujo aqui — *responde o... mendigo.*

— Também não vejo nada de anormal — *confirma a senhora de cabelos brancos.*

— Como assim, vocês não veem nada? Com licença.

EsdrazzZ nos afasta do sofá e olha outra vez. Ele, então, estica a mão pro fundo e diz:

— Venha. Não tenha medo. Me dê a sua mão. Confie em mim.

De repente, surge do vão embaixo do sofá uma mãozinha franzina e frágil, que segura a mão direita do EsdrazzZ.

— Quem... O que... — *balbucia um de nós.*

EsdrazzZ puxa pra fora e ajuda a ficar de pé um menino de olhos assustados, o típico olhar de cachorro que caiu do caminhão de mudança. Um rosto desconhecido pra mim, mas não pra EsdrazzZ, que sorri ao olhar aquela criança.

O andarilho, que está de joelhos e com os olhos marejados, encara o garoto, enquanto leva a mão à calça preta que veste. Do bolso, retira duas fotografias: uma dele, que o Estranho do Lago havia lhe dado, e a foto do Lélio, que Sabrina guardava no mural. Olhando aquelas duas imagens e comparando com o rosto do garoto que surgiu debaixo do sofá, EsdrazzZ parece aceitar finalmente: eles são um só, sempre foram. Eram a mesma criança.

— Você sabe quem sou eu? — *pergunta ele ao garoto.*

O pequeno Lélio, acanhado, apenas responde positivamente com a cabeça. EsdrazzZ, então, sem conseguir conter a saudade no coração, abraça o menino e chora copiosamente. Um pranto desesperado parece expurgar dele todos os sentimentos de culpa, arrependimento, tristeza e amargura, que sentiu desde que leu aquela primeira carta do Lélio, ainda no barco. De certa maneira, imerso na complexidade que é a sua existência, apenas agora EsdrazzZ se dá conta de que Lélio, o seu amigo, está mesmo vivo.

Ver aquela criança ali, bem na minha frente, abraçada ao Esdras, mexe comigo. Faz com que eu sinta algo incompreensível, algo novo. Esse não é o Lélio que eu conheci, mas é o Lélio! Não sei bem o que pensar sobre isso. Eu achava que jamais tornaria a vê-lo. Deixamos de sentir a presença dele desde o último pesadelo do Esdras. Mas, de certa forma, a presença que sentimos agora é diferente daquela antiga.

As lágrimas gritam, ainda que sem palavras, o que ele sente: tudo pelo que passou, nos últimos tempos, valeu a pena se já serviu pra trazer de volta o seu amigo de infância, se já serviu pra que eles troquem esse abraço tão aguardado. O menino reage com um olhar confuso, mas aceita o afeto. Meio sem jeito, talvez, por ter sido tão pouco acostumado a tê-lo. Esdras parece tentar convencê-lo de que nunca mais lhe faltarão abraços ou companhias.

— Você me perdoa? — *pergunta o andarilho a Lelinho.*

O menino, ainda sem falar, responde positivamente com a cabeça. Esdras prossegue:

— Lélio, me perdoa pela minha ausência; me perdoa pela minha presença; me perdoa pelas coisas que você passou sozinho; me perdoa pelas coisas que você passou achando que estava sozinho; me perdoa pelo que os outros fizeram a você; me perdoa... como se você estivesse perdoando o mundo; afinal, por mais que eu não tenha sido responsável pelas coisas que você passou, eu preferiria que tivesse sido comigo. — *Esdras suspira por um instante e continua...* — Olhando para você, agora, eu consigo me lembrar de tudo; até mesmo o que você não contou a ninguém. Mas, como dizia a tia Madô... você se lembra da tia Madô?

Lelinho, mais uma vez, apenas balança a cabeça em afirmação. Esdras não consegue conter o pranto ao se lembrar da vendedora de algodão-doce, morta no assalto. Dessa vez, é o pequeno que o abraça, consolando-o. Esdras, então, se contém e conclui o que iria dizer:

— A tia Madô dizia que perdoar não é aceitar o erro cometido. Perdoar é se ver livre de um peso que você não merece carregar. Então, perdoe a si mesmo pelo que você não foi capaz de ser e perdoe também aqueles que não tiveram a capacidade de aceitar que você não precisava ser como eles. Está bem? — *Esdras, ainda ajoelhado diante de Lelinho, dá um novo abraço no menino.*

— Você está bem, minha criança? — *pergunta dona Constância ao pequeno Lélio, que continua olhando fixamente pra Esdras em silêncio.*

— E aí, baixinho, tudo bem? — *O Estranho do Lago se agacha atrás de Esdras, diante do pequeno.*

— Está tudo bem, minha criança? — *insiste a senhora, olhando pro menino cujo olhar não se move.*

— A dona Constância te fez uma pergunta — *diz Esdras* —, você pode confiar nela, está bem?

Lelinho não responde; desta vez, nem com a cabeça.

— Ei, garoto, sei que somos meio estranhos, mas não fique com medo! — *pede o Estranho, tentando não ser estranho.*

— Fala alguma coisa, menino. O gato comeu a sua língua? — *brinco, mas o garoto nem me olha.*

— Você se lembra de algum deles? — *pergunta Esdras. Lelinho reage, olhando ao redor da sala. E, finalmente, é possível ouvir a sua acanhada voz:*

— Eu não vejo ninguém aqui, além de você, Esdras.

— Você não está vendo ninguém? — *repete Esdras, enquanto dona Constância troca olhares confusos comigo e com o Estranho.*

Gesticulando com a cabeça, Lelinho responde que não.

— Só pode ser brincadeira. Estamos em um looping aqui. — *Começo a rir diante disso, pois parece mesmo uma piada.*

— Por que ele não consegue ver vocês? — *indaga Esdras, olhando pra mim.*

— Não sei. Mas acho que ele não pode nos ver porque não nos conhece. Da mesma forma que nós só o enxergamos quando você nos mostrou quem ele era — *responde a senhora de cabelos brancos.*

— Como não nos conhece? Ele imaginou a gente! — *pontua o Estranho do Lago, enquanto passa a mão no rosto do menino em movimentos verticais, buscando alguma reação dele inutilmente.*

— Não conhecíamos o Lélio quando ele tinha essa idade. Somos frutos da consciência de um Lélio mais velho. Aquele que não existe mais. Esse Lélio aqui só conheceu o Erdas — *argumenta ela.*

— Eu sei que não vai fazer nenhum sentido o que eu vou dizer agora — *faço essa afirmação já rindo* —, mas isso é uma loucura. O Lélio passou a vida ouvindo vozes, imaginando pessoas, assumindo outras personalidades. Agora, somos nós, a imaginação dele, que o vemos, e ele não nos vê? Esse cara é realmente muito louco. Parem esse cérebro, eu quero descer.

— Cala a boca, Estranhyago! Vai assustar o guri.

— Lelinho, venha cá. Sente-se aqui. — *Esdras se levanta e coloca Lelinho sentado na poltrona do consultório.*

— Precisamos fazer alguma coisa com "isso". — *Aponto para o menino, sob o olhar repreensivo dos outros três.*

— Como assim, Yago? — *indaga dona Constância.*

— Precisamos tomar uma decisão. Isso já está ficando complicado demais. A presença desse menino não pode alterar o nosso propósito. Ele nem deveria estar aqui.

— E qual é o nosso propósito, Yago? — *indaga Esdras, em tom desafiador, me encarando.*

— Precisamos escolher logo de quem vai ser.

— De quem vai ser o quê? — *insiste ele, aproximando-se de mim.*

— O comando, meu camarada. Quem vai ter controle sobre a consciência do Lélio. Precisamos decidir. Vamos ficar nessa happy hour aqui até que horas? O Odilon já deve estar chegando com um chaveiro. Não temos tempo. E acho que vocês concordam que eu sou o mais apto pra isso. Não é?

— Você? E o que acontece com o garoto? — *pergunta EsdrazzZ.*

— É, parece que chegamos a um impasse mexicano. Mas uma coisa eu garanto: não vou ficar sob as rédeas de um pirralho de 11 anos. Temos que escolher entre nós quatro.

— Isso não vem ao caso agora — *retruca EsdrazzZ, me interrompendo.* — Olha para ele... está assustado, não sabe nem o que está acontecendo aqui. Ele deve estar tão confuso quanto eu quando cheguei nesta sala. E deve estar me achando louco, falando sozinho.

— O Lélio, o verdadeiro Lélio, já se foi... Essa criança é só uma consciência esquecida embaixo do sofá, EsdrazzZ.

— Ele é o Lélio! — *afirma o andarilho de azul, impaciente.*

— Não, EsdrazzZ, não é! E a sua teimosia só mostra que você também não tem condições de assumir nada por ninguém.

— E por que ele não pode? É a vida dele.

— Ele não teve maturidade enquanto era adulto, vai ter enquanto criança? Presta atenção no que você está dizendo, EsdrazzZ.

— Talvez seja uma segunda chance para o Lélio — *insiste ele.*

— Segunda chance? Aos 45 anos do segundo tempo? — *continuo argumentando sozinho, diante da inércia da dona Constância e do Estranho.* — Sua brilhante ideia é deixar uma mente de 11 anos num corpo velho de 45? E vocês dois concordam com isso? — *pergunto, olhando pros outros inúteis.*

EsdrazzZ se aproxima do menino, que está sentado pacatamente na poltrona, e diz: — Lelinho, me fala... Onde você queria estar agora?

O garoto pensa por um momento e responde: — Acho que eu queria estar brincando. Vamos brincar, Esdras?

— Uma brincadeira. É isso mesmo que parece — *intervenho, olhando pra cena.*

— Você sabe quantos anos você tem, Lelinho? — *pergunta EsdrazzZ, de joelhos em frente à criança.*

Lelinho levanta quatro dedos na mão direita e os cinco da mão esquerda.

— Nove anos? Essa foi a idade em que nos conhecemos...

— Nove, não — *corrige o menino.* — Eu tenho 45 anos.

— Então você sabe que tem essa idade... — *reafirma EsdrazzZ.* — Você se lembra da sua vida de adulto? Você tem consciência de tudo?

— Não de tudo, mas me lembro de algumas coisas.

— Você se lembra dos últimos oito anos? — *quer saber EsdrazzZ.*

— Poucas coisas. Eu não estava lá o tempo todo.

— Você sabe o que está acontecendo aqui? Você sabe que eu não sou louco, não é? — *Esdras sorri despercebidamente.* — Nem você. Você entende que…

Lelinho interrompe EsdrazzZ:

— Eu sei o que está acontecendo, Esdras. Ou imagino. — *O garoto olha na nossa direção, mas sem parecer enxergar a mim ou os outros dois.*

— Tudo bem. Espera aqui na poltrona.

EsdrazzZ puxa nós três para um canto no fundo da sala, onde diminui o tom de voz pra falar sem que a criança ouça:

— Ele não é só o Lelinho que eu conheci quando criança. Ele tem consciência de quem é, da idade que tem. De alguma forma, o Lélio que vocês conheceram está ali também; ele só precisa despertar.

— O Lélio não existe mais. Acorda você. Ele não se lembra de nós, ele sequer nos enxerga. Como pode ser a consciência do Lélio se ele não nos vê?

— E isso é ruim? — *questiona o andarilho.* — Talvez fosse exatamente disso que o Lélio precisasse: parar de nos enxergar. Assumir a própria vida. Talvez o Lélio que vocês conheceram estivesse cansado demais para tentar retomar as rédeas da própria vida. Mas esse Lélio ainda quer viver, quer brincar. Talvez ele só precise de uma chance para encontrar a maturidade que precisa para seguir em frente. Recomeçar a vida que deixou de viver.

— E o que você propõe, Erdas? — *pergunta dona Constância.*

— Que o ajudemos. Quem sabe não é a oportunidade de o Lélio ser feliz? Ele pode conseguir ser diferente daquilo que já foi um dia. Não sei; talvez consiga ver a vida de outro jeito.

— Quem te garante isso? — *pergunto a ele.*

— Se esse garoto não enxerga vocês, talvez ele não tenha sofrido tanto quanto a consciência adulta do Lélio sofreu. Vocês três surgiram numa fase em que a vida dele já estava muito pior, insustentável. Temos que tentar ajudá-lo de alguma forma.

— Mas se ele não nos vir mais… — *pondera o Estranho, espanando o nada com os dedos.* — Isso quer dizer que…

— Isso quer dizer que vamos deixar de existir — *constato, sem gostar muito do rumo que essa conversa está trilhando.*

— Ora, nunca existimos de verdade. Não se iluda, Yago — *enfatiza a velha.* — Não queira viver uma vida que não é sua.

— Pra você, EsdrazzZ — *começo, olhando firmemente pra ele* —, isso seria tranquilo, não é? Você quer fazer isso só porque é o único que esse projeto de Christopher Robin enxerga. Assim, você pode pegar o leme do barco quando quiser. Mas sabemos o que acontece com os barcos que você conduz.

— Eu não quero ter o controle de algo que não é meu — *diz ele com a voz alterada, mas ainda tentando falar baixo* —, e essa vida não é minha, esse corpo não é meu, essa história não é minha. Aquelas cartas não eram para amigos meus, tampouco fui eu quem as escreveu. Então, não me interessa continuar fingindo que tudo isso é sobre mim, quando na verdade sempre foi sobre outra pessoa. O Lélio quer e precisa ter a vida dele de volta.

— E aonde você quer chegar com essa conversa, EsdrazzZ? Você quer um suicídio coletivo de nós quatro? Você é muito obcecado com essa história de suicídio, amiga.

— Não se trata de suicídio — *responde ele.*

— Então o que é? Vamos renunciar em favor do Dom Pedrinho II ali?

— Tudo para você é uma piada, não é, Yago? Tudo é sobre você! — *retruca EsdrazzZ, irritadiço.* — Você acha que isso tudo é fácil para mim? Há três dias, eu saí de casa querendo pôr um fim na minha vida, pois não suportava mais viver sozinho, isolado do mundo, ignorado pelas pessoas. Eu me sentia a pessoa mais desprezível de todas. A única vontade que eu tinha era de virar vento, pó, água, qualquer coisa que fosse fácil de ser levada para longe, e sem ser notado por ninguém. Eu levei isso até as últimas consequências.

— Você continua nas últimas consequências, EsdrazzZ.

— Não! Se você quer mesmo saber, eu estou odiando tudo isso. Eu odeio tudo que está acontecendo. Preferiria estar louco a ter certeza de que isso é real, dentro de uma realidade que nem existe. Só que, agora, não se trata mais de mim. Eu não quero mais morrer, mas preciso deixar de existir: a grande ironia da minha vida.

— Eu realmente torci, sabe? Torci muito pra que aquele seu suicídio fosse apenas a sua morte na consciência do Lélio, assim como aconteceu com o Sussurrador de Pensamentos — *digo a ele.*

— E eu queria morrer — *continua EsdrazzZ.* — Mas, na hora em que finalmente ia acabar com a minha insignificância no mundo, fui surpreendido com a carta de um amigo que havia se matado e me feito um pedido.

— Mas ele… — *Tento dizer algo, porém ele me interrompe:*

— Cala a boca! Você agora vai me escutar! — *afirma ele, quase fora de si.* — Nos últimos dias, passei por uma turbulência, acreditando que eu estava caminhando para ser alguém que quer ser feliz; que faz algo para ser feliz. Mas quando eu enfim tive a certeza de que teria uma vida melhor, quando eu me senti motivado a seguir em frente… eu descobri que toda a minha vida é uma mentira, e que o meu futuro promissor seria uma ilusão ainda maior. Não queira achar que você sabe o que é isso que estou sentindo, Yago, porque você não sabe! Só quem já perdeu todas as batalhas que lutou sabe o valor que seria vencer, ao menos, uma delas.

— Será mesmo, EsdrazzZ? Olha nos meus olhos. — *Eu me aproximo dele.* — Me diga que essa sua ideia de abrir mão de tudo não é uma forma de você, enfim, puxar o gatilho daquela arma que ficou no mar. Vamos, me convença de que esse não é o seu jeito mais covarde de se matar. Afinal, esse sempre foi o seu plano, não é mesmo? Então, por que eu não deveria acreditar que você está fazendo isso só porque é covarde demais pra morrer sozinho?

Esdras avança pra cima de mim, me segurando pela gola da camisa:

— Porque eu não sou egoísta como você!

— Calma, Estranho Pedras. Não seja burro! — *O Estranho intervém e o faz me soltar.*

— Eu não estou cometendo suicídio, eu não estou querendo morrer — *continua Esdras, mais afastado de mim.* — Pelo contrário, eu nunca quis tanto estar vivo. Eu nunca quis tanto ter a oportunidade de sair pelo mundo, caminhar, conhecer pessoas, ajudar os outros… Até pode parecer piegas para você ou para quem já considera isso banal, mas não é para mim. Nos últimos dias, eu fiz isso, e foram os melhores momentos da minha vida.

— Essa é a sua chance, então, meu camarada. Não deixe esse segundo barco afundar. Não quer pegar ele pra você?!

— Acontece que esse barco não é meu, não é seu, não é de nenhum de nós quatro — *rebate Esdras, com uma voz mais calma.* — O barco é daquele garoto sentado ali. E, mais do que qualquer um de nós, ele merece esse barco. Ele precisa vencer, ao menos, uma batalha. Ele precisa que algo dê certo para ele, e nós lhe devemos isso.

Estranhamente, não consigo argumentar nada contra ele.

— E eu sei que você, por mais insuportável que seja, tem consciência disso, Yago. Se você quisesse ter algum controle sobre o Lélio, você teria. A quem você quer enganar com essa capa de indiferença? Você não quer ter controle de nada, apenas quer reclamar que não o tem.

— Eu nunca quis mal ao Lélio — *respondo com sinceridade.* — Se eu sou assim, dessa forma, talvez duro demais, sarcástico demais, frio demais... é porque ele precisava ser um pouco assim; eu sou uma defesa dele. Nós quatro somos! Não percebe que cada um de nós é o extremo de algo dele? A maioria das pessoas tem algum equilíbrio de bom e mau, de forte e fraco, de firme e inseguro. Mas o Lélio não conseguia. E uma coisa é certa: eu sempre ajudei no que pude pra que ele fosse feliz ou, pelo menos, mais forte. Não duvide disso.

— Então, vamos fazer isso acontecer. Vamos trazer o Lélio de volta? — *propõe Esdras.*

— Como?

— Eu tenho uma ideia — *diz ele, sorrindo com alguma empolgação no olhar.* — Mas preciso contar com vocês três.

— Eu topo. Já estou mesmo prestes a achar que somos fantasmas. Esse cara aqui é assustadoramente estranho! — *afirma o Estranho, olhando pra mim. Idiota.*

— Nada me faria mais feliz do que ajudar aquela criança — *afirma dona Constância, confiante.*

— E você, Yago? — *pergunta Esdras, apreensivo.*

— Talvez você me veja apenas como um cara ruim, mas eu não sou mau, sou apenas a carranca do barco do Lélio.

— Toda embarcação que se preze precisa de uma carranca na proa, Yago — *afirma ele.*

— Eu vou ajudar o garoto. — *Sim, eu vou ajudar o Lélio.*

— Então, vamos lá, venham comigo — *diz o ex-andarilho, sorrindo.*

Esdras caminha até o centro da sala e se senta na poltrona em frente a Lelinho; nós três nos colocamos atrás dele.

— Lelinho, você se lembra do dia em que nos conhecemos? Você se lembra como apareci na sua vida?

— Lembro. Eu não queria mais brincar sozinho — *responde o menino timidamente.*

— Você sabe de onde eu vim? — *indaga Esdras.*

Lelinho levanta a mão franzina e aponta o dedo pra própria cabeça, mostrando o lugar onde Esdras nasceu: sua imaginação.

— Exatamente — *confirma Esdras.* — Sabe, talvez você não se lembre, mas, ao longo da sua vida, você teve o apoio de três amigos muito especiais que ajudaram você a chegar até aqui. Você não está vendo eles, mas esses amigos estão conosco.

— Eles gostam de mim? — *pergunta Lelinho. Esse sempre foi o anseio da sua vida.*

— Sim, amamos você. Desse jeito que você é. Não só nós... Outras pessoas amam você, e tantas mais ainda vão te amar.

— Quem me ama? — *indaga o menino, intrigado.*

— Muitas pessoas que passaram pela sua vida — *responde Esdras.* — O amor tem muitas escalas, Lelinho, assim como as cores. Nem todas as pessoas vão te amar de forma colorida. Algumas vão te amar em amarelo, outras em azul. Algumas podem te amar em verde, que já é um amor formado pelas outras duas cores juntas. Você só precisa enxergar esse colorido. Não espere um arco-íris em cada esquina da sua vida, mas não deixe de aproveitar cada cor, cada amor que aparecer para você. Você me entende?

— Mas eu vou reconhecer esse amor nas pessoas? Isso não é difícil, Esdras? — *questiona o pequeno Lélio.*

— Às vezes, sim. Mas nenhum amor fácil é amor.

— E como é amar?

— Você um dia escreveu a melhor definição que eu já li sobre o amor: Amar é não parar de amar. Então, você vai saber quando estiver sendo amado e quando estiver amando... Amando a vida, as pessoas e, principalmente, amando a você mesmo.

— Amar a mim mesmo? E como a gente se ama? Precisa se olhar no espelho para fazer isso? — *indaga Lelinho, intrigado.*

— Não... — *Esdras sorri.* — Basta fechar os olhos e se admirar.

— Mas aí vai ficar escuro. Como vou admirar algo que eu não vejo?

— Os pensamentos são coloridos, Lelinho.

— Igual ao amor?

— Igual ao amor — *repete Esdras.* — Então, você promete para mim que esse vai ser o maior amor da sua vida?

— Qual?

— Esse... O amor-próprio. É assim que chamam ele.

— E se eu me amar demais, não vou amar menos os outros?

— São amores diferentes. Mas um não existe sem o outro.

— Então eu prometo para você! Jura de mindinho? — *Lelinho levanta o dedo mindinho na direção de Esdras, que sorri.*

— Eu não me lembrava mais disso... Sim, juro de mindinho!

Esdras se aproxima e enlaça o seu dedo mindinho no dedo mindinho de Lelinho.

— Você é um ser de luz, Lélio — *afirma o andarilho.*

— De luz? — *O menino ri.* — Incandescente ou fluorescente?

— Luz natural... Como o sol.

— Eu gosto do sol — *esclarece Lelinho.*

— Por quê?

— Ele é quentinho, brilhante. E, mesmo que a gente feche os olhos, nunca fica escuro.

— Sim... Ele aquece os olhos. E o coração também.

— Isso é uma despedida? — *pergunta a criança, cabisbaixa.*

— É uma despedida. Mas também é um recomeço.

— Eu nunca mais vou te ver, Esdras? E se eu precisar de você?

— Nós somos você, Lelinho! Mas o seu mundo não pode se resumir a você ou a nós quatro. Eu não estarei mais aqui porque você precisa se reencontrar sem mim, sem eles. E basta olhar à sua volta para você alcançar tudo que não estiver dentro de você. Tem muitas pessoas que vão querer reencontrar você.

— Mas será que eu vou saber reconhecer essas pessoas? Onde elas moram? Quantos anos elas têm? — *pergunta o pequeno, fazendo carinha de "será?".*

— Calma. — *Esdras sorri da ansiedade de Lelinho pra viver. Nós três, apesar de não estarmos sendo vistos pelo menino, também rimos.* — Vamos ajudar você. Vamos ajudar a sua memória.

— Como? — *indaga o garoto, curioso.*

— Você gosta de escrever, não é? Você escrevia cartinhas para a sua bisavó, mesmo ela morando poucas casas depois de você, lembra?

— Sim! Eu gosto de escrever. E gosto de escrever cartas.

— Eu sei bem disso. — *Esdras dá um sorriso ainda mais sincero.* — Bom, eu tive uma ideia para mostrar a você o quanto você já é, e pode ser ainda mais, querido por todos.

— Como? É um jogo? — *pergunta o garoto, bem alegre.*

— É quase isso.

— É de adivinhação? Eu preciso fechar os olhos?

— Olha, é uma excelente ideia — *constata Esdras.* — Fecha os olhos e tenta imaginar o que temos de bom para você. Só abra quando terminarmos o que nós quatro vamos fazer, combinado?

— Combinado! — *exclama Lelinho, com um sorriso animado.*

— Então… mãos à obra. Nós vamos escrever cartas para você. Vamos contar todas as coisas boas que vivemos, enquanto você nos deu a oportunidade de viver no seu lugar. Vamos te lembrar do lado bom da vida, do lado bom das pessoas e também do seu. Você sempre escreveu muitas cartas, agora é a nossa vez de escrever para você. Fecha os olhos.

Assim que o pequeno baixa as pálpebras, Esdras pega quatro canetas de cor azul num porta-treco que está na mesinha e entrega pra nós. Em seguida, pega blocos de folhas brancas e redistribui entre os quatro.

— Por que isso traria o Lélio de volta? — *pergunto a ele.*

— A coisa que o Lélio mais fez na vida foi escrever cartas. Se nós quatro fizermos isso, quem sabe a gente desperta ele. Vamos arriscar? Eu só peço uma coisa a vocês três — *alerta Esdras, em voz baixa pra que o garoto não ouça.* — Nenhuma palavra sobre o que o Sussurrador de Pensamentos ou sobre o que ele fez ao pai do Lélio. Ele não precisa ter consciência daquilo.

— Eu concordo quanto a isso! Mas temos um outro problema — *intervém o Estranho do Lago, com pesar nos olhos e na voz.*

— O que foi? — *pergunta Esdras.*

— Eu não sei escrever. Não sei ler nem escrever! Além disso, não é verdade que eu sei mandarim — *confessa o morador da fonte, em tom de lamento.*

Esdras analisa o Estranho por alguns segundos, em seguida vai até a mesinha e pega todas as outras canetas de diversas cores que estavam no porta-treco. Retorna e as coloca nas mãos do Estranho do Lago.

— Você não ouviu o que eu disse, Estranho Pedras?! — *pergunta o Estranho, espremendo qualquer coisa com as pálpebras.* — Eu não sei escrever. Você é burro?! Eu sou burro! Eu sou burro!

— Não, você não é burro, Estranho — *afirma Esdras.* — Você observa o mundo com a simplicidade que dispensa qualquer aprendizado que a própria vida não ensina. Desenhe o mundo que você viveu, mostra como ele é colorido e simples, tanto quanto um traço. Então, desenhe o melhor do mundo.

O Estranho do Lago, com as mãos cheias de canetas e segurando o bloco de papel, volta pro pufe. Eu permaneço em pé, prefiro pensar ou escrever andando. Esdras retorna pra poltrona, e dona Constância se senta numa cadeira, apoiando o seu bloco na mesinha de vidro, no outro canto da sala. Todos nós escrevemos — ou desenhamos — as cartas pro Lélio. Em nossas memórias surgem histórias, pessoas, sentimentos…

Ao prestar atenção em Esdras enquanto ele escreve, consigo ver seus pensamentos furtivos. Percebo, agora, que eu estava mesmo errado. Esdras não quer morrer, não quer partir, não quer deixar de existir, não quer ser invisível. Posso ver os vislumbres dos seus pensamentos: o futuro que não existirá, a vida que não terá pela frente. Esdras, inconscientemente, imagina como ele queria que fosse:

Ele chegaria nesse prédio, hoje, pra ser um herói: leal às memórias do seu amigo falecido, iria salvar a herança do Lélio pra mãe. Ao sair daqui, retornaria ao asilo pra prometer a dona Luiza que ele seria presente como um filho deve ser. Em seguida, voltaria à Casa de Apoio pra se desculpar com Valéria e chamá-la pra jantar. Ela se tornaria a sua namorada, sua noiva e sua esposa… Pro seu futuro casamento, eles convidariam todas as pessoas com as quais ele conviveu nos últimos dias. Esdras e Valéria teriam um filho chamado Lélio e adotariam uma menina chamada Acácia; a família ainda contaria com um gato chamado Gilberto e um cachorro chamado Gil. E, morando em Santana dos Três Passos, eles viveriam num sobrado amarelo com um grande jardim sem cercas. Esdras seria presidente de uma ONG de apoio aos portadores da S.T.T.S., a Solidão de Tudo, de Todos e de Si. E, a cada novo dia, ele salvaria todas as vidas que buscam ajuda. O tempo passaria como se estivesse voando, pois todos os sonhos dele se realizariam, e, na mesma velocidade, outros novos chegariam. Desde o café da manhã, bem acompanhado por todos, até o beijo de boa noite na testa dos filhos, Esdras nunca mais estaria sozinho outra vez. E ele poderia, enfim, vivenciar a cura com a C.T.T.S., a Constância de Tudo, de Todos e de Si. Esposa, filhos, noras, netos, bisnetos, amigos, vizinhos, vida… O mundo de Esdras cresceria como se não houvesse limites pra felicidade. A morte, se algum dia chegasse, seria inesperada e questionada, como costuma ser com os que vivem muito, ainda que por pouco tempo. Isso, no entanto, não seria uma preocupação sua, pois ele teria a vida inteira pela frente e toda vida pra trás. Tudo seria perfeito, bastava que fosse. Mas a vida dele, por maiores que sejam os seus sonhos, está chegando ao fim. Um fim que repartimos entre nós quatro: eu, a dona Constância, o Estranho do Lago e o andarilho Esdras.

E é mesmo como ele imaginou: não há a página seguinte, o fim é apenas o fim. O nosso.

O REMETENTE

É TUDO ESCURO, COMO UMA NOITE no meio do nada.

Abrir os olhos é o nosso maior gesto de consciência. Abrimos os olhos, quando acordamos, com a mesma inocência que o fizemos quando nascemos. Lembro-me de que certa vez, ainda criança, eu acordei e, por alguns instantes, não sabia quem eu era; não sabia onde estava. Por alguma razão, o meu corpo, que parecia ter mais instinto do que a minha cabeça, me fez saltar da cama e ir direto a um espelho que ficava dentro do meu guarda-roupa. Ao olhar para aquele menino que em mim se refletia, perguntei três vezes: "Quem sou eu? Quem sou eu? Quem sou eu?" Aquela inconsciência não durou nem doze segundos; logo depois, voltei a me lembrar de que eu sou o Lélio. Aquele episódio sempre me fez temer que, algum dia, eu pudesse esquecer quem eu era. Ao mesmo tempo, ali, eu me dei conta de que isso era possível.

— Lélio — uma voz chama por mim.

Abro os olhos. Agora já não é mais escuro.

— Lélio? — Aquela voz insistente era familiar.

Eu tenho a sensação de que passei uma eternidade na escuridão, no silêncio. Agora, diante dos meus olhos, surge todo esse branco rabiscado, que parece querer me cegar, ou me fazer enxergar.

Todas essas palavras... São tantas. Os desenhos...

O movimento dos meus olhos desperta o meu corpo inerte, a começar pela cabeça. Olho um pouco mais ao alto... ao lado... Estão por toda parte: as palavras, as frases, os desenhos. Parecem não ter fim. Penso ser o infinito, mas posso perceber que são paredes. Elas estão todas escritas, rabiscadas, desenhadas. As cartas!

São as cartas que eles escreveram para mim, claro. Só agora me dou conta de que estou em pé, diante delas, e não mais na poltrona em que o Esdras me deixou sentado. Ele, a dona Constância, o Estranho do Lago e o Yago me escreveram cartas, mas não em papéis... Elas foram escritas nas paredes brancas do consultório do Odilon.

Olhando as minhas mãos, vejo que seguro uma caneta entre elas. Minhas mãos. Sinto que estou reencontrando ambas. Mãos adultas. Meu corpo é de um homem de 45 anos, eu sou um homem de 45 anos. Eu sou eu.

— Lélio? — Odilon me chama. Sim, é a voz dele.

Ao me virar, eu o vejo: meu psicólogo; ele está parado na porta do consultório, ao lado de duas mulheres e de um homem que tem nas mãos uma penca de chaves e ferramentas. Eles estão meio atônitos, perplexos, não sei. Os três espalham os olhares pelas paredes da sala, mas os olhos do Odilon concentram-se em mim. Ele me encara, à espera de que eu diga: sou eu, o Lélio!

Enquanto não encontro as palavras certas para dizer a ele, encontro outras tantas no chão da sala. Todo o branco que havia na sala foi forrado por histórias, frases, parágrafos, desenhos. Não há início nem fim entre chão, rodapé e paredes. As linhas de textos, os pontos, as reticências, o ponto e vírgula... E aqui, ao contrário das minhas cartas de papel, eles não estão limitados por margens, e, onde quer que os meus olhos cheguem nessa sala, há algo escrito para mim. As minhas mãos, manchadas pelas canetas, denunciam por onde os meus antigos companheiros de mente se expressaram.

Odilon, tentando me dar algum espaço para compreender o que está acontecendo, pede que o chaveiro e as duas moças se retirem. Em seguida, ainda com o olhar atônito, fecha a porta interna da sala. Sem me dizer palavra alguma, ele passa a observar, com parcimônia, o meu encantamento diante daquele pequeno mundo que acaba de ser descrito por mim... ou para mim. Sem receio de reconquistar o meu próprio corpo, eu me atrevo a percorrer a sala, buscando conhecer tudo que foi contado.

Tenho a sensação do extraordinário. E se a minha boca ainda não expressa palavras, nela renasce uma coisa esquecida há tempos: um sorriso. Eu me pego sorrindo. Um riso que, ironicamente, me faz reencontrar algo que perdi, algo cuja ausência sempre me impediu de ser mais humano: lágrimas. Estou emocionado, mas não de forma triste. Choro por encontrar vida nesse duelo de palavras; choro por me dar conta de que toda essa vida, transformada em frases e desenhos, está ao meu alcance. Eu me sinto um estrangeiro no meu próprio mundo, mas ainda assim acolhido pelas histórias vividas por outras consciências que tive. Acho que sim, acho que posso me recordar...

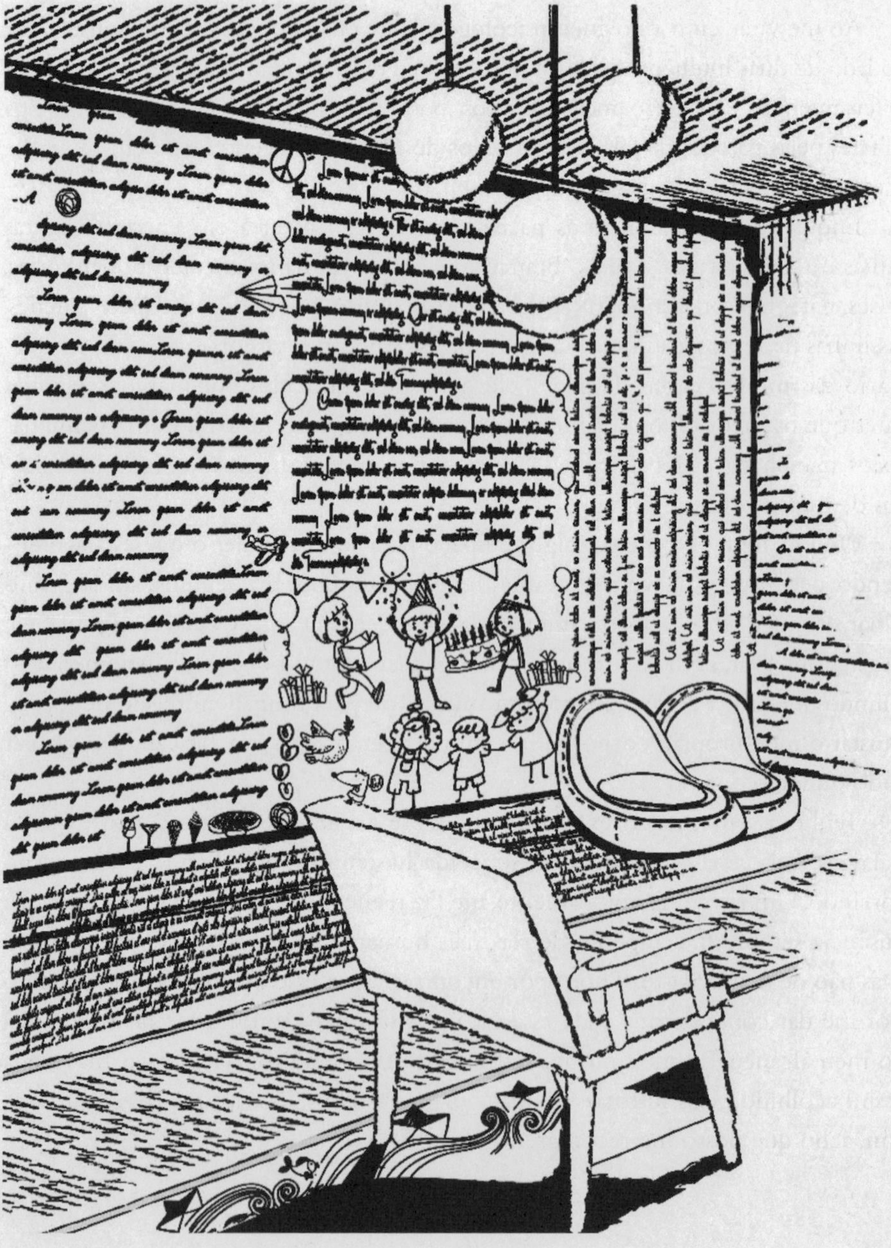

— Você se lembra? — pergunta Odilon, colocando a mão sobre o meu ombro.

Eu, que ainda estou encantado observando as cartas, respondo afirmativamente apenas com a cabeça, sem olhá-lo.

— Você lembra o quanto queria isso? — Noto que ele, ao meu lado, observa o meu rosto. — O quanto você queria a sensibilidade de se emocionar e poder voltar a chorar?

Não recordo a última vez que fiz isso: falar. Não me lembro da última frase, não me lembro sequer do som da minha voz. E agora que o Odilon me faz essa pergunta, agora que me vejo instigado a responder, sinto que a primeira coisa que tenho a dizer não é uma resposta, mas algo que, no momento, está caminhando na MINHA consciência:

— Eu abandonei... — digo eu, Lélio.

— O quê? — pergunta Odilon.

— A minha mãe. Eu abandonei ela. Eu fui tão covarde... — afirmo, olhando nos olhos dele, talvez pela primeira vez.

Odilon suspira com olhar de compaixão:

— Eu acompanhei durante anos a sua força de vontade em cuidar e proteger a sua mãe. Não foi culpa sua nem dela. Quis a vida que as lembranças dela falhassem.

— Eu me lembro da sensação, me lembro da dor que senti no peito quando ela me perguntou: "Quem é você?" Havia anos ela vinha esquecendo as coisas. Pouco a pouco foi se esquecendo de tudo, até dela mesma. Mas se lembrava de mim. E isso me sustentava aqui. Ela era o meu pilar. O único ainda de pé. Então, aconteceu... E eu não suportei me tornar invisível para a única pessoa que me enxergava: a minha mãe.

— Ela está viva, não fale como se...

— Eu sei, Odilon, eu sei. Ela ainda está viva, ela ainda está lá. Mas foi assim que eu me senti naquela época. Você, melhor do que qualquer outra pessoa, sabe: ela era a única razão para eu nunca ter puxado um gatilho. Eu jamais faria qualquer coisa para ela sofrer; e isso a faria sofrer. Foi só por ela.

— Que bom que você não fez — diz ele.

— Eu sabia que algum dia ela iria partir, então eu apenas fui aceitando a vida que insistia em me acordar todas as manhãs. Fui me mantendo vivo por ela, pois nunca esperei que a minha mãe partisse, mesmo estando viva. Ela era a minha companhia, era tudo para mim. E, quando o brilho dos olhos dela se apagou, eu simplesmente apaguei junto. Ela havia me esquecido.

— Você veio até aqui, me contou o que tinha acontecido e, depois de ficar pensativo por um tempo, apenas disse: "Eu sei por que estou fazendo isso."

E nunca mais disse nenhuma outra palavra. Você vinha para as sessões, sentava-se nessa poltrona e nada dizia. Isso aconteceu tantas vezes... até o dia em que você não apareceu mais.

— Não havia mais nada que eu quisesse dizer a quem quer que fosse. Eu só queria acabar com tudo aquilo. Ninguém iria sentir mais a minha falta, ninguém sequer notaria a minha ausência. Exceto você. Por isso pedi ao Yago que ligasse se passando por meu pai e avisando que eu havia morrido e seria enterrado em outra cidade.

— Você nunca quis conversar sobre o seu pai. Você sequer havia me dito que ele tinha morrido — afirma o meu antigo psicólogo.

— Era uma parte dolorosa demais para reviver. Por isso eu evitei falar qualquer coisa, até mesmo que ele estava morto. Então, quando resolvi sumir, imaginei que a notícia da minha morte, vinda de um pai, evitaria que você fosse atrás da veracidade dela. Desculpa pela frieza na época, mas eu não conseguia me importar com mais nada. Eu estava numa depressão tão profunda que mergulhei num vazio de tudo, de todos e de mim mesmo.

— Você foi embora de Santana...

— Sim. Foi nessa época que resolvi viver na praça do Soldado da Borracha, que eu esculpi. Passei um tempo com o morador de rua que conheci, o Estranho do Lago. Eu estava naquela cidade para procurar um velho amigo.

— O Esdras? — pergunta Odilon, erguendo uma sobrancelha.

— Sim. Antes de ir embora daqui, encontrei um álbum de figurinhas da minha infância, que nós dois colecionávamos. Senti uma saudade enorme dele, então, resolvi procurá-lo.

— Mas, você... — Odilon tenta dizer algo, mas eu continuo:

— Eu acabei comprando um velho sobrado lá. Só que eu mal saía do prédio. A primeira e única pessoa com quem eu tive contato ali foi com uma vizinha, uma senhora... a dona Constância. Pouco depois, ela me disse que alguém queria alugar um dos apartamentos vagos; e esse alguém era o Esdras. Ela acertou todos os detalhes do aluguel com ele, a pedido meu. Fiquei feliz de ter reencontrado o meu amigo de infância, mas tive vergonha de ir falar com ele. Eu era covarde até para fazer algo que me faria bem. Eu tinha vergonha de ser tão fracassado, tão sozinho, tão infeliz. Então, simplesmente desisti de procurá-lo. Nesse meio tempo, comecei a pensar em tudo que eu queria dizer às pessoas que conheci na vida e que, de alguma forma, foram importantes. Comecei a escrever cartas para elas. Dentro de mim, eu almejava o dia em que me sentiria bem o suficiente para sair de casa e procurar aqueles destinatários. No entanto, esse momento nunca chegava;

então, aos poucos, eu fui sentindo que era a hora de partir. Eu me senti cada vez mais ausente de mim, como se não estivesse mais vivendo. Inevitavelmente, a ideia do suicídio se tornou constante e, pouco depois, permanente. Eu já não suportava mais aquele silêncio. Certa vez, a dona Constância, que sempre me dava notícias do Esdras, me falou que o estava sentindo depressivo. Ela o observava de perto, acompanhava a sua solidão, as suas idas e vindas programadas e vazias a cada novo dia. O Esdras estava cada vez mais silencioso e invisível. Eu sabia bem o que aquilo significava, já havia passado por aquilo. E me doeu a ideia de partir e deixar para trás alguém que estava escrevendo um futuro exatamente igual ao meu presente. Por isso, resolvi ajudá-lo antes de partir. Dei de presente a ele a jornada que eu não seria mais capaz de cumprir. Uma oportunidade que ele merecia mais do que eu. O Esdras precisava de um intento, e aquelas cartas foram a melhor forma que encontrei para convidá-lo a ir ver o mundo. E assim ele fez, ele viveu! Já eu, estava enterrado vivo, a sete palmos de mim mesmo. A minha ideia era vir até Santana dos Três Passos e me atirar do alto daquele morro. Mas, de certa forma, os quatro me impediram: Esdras, Yago, dona Constância e o Estranho.

— Lélio… — Odilon me olha com receio. — Essas pessoas das quais você acabou de falar, você tem ciência de que elas…

— Eu sei, Odilon. Agora eu sei. Eu já tenho consciência disso. Mas, até hoje, elas eram reais para mim — afirmo isso olhando para as paredes —, então, eu não consigo falar delas como se fossem meras ilusões. Eu te contei a história que vivi, não a história que eu criei. Só agora eu tenho consciência de que eu vivi o que criei.

— Eu nunca pude imaginar que você iria tão longe com aquelas vozes que você ouvia, as pessoas que você via — diz ele, ainda surpreso. — Eu jamais desconfiei que aqueles dois amigos da sua juventude, dos quais você tanto falava, eram frutos da sua imaginação. Eu só comecei a entender isso há três dias, quando você apareceu na porta do meu consultório, apresentando-se como Esdras e dizendo que tinha uma carta do Lélio para mim. Simplesmente fiquei em choque. Acho que nem toda a experiência profissional que acumulei ao longo da minha carreira de psicólogo me preparou para aquele momento. Eu achava que você estava morto havia oito anos e, de repente, você ressurge. Não consegui ter nem clareza do que dizer, do que fazer.

— Acho que eu sou um choque até para mim mesmo.

— Achei prudente acompanhar aquela sua dissociação de identidade com cautela. Eu quis compreender até onde você queria chegar; e acreditei que a entrega daquelas cartas, de certa forma, era você tentando se reencontrar. Por isso, incentivei você a continuar.

— Eu me recordo de que você sempre dizia que eu precisava pôr a minha mente e o meu corpo num intento. Que seria interessante ter propósitos, ir atrás de algo, de um objetivo.

— E você encontrou isso nas cartas? — pergunta Odilon.

— Sim. Eram as minhas cartas "intentárias". Elas iriam me levar a um lugar. Mas cheguei a duvidar se eu tinha o direito de fazer isso com as pessoas.

— O quê?

— Deixar as minhas cartas de despedida. Ou cartas suicidas, como diriam alguns. Você sabe que as pessoas não gostam de ouvir o que os mortos têm a dizer.

— Não se trata disso. Muitas vezes, assuntos sensíveis podem ser gatilhos para outras pessoas que também estão passando por um momento delicado. Compreende? — indaga ele.

— Em parte. Apenas em parte. Sinto como se quisessem nos silenciar duas vezes: em vida e em morte. Eu entendo que preservar a vida de quem ainda está vivo é a prioridade. Mas é uma ironia calar a memória de quem, muitas vezes, teve a vida pouco preservada. É como se, ao guardar as nossas palavras numa gaveta, as pessoas expiassem a culpa e o remorso de terem falhado.

— Concordo que precisamos falar sobre suicídio, Lélio. Eu sei que isso não pode ser um tabu. Mas, enquanto sociedade, ainda somos sensíveis a discutir as nossas falhas.

— As pessoas não morrem de suicídio porque descobrem que outras já fizeram isso. Não falhamos ao ler as cartas que recebemos dos mortos, mas sim pelas cartas que deixamos de enviar aos vivos. Nós lemos barbaridades todos os dias nos jornais, e também passamos a vida dizendo coisas perversas àqueles que nos cercam. Então, eu não concordo que são as últimas palavras da fragilidade humana que adoecem ou matam as pessoas.

— Você queria apenas…

— Ser ouvido uma última vez — interrompo ele. — Mesmo tendo repassado aquelas cartas para o Esdras, elas ainda eram o meu intento.

— Eu vi você se projetando através do Esdras — afirma o psicólogo. — E, mesmo incauto, achei que você precisava se encontrar sozinho. Talvez você não tenha notado, mas fiquei tão preocupado com você que, em alguns momentos, observei você na rua para ter certeza de que você estava bem. Tive receio de perdê-lo… de vista.

— Foi prudente. Eu te agradeço, Odilon.

— Quando você me encontrou, hoje cedo, em frente àquela casa, eu estava acompanhando você — continua ele. — Então, quando você me disse que tinha acabado de falar com o Yago, um velho amigo seu, aguardei você ir embora e voltei na casa para falar com ele. Bati na porta, mas ninguém atendeu. Eu certamente estava rompendo barreiras profissionais, mas era importante compreender o que estava acontecendo com você.

— Não tinha ninguém — digo a ele.

— Até então, eu só imaginei isso mesmo: não tinha mais ninguém em casa. Só mais tarde, no almoço, quando você disse ter visto o tal do Yago comigo, sentado ao meu lado, eu compreendi o que estava acontecendo — afirma Odilon, apertando os lábios. — Eu estava sozinho, ninguém se sentou ao meu lado, exceto você. Só então eu pude ter dimensão de tudo. Eu pretendia conversar com você, com cautela. Mas, na hora que estávamos lá no asilo da sua mãe, eu tive uma emergência com outro paciente.

— Você visita a minha mãe com frequência?

— Não — diz Odilon —, eu a visitei hoje de manhã pela primeira vez. Eu sequer sabia que a sua mãe estava lá. Porém, no dia que você voltou, busquei a sua pasta nos meus arquivos, reli todas as minhas e as suas anotações... Enfim, eu precisava fazer alguma coisa para ajudar você. Por isso, entrei em contato com o seu antigo psiquiatra, contei o que estava acontecendo. Ele sabia menos do que eu, foi um choque para ele também saber que você estava vivo. Ele me passou o nome da sua mãe, eu fiz algumas ligações para hospitais, até que a encontrei no Lar São Francisco. Pensei que alguém de lá pudesse ter informações suas.

— Você acha que é hereditário? Genético? — pergunto, temendo a resposta dele.

— O Alzheimer? — indaga Odilon Jiminy.

— Tudo! Às vezes, eu me pergunto o quanto da minha loucura é "minha", o quanto ela é fruto das coisas que passei...

— O que é "loucura" para você, Lélio?

— Loucura? Não sei... Imprevisibilidade?

— É assim que você se vê?

— Não posso me ver de outra forma. Mas não sei o quanto dessa loucura veio de mim, o quanto veio da inocência que perdi cedo demais. Não sei o percentual que devo às crianças inocentes e aos adultos conscientes que foram tão cruéis comigo. — Me pego suspirando ao dizer isso. — Às vezes, penso que eu seria outra pessoa se não tivesse passado pelo que passei. Alguém com chances de ser feliz.

— Você passou por coisas difíceis, eu sei — afirma Odilon. — E talvez você não encontre algo que te conforte sobre isso. Mas você pode seguir em frente e permitir que o seu presente e o seu futuro sejam mais generosos com você. Pensar numa alternativa para o seu passado não irá mudá-lo. Você não precisa esquecer, mas experimente investir os esforços no que está por vir.

— E se for mesmo genético? — Isso não sai da minha cabeça, é como se fosse uma maldição. — Eu não sou normal. Minha mãe não é normal. Meu pai, certamente, não era normal com aquele vício e toda aquela agressividade. Isso não pode ser acaso.

— Lélio, alguns diagnósticos têm correlações genéticas, mas há muita controvérsia em tudo que envolve a mente. Ainda que houvesse uma causa genética, o meio em que você vive é um fator decisivo no bem-estar, e mais ainda no tratamento de qualquer perturbação psicológica. Saúde não é só ausência de doenças, sabia? — Ele faz uma pausa e me pergunta: — Você tem consciência do que tem?

— Depressão, Esquizofrenia, Transtorno Dissociativo de Identidade... — respondo, consciente de tudo.

— Ainda jovem, você apresentou alguns sinais de esquizofrenia, mas esse diagnóstico nunca chegou a ser definitivo à época. Você expressou o TDI, sim. Passou a assumir, ocasionalmente, outras identidades. Pelo que eu pude assistir daquela porta, pelo que leio nessas paredes, você desenvolveu muito isso em si, a ponto de tentar anular a própria identidade. Aliás, foi tudo um pouco complexo... você sempre tão inteligente, principalmente nos momentos em que precisava convencer a si mesmo e aos outros de que aquilo que você imaginava era real. Complexo para mim, para o seu psiquiatra...

— Resumindo, eu sou mesmo maluco — constato ao ouvi-lo.

— Você acha isso? — indaga ele.

— Não sei. Isso importa?

— Importa, sim — afirma Odilon, categórico. — Maluco é uma palavra que as pessoas usam para resumir uma infinidade de questões que envolvem a mente humana. E você não precisa se enxergar assim, não precisa se limitar a uma palavra.

— Odilon... É mais fácil colar um osso quebrado ou costurar um corte na pele do que remendar um pensamento partido. Não sei, talvez seja difícil para o mundo entender que nem todas as pessoas aceitam que a lógica é uma necessidade vital.

— Certo, mas você não pode deixar de lado o acompanhamento que precisa ter, Lélio. Nem a manutenção regular da sua medicação. Não é uma tentativa de reprimir você, mas de lhe proporcionar um melhor convívio com as pessoas e, claro, consigo mesmo.

— Os remédios faziam eu me sentir ainda mais sozinho.

— Os remédios não vão resolver tudo — diz Odilon. — Mas eles abrem caminho para que você tenha uma vida com mais qualidade. Você não pode abrir mão de se ajudar. Olha quanto tempo você passou vivendo outra identidade, outra realidade. É inacreditável tudo que você viveu nos últimos anos.

— Isso garantiu que eu chegasse até aqui — afirmo, olhando em seus olhos.

— E você quer pagar para ver novamente? — indaga Odilon. — Quer abrir mão da chance de tentar ser feliz, de construir uma vida? Quer abrir mão da possibilidade de planejar e viver o dia seguinte, sendo você mesmo? De viver coisas como essas que você escreveu nas paredes, no chão… — Ele faz uma pausa para observar todos aqueles escritos pela sala. — Isso tudo aconteceu mesmo, Lélio?

— Aconteceu mesmo — afirmo categoricamente. — Eu já não estava totalmente consciente quando aconteceu, mas eu me recordo. É como se eu estivesse lá como espectador.

— E quem escreveu tudo isso? O que você acha? Foi você? — indaga Odilon, provavelmente testando o meu grau de consciência.

— Não. Quero dizer, tecnicamente, sim. — Soa confuso enxergar em mim aquilo que não fiz. — O Estranho, a dona Constância, o Yago, o Esdras… Eu sei que foram eles, mas quero que você entenda que, até hoje, eu achava que eles eram reais.

— Eu sei. Eu percebi — diz Odilon.

— Eu estudei com um Yago na escola. Ele era um cara legal, fazia um curso de artes comigo. Ele era divertido, engraçado, amigo de todos, mas nunca falou comigo. Nunca me tratou mal nem nada, simplesmente nunca quis ser meu amigo. E, não sei, acho que eu queria tanto ser amigo dele e da turma, que eu simplesmente o imaginei sendo meu amigo. Ou… me imaginei sendo como ele: popular, descolado, querido por todos, visível.

— E de onde veio o Esdras? — Odilon quer saber.

— É estranho falar disso… eu sempre colecionei álbuns de figurinhas de jogadores da Copa do Mundo. E teve um ano em que fiquei muito tempo procurando a última figurinha que faltava para completar o álbum. Era de um jogador argentino, e o nome dele era exatamente Esdras; o número "ocho" da Seleção Argentina. Passei meses comprando pacotes e mais pacotes, tentando encontrar a figurinha dele.

— Quantos anos você tinha na época? — pergunta Odilon, sentando-se numa poltrona e indicando que eu me sente na outra.

— Eu tinha 9 anos. E aí, certo dia, eu voltava da banca de jornal com mais figurinhas e, quando estava chegando em casa, ouvi os meus pais discutindo. Meu pai tinha acabado de saber, da minha mãe, algo que eu já sabia e que me deixava muito feliz: eu ia ganhar um irmão. Acontece que o meu pai detestou a ideia de mais uma criança para sustentar. E eles não paravam de gritar um com o outro.

— Apesar de não falar muito do seu pai, eu me recordo de você dizer que ele e a sua mãe brigavam bastante — intervém o psicólogo.

— Muito. Nesse dia, cheguei em casa, bati na porta e a minha mãe veio abrir. Ela apenas me mandou ir para a casa da minha bisavó. Mas eu não consegui ir e fiquei abaixado do lado de fora, olhando os passos e ouvindo os gritos que vinham pela fresta que restava entre o chão e a porta da entrada. Aí aconteceu algo que me deixou muito assustado.

— O quê?

— De uma hora para outra, a voz da minha mãe se calou e eu a vi cair no chão, com os olhos abertos e direcionados à porta pela qual eu espiava. Ela só disse: "Eu vou perder o meu bebê." E, de fato, ela perdeu a criança. Ao vê-la caída ali, desprotegida, chorosa, eu saí correndo e fui para a casa da minha bisavó. Eu me escondi debaixo de um sofá velho, que ficava na garagem dela, e fiquei lá por um bom tempo. Eu sentia um medo terrível de que a minha mãe tivesse morrido, e sair dali debaixo tornaria aquilo real. Eu estava lá, sozinho, apenas com aquele pacote de figurinhas na mão. Quando abri o primeiro deles, depois de tantos meses procurando, eu finalmente havia tirado a figurinha do Esdras.

— Foi daí que ele veio... — constata Odilon.

— Eu me lembro de ter achado legal encontrar a figurinha, mas eu não conseguia ficar feliz. De forma alguma. A única coisa que eu pensava era que eu deveria ter feito alguma coisa para proteger a minha mãe. Ao invés disso, eu estava lá embaixo daquele sofá, feito um covarde. A garagem era, na verdade, um depósito de coisas velhas. Eu costumava ficar lá, e, naquela tarde, eu me recordei de um livro com nomes para bebês, que minha bisavó tinha. Fui procurá-lo e voltei para debaixo do sofá. Era bem escuro, empoeirado, mas, com uma lanterna, procurei o nome naquele livro. Você sabe o que significa Esdras?

— Não, Lélio. O que significa? — pergunta ele, atento.

— Ajuda. Socorro. Apoio — afirmo, olhando para Odilon e para as minhas lembranças na parede. — Eu me recordo de que, após descobrir o que significava aquele nome, segurei a figurinha contra o peito e passei a noite ali, pensando na minha mãe e repetindo o tempo inteiro: "Esdras, me ajuda! Esdras, me ajuda! Esdras me ajuda! Eu sei que você pode me ajudar!" Em algum momento, adormeci ali embaixo. Acordei bem cedinho no dia seguinte com um barulho. Quando abri os olhos, vi um menino remexendo uma caixa de brinquedos. Minha caixa de brinquedos.

— Esse menino era... — tenta completar Odilon.

— Soltei um espirro e o garoto acabou me achando, escondido. Em vez de sair correndo, como eu teria feito, ele começou a rir, achando graça da minha cara cheia de poeira, e isso me fez rir também. Ele me tirou do meu esconderijo e se apresentou.

— Era o... — diz o psicólogo.

— Sim, era um menino chamado Esdras, assim como aquele jogador argentino. Nós nos tornamos amigos imediatamente e ficamos brincando, sentados na garagem e depois na calçada da casa da minha bisavó, até que os meus pais, que sequer notaram o meu sumiço, passaram de carro. Eles viraram a noite no hospital, pois a minha mãe tinha sofrido um aborto. Ironicamente, eu perdi um irmão, mas ganhei um amigo.

— Você acha que sentirá falta do Esdras? — pergunta ele.

— Eu falava do Esdras para a minha mãe. A princípio, ela perguntava sobre ele, até que... — As lembranças vêm surgindo na minha cabeça. — Ela me dizia que o Esdras era um amigo imaginário, mas não me contrariava. Eu o via, brincava com ele, então como poderia ser imaginário?

— Amigos imaginários podem ser um reflexo da solidão — afirma Odilon. — E a solidão insurge com sentimentos negativos, por conta do contraste entre a vida que a pessoa tem e a vida que ela deseja ter. Mesmo sendo uma criança, como você era.

— Sou muito grato a eles — revelo, abrindo as minhas mãos em direção ao chão. — Não sei se conseguiria ir tão longe sem tê-los conhecido. Sinto saudades deles, são amigos que partiram.

— Você sabe que todos eles são você... — intervém o psicólogo. — Essas identidades são nuances que você não conseguia externalizar. Na verdade, todos eles têm aspectos mais efervescentes de você. Seja coragem, zelo, agressividade... Mas tudo isso está em você, basta trabalhar para que consiga vivenciar de forma equilibrada.

— Sim, eu não quero mais viver na fantasia — digo isso com convicção. — Eu quero ter uma vida real, com pessoas reais. Eu quero ter isso aqui... — aponto para a parede ao meu lado. — Ou aquilo... — Agora, aponto para o chão, ao lado da poltrona em que estou. — Aliás, desculpa ter destruído a pintura, o piso... Eu irei consertar.

— Não se preocupe, Lélio — pondera Odilon. — Essas paredes sempre foram brancas para estimular a imaginação dos pacientes. A sua transbordou! Acho que ela precisava se expressar de uma forma mais real, então decidiu levar ao pé da letra o propósito que lhe foi dado. — Ele sorri, tentando me reconfortar.

— Será que algum deles voltará um dia? — pergunto, intrigado com o futuro.

— Você acredita nisso? — Odilon me devolve a indagação.

— Sei lá. Sempre fechamos as nossas portas, mas nunca trocamos as fechaduras, não é? E aí, se damos a chave a alguém, como impedir esse alguém de entrar sem bater? Eles podem voltar ou não.

— Então, você acha que eles podem voltar? — insiste ele.

— Eu penso que eles queriam que eu melhorasse. Eu sei que eles queriam o meu bem. Não sei. Acho que eles não voltarão. Mas... e se acontecer de novo?

— Vamos cuidar para que isso não aconteça — afirma o psicólogo, categórico e firme, mas sem ser rude.

O que Odilon me diz não me acalenta totalmente. Questionar a minha sanidade parece ser um novo desafio para mim:

— Como eu saberei o que é real? Quem é real? Como eu vou ter certeza de que as pessoas com quem converso realmente existem? A sensação que tenho é de que tudo agora será uma dúvida para mim. Ter consciência do que está acontecendo comigo é tão estranho, surreal. Parece que estou sonhando. Parece que estou naquele quadro do Salvador Dalí, com os relógios derretendo.

— "A persistência da memória" — diz ele, recordando-se da obra. — Mas não é ruim sonhar; o sonho, para muitos, é considerado a expressão máxima da liberdade humana. Por meio do sonho, o homem está livre de toda crítica, censura e lógica...

— E como eu posso saber se estou sonhando ou acordado?

— A dúvida em si já é você buscando essa resposta; já é um sinal de consciência do que é real.

— Você conhece o sonho de Chuang Tzu, Odilon?

— Chuang, quem? — indaga o psicólogo. — É um conhecido seu?

A pergunta de Odilon me faz sorrir.

— Não. Ele era um mestre chinês: um dia, Chuang Tzu adormeceu e sonhou que era uma borboleta sobrevoando um campo florido. Tudo naquele sonho era tão real que, depois de um tempo, o mestre se esqueceu de que era o Chuang. Em algum momento, ele acordou e foi conversar com um amigo, assim como eu estou conversando com você. Chuang, então, comentou sobre algo que o intrigava: e se, na verdade, ele fosse uma borboleta adormecida sonhando ser Chuang Tzu?

— Bem, eu posso lhe afirmar uma coisa — interrompeu o psicólogo —, você é realmente o Lélio, e não uma borboleta.

— Foi exatamente isso que Chuang Tzu ouviu do amigo. Mas a verdade é que o amigo dele era tão real quanto tudo que ele via no seu sonho... ou na sua realidade. Mas, sim, eu concordo com você, e sou capaz de admitir algo: eu estou consciente. Então, não sou uma borboleta. Eu sou o Lélio.

— Sim, você é. Olha, eu vou te contar sobre algo — diz Odilon, ajustando os óculos no rosto. — Descartes, depois que Galileu colocou em dúvida até o que a ciência julgava coerente, começou a procurar um elemento indubitável, algo que fosse a maior de todas as certezas, dentro de um ceticismo que duvidava de tudo. Ele, que era um cético convicto, encontrou a verdade dentro dos seus próprios questionamentos. Pensou: "Se eu duvido, eu penso. E se eu penso, logo, eu existo." Ou seja, a existência era a sua única e grande certeza. Você existe e você não é invisível, Lélio.

— Eu estou tentando me convencer disso — afirmo para ele.

— Pois se convença — diz Odilon, enfático. — Descartes até admitia que se duvidasse das coisas, mas não da ideia delas. Podia se duvidar do que estava se imaginando, mas não do que fora imaginado.

— Você quer dizer que não há como ter certeza do que é real? — pergunto, confuso.

— Não — responde ele. — Mas os sentidos nos enganam o tempo inteiro: uma neblina confunde a nossa visão; o mar perturba a nossa audição quando mergulhamos... Ou seja, qualquer coisa que surge dos sentidos pode estar nos enganando. E isso não acontece só com você.

— Estamos todos propensos à loucura, então? — indago.

— Estamos todos propensos a confiar nas nossas próprias percepções — responde Odilon. — Quando se imaginam seres que não existem, eles têm fragmentos de ideias que estavam guardadas na nossa memória. Como um cavalo alado, que tem o corpo de um cavalo e asas de um pássaro, sendo ambos reais e já vistos por nós.

— Como um amigo imaginário perfeito, com as personalidades formadas a partir de pessoas que eu conheci. — Essa era a minha realidade... ou a minha fantasia. — Só acho um pouco irônico você falar em Descartes logo agora. Ele foi um pouco nocivo aos "loucos". Você já deve ter lido Foucault, sabe que ele concordaria comigo.

— É, eu sei que ele defendia que a loucura era muito mais um fato cultural que biológico. A verdade é que o conceito de loucura evoluiu, como a sociedade também evoluiu, Lélio.

— Sei, essa sociedade que se acha muito tolerante, que diz acolher todas as culturas, comportamentos, sexualidades, afetos, etnias... Bo-ba-gem, Odilon! O Foucault dizia que isso, sim, é ilusão; que a sociedade até evoluiu, mas só colocou a loucura na caixinha de objetos de estudo, assim como fizeram com as culturas que consideraram primitivas, como a cultura africana: conquistaram com violência, exploraram, excluíram, silenciaram e, aí sim, enxergaram, mas de cima. Não é isso que fazem com qualquer louco que encontram pela rua? Amarram e levam para o médico.

— Eu sei, Lélio... Em algum momento, a ciência se fez valer de exclusões, interdições, negações, rejeições, violência etc. Mas...

— Inclusive na psicologia, na psiquiatria, na psicanálise... — afirmo, intervindo. — As mãos da ciência estão sujas, você sabe, não é?

— Eu compreendo a sua indignação — afirma ele, com o semblante de quem assume a culpa por um crime que não cometeu, mas também não impediu. — Em algum momento, o que chamavam de loucura passou a ser algo que a razão tomaria posse. Para controlar, estudar.

— O cara que é louco sempre foi o incoerente, indesejado...

— Nem sempre, Lélio — diz Odilon, cruzando as pernas enquanto prossegue: — Você falou do Foucault... Já leu também sobre os quatro momentos da loucura, que ele identificou?

— Talvez. Já deu para perceber que eu leio muito sobre gente louca, não é? Por que será? Enfim, do que se trata exatamente?

— Bom, ele diz que, na Idade Média, o louco era um visionário. Então, convocar os homens para ir à Terra Santa matar mulçumanos era visto como sensato. Já no Renascimento, o louco era aquele que tinha uma "outra razão": era louco porque a sociedade era louca. O Dom Quixote veio daí...

— Dom Quixote... — repito o nome do personagem de Cervantes, tão louco quanto eu. — O melhor exemplo de alguém que se recusou a aceitar a realidade e teve a coragem de viver os próprios sonhos. Mas continue, não quis interromper você.

— Não tem problema — diz ele. — Bom, num terceiro momento, de fato, o louco foi visto como alguém que estava errado. A loucura era algo que nos levaria ao erro, por isso ela foi silenciada. Ninguém mais queria ouvir o louco, e a loucura passou a ser um crime. Aquelas pessoas, então, eram banidas da vida pública, encarceradas, torturadas... Foi quando proliferaram os hospícios.

— Já li muitas reportagens que falavam de como tratavam os doentes mentais nos hospícios: lobotomia, picador de gelo, eletrochoques.

— Na verdade, esse seria o "quarto momento" de Foucault, quando o confinamento do louco é visto como crueldade. A partir daí, ele não é mais um criminoso, mas sim um doente; um contraponto ao mito do homem normal, do padrão. Foi pensando nisso que o louco foi colocado sob cuidados médicos.

— Ao invés das correntes, remédios — digo o óbvio.

— Digamos que ele se tornou um objeto de estudo.

— Estudo de alienistas, como o Simão Bacamarte.

Odilon ri discretamente da minha comparação e justifica:

— Sim, o Machado de Assis escreveu esse conto numa época em que se tinha uma confiança meio cega na ciência.

— Eu sempre tive medo disso, de passar por um tratamento assim. Eu sei que não bato bem da cabeça, eu sei. Mas não quero passar por isso, você me entende? Eu não quero ficar internado. De nada adiantam essas palavras bonitas se, no final, resta apenas uma prisão.

— Esses tratamentos são antigos e defasados, Lélio. Não é mais assim...

— Eu e a minha família, certa vez, estávamos viajando de carro. Passamos por Barbacena, e o meu pai fez questão de me levar ao Hospital Colônia de lá. Ele queria me assustar, me levando a um manicômio, por conta da história do amigo imaginário. E ele conseguiu. Meu pai sempre achou que ameaça era solução para qualquer coisa que ele não aceitasse. Eu fiquei apavorado lá.

— A história daquele lugar é chocante, foi mesmo o "holocausto brasileiro". Milhares de pessoas morreram por lá, e a maioria sem nenhum diagnóstico de doença mental. Um lugar para se livrar dos socialmente indesejáveis: mendigos, prostitutas, bêbados, desocupados, desafetos... os gays.

— Os desajustados da normalidade — completo. — Dezesseis mortes por dia, nunca vou me esquecer do que li e do que vi no livro e no documentário que tratam disso. Testemunhar aquelas pessoas definhando naquele lugar me aterrorizou. Eu fui embora traumatizado e com a convicção de que jamais seria louco, e, caso fosse, jamais deixaria que alguém percebesse e me prendesse. Eu tinha pavor da camisa de força.

— Fique tranquilo, há muito tempo que a psiquiatria mudou a forma de enxergar os transtornos da mente. Você já leu alguma coisa sobre a dra. Nise? — pergunta Odilon.

— Não.

— Nise da Silveira... Ela mudou muito a forma como esses pacientes eram tratados aqui no Brasil. Ela dava muita importância à arte como terapia ocupacional. Pintura, modelagem... Ela que fundou o Museu de Imagens do Inconsciente, conhece?

— Já ouvi falar desse museu, mas ainda não estive lá.

— Que bom que você diz "ainda não" com ar de "em breve". — O psicólogo sorri. — Eu espero que você entenda a importância das terapias.

— Dizem que, para todos os males, há dois remédios, Odilon: o silêncio e o tempo. Mas já fiquei em silêncio por muito tempo. Prometo a você que retomarei o meu tratamento.

— E o mais importante de tudo: você precisa se permitir viver, Lélio. Sabe... Essas cartas que você escreveu para mim e para outras pessoas importantes... Você agora tem a oportunidade de conhecer melhor todos os destinatários. Procure-os, torne-se amigo deles. Está na hora de você construir as suas raízes. Concorda comigo?

— Concordo. Eu sei que algo mudou em mim, eu posso sentir.

— Transite pelo mundo. Isso vai aguçar a sua vontade de conhecer mais as pessoas, os lugares, e, para isso, você vai querer viver, e sobreviver. Isso, aliás, já faz parte de todos nós: o instinto de sobrevivência; alimente o seu — recomenda ele.

— Eu quero tentar fazer diferente. Preciso disso.

— Eu fico feliz com essa decisão — diz Odilon, animado. — Agora, preciso dizer uma coisa a você. Uma decisão minha, que eu acho que fará bem a nós dois.

— O quê? — pergunto, desconfiado.

— Eu me envolvi muito com o seu caso, Lélio. Acho que ultrapassei os limites profissionais. Perdi um paciente, você no caso, anos atrás... E o seu reaparecimento, agora... isso me fez ter uma postura que realmente foi além do ideal. E acredito que não posso ser mais o seu psicólogo. Não seria... adequado.

— Mas, Odilon... Você é praticamente a única pessoa que sabe tudo de mim, em quem confio. Você não pode fazer isso comigo.

— Calma — adverte Odilon. — Vou recomendar você para uma colega em quem confio cegamente. E vou fazer a transição necessária. Essa não precisa ser, e não será, a nossa última sessão. Mas creio que posso ter outra forma de ajudar você. Se concordar, é claro.

— Outra forma? — indago, curioso.

— Você quer ser meu amigo, Lélio? — diz Odilon com um sorriso sincero.

— Amigo? — É estranha essa sensação de ter um amigo. É como se… Não! Talvez essa sensação seja exatamente a de ter um amigo real, algo que eu desconhecia e que não pude mensurar fora da minha imaginação. — Você quer ser meu amigo, Odilon?

— Sim. Na verdade, eu já sou — afirma ele. — O que me diz?

Odilon Jiminy me estende a mão, mas eu não retribuo. Prefiro me levantar e, sem qualquer aviso, oferecer um abraço, que é prontamente recebido. Assim, eu abraço esse amigo. O meu amigo!

— Obrigado, Odilon. Obrigado por tudo.

— Não tem o que agradecer. E lembre-se, Lélio: você sempre é o início e o fim do seu próprio mundo. Você só precisa compartilhá-lo conosco. Tudo bem? Permita que outras pessoas o compartilhem com você. E conheça o mundo delas também.

— Eu farei o melhor, meu amigo. Darei o meu melhor — assim espero.

— Você é um ser humano excepcional, Lélio — diz ele, me encarando de perto. — Faça o melhor uso dessa qualidade.

— Eu prometo que me esforçarei. — Sinto uma felicidade diferente ao me comprometer com isso. — Ainda tenho muito a fazer em Santana dos Três Passos. Preciso reencontrar as pessoas para as quais eu escrevi, dizer que estou vivo. Explicar o que aconteceu… Buscar a Valéria, a Sabrina. E sinto muito por não poder dizer o mesmo da tia Madô, gostaria de poder pedir perdão pelo que houve.

— Ela não deve poder receber visitas ainda, por conta da cirurgia. Mas tente amanhã.

— Cirurgia? De quem você está falando? — pergunto, sem conseguir compreender.

— A dona Maria Dolores, a vendedora de algodão-doce. Não é dela que você está falando? Quando cheguei aqui me disseram que ela estava na UTI, mas fora de perigo.

— Eu achava que ela havia morrido. Você não sabe a felicidade que estou sentindo em saber que ela está viva e se recuperando — digo isso enchendo o meu coração de alegria e saudade da vendedora de nuvens.

— Ela vai sair dessa. E você, para onde você vai agora à noite? Você precisa de alguma coisa? Já passa das oito. A minha esposa ficaria feliz em recebê-lo. Ela, como minha "psicóloga de cabeceira", sabe o quanto eu estive envolvido e preocupado com você.

— Eu aceito e agradeço, Odilon. Mas, antes, preciso ir a um lugar ver uma pessoa.

— Eu imagino quem seja — Odilon sorri.

— Você não precisa se preocupar, eu não vou sumir novamente. Eu procuro você. E me comprometo em procurar o meu psiquiatra também. Farei tudo certo, pode confiar em mim?

— Eu confio em você, Lélio.

— Agora, preciso fazer algo que não pode ficar para amanhã. Eu ligo para você. Nós nos vemos depois então, meu amigo? — pergunto, sorrindo e estendendo a mão para cumprimentá-lo.

— Sim, meu amigo Lélio. Nós nos vemos. Nesta vida ainda, antes de sermos gatos!

Caminhando para a saída da sala de Odilon, eu me deparo com algo que não via fazia muito tempo: um rosto, o meu rosto. A porta de vidro da sala reflete, para mim, esse desconhecido tão íntimo. O tempo me tornou um homem maduro cujas olheiras das noites em claro destacam-se ao redor dos olhos que herdei do meu pai, num rosto pálido, persistente. Ao passar a mão sobre as minhas bochechas, sinto a pele áspera. Os cabelos grisalhos não me deixam esquecer os dias que passaram em branco. Mas há tempo!

Saio do consultório e deixo Odilon Jiminy ali, indisfarçavelmente espantado com as paredes tomadas pelas cartas que contam a história das minhas vidas inconscientes.

Após sair do consultório de Odilon, sinto necessidade de caminhar pelas ruas de Santana dos Três Passos, a minha cidade. A noite, que sempre me acolheu nos últimos anos, me acompanha mais uma vez. Ela já me esperava, aqui fora, como se quisesse me levar para dar um passeio, antes de me deixar ver a luz do sol novamente.

O vento frio, que rege um coral de árvores, parece anunciar a chuva. Talvez uma daquelas chuvas que chegam sem aviso e partem sem adeus. E, já passando pela Quinta dos Abacates, sinto o cheiro da terra molhada. Tudo é tão familiar aqui. As ruas, as casas, as calçadas, os rostos que passeiam frente aos meus olhos. Tudo é tão nostálgico, tão meu. Sinto que estou em casa outra vez.

Ao andar pelo canteiro central da avenida, noto um homem encolhido próximo a um banco. Com a roupa bem suja e a barba grande, ele me estica a mão, como se esse gesto universal e inconfundível verbalizasse a frase "me ajuda".

— Boa noite, meu amigo. — Eu me dirijo a ele, oferecendo-lhe um sorriso, enquanto tiro da minha mochila a única coisa que resta dentro dela: a lata de leite enferrujada com algumas moedas restantes.

O senhor, que pareceu meio assustado ao imaginar o que eu tiraria de dentro da mochila, acaba recebendo o pequeno "baú de tesouros", dando-me um sorriso como troco.

— Tenha uma boa noite. E procure algum lugar para se abrigar da chuva, ela está vindo aí.

Depois de dar alguns passos, sinto que não dei ao homem tudo que poderia... Essa mochila, que viajou nas costas de Esdras nos últimos dias, talvez seja mais útil para alguém que precisa ter onde guardar o essencial. Então, retorno e a deixo com ele.

De volta à minha caminhada, começo a sentir as primeiras gotas no rosto e, menos de três passos depois, a chuva cai intensamente, tão forte quanto imaginei. A água está fria, mas sinto como se cada gota fosse uma mão delicada pedindo permissão para purificar o meu corpo, a minha mente. Não sei bem dizer o porquê, mas ela faz com que eu me sinta diferente: minha respiração se apressa, meus batimentos disparam, meus passos aceleram, um sorriso rompe meus pensamentos. Primeiramente me vem a idéia óbvia da "felicidade", mas me dou conta de que talvez essa seja a sensação da "satisfação". Não sei se ela é causa ou consequência da felicidade, mas me sinto, de alguma maneira, satisfeito pela chuva que me encharca.

A água lava o caminho que eu sigo até o final do calçadão, atrás de um conhecido caramanchão. Daqui vejo a entrada da rua da minha casa. Mas não há nada nem ninguém que precise da minha atenção por lá. Ao seguir para o lado do caramanchão, vejo algo que deixei ali há muitos anos, mas que um dia nasceu das minhas mãos.

O prefeito de Santana, há quase duas décadas, contratou os meus serviços para que eu fizesse uma estátua em homenagem aos trabalhadores da cidade. Ele me autorizou a escolher uma profissão qualquer, disse que queria uma surpresa. O monumento seria em homenagem ao Dia do Trabalhador, 1º de maio.

No fim das contas, acabei optando pela profissão que eu mais admirava quando criança. Eu me recordo de que, lá pelos meus 7, 8 anos, o meu sonho era seguir essa carreira, mas, com o passar dos anos, isso foi ficando para trás. Acho que, quando crescemos, só levamos os sonhos a sério enquanto dormimos.

Eu admirava a forma como aqueles profissionais conectavam as pessoas. Eles eram responsáveis por encurtar a saudade e os caminhos. Não importava o quão longe estivesse um amigo, um familiar ou o amor da sua vida, eles garantiam que a distância não levasse ninguém longe o bastante a ponto de ser esquecido. Diante de mim, e sob a chuva forte, está a estátua de um enorme carteiro feita de bronze. Observo o braço esticado em direção ao mundo, com uma bolsa cheia nos ombros e uma carta empunhada. O rosto é familiar... o meu, ou o que ele já foi um dia.

Assim que recobrei a consciência no consultório do Odilon, a minha memória resgatou tantas coisas, tantas pessoas, tantas histórias, mas o meu rosto ainda estava escondido no rosto de Esdras, de Yago, da dona Constância e do Estranho. Cada um tinha os seus próprios traços, feições, cicatrizes, olhares e sorrisos. Eles não eram como eu me vi no reflexo da porta de vidro. Não tinham o rosto dessa estátua. Na época em que a fiz, eu tinha um cabelo tão grande, uma barba tão espessa, que ninguém seria capaz de me enxergar nesse rosto limpo de hoje. Mas eu sabia, eu sei: esse sou eu.

— Você mentiu para mim! — uma voz surge por trás, abafada pelo barulho da chuva.

Ao me virar, eu vejo um homem que me encara, parado há menos de cinco passos.

— Por que você mentiu, Lélio? — Ensopado, ele está com óculos de lentes tão grossas que, devido à chuva, é impossível ver seus olhos. Mas eu o reconheço. Reconheço de 25 anos atrás, e também o reconheço de ontem, de hoje pela manhã. Tomás.

— Responda, Lélio! Qual a razão disso? Por que inventar essa história de que morreu? — Ele dá uma pausa, mas continua: — Por que aquela mentira sobre o meu irmão?

— Eu não menti sobre o seu irmão — respondo instintivamente, sentindo calafrios; não pela chuva, mas por estar diante do amor da minha vida.

— Não? E por que eu deveria acreditar em alguém que diz estar morto há oito anos?

— Eu posso explicar... ainda que não seja fácil.

— Que tipo de pessoa forja a própria morte? — indaga Tomás.

— O tipo doente. — Algo que eu sempre tive dificuldade de aceitar. — Sinto muito, Tomás. Eu passei por tantas coisas desde que nos afastamos... Eu não seria capaz de resumir tudo para você agora.

— Eu não quero uma biografia da sua vida, Lélio. Eu quero uma explicação. Você foi me procurar ontem. Você foi me procurar hoje. Você foi procurar o meu irmão. Qual a razão de tudo isso?! — pergunta ele, com a voz alterada.

— Eu estava doente. Eu sou doente. Eu não bato bem da cabeça, entende? Não é uma explicação tão simples. — Procuro encontrar as palavras certas para justificar as atitudes erradas. — Conheci você numa época em que eu já tinha alguns problemas; acontece que eles só cresceram. E, nos últimos anos, eu não tinha consciência do que eu estava fazendo. Não era eu... Pode parecer ridículo o que vou dizer, e você não precisa acreditar em mim, mas a verdade é que sofro de um transtorno que desperta outras... identidades em mim; personalidades que assumem o controle da minha mente, do meu corpo. Não é algo consciente, eu juro pra você. É complexo e constrangedor, mas esse sou eu.

— Então, quem me procurou no alto do bosque e na casa da minha cunhada não era você? — pergunta Tomás, contrariado, não se mostrando muito convencido.

— Era eu, mas de forma inconsciente. É difícil explicar assim. Acabei de ter ciência disso. É tão confuso para você se convencer, quanto foi difícil para que eu admitisse. Mas o resumo é esse: era eu, mas, conscientemente, era o Esdras.

— Era o Esdras... — repete ele, como se reconhecesse a minha insanidade. — E o que trouxe você — ele aponta o dedo em riste para mim —, esse você de agora, de volta?

— Não existe uma regra para isso. E, se existe, eu não seria capaz de explicar. Aconteceu. Eu passei por tantas coisas nesses dias aqui em Santana... acho que algo dentro de mim acordou. O Lélio acordou.

— Você é o Lélio — reafirma Tomás.

— Sim, eu sou o Lélio. Eu ia procurar você, ia explicar tudo... em algum momento. E pretendo fazer isso ainda, se concordar. Você não é o único a quem eu devo alguma explicação. Você não foi o único para quem eu escrevi uma carta, e quero reencontrar essas pessoas; quero me desculpar com elas.

— Eu custei a acreditar que fosse você, sabia? Isso parecia tão surreal que achei que eu estava ficando louco.

— Você me reconheceu? — pergunto, surpreso. — Por que não disse nada?

— Não. Eu não reconheci você, eu não poderia reconhecer você — diz Tomás, abaixando a cabeça.

— Eu mudei tanto assim, Tomás? Estamos mais velhos, diferentes, eu sei... mas você não foi capaz de me reconhecer?

— Eu poderia reconhecer você se eu enxergasse você — insiste, me encarando.

— Como assim? — pergunto, tentando focá-lo melhor, mesmo com toda a chuva.

— Você se lembra do acidente do qual eu falei para você ontem? — indaga ele. — O acidente em que o Roger morreu?

— Sim...

— Se o que você disse sobre o Roger, na carta, for mesmo verdade... e eu acredito nisso, então, você não foi o único que ele quase matou. Eu estava no carro com ele. Nós dois estávamos tendo uma discussão; ele se mostrava muito alterado, como sempre; de repente, forçou uma ultrapassagem da forma mais perigosa possível, e o carro capotou várias vezes. E eu nunca tive dúvidas de que ele tentou jogar o meu lado do carro de propósito contra o veículo que vinha em direção oposta. Enfim, ele morreu. Eu sobrevivi ao acidente, mas fiquei com várias sequelas. Foram meses no hospital me recuperando. Cheguei a perder a visão por alguns dias... Acho que cheguei a contar isso a você. Ou ao Esdras...

— Não, creio que não.

— Bom, a visão voltou — continua Tomás —, contudo, eu nunca consegui enxergar bem novamente. Hoje, os meus olhos enxergam menos de 25%. Esses óculos fundo-de-garrafa ajudam, mas bem pouco. Eu não consigo mais ler; também não posso mais dirigir, obviamente.

— Então você não me reconheceu?

— Eu não reconheço mais as pessoas de longe; às vezes, com pouca luz, nem de perto. — Tomás dá alguns passos na minha direção e toca na minha testa molhada. — O seu rosto... eu não reconheci, me desculpa. Na verdade, com essa chuva eu te enxergo até menos, usando essa porcaria... — Ele retira os óculos de lentes exageradamente grossas.

— Como você soube que era eu, então? — pergunto, intrigado.

— A sua voz — responde ele. — Hoje, quando você chegou à casa da Tereza, eu estava tomando o café. Chamaram lá de fora, e, quando ela abriu a porta, eu ouvi alguém dizer "Lélio". Parecia loucura da minha cabeça, mas quando ouvi a sua voz, achei que fosse você. E, durante aqueles três passos que dei até a porta, eu simplesmente esqueci que o Lélio... que você havia... "morrido". — Tomás pausa brevemente. — Mas aí você começou a me acusar, a falar "do Lélio", eu fiquei confuso. E com aquela carta, com tudo aquilo que você disse sobre o Roger, sobre o que ele fez a você... eu não sabia mais o que pensar. Parecia que eu estava ficando louco. Quando fui atrás de você, eu só conseguia pensar no que o meu irmão tinha feito. No fundo, eu sabia que ele era capaz de fazer o que você contou.

— Sim, ele foi capaz — confirmo, mesmo sendo uma lembrança ruim.

— E quando você me deu aquele abraço, novamente eu senti algo diferente. Mas não compreendi. Passei o resto do dia pensando em você, sem entender por quê.

— Como você sabia que eu estaria aqui?

— Eu não vim atrás de você. Eu vim atrás dele. — Tomás aponta para o alto, atrás de mim. — A estátua tem o seu rosto. Eu jamais esqueceria o rosto esculpido nela. Eu não fiquei com nenhuma recordação sua, nenhuma foto, nada. Eu tinha apenas lembranças e essa estátua. Então, durante todos esses anos, principalmente depois que voltei a morar aqui, sempre que posso, venho caminhar nesse calçadão. Eu posso não enxergar todos os traços daquele rosto, mas sei que você está ali. É o único lugar onde posso ver você.

— Você não foi o único que esqueceu o meu rosto. Eu mesmo me esqueci. De certa forma, estou me reconhecendo ali também.

— Mas eu não esqueci. — Tomás me olha novamente. — Eu só guardei o seu rosto como ele era. Eu olho para você agora e pouco enxergo. Mas sei que é você. Acho que eu sempre soube. Quando vi você de costas, no alto daquele bosque, pensei: "Poderia ser o Lélio". Foi lá que eu vi você pela última vez. Mas não poderia ser você, o Lélio estava morto...

— De certa forma... — Foi como se eu tivesse morrido.

— Você precisa me perdoar, Lélio, por ter deixado você para trás. Eu não pude ficar. — Apesar de não enxergar, Tomás encara meus olhos. — Não há justificativa para o Tomás de hoje, mas o Tomás daquela época não conseguiria fazer algo diferente do que fez.

— Você fez o que tinha que fazer, não precisa se culpar.

— Você não soube de tudo, Lélio. Eu tive tanta vergonha... — diz, com um tom de voz angustiante. — Quando o meu pai soube de nós dois, ele fez algo que já tinha feito com o Roger, dois anos antes. Ele me levou numa casa, lá na Pitangueiras, e me mandou entrar. Disse que era para eu sair de lá só depois de virar homem. Quando eu entrei, tinha uma mulher, mais velha que eu, mais velha que ele... me esperando. E ela só me deixou sair de lá depois de me forçar a fazer aquilo pelo que ela tinha sido paga. Eu saí de lá me sentindo a pessoa mais suja do mundo, porque eu não queria fazer aquilo. Você entende? Ainda me lembro do cheiro de maçã-verde que tinha a cama dela; lembro do gosto do cigarro dela em mim, lembro dela colocando a língua na minha boca, na minha orelha, me tocando, me lambendo... Eu não queria aquilo, mas eu era um homem com uma mulher... Que direito eu tinha de impedir o que ela estava sendo paga para fazer?

— Sinto muito que você tenha passado por isso, Tomás.

— Eu não consegui mais olhar para você, entende? Eu me sentia sujo, culpado, com vergonha. Não conseguia contar a verdade, nem mentir. E eu sabia que o meu pai era capaz de fazer maldades bem piores. Por isso, a melhor coisa que eu podia fazer por você era ir embora.

— Eu não tive raiva de você, quero que saiba disso.

— Mas eu tive muita raiva de mim, Lélio. E, agora, tenho mais ainda do meu irmão. Eu quero pedir perdão pelo que o Roger fez a você; eu o coloquei na sua vida. E eu sinto tanto. Tanto. Não tenho palavras para expressar o quanto eu lamento. O Roger era uma pessoa ruim.

— Você não teve culpa, Tomás; não podemos responder por aquilo que não pudemos evitar. Já se passaram décadas. O seu irmão está morto, algo que até ontem eu não sabia. E sinto muito se não lamento por isso.

— Nem precisa — pondera Tomás.

— O que aconteceu me fez muito mal. E, agora, olhando assim para você, bem de perto, consigo entender uma coisa. Vocês eram tão parecidos fisicamente que eu acho que simplesmente não quis aceitar que aquilo tivesse qualquer ligação com você. A verdade é que eu sabia que tinha sido ele, mas eu apaguei aquele rosto da minha mente. Anos depois, muitos anos depois, eu acordei de um pesadelo e me lembrei de tudo. Sem nenhuma razão, eu apenas lembrei. A tatuagem foi somente uma confirmação.

— Você poderia ter me procurado, Lélio.

— Tomás... Já não faz mais sentido pensar nisso. Eu preciso seguir em frente.

— Sim. Vamos seguir em frente — concorda ele, com compaixão. — Onde você está morando?

— No mundo. — Sorrio, me dando conta de que morar no mundo é mais aconchegante do que morar em lugar nenhum. — Eu não tenho uma resposta objetiva para isso, pois preciso refazer a minha vida. Encontrar um caminho novo, um novo lar, sabe? Nem trabalho eu tenho. Quem sabe seja a hora de realizar o meu sonho de infância.

Tomás, com a perspicácia que sempre lhe foi peculiar, entende o que quero dizer; ele olha para a estátua do carteiro atrás de mim e diz:

— Nunca é tarde. Você pode ser o que quiser, Lélio. E eu posso ajudar você.

— Como? Por acaso você tem uma roupa amarela e um boné azul para me emprestar? — O que digo faz Tomás rir.

— Não — responde ele. — Mas, "por acaso", eu sou dono de uma transportadora. É muito raro entregarmos cartas, hoje em dia, mas está bem próximo do seu sonho, não?

— É verdade. — Agora é ele que me faz rir.

— Quando o Roger faliu a nossa construtora, eu me desfiz de parte dos negócios em que éramos sócios e abri essa transportadora.

— Eu fiquei feliz por saber que você estava bem. E agradeço a você pela proposta. Quem sabe? Porém, por hoje, tudo que preciso é ir ver uma pessoa.

— Uma pessoa? Quem? — pergunta ele, mas, antes que eu possa responder, ele engata uma nova pergunta, talvez imaginando ter sido invasivo. — Você acha que poderemos conversar depois?

— Por que não? Temos todo o tempo do mundo. E também nenhum tempo a perder.

— Já perdemos tempo suficiente — responde ele, sério. — Posso procurar você, então?

— Claro que sim. Não sei se você me encontrará com a mesma facilidade de agora, mas você pode tentar.

— Eu não pretendo perder você outra vez, Lélio.

— Eu pretendo dizer isso ao primeiro espelho que eu encontrar também — afirmo, rindo.

— Acha que você ainda... — Tomás hesita perguntar.

— Eu, o quê? — indago com sinceridade, sem imaginar o que ele quer saber.

— Você acha que ainda sente alguma coisa por mim? Algo especial.

— Eu fui muito sincero quando escrevi aquela carta para você, Tomás.

— Eu sei. Mas você acha que ainda... — A chuva não impede o rosto dele de ficar rubro. — Você entendeu. Estou falando de sentimentos, e não sou bom com isso, nunca fui.

— De que sentimento você está falando?

Tomás gagueja para externar:

— A-amor. Se você ainda sente algum... Ou já é tarde demais?

— Você se lembra da última coisa que eu disse na carta que eu lhe escrevi?

Num ímpeto, que talvez nem ele próprio esperasse, Tomás me dá um abraço. Um abraço tão forte que nem mesmo a chuva conseguiu correr entre nós dois. Então, eu lhe lembro do que dizia aquela carta. Eis a verdade:

— Amar é não parar de amar.

— Eu sei. E eu nunca parei — responde ele, ainda me abraçando.

— Eu preciso ir agora, Tomás. Eu preciso ir a um lugar.

— Você quer que eu leve você? — pergunta ele, desenlaçando os braços. — Estou com o motorista no carro, aqui perto.

— Não precisa, eu quero caminhar um pouco mais. Mas não se preocupe, nos vemos em breve. Amanhã, talvez.

Me despeço dele, mas, assim que me viro para ir embora, ele me chama novamente:

— Lélio!

Tomás dá um passo rápido e largo o bastante para chegar até mim. Assim que eu me viro, um beijo alcança a minha boca. Por alguma razão, o tempo deixa de existir.

— Eu não parei! Eu não parei! — confirma Tomás.

— Eu também não parei! E nunca vou parar.

— Não suma, Lélio. Por favor — pede ele, me encarando.

— Pode deixar. Eu não pretendo ficar invisível outra vez.

Sigo pelas ruas de Santana dos Três Passos, refazendo um caminho que trilhei pela primeira vez, há pouco mais de oito anos. Ainda sob uma forte chuva, chego à avenida Padre Amaro. O dia em que segui este mesmo caminho, ao lado da minha mãe, foi o mais difícil da minha vida. Andávamos a passos lentos e assustados, pois tudo que eu queria é que ela olhasse nos meus olhos e dissesse: "Filho, o que estamos fazendo aqui? Vamos para casa." Mas ela nunca disse; ela mal me olhava, mal me enxergava. E eu não consegui suportar aquele silêncio no seu olhar por mais tempo.

Sim, eu a abandonei. Eu iria me abandonar também: naquele dia, depois de deixá-la no asilo, eu fui até o alto daquele morro para poder voar. Eu posso até não ter pulado, mas foi lá que a minha consciência abandonou o meu corpo. Viver seria apenas o meu dever diário para mantê-la viva.

A chuva intensa continua me fazendo companhia. E já a duas quadras para chegar ao meu destino, vejo, lá na frente, uma senhora atravessar a rua com um guarda-chuva verde cana. O andar daquela senhora, aliás, é bem parecido com o da minha mãe, um andar de passos flutuantes.

Um carro passa e, impiedosamente, lança uma onda na mulher. Ela não se abala, continua atravessando a avenida como se tivesse saído do Lar São Francisco, cujo portão principal está aberto. A ventania forte agita o guarda-chuva que ela segura firme, mas não o bastante para que uma rajada revele seu rosto cabisbaixo.

Ela lembra muito a minha mãe, a minha Luiza Flor. Mas não pode ser ela. Acelero o passo tentando alcançar um ângulo melhor, mas a tempestade não ajuda. A senhora segue, encarando os pingos da chuva no chão, como se já soubesse de cor o caminho, e olhar para frente fosse um detalhe dispensável.

Aquela não pode ser a minha mãe. Eu devo estar imaginando coisas, como sempre. Será que eu estou tendo uma nova alucinação? Será que eu estou novamente iludindo a minha mente com pessoas que não existem? Será que, de agora em diante, vai ser sempre assim? Nunca mais terei a certeza de que o que eu vejo existe? Como posso voltar a confiar em mim?

— MÃE! — Eu grito, na esperança de que aquela pessoa, existindo, me responda ou me note. Mas a senhora continua os seus passos curtos, sem me olhar. Talvez ela não exista. Talvez a ansiedade de rever a minha mãe tenha antecipado a sua presença na minha mente. A dúvida… Odilon me disse que a dúvida já era um sinal de realidade.

De repente, uma sinfonia de buzinas vem por trás dela, que, ao contrário de mim, não se assusta. Dois carros passam rente por ela, buzinando, mas nada interrompe a caminhada. Talvez essa seja uma certeza inegável: aquela senhora está ali! Os mesmos carros que passaram por ela lançam água em mim. Eles existem também. Então, ela existe.

— MÃE! — insisto em chamá-la.

Mais carros vêm. Eles buzinam, molham a senhora. Passam tão perto dela; ela não pode continuar. Alguém precisa tirá-la de dali.

— MÃE!

Como se existisse um túnel invisível atrás dela, os carros vão surgindo, buzinando, avançando como se mirassem a sua fragilidade.

— MÃE! Cuidado! — Meus passos longos vão se encurtando, até se tornarem insuficientes. Eu já posso sentir que irei perdê-la novamente.

Os meus olhos se fecham intuitivamente, meio segundo antes de ouvir uma freada brusca, violenta, ensurdecedora, eterna. Eu não posso abri-los! Eu não quero abri-los! Meu corpo está congelado, como se essa água que escorre sobre mim fosse uma camada de gelo.

Um medo toma conta do meu corpo: abrir os olhos e ver a minha mãe estendida no chão, diante de mim… Eu não posso olhar! Não posso! Não quero ver. Alguns segundos se passam. Eu preciso olhar! Ela precisa de mim, e eu não posso ser covarde!

Vou me aproximando, atordoado pelo medo, imaginando que a minha mãe esteja morta; esses, certamente, são os passos mais demorados da minha vida.

Eu abro os olhos. Ela não está no chão! E, como se aquele túnel invisível estivesse interditado, não vejo mais nenhum carro passando. Talvez tenha sido tudo fruto da minha imaginação. Mesmo assim, corro procurando por aquela senhora. Então, vejo algo que atesta que o que eu vi era real: o guarda-chuva verde cana está caído no chão, sendo carregado pela água que margeia a via, no lado da calçada que antecipa o cemitério de Santana. E é lá que os meus olhos reencontram a minha mãe. Ela se aproxima da entrada do lugar.

— MÃE! — grito, correndo para tentar alcançá-la.

Do lado de fora do cemitério, poucos metros antes do portão principal, encontram-se um caminhão de coleta de lixo e três funcionários com longas capas de chuva. Eles se apressam em recolher alguns sacos pretos que estão depositados na beirada do muro.

Minha mãe adentra pelo portão principal, sem que seja notada. Quando chego diante da entrada, um dos homens parece me olhar de longe, como se perguntasse o que estou fazendo ali. Olho para dentro do cemitério e o vejo iluminado por postes, mas sombrio por medos; os meus medos. No estreito corredor central, vejo a minha mãe caminhar entre sepulturas e mausoléus.

— Ei, ô, o cemitério está fechado! — grita um dos homens, ainda longe de mim. Eu o ignoro.

Cemitérios... Eu só havia entrado em um, uma única vez, e fora exatamente neste, durante o enterro do meu pai. Eu saí daqui, naquele dia, jurando nunca mais voltar. O lugar não é grande, mas, como qualquer labirinto, parece infinito quando não se conhece a saída. No dia do enterro dele, eu me perdi aqui. Eu caminhava por essas vielas tentando sair, parecia que estava preso num dédalo macabro.

Nunca irei me esquecer dos rostos daquelas pessoas, homens, mulheres, crianças. Todos me encarando como se estivessem à minha espera. Aquilo foi assustador. O maior medo da minha vida era ter que entrar aqui para deixar a minha mãe. Mas, felizmente, a vida me trouxe aqui para buscá-la viva.

Ignorando também os meus medos, eu entro. A passagem pelo portão me dá calafrios, mas não hesito. Entro apressado, sob os gritos dos homens. Mas há um grito mais importante, que precisa emergir da minha própria garganta:

— MÃE! EU ESTOU AQUI!

Ela não para de andar, então acelero o passo até que o caminho se transforme numa corrida, e consigo alcançá-la. Sem notar a minha presença, minha mãe repete:

— Ele está aqui. Eu preciso ver. Ele está aqui.

Meu pai está enterrado aqui. O Alzheimer fez a minha mãe se esquecer de tantas coisas, principalmente das ruins. Ela não se lembra da violência que sofria; talvez, por isso o procure. No fim das contas, a minha mente e a mente da minha mãe encontraram meios tortuosos para apagar o que foi escrito no nosso passado.

— Mãe, o pai morreu.

Vê-la tão de perto tira as lágrimas de mim, mas esconde as palavras. Não consigo dizer muito mais que isso. Minha garganta tem um nó. Tento me colocar diante dos seus olhos, mas ela está inquieta procurando um nome entre as sepulturas. Apesar disso, estou feliz. A minha mãe ainda não me enxerga, ainda não me vê, mas ela está comigo.

— Ele está aqui, eu quero ver! Ele está aqui, eu preciso ver! — diz ela, agora quase gritando, com uma voz chorosa, angustiada.

— Ele já morreu, mãe. O pai morreu — insisto em dizer.

Ela, então, agarra os meus braços, impaciente, e grita:

— MEU FILHO! EU QUERO O MEU FILHO! — Nossos olhos, finalmente, se encontram. Ela me enxerga, ela me vê!

— Eu estou aqui, mãe. Sou eu, o Lélio.

— Meu filho não morreu? Diz a verdade — pede ela.

— Eu estou aqui, mãe. Sou eu, o Lélio. Eu estou vivo.

Ela me olha, apenas me olha. Mas era só disso que eu precisava. E tentando se convencer de que eu estou realmente ali, ela chora, como se as lágrimas fossem clarear a sua visão ou as suas lembranças. É o choro de uma mãe, mas ela chora como uma criança que não tem pudor pelo seu pranto. A minha mãe, então, me abraça.

— Desculpa, mãe. Me perdoa... Eu te amo tanto, tanto...

Eu a abraço com força, desejando colocá-la dentro do meu peito para que eu nunca mais precise perdê-la. Sinto, no seu corpo franzino, o peso do tempo que passou. Como eu gostaria de tê-la feito feliz. Queria fazer o tempo voltar e não deixar que nada de ruim lhe acontecesse.

— Senhor! O cemitério está fechado. Vocês não podem ficar aqui — intervém o funcionário do cemitério, acompanhado dos dois agentes de limpeza que estavam lá fora.

— Desculpa. A minha mãe... ela... — tento responder, mas ele se antecipa:

— Ela veio do asilo, eu sei. Ela não é a primeira a fazer isso — diz ele, com uma expressão de compaixão. — Volta e meia, um deles aparece por aqui.

— Eu vou levá-la comigo — afirmo, ainda abraçado à minha mãe. A chuva já cessa.

Numa caminhada ritmada pelos passos dela, voltamos abraçados para o Lar. Ao entrarmos na recepção, nos deparamos com alguns funcionários, que se espantam com o estado dela: totalmente encharcada, tremendo, assustada. Ninguém consegue compreender como ou por que ela saiu, mas isso é o menor dos problemas agora. Ao menos para mim:

— Eu vou levá-la para o quarto. Não se preocupem. Ela está bem.

— Desculpa, mas quem é o senhor? — pergunta uma mulher de jaleco branco.

— É o meu filho! — responde a minha mãe, convicta.

— Não se preocupem, eu sou o filho dela, Lélio Schiavon. Eu mesmo vou levá-la para o quarto. — E assim faço. Caminhamos sem pressa.

Tão logo entramos no seu cantinho, consigo sentir o cheiro de alfazema que ela sempre amou. A minha mãe caminha até a sua penteadeira e arrasta, pacientemente, uma cadeira de madeira, colocando-a virada para a janela.

— Mãe, a senhora precisa se secar. Eu não quero que a senhora adoeça.

Mas ela parece não prestar muita atenção no que digo. Ao invés disso, volta à penteadeira, abre uma gaveta larga e tira uma toalha. Em seguida, ela me olha com serenidade e diz:

— Você não deveria sair para brincar na chuva.

— Perdão, mãe... — respondo, sorrindo.

Ela vem até mim, segura o meu braço com a delicadeza de uma flor e me leva até a cadeira para que eu me sente. A minha mãe, então, começa a passar a toalha no meu cabelo. É impossível descrever a felicidade que sinto diante daquele carinho do qual tanto senti falta.

— Mãe? A senhora se lembra de como eu a chamava?

Depois de um longo silêncio, minha mãe responde, mas não da forma como eu esperava:

— Você mora aqui também? — pergunta ela, enxugando o meu cabelo.

Eu preciso aceitar que nem só de lembranças se faz o amor.

— A senhora não se lembra de mim?

— Não. Acho que eu não conheço você.

Enquanto a sua mente me perde na memória, as mãos continuam secando a minha cabeça, como se o seu instinto de mãe jamais se esquecesse dos tempos em que eu era apenas um menino.

— Mãe? — Eu a chamo, consciente de que ela já está no seu próprio mundo.

Ela não chega a responder.

— Eu te amo, Florzinha — afirmo, com o meu coração.

O silêncio ressalta a passagem do tempo, contado pelos ponteiros de um antigo relógio de mesa sobre a penteadeira.

— Quem é você? — perguntou Luiza. — Quem é você? — insistia ela, me encarando.

— Você não vai se lembrar de mim, Luiza. Já não a vejo há muitos anos — afirmei, olhando nos seus olhos.

— Para onde foi o outro rapaz?

— Ele voltará a visitar você, um dia. Agora, eu preciso ir.

— Por que você está sussurrando? — perguntou Luiza, antes que eu fosse embora.

Fim;

PLAYLIST DE MÚSICAS

OUÇA AS CANÇÕES QUE SONORIZARAM A ESCRITA DO LIVRO

app spotify → buscar → ícone da câmera → aponte para o código acima

DESTINATÁRIO DESCONHECIDO

Weighty Ghost — Wintersleep

Death with Dignity — Sufjan Stevens

AO MEU MELHOR AMIGO, ESDRAS

Experience — Ludovico Einaudi, Daniel Hope, I Virtuosi Italiani

Running Up That Hill — Placebo

AO SUSSURRADOR DE PENSAMENTOS

The Other Side of Mt. Heart Attack — Liars

Nuka — Sleepers' Reign

AO ESTRANHO DO LAGO

Daydreamer — Bipolar Sunshine

Bike Dream — Rostam

AO SÁBIO QUE NADA DIZIA

29 #Strafford APTS — Bon Iver

The Funeral — Band of Horses

AO AMOR DOS VENTOS FORTES

Fantasy Theme — Kevin Krauter

Wonderwall — Ryan Adams

À VENDEDORA DE NUVENS

Animals — Tamu Massif

Inside Out — Spoon

À BELA MOÇA DOS CARACÓIS

Mourning Sound — Grizzly Bear

B a noBody — SOAK

AO HOMEM SEM ROSTO

Turning Into Stone — Phantogram
Esperando na Janela — Gilberto Gil

À CUIDADORA DOS MALINOS

Wait — M83
Sympathy — Est-Her

AO ASSOBIADOR DA CASA AO LADO

The Stranger — Billy Joel
Town Called Malice — The Jam

À MENINA QUE NÃO MENTIA

I Will Be There — Odessa
The Way Back — Funeral Suits

À FLOR DO PRÍNCIPE

Love Was My Alibi — Kristoffer Fogelmark
Luiza — Antônio Carlos Jobim
Running Up That Hill — Jimmy Jorgensen
Balada do Louco — Os Mutantes

À COMPANHEIRA DO SILÊNCIO

Another Dimension / Skolhaus Version — MishCatt
Closer — Frankmusik
I Apologise (Dear Simon) — Moss
We Are Your Receiver — Klangstof

O REMETENTE

Til Kingdom Come — Coldplay
1-800-273-8253 — Logic, Alessia Cara, Khalid
Haja o que Houver — Madredeus
Holding on for Love — Paul Thomas Sauders
Seven Nation Army — The White Stripes